If the Moon Triumphs

Fam Schaper wurde 1997 in der Nähe von Frankfurt am Main geboren, lebt aber seit einigen Jahren in Berlin. Sie hat schon New Adult-Romane veröffentlicht, doch seit ihrer Kindheit schlägt ihr Herz für Fantasy-Geschichten. Ihre Zeit verbringt sie am liebsten mit Freunden im Park, in Secondhand- und natürlich Buchläden. Neben ihrer Arbeit als Autorin ist sie auch als Lektorin tätig – sie beschäftigt sich also den ganzen Tag mit Geschichten und möchte damit auf keinen Fall wieder aufhören.

Weitere Bücher der Autorin:

Für mehr Informationen zu Fam Schaper, ihren Büchern und spannenden Aktionen folgt ihr auf Instagram **@famschaper**

Mehr über Loomlight und unsere Autor:innen unter:
www.thienemann.de/unsere-verlage/loomlight und
auf Instagram **@thienemann_booklove** und
auf TikTok **@thienemannverlage**

Direkt zu unseren Events und Lesungen:
www.thienemann.de/events-lesungen

FAM
SCHAPER

if the
MOON
triumphs

LOOMLIGHT

Liebe Leser:innen,

dieser Roman enthält potenziell triggernde Inhalte.
Auf der letzten Seite findest du eine Themenübersicht,
die Spoiler für die Geschichte enthält.
Entscheide bitte für dich selbst,
ob du diese Warnung liest.
Wir wünschen dir das bestmögliche Leseerlebnis!

Fam Schaper und das Loomlight-Team

Für meinen Hexenzirkel,
meine tollen Freunde.
Ich liebe euch!

PLAYLIST

Monsters – Ruelle

Dog Days Are Over – Florence + The Machine

W.I.T.C.H. – Devon Cole

Running with the Wolves – AURORA

Arsonist's Lullaby – Hozier

Full Moon – The Black Ghosts

Line It Up (feat. LP) – Palaye Royale

How Villains Are Made – Madalen Duke

Trouble – Valerie Broussard

Game Of Survival – Ruelle

Seven Devils – Florence + The Machine

Holding Out for a Hero – Nothing but Thieves

you should see me in a crown – Billie Eilish

The Beginning of the End – Klergy, Valerie Broussard

Dear Arkansas Daughter – Lady Lamb

Nothing Matters – The Last Dinner Party

Black Magic – Magic Wands

Which Witch – Florence + The Machine

Civilian – Wye Oak

Yellow Flicker Beat – Lorde

Touch – Sleeping at Last

Breakeven – The Script

KAPITEL 1

Eine Hexe braucht einen Zirkel.

Diese melodramatische Nachricht erwartet mich auf meinem Handy, als ich mit dröhnenden Kopfschmerzen in einem fremden Bett aufwache.

Meine Patentante Astrid sollte sich den Satz auf T-Shirts drucken lassen, denn ich kann nicht mehr zählen, wie oft sie ihn im letzten Jahr gesagt hat. Warum sie glaubt, nach der hundertfünfunddreißigsten Wiederholung eine andere Reaktion von mir zu erhalten als sonst, weiß ich nicht. Viel deutlicher kann ich nicht werden.

Ich habe kein Interesse, Teil des Zirkels zu sein. Ich habe kein Interesse an Magie.

Ich habe kein Interesse, eine Hexe zu sein.

Und ich habe ganz sicher kein Interesse an dem nackten Kerl, der seelenruhig neben mir schläft.

Ganz langsam bewege ich mich Richtung Bettkante. Natürlich quietscht das Bettgestell lautstark unter mir. Der Kerl regt sich, dreht mir sein Gesicht zu, doch seine Augen bleiben geschlossen.

Ich unterdrücke ein erleichtertes Seufzen.

Ich möchte nicht, dass er mir Frühstück anbietet, sondern weg sein, bevor er aufwacht.

Trotzdem verharre ich noch einen Moment unter der warmen Decke, da durch das angelehnte Fenster kalter Wind ins

Zimmer dringt. Der Vorhang flattert wie ein müder Vogel mit seinen Flügeln. Sonnenstrahlen fallen aufs Bett. Dieses lächerlich sanfte Licht, das es nur ganz früh am Morgen gibt. Es scheint sein Gesicht zu streicheln. Dunkle Locken hängen ihm in die Stirn. Seine Züge sind so entspannt, als könnte er das Wort »Sorge« nicht einmal buchstabieren.

Das Bild, das sich mir bietet, ist so intim, dass mein Hals auf einmal zu eng ist, um zu schlucken.

Furchtbar.

Gestern bin ich auf die Dating-App gegangen, weil ich mich nach einem anstrengenden Abendessen mit meiner Patentante von meinen eigenen Gedanken ablenken wollte. Ich hätte nicht damit gerechnet, dass dieses Date so ... nah werden würde.

Ich schüttle meinen Kopf, als könnte ich die Erinnerungen an letzte Nacht abschütteln wie Staubflusen aus einer Decke.

Ich habe kein Interesse an ihm.

Also setze ich mich endlich in Bewegung, was das Bettgestell natürlich wieder aufschreien lässt. Zum Glück schläft er seelenruhig weiter. Der Fußboden ist eiskalt und sofort überzieht Gänsehaut meinen nackten Körper.

Schnell und so leise wie möglich tapse ich durch sein Zimmer und sammle meine Kleidung ein. Unterwäsche, BH, Socken. Sobald der Stoff der Socken sich an meine Haut schmiegt, fühle ich mich direkt besser, obwohl mein Mund noch immer staubtrocken ist und es hinter meiner Stirn pocht. Zu viel Wein. Definitiv zu viel Wein.

Die halbvolle Flasche, die wir gestern mit in sein Schlafzimmer genommen haben, steht noch auf dem Nachttisch. Wir waren zu *beschäftigt*, um sie auszutrinken.

Bevor ich mich an Details erinnern kann, schlüpfe ich in

meine Jeans, Shirt und den dicken Pullover, den man im Winter in Prag definitiv braucht.

Auf meinem Handy suche ich nach der schnellsten Verbindung nach Hause, während ich mit meiner freien Hand bereits nach der Klinke greife. Aus irgendeinem Grund drücke ich sie jedoch noch nicht herunter, sondern verharre wie festgefroren an der Stelle. Ich starre die Tür vor mir so vorwurfsvoll an, als könnte ich sie für meine desaströsen Entscheidungen im letzten Jahr verantwortlich machen.

Du wirst dich nicht noch mal zu ihm umdrehen.

Doch natürlich drehe ich mich schon einen Moment später zu ihm um.

Marek.

So heißt er.

Nicht dass das eine Rolle spielt. Gleich werde ich seine Wohnung verlassen und ihn nie wieder sehen – und hoffentlich auch nie wieder an ihn denken.

Wir haben uns gestern über eine Dating-App kennengelernt, zu viel getrunken und miteinander geschlafen. Keine besonders originelle Geschichte. Auch keine besonders romantische. Und trotzdem war da ... etwas zwischen uns.

Ich schüttle erneut den Kopf, obwohl das auch nichts an den hartnäckigen Gedanken ändert. Sie sind nicht wie Staubflusen in einer Decke. Sie sind wie Karamellbonbons am Gaumen. Klebrig und schwer loszuwerden.

Endlich wende ich mich von ihm ab, öffne die Schlafzimmertür und trete hinaus. Meine Schuhe und meine Jacke sind im Flur, der so lang ist, dass es mir vorkommt, als würde mich ein halber Kilometer von der Wohnungstür trennen.

Ich höre die Dusche hinter der geschlossenen Badezimmertür laufen, was wohl bedeutet, dass sein Mitbewohner schon wach ist. Da ich ihm nicht begegnen will, schlüpfe ich schnell in meine Jacke und in meine Stiefel. Ein Fehler, wie sich herausstellt. Denn ich falle leicht zur Seite, stolpere über ein Paar herumliegende Sportschuhe, und kann mich nur knapp an der Wand abfangen, bevor ich der Länge nach auf dem Fußboden lande. Dabei schmeiße ich den Ständer mit den Regenschirmen um – und mache sehr viel Krach.

Mein Herz wummert in meiner Brust, ich halte den Atem an.

»Lily?«, dringt es durch die angelehnte Schlafzimmertür. Er klingt verschlafen, seine Stimme ist belegt und müde und es hört sich ein bisschen so an, als würde ich noch neben ihm liegen und er mir meinen Namen vertraut ins Ohr flüstern.

Fuck, ich muss wirklich hier raus.

Laut knarzend warnt das Parkett mich vor, dass er näher kommt. Der Weg zur Wohnungstür ist zu weit, um der peinlichen Morgen-Danach-Routine zu entkommen.

Bevor ich es mir anders überlegen kann, habe ich meine Hände schon erhoben. Eine richte ich auf den Blumenstrauß, der neben einer verwelkten Topfpflanze auf der Kommode steht, die andere auf seine Zimmertür.

Energie kribbelt in meinen Fingerspitzen, wandert durch meinen rechten Arm, rauscht dann durch meinen ganzen Körper und verlässt mich durch die linke Hand.

Das Gefühl ist so allumfassend, dass sich die Zeit für mich auszudehnen scheint. Dabei weiß ich, dass der ganze Prozess nur den Bruchteil einer Sekunde dauert.

Mareks Zimmertür schließt sich. Ich höre, wie er daran rüttelt, aber sie lässt sich nicht öffnen. Zumindest solange meine Magie hält. Ich sprinte zur Tür, reiße sie auf und flüchte ins Treppenhaus. Im Augenwinkel bemerke ich den nun verwelkten Blumenstrauß.

Ich laufe einfach an der Bushaltestelle vorbei, die mir mein Handy angezeigt hat, da ich zu viel Energie habe, um stehen zu bleiben. Der Wind peitscht durch die alten, schmalen Gassen, mein Mantel zerrt an mir, zieht mich zurück. Und doch spüre ich keine Kälte.

Schnellen Schrittes gehe ich unter einem Torbogen aus altem Stein entlang. Die Zeit hat manche Steine dunkler gefärbt als andere und mir kommt es so vor, als würde ich die Welt so glasklar wahrnehmen, dass ich das genaue Alter dieses Gebäudes mit bloßem Auge feststellen könnte.

Ich will mich miserabel fühlen, doch ich kann die Macht noch immer so unglaublich deutlich in meinem Körper pulsieren spüren. Wie ein zweites Herz. Wie ein lebendiges Wesen. Magie ist so viel berauschender als Alkohol. Mein Kater ist fort. Meine Hände sind warm. Sie sind nie warm. Meine Gedanken werden immer schneller.

Fuck, ich wollte das doch nie wieder tun.

Ich bin keine Hexe mehr, ermahne ich mich.

Ich habe der Magie aus guten Gründen abgeschworen. Aus *sehr* guten Gründen.

Doch gerade sind sie so weit weg, dass ich mich kaum noch an sie erinnern kann. So geht es mir immer, wenn ich gezaubert habe, aber dieses Gefühl ist nie von Dauer. Wenn das High nachlässt, bleiben nur meine Schuldgefühle zurück.

Magie ist Energie. Ich kann sie nicht aus dem Nichts wirken, sondern gewinne sie aus meiner Umgebung. Der Blumenstrauß ist der lebende – jetzt tote – Beweis.

Es wirkt harmlos. Und dieser Zauber war es auch, denn ein Blumenstrauß hat nicht viel Energie, die ich ihm nehmen könnte. Doch ich habe schon Magie von Orten beschafft, wo ich nie nach ihr hätte suchen dürfen ...

Ich schaudere. Langsam lichtet sich der goldene Nebel, der sich nach dem Zaubern immer in meinem Schädel festsetzt. Und dahinter kann ich ausmachen, was mich dazu gebracht hat, meinem Erbe den Rücken zuzukehren.

Der Wind dringt durch die Nähte meines Mantels. Meine Zähne klappern leicht aufeinander. Ich begrüße die Kälte. Mein Kopf klart auf. Die Magie zieht sich aus meinem Körper zurück, bevor ich mit ihr Schaden anrichten kann.

Meine Patentante Astrid würde mir einen Vortrag halten, wäre sie jetzt hier. Geheimhaltung ist für Hexen das oberste Gebot. Dass ich in unmittelbarer Nähe zu zwei menschlichen Zeugen gezaubert habe und das auch noch ohne triftigen Grund – einem unangenehmen Gespräch zu entgehen, zählt nicht – ist grobe Fahrlässigkeit. Hexen wurden bereits vor Jahrhunderten verfolgt – die weiblichen mehr als die männlichen. Es ist uns nie gut bekommen, wenn die Menschen von uns erfahren haben. So viele von meinen Vorfahrinnen hat man in Seen ertränkt oder auf den Scheiterhaufen verbrannt. Ich habe ihr Andenken heute mit Füßen getreten.

Gut, dass ich keine Hexe mehr bin.

Dass mein Handy in diesem Moment in meiner Tasche klingelt, ist für mich eine willkommene Ablenkung von meinen dunklen Gedanken. Es ist Melli, die Erasmus-Studentin, die mit mir in einem kleinen Co-Working-Café nahe der Uni jobbt. Ich räuspere mich.

»Hey«, kriege ich ein bisschen heiser hervor.

»Wo steckst du? Du hättest schon vor fünfzehn Minuten hier sein sollen.«

Ein erleichtertes Seufzen kommt mir über die Lippen. Meine Schicht im Café zu vergessen, ist ein so wunderbar menschliches Problem. Es ist so normal. Damit kann ich gerade so viel besser umgehen als mit magischen Patentanten, intimen Tinder-Dates und meiner Unfähigkeit, meine Magie zu unterdrücken.

»Ich bin in zehn Minuten da. Kannst du mir den Rücken freihalten?«

»Ich hab Tommy schon gesagt, dass du einen Arzttermin hast«, meint sie seufzend. Unser Manager Tommy glaubt ihr jede Ausrede. Keine Ahnung, wie sie das hinkriegt.

»Danke dir. Bis gleich!«

Sobald ich auflege, merke ich, dass in der Zwischenzeit eine Nachricht von meiner Patentante Astrid eingegangen ist. Sie ist noch ein bisschen pathetischer als die erste. Wie wütend sie unser Streit von gestern Abend noch immer macht, kann ich deutlich in jedem Wort lesen.

Wir sind Nachfahrinnen der glorreichen Walküren.

Das schmeißt man nicht einfach weg!

Ich schmeiße gar nichts weg, denke ich wütend. Und schon habe ich wieder das Bedürfnis, sie anzuschreien. Genauso wie gestern Abend, als ich so hektisch von meinem Stuhl aufgestanden bin, dass er polternd hinter mir zu Boden gegangen ist.

Ich zwinge mich, das Handy wegzustecken und tief durchzuatmen, um meine Wut zu zügeln.

Während ich sehr bewusst ein- und ausatme, fällt mein Blick auf eine Pfütze vor mir. Das sanfte Morgenlicht spiegelt sich im Wasser, das sich zwischen den unebenen Pflastersteinen gesammelt hat, die sich vermutlich schon vor zweihundert Jahren durch schwere Kutschräder verformt haben.

Noch einmal glitzert die Oberfläche wie ein Edelstein. Dann erlischt das Licht.

Ich sehe gen Himmel. Eine dicke, graue Wolke hat die Sonne

so vollkommen geschluckt, als wollte sie sie nie wieder hergeben. Ich stehe dort und warte, bis die Sonne auf der anderen Seite der Wolke wieder hervorkommt. Eine Minute vergeht. Zwei. Doch die Sonne kehrt nicht zurück.

Meine Wut ist erloschen. Genauso wie das Licht.

»Was ist nur mit dem Wetter los?«, fragt schon der zehnte Kunde, der während meiner Schicht das Café betritt. Neben der Tür stapeln sich die Regenschirme, eine große Wasserlache bildet sich darunter. Doch Melli und ich haben es schon vor einer Stunde aufgegeben, den Boden zu wischen, weil er nach nur fünf Minuten sowieso wieder mit matschigen Fußabdrücken bedeckt ist.

Die Sonne bleibt verschwunden, weswegen es mir so vorkommt wie mitten in der Nacht, obwohl es gerade einmal später Nachmittag ist. Es regnet so stark, als würde der Himmel einen Frühjahrsputz veranstalten.

Unwillkürlich spähe ich immer wieder durch die bodentiefe Fensterfront. Egal, wie sehr ich es auch versuche, mein Leben als Hexe hinter mir zu lassen, diese starke Verbindung zur Natur kann ich nicht ablegen. Sie ist an mir festgenäht. Und eine ungute Vorahnung, dass das hier nicht einfach nur ein typischer, beschissener, dunkler Wintertag ist, hängt in der Luft wie ein zu aufdringliches Parfüm.

»Zwei Cappuccinos mit Hafermilch«, sagt Melli und holt mich zurück hinter die hölzerne Theke, wo sich die Getränkebestellungen nur so stapeln. Der ganze Campus scheint sich an diesem Nachmittag im Café versammelt zu haben. Jeder Tisch ist belegt. Meine Ohren surren.

Die nächsten Stunden müssen wir so viele Bestellungen abarbeiten, dass ich gar keine Zeit habe, über irgendwas anderes als Kaffeebohnen und Milchschaum nachzudenken.

Erst fünfzehn Minuten vor Ladenschluss wird es ruhiger und ich fühle mich auf eine angenehme – menschliche – Weise erschöpft. Meine Schultern sind ein bisschen verkrampft von den immer gleichen Bewegungsabläufen und meine Beine sind müde vom langen Stehen.

»Wieso bist du denn zu spät gekommen heute Morgen?«, fragt mich Melli, als sie anfängt, die Kaffeemaschine zu putzen.

»Tinder-Date und zu viel Wein«, sage ich knapp.

Melli deckt mich, wenn ich zu spät komme. Dafür reinige ich am Ende des Tages den Entsafter, weil sie darauf keinen Bock hat. Trotzdem würde ich uns nicht als Freundinnen bezeichnen. Ich bin nie so ganz mit ihr warm geworden, weil mir ihre gute Laune nie echt vorkommt und sie mir Fragen stellt, die mir einfach zu persönlich sind.

»Uuuuh«, macht Melli sofort. »Und wie war's?« Damit bestätigt sie prompt meine Vorbehalte.

»Okay«, sage ich, obwohl es sich wie eine Lüge anfühlt.

»Dafür, dass du angeblich so verkatert warst, hattest du heute Morgen einen ziemlichen Glow, als du hier reingekommen bist«, meint Melli und klingt dabei seltsam misstrauisch. Fast schon vorwurfsvoll. Sie lässt es so klingen, als müsste ich mich für meinen angeblichen *Glow* rechtfertigen, was ich zwar nicht tun muss, schuldig fühle ich mich trotzdem. Sie hat wahrgenommen, dass ich anders aussah als sonst. Was an der Magie lag, die ich zum Glück nicht länger in meinem Körper spüre.

Ich zucke nur mit den Schultern, weil mir keine bessere Entgegnung auf ihre Aussage einfällt, und wische den Boden. Die braunen Fußspuren schwinden, bis die Fliesen nicht mehr verraten, wie viele Menschen heute hier gewesen sind.

Als ich mit dem Aufräumen fertig bin, wende ich mich Melli zu und ertappe sie beim Tagträumen. Sie starrt die Fensterfront an, als würde sie hinter dem Glas ganz viel erkennen, dabei geht alles in der abendlichen Dunkelheit unter.

Sie sieht auf und als sie meinem Blick begegnet, wirkt sie schuldbewusst.

Ich will, dass dieser seltsame Tag mit diesen seltsamen Begegnungen und seltsamen Gefühlen und dieser seltsamen Vorahnung, die ich einfach nicht loswerde, endlich vorbei ist.

Mein Handy vibriert mehrmals, als wir gerade unsere Sachen aus unseren Spinden im Mitarbeiterraum holen. Erleichtert, weil ich denke, dass mich das vor einem weiteren Gespräch mit Melli bewahrt, will ich rangehen, als mir mein Display neue Nachrichten von Marek anzeigt. Mein Rausschleichen hat wohl nicht gereicht, um ihm klarzumachen, dass ich an einer Wiederholung von letzter Nacht kein Interesse habe.

»Uuuuh, ist das der Typ?«, fragt Melli, die sich sofort ungefragt über meinen Handybildschirm beugt, während ich seinen Chat überfliege.

hey

wieso bist du heute morgen weg?

kannst du noch mal vorbeikommen?

ich muss mit dir reden

irgendwas passiert mit mir, was ich mir nicht erklären kann

»Ich hasse es, wenn Männer nicht dazu in der Lage sind, über ihre Gefühle zu sprechen«, regt sich Melli in meinem Namen auf. »Wieso sagt er nicht einfach, dass er dich mag? *Irgendwas passiert mit ihm?* Als wären Gefühle eine Krankheit.«

Ich gehe nicht auf sie ein und will das Match schon löschen, weil sich nur bei der Erwähnung des Worts *Gefühle* mein Hals so stark zuschnürt, dass ich kaum noch atmen kann.

Da bekomme ich noch eine Nachricht von ihm.

und du hast deine ohrringe vergessen

Sogar mit Beweisfoto.

Intuitiv greife ich an meine Ohrläppchen, wo sonst kleine, goldene Stecker sitzen. Sobald ich meine nackte Haut berühre, werden meine Hände feucht. Verdammt! Die Ohrringe gehörten meiner Mutter und ohne sie fühle ich mich plötzlich nackt und ungeschützt. Ich *muss* zurück.

»Zeig mal sein Profil.«

Ich hatte kurz ganz vergessen, dass Melli überhaupt noch da ist, bis sie mir ungefragt das Handy aus der Hand nimmt. Doch ich beschwere mich nicht, weil ich zu sehr damit beschäftigt bin, mich für meinen kopflosen Abgang heute Morgen zu verfluchen. Ich will keine Nähe, die über körperliche hinausgeht. One-Night-Stands ohne Frühstück am nächsten Morgen haben sich deswegen für mich sehr bewährt. Ich hasse es, dass ich nun von meinen Prinzipien, niemanden mehr als einmal zu treffen, abweichen muss.

Fuck.

»Oh, der ist süß«, kommentiert Melli fachmännisch, als würde sie kein Urteil über einen realen Menschen, sondern über ein Produkt treffen, das sie überlegt zu kaufen und schon mit den Angeboten von Konkurrenzfirmen verglichen hat.

»Mh«, mache ich und nehme ihr das Handy wieder ab, auf dem jetzt sein Profil prangt.

Marek sieht gut auf seinen Fotos aus. Er hat strahlend grüne Augen und Locken, die wirken, als würden sie sich unter den Fingerspitzen wie Seide anfühlen – tun sie wirklich. Er lächelt offen und ehrlich. Doch das war nicht der Grund, warum ich mich mit ihm getroffen habe. Es war ein einziger Satz.

In seiner Bio steht:

Random Facts über mich

Ich habe keine Ahnung, warum ich immer in Prag studieren wollte. Es hat sich einfach richtig angefühlt.

Ich habe jeden Film geguckt, in dem Keanu Reeves mitspielt (weil der Mann großartig ist).

Und ich träume nicht.

Diese vier letzten Worte lösen auch jetzt wieder etwas in mir aus.

Ich träume nicht.

Es mag nicht wie ein großes Eingeständnis klingen, doch für eine Hexe ist es genau das. Träume sind von großer Bedeutung. Sie zeigen die Zukunft. Die Vergangenheit. Sie sagen viel über eine Hexe aus. Noch mehr sagt es über eine Hexe aus, wenn sie nicht träumt. Sie wirkt unberechenbar.

Meine Magie ist auch ohne die Tatsache, dass ich noch nie in meinem Leben geträumt habe, schon anders und gefährlich genug, was mich mein sogenannter Zirkel niemals hat vergessen lassen.

Deswegen habe ich mich entschieden, keine Hexe mehr zu sein.

Ich schreibe ihm schnell, dass ich mich gleich auf den Weg zu ihm mache, und stecke das Handy weg.

»Viel Spaß bei Runde zwei«, sagt Melli und wackelt mit den Augenbrauen, als wir den Laden hinter uns abschließen. Mit ihrer übertrieben freundlichen Art wirkt sie auf mich manchmal wie ein Roboter, der eine Gebrauchsanweisung darüber gelesen hat, was es bedeutet, ein Mensch zu sein, und diesen Punkten nun akribisch folgt.

Ihr perfektes Lächeln verrutscht um einige Millimeter, sobald sie wie ich zum Himmel schaut, wo sich Sturmwolken bedrohlich auftürmen. Sie wirken unnatürlich dunkel, der

Mond unnatürlich hell, als würde er gar nicht dort oben hingehören.

»Bis morgen.« Melli fängt sich als Erste von uns beiden, winkt und macht sich auf den Heimweg.

Vielleicht bilde ich mir nur ein, dass sie das Wetter genauso beunruhigt wie mich, damit ich mir nicht mehr so *anders* vorkomme.

Immer anders.

Kein Mensch.

Aber auch nicht wie andere Hexen.

Meine Patentante hat unrecht.

Ich brauche keinen Zirkel.

Ich brauche einfach meine Ruhe.

Du kannst das, rede ich mir gut zu, während ich extrem langsam die Treppen hinauf zu Mareks Wohnung erklimme. Wenn ich noch langsamer werde, laufe ich irgendwann rückwärts.

Ich verstehe selbst nicht so genau, warum mir die ganze Sache so schwerfällt. Normalerweise kann ich mit casual Dating sehr gut umgehen, kann kommunizieren, dass ich nichts Ernstes will, und auch kurze awkwarde Momente, die unvermeidbar sind, überspielen. Aber gerade ist mir das irgendwie alles zu viel.

Ich straffe die Schultern und laufe ein bisschen schneller, um mir zu beweisen, dass das Date gestern auch nur eines von vielen war und genauso unbedeutend wie alle anderen. Beim letzten Treppenabsatz nehme ich immer zwei Stufen auf einmal. Und dann entdecke ich ihn.

Marek lehnt im Rahmen seiner offenen Tür. In seiner Wohnung ist es heller als im schlecht beleuchteten Treppenhaus, weswegen er sich als dunkle Silhouette gegen das Licht in seinem Rücken absetzt.

Würde es nach mir gehen, hätte er meine Ohrringe schon in der Hand, würde sie mir geben und ich könnte gehen, ohne noch mal einen Fuß in seine Wohnung zu setzen.

Aber es geht natürlich nicht nach mir.

Als ich zwei Schritte vor ihm zum Stehen komme, stellen sich alle Härchen auf meinen Armen auf. So ging es mir auch gestern bei unserer ersten Begegnung. Die Vorahnung, die wie ein Parfum in der Luft hängt, ist zurück. Doch ich kann sie nicht greifen.

Dass ich noch nichts gesagt habe und ihn nur wortlos anstarre, fällt mir erst auf, als er mich ein bisschen verwirrt mustert.

»Hey«, sagt er, seine Stimme rau.

»Hey«, gebe ich zurück.

Er macht einen Schritt zur Seite, damit ich eintreten kann.

Ich zögere, denn dieser Moment fühlt sich bedeutsam an. Wie der Beginn von etwas.

Meine Patentante Astrid sagt immer, dass nicht Magie unsere wahre Gabe ist, sondern dieses ausgeprägte Gefühl in uns, das uns warnt und auf das wir immer hören sollten.

Aber gestern hat Astrid auch gesagt, dass ich es bereuen würde, den Hexen den Rücken zu kehren. Wenn ich einen Rat von ihr bereits ignoriere, kann ich das genauso auch mit einem zweiten machen.

Also gebe ich mir einen Ruck. Die Tür fällt mit einem sanften Klicken ins Schloss. Marek berührt mich nicht, aber ich spüre seine Präsenz deutlich hinter mir.

Ich ziehe meine Jacke aus, lasse meine Schuhe aber an, um ihm wortlos klarzumachen, dass ich nicht vorhabe, lange zu bleiben.

Er geht voraus in sein Zimmer und ich folge ihm.

»Ich wollte nur kurz meine Ohrringe holen. Ich werde dich nicht lang stören«, sage ich und lasse seine Zimmertür offen. Marek dreht sich zu mir um. Jetzt ist er nicht mehr nur eine dunkle Silhouette im Gegenlicht. Ich kann seine Züge erkennen und zucke fast ein bisschen vor ihm zurück. Er wirkt ausgemergelt, als hätte er den ganzen Tag starke Schmerzen gehabt.

»Irgendwas ist mit mir los«, sagt er gehetzt und atemlos. »Ich spüre ...« Er vollendet das Wort nicht, sondern blickt aus dem Fenster. Der Mond leuchtet noch ein bisschen stärker als vor einer halben Stunde noch. Er ist voll. Trotzdem sehen seine Kanten so scharf aus, als könnte man sich an ihnen schneiden.

Die Haare auf meinen Armen stellen sich auf und bleiben stehen. Auch als ich mir über die Haut reibe.

Marek wendet sich mir zu und ich muss dem Impuls widerstehen, vor ihm zurückzuweichen.

Seine grünen Augen sind angelaufen wie nasses Metall. Doch sie sind nicht rostig rot, sondern stechend silbern. Als würde sich der Mond darin spiegeln wie auf einer ruhigen Wasseroberfläche, dabei hat er dem Fenster bereits den Rücken zugewandt.

»Was passiert mit mir?«, fragt er mich verzweifelt, doch ich habe keine Antwort.

Ich unterdrücke einen Schrei, als Marek ohne Vorwarnung vornüberkippt und schwer auf den Knien landet. Mondlicht flutet sein Zimmer und scheint ihn zu ertränken. Er bäumt sich auf. Doch er wehrt sich nicht gegen das Licht. Er wehrt sich gegen sich selbst.

Seiner Kehle entkommt ein Ton, der kaum noch menschlich klingt. Er ist viel zu tief. Und dann ... knurrt er. Ich sollte rennen. Doch ich rühre mich nicht. Ich verharre auf der Stelle und starre Marek an.

Er bäumt sich auf, sein Shirt reißt. Haare bedecken seine Hände. Krallen schießen hervor.

Das dürfte nicht passieren. Und deswegen redet sich ein Teil meines Gehirns auch ein, es würde nicht passieren.

Das ist der Teil meines Gehirns, der ganz sicher eines Tages für meinen Tod verantwortlich sein wird.

Vielleicht auch heute schon.

Ich blinzle. Und dann steht er vor mir. Ein zwei Meter großer Wolf mit mondgrauem Fell, langen Krallen und noch längeren Zähnen. Er starrt mich aus silbrigen Augen an. Ich starre zurück. Der Jäger und seine Beute.

Und dann springt er auf mich zu.

Kapitel 2

Ich finde endlich meinen Überlebensinstinkt, den ich in den letzten Minuten verlegt zu haben scheine.

Ich hechte zurück, springe in den Flur und knalle Mareks Zimmertür hinter mir zu. Als sich der Wolf von der anderen Seite gegen die Tür wirft, vibriert mein Kiefer von der Wucht des Aufpralls. Das Schloss knirscht gefährlich.

»FUCK!«, schreie ich und stemme mich gegen das Holz. Dass ich Magie wirke, spüre ich erst, als sie mich flutet wie Licht an einem warmen Sommertag. Die groß gewachsenen Monstera-Pflanzen im Flur schrumpeln tot in sich zusammen – zumindest die, die nicht ohnehin schon verwelkt waren –, zum Glück ist die Tür stark genug, um auch dem nächsten Angriff zu widerstehen. Der Wolf gibt jedoch nicht nach. Aber meine Magie wird es irgendwann tun.

»What the fuck!«

Ich erschrecke so stark, dass ich die Tür fast loslasse.

Irgendwann in den letzten Sekunden muss der hochgewachsene, schlaksige Typ in Jogginghose und Uni-Pulli, den ich für Mareks Mitbewohner halte, neben mir aufgetaucht sein, doch ich war zu sehr damit beschäftigt zu überleben, sodass ich ihn erst jetzt bemerke.

Wie viel hat er gesehen?

Mir bricht kalter Schweiß aus.

Habe ich gerade vor einem Menschen gezaubert?

Ein besonders starker Stoß gegen die Tür, der mich fast gegen die Wand gegenüber schleudert, erinnert mich daran, dass ich größere Probleme habe als die Geheimhaltung von Magie.

Ein bedrohliches Knurren dringt durch die Tür, durch die sich jetzt ein Riss zieht, und der Typ vor mir wird bleicher als die Tapete hinter ihm.

»Hilf mir«, schreie ich. Zu meiner Überraschung rennt er sofort zu mir und stemmt sich rücklings gegen die Tür.

»Drück dich dagegen«, befehle ich ihm, obwohl sein schlaksiger Körper denkbar ungeeignet scheint, einen Wolf aufzuhalten.

Ich schiebe eine Kommode aus dem Flur vor die Tür.

Wieder schmeißt sich der schwere Körper von innen dagegen. Das ganze Haus scheint zu rütteln. Bücher fallen aus dem Regal und gehen polternd zu Boden.

Und dann dringt ein so bedrohliches Knurren durch die Tür, dass mir Übelkeit die Speiseröhre hinaufwandert.

»Was war das?« Mareks Mitbewohner starrt mich aus riesigen Augen an.

Wie gern hätte ich eine Antwort für ihn. Doch ich habe keine Ahnung, was hier passiert. Nur weil ich als Hexe aufgewachsen bin, heißt das noch lange nicht, dass sich ständig Männer vor mir in bösartige Wölfe verwandeln. Das ist auch für mich eine völlig neue Erfahrung.

Noch einmal spüre ich die Erschütterung des schweren Körpers wie ein Erdbeben. Er knurrt. Und dann ist es auf einmal beunruhigend still. Ich kann mein Herz wieder in meinen Ohren wummern hören.

»Was war das?«, wiederholt Mareks Mitbewohner, noch schriller als zuvor.

Ich spüre die Magie durch meinen Körper fließen, doch gerade ist nicht der richtige Moment, um sich darüber aufzuregen, dass ich gezaubert habe. Erst mal muss ich diesen Abend überleben. Und dafür brauche ich mehr Kraft.

Ich renne in die Küche, erblicke den Obstkorb und lege meine Hand darauf. Die roten Äpfel verfaulen im Zeitraffer.

»Was zur Hölle?«

Als ich mich umdrehe, blicke ich Mareks verstörtem Mitbewohner entgegen, der schon wieder viel mehr gesehen hat, als er sollte. Darum kümmere ich mich später.

Ich renne zurück zu Mareks Zimmer. Sein Mitbewohner folgt mir. Allerdings wirkt er wie in Trance, als wäre er in einer Schockstarre, aus der er sich noch nicht ganz lösen kann.

Ich würde gern vor all dem hier weglaufen, aber ich kann Marek schlecht in der Gestalt eines Wolfs zurücklassen. Am Ende frisst er noch seinen Mitbewohner.

Ich lausche. Hinter der Tür ist es still. Also schiebe ich die Kommode beiseite. Die gestohlene Energie pulsiert stärker durch meinen Körper als mein eigener Herzschlag. Sie will befreit werden. In Magie gewandelt werden. Aber ich unterdrücke sie. Bis ich sie brauche.

Langsam öffne ich die Tür einen Spaltbreit. Dann reiße ich sie komplett auf.

Der Wolf ist fort.

Das Fenster steht offen. Die Vorhänge flattern nicht mehr wie an diesem Morgen träge im Wind, sondern schlagen heftig, als wollten sie abheben, um dieser Situation zu entfliehen. Ich kann es ihnen nicht verübeln.

So schnell ich kann, renne ich zum Fenster und starre nach unten auf die Straße. Dort kann ich nur noch ausmachen, wie die riesige Gestalt des Wolfs in eine Gasse einbiegt und dann aus meinem Blickfeld verschwindet.

»Was zur Hölle?« Wenn Mareks Mitbewohner seine Augen noch weiter aufmacht, fallen sie ihm noch aus dem Gesicht. Er steht direkt neben mir und lehnt sich so weit aus dem offenen Fenster, dass ich Sorge habe, dass er gleich rausfällt.

Ich packe ihn am Kragen seines Pullis und ziehe ihn zurück in Mareks Zimmer.

»War das Marek?«, fragt er panisch. Seine Stimme ist eine Oktave nach oben gesprungen. »Das war Marek, oder? Das muss er gewesen sein. Er war ein Tier. Und er hat sich gegen die Tür geworfen und die Tür ist gesplittert. Und Marek ist ein Wolf und ich weiß nicht ...« Er redet, ohne Luft zu holen, und hört erst damit auf, als ich ihn grob an den Oberarmen packe.

»Reiß dich zusammen!«, schreie ich. Meine Stimme ist leider ebenfalls eine verräterische Oktave nach oben gehüpft, aber da er sowieso gleich alles vergessen wird, spielt es keine Rolle.

Ich atme tief durch und verstärke meinen Griff um seine Schultern, gegen den er nicht einmal Anstalten macht, sich zu wehren. »Vergiss, was du hier gesehen hast«, sage ich. Schon will ich meine linke Hand auf seine Stirn legen, um einen Zauber zu wirken, der ihm einen Blackout bescheren wird, sodass er, wenn er aus seiner Ohnmacht aufwacht, nur dröhnende Kopfschmerzen, das Gefühl, zu viel getrunken zu haben, und vage Erinnerungen behalten wird.

Doch er schüttelt vehement den Kopf.

»Ich kann dir helfen.«

»Kannst du nicht«, entgegne ich ungeduldig. In den Gassen Prags ist ein Monster unterwegs, das ich dringend einfangen muss. Ich habe vielleicht keine Ahnung, was hier vor sich geht, aber ich weiß mit sehr großer Sicherheit, dass ich den ganzen Prager Zirkel an der Backe habe, wenn ich das nicht löse, bevor es auffällt. Ich stehe unter Zeitdruck.

Mareks Mitbewohner weicht mir aus, als ich versuche, meine Hand auf seine Stirn zu legen.

»Ich bin ruhig. Siehst du? Du wolltest, dass ich mich beruhige. Das habe ich. Und ich bin vielleicht überfordert und stehe mit sehr hoher Wahrscheinlichkeit unter Schock, aber ich habe gesehen, wie du gezaubert hast. Da ich noch nie in meinem Leben Drogen genommen habe und nur sehr selten trinke, bin ich mir sicher, dass es keine Halluzination war. Als Kind habe ich mir immer gewünscht, ich könnte ein Zauberer sein oder ein Krieger oder am besten ein Wikinger. Leider bin ich nichts davon geworden.«

Ich hebe wieder meine Hand. »Es ist zu deinem Besten, alles zu vergessen.«

Er wehrt meine Hand ab und nimmt sie so sanft in seine, dass ich sie ihm jederzeit wieder entziehen könnte. »Da hast du vielleicht recht. Aber du kennst Marek nicht gut. Ich schon. Wenn er das war, dann kann ich dir helfen, ihn zu finden. Ich weiß, wo er hingehen würde. Sobald das Adrenalin nachlässt, werde ich vermutlich durchdrehen, also wird dir dann sowieso keine andere Wahl bleiben, als mich alles vergessen zu lassen.«

Eigentlich will ich ihm klarmachen, dass das aus mehr als einem Grund ein absurder Vorschlag ist. Er darf als Mensch nichts von der Existenz von Magie wissen. Und Marek ist nicht mehr Marek. Irgendwie – ich muss noch herausfinden wie – ist er zu einem Wolf geworden.

Zögernd lasse ich die Hände sinken, weil Mareks Mitbewohner leider mit einer Sache recht hat: Ich habe keinen Anhaltspunkt, wo ich nach Marek suchen soll. Und vielleicht steckt ja noch ein Teil von seinem früheren Selbst in ihm, selbst wenn sich sein Körper in einen Wolf verwandelt hat.

Als ich heute Morgen aufgewacht bin, waren mein Kater, der nackte Kerl neben mir und meine wütende Patentante noch meine größten Probleme. Das waren gute Zeiten.

»Na gut«, sage ich also. »Aber es ist gefährlich.«

»Das ist mir egal«, sagt der schlaksige Kerl vor mir, der gar nicht so wirkt, als wäre es ihm egal. Doch als ich in den Flur eile, um meine Jacke anzuziehen, folgt er mir. Und das tut er auch noch, als ich schließlich auf die Straßen Prags trete.

Der Mond strahlt hell. Die Sterne rahmen ihn zu allen Seiten ein. Dann flackert einer von ihnen, als wäre er keine Millionen Jahre alte Sonne, sondern nur eine in die Jahre gekommene Straßenlaterne. Und erlischt. »Er ist hier lang«, sage ich, um meine Gedanken zu vertreiben und laufe zügig los. Die Energie in meinen Adern macht mich ruhelos, da sie nicht dazu bestimmt ist, in meinem Körper gefangen gehalten zu werden. Sie will ausbrechen. Früher habe ich wie alle anderen Hexen stets Kristalle bei mir getragen, in die ich in so einer Situation die Energie übertragen konnte, bis ich sie wieder brauche. Doch ich habe auch sie zurückgelassen, als ich meiner Herkunft den Rücken gekehrt habe. Nun bleibt mir nichts anderes übrig, als diese Unruhe, die meinen Körper vibrieren lässt, auszuhalten.

Über Prag liegt auch an diesem seltsamen Abend die vertraute Geräuschkulisse. Das Grölen betrunkener Studenten vermischt sich mit dem babylonischen Sprachgewirr der vielen Touristen. Neben uns öffnet jemand die Tür zu einem Restaurant und ein 80s-Song wabert zu uns aufs nasse Kopfsteinpflaster, das den goldenen Glanz der Straßenlaternen reflektiert, die schon vor Jahrhunderten hier standen.

Doch obwohl alles so wirkt wie immer, kommt es mir doch so vor, als wäre die Welt dumpfer geworden. Als wären die Bässe in dem Song nicht mehr so tief und das Lachen der Studenten nicht so gelöst wie sonst. Irgendwas hat sich heute auf der Welt verschoben. Ich weiß es einfach.

Nicht dein Problem, ermahne ich mich. Ich werde Marek finden, ihn irgendwie wieder in einen Menschen verwandeln – noch keine Ahnung wie – und mich dann wieder um mein normales, *menschliches* Leben kümmern. Ohne Magie, ohne Hexen, ohne Zirkel.

»Hier lang«, meint Mareks Mitbewohner und deutet auf den Teil eines übergroßen Pfotenabdrucks, den der Wolf in dem Matsch hinterlassen hat, wo das alte Kopfsteinpflaster über die Jahre aufgebrochen ist.

Ich folge ihm, während er mich ansieht, als wollte er für seine Entdeckung ein Lob hören.

»Ich bin Dario«, sagt er, als er wohl eingesehen hat, dass er das von mir nicht erhalten wird.

»Lily«, entgegne ich widerwillig.

Wir laufen weiter und für die nächsten zwei Minuten nimmt er mein Schweigen hin, bis ausgerechnet ich es nicht mehr ertragen kann.

»Wieso drehst du nicht mehr durch?«, entfährt es mir geradezu vorwurfsvoll. »In der Wohnung hast du noch fast den Verstand verloren und jetzt bist du so ruhig, als wäre das alles normal.«

»Mit *alles* meinst du, dass mein Mitbewohner sich in einen Wolf und du unsere Obstschale in ein Vanitas-Stilllebengemälde verwandelt hast?«

Mir entfährt ein Geräusch, das wie ein verunglücktes Lachen klingt.

»Mach dir nichts draus. Unser Obst wird immer schlecht, bevor ich alles essen kann. Und unsere Topfpflanzen finden auch so ständig einen schnellen Tod, ohne dass du nachhelfen musst.«

Diesmal entlockt er mir wenigstens ein müdes Lächeln.

Wir entdecken Kratzspuren an einem besonders alten Haus, das bestimmt denkmalgeschützt ist. Sie gehen so tief, dass Teile der Fassade auf den Boden gebröckelt sind.

Ich betrachte Dario von der Seite. Er ist so dünn, dass ihn

die Krallen des Wolfs bestimmt mit einem Schlag durchbohren könnten. Wenn ich blinzle, sehe ich ihn bereits verblutend vor mir auf dem Boden liegen. Ich sollte ihn dazu bringen, umzudrehen.

Doch dann erreichen wir die nächste Weggabelung. Dort hat der Wolf keine Spuren hinterlassen. Ich brauche Darios Hilfe vielleicht doch.

Fragend blicke ich Dario von der Seite an.

»Hier lang«, meint er nur und läuft so bestimmt weiter, als bestünde kein Zweifel daran, welchen Weg der Wolf eingeschlagen hat. Ich folge ihm, weil mir, wenn ich mal ganz ehrlich mit mir selbst bin, auch nicht wirklich eine andere Wahl bleibt.

»Und ich wirke vielleicht ruhiger als vorhin«, fährt er fort, während wir um die nächste Ecke biegen. »Aber innerlich schreie ich aus voller Kehle.«

»Ich auch«, gebe ich widerwillig zu. In der Dunkelheit nach einem entlaufenen Wolf zu suchen, der einen mit einem starken Schlag umbringen könnte, verbindet wohl. Wer hätte das gedacht.

»Ich habe vorher nicht an so was geglaubt«, fährt er fort. Ich vermute, dass unnötig viel zu reden ihm gegen seine Nervosität hilft, also unterbreche ich ihn nicht. »Also an Verwandlungen und Zauber und so was. Ich meine, seit meiner Kindheit lese ich gerne Fantasyromane und habe mir immer gewünscht, dass es real wäre. So ein Abenteuer kam mir spannender als mein eigenes Leben vor. Wem geht es nicht so? Und ich studiere im Hauptfach nordische Mythologie, also kenne ich mich aus mit Legenden.«

Ich stocke kurz, als wären seine Worte Steine, über die ich stolpern kann. Doch er merkt es nicht und redet einfach weiter, schneller und schneller, über seine Lieblingsfächer und

Lieblingscharaktere bei *Herr der Ringe* und warum die Darstellung von Loki und Thor in den Marvel-Filmen so falsch ist. Doch ich höre kaum noch zu. Denn mein Herz rauscht mir zu laut in den Ohren.

Kann das ein Zufall sein?

Ich schlafe mit einem Mann, der nicht träumt. Er verwandelt sich in einen Wolf.

Und dann mache ich mich gemeinsam mit seinem Mitbewohner auf die Suche, der ein Fan von nordischer Mythologie ist, der Quelle all meiner Kräfte. Schließlich waren unsere Vorfahrinnen die Walküren, die Kriegerinnen der nordischen Götter.

Das Schicksal leitet uns alle, höre ich Astrids pathetische Stimme viel zu laut in meinen Ohren dröhnen.

Doch ich ignoriere sie, genauso wie ich es auch tue, wenn sie tatsächlich neben mir steht, und ermahne mich, dass ich es mir gerade wirklich nicht leisten kann, meinen Fokus zu verlieren.

»Wo laufen wir eigentlich hin?«, unterbreche ich Dario irgendwann, weil mir seine Ausführungen über die nordischen Götter inzwischen Angst machen. Fast so sehr wie die silbrigen Augen des Wolfs.

Aber nur fast.

»Marek ist gern am Wasser. Da ist so eine Stelle, die er besonders mag«, erklärt Dario.

Wir biegen noch zweimal ab, ehe wir den Fluss erreichen. Heute Abend ist er eine pechschwarze, vollkommen glatte Oberfläche, die mich an ein Messer erinnert. Es durchschneidet Prag in zwei Seiten. Auf der anderen Seite thront an der Spitze des Hügels die Prager Burg, die wie jeden Tag bewachend auf die Stadt herabblickt.

Die Brücke ist nur wenige Meter von uns entfernt. Die Straßenlaternen, die sie flankieren, werfen lange Schatten und die

Statuen aus Stein wirken wie echte Menschen, die bedrohlich zu uns herüberstarren.

Dario läuft an der Brücke vorbei, aber wir halten uns am Wasser.

»Was bist du?«, fragt Dario mich schließlich. Ich weiß, dass er diese Frage, schon seitdem wir seine Wohnung verlassen haben, wie ein schweres Gepäckstück mit sich herumschleppt.

Ich habe keine Ahnung, was ich entgegnen soll. Doch eine Antwort bleibt mir erspart. Ein Schrei durchreißt die Nacht. Ich renne auf den Ursprung des Geräuschs zu, Dario folgt mir schwer atmend, trotzdem drehe ich mich nicht zu ihm um. Die Kraft in mir lässt mich fast fliegen. Sie weiß, dass ich mich dem Punkt nähere, wo sich meine Magie entladen will. Sie will die Energie endlich wieder abgeben.

Ich erreiche die Gasse, aus der der Schrei kam. Der Wolf hat mir den Rücken zugewandt. Er starrt seinem Opfer nach. Ich kann nicht viel erkennen. Nur, dass es eine menschliche Gestalt ist, die schwerfällig davonwankt.

Ich schmecke das metallische Aroma von Blut in der Luft.

»Hey«, schreie ich, bevor der Wolf die Gestalt erneut angreifen kann.

Der mächtige Körper ist so viel agiler, als er sein dürfte. In nur dem Bruchteil einer Sekunde hat sich das Monster in meine Richtung gedreht. Blut tropft ihm aus den Mundwinkeln und von den langen Krallen. Die Zähne blitzen im Mondlicht. Seine Augen scheinen in Brand zu stehen. Es ist silbernes Feuer, das Zerstörung verheißt.

In diesem Moment weiß ich bereits, dass die Kraft in meinen Adern nicht stark genug sein wird. Dass ich nur verlieren kann.

Trotzdem zögere ich nicht.

Ich hebe die Hände und die Balkone, die Jahrhunderte an

derselben Stelle im ersten Stock eines alten Steinhauses verbracht haben, krachen auf das Monster herab. Wütend brüllt es auf, als der Stein ihn an der Schläfe trifft. Er will auf mich zuspringen, doch ich hebe die Arme höher. Meine Fingerspitzen brennen, weil ich so viel Magie auf einmal durch meine Haut presse, doch ich ignoriere den Schmerz, der mir schon mein ganzes Leben lang ein bisschen zu gut gefallen hat.

Die schön geformten Metallstäbe des Balkons lösen sich. Die Blumen und Wellen biegen sich zu Fesseln, nur weil ich es will. Die Macht lässt es in meinem Kopf klingeln. Ich möchte, dass etwas geschieht und dann geschieht es. Magie ist pure Ekstase und es ist so leicht, in ihr verloren zu gehen und zu vergessen, warum man sie eigentlich wirkt.

Ich konzentriere mich auf die Fesseln, die sich nun um die Glieder des Wolfs schlingen und versuchen, ihn zu Boden zu ringen. Sie sehen lebendig aus. Wie Schlangen winden sie sich um den Körper des Wolfs. Doch statt zu zischen, kratzen sie übereinander und riechen nach Rost.

Der Wolf wehrt sich. Mit ganzer Kraft. Mit allem, was er hat. Und ich spüre seinen Widerstand in meinen Armen. Ich beginne mich zu fühlen, als hätte ich den ganzen Tag Gewichte gestemmt. Die Kraft, die ich mir geborgt habe, schwindet. Doch ich darf nicht aufgeben.

Nicht, solange es in dieser Gasse noch immer nach Blut riecht und ich nicht weiß, wie viele Pfützen, die ich im dämmrigen Mondlicht erkenne, nur mit Wasser gefüllt sind. Der Wolf hat sich schon fast befreit, die Ketten gesprengt, die Schlangen getötet. Da durchflutet mich neue Kraft. So mächtig, dass der Wolf mit einem Ächzen zu Boden geht und sich kaum noch rühren kann. Er wimmert wie ein Welpe, obwohl er noch immer zwei Meter groß ist und Blut an seinen Zähnen klebt.

Ein weiteres Wimmern ertönt. Doch es klingt menschlich. Ich kann mich nicht umwenden, um herauszufinden, woher es kommt. Ich kann nur den Wolf anstarren, dessen Augen inzwischen angstvoll geweitet sind. In mir pocht ein zweiter Herzschlag, der die Kontrolle über alles übernommen hat.

»Lilith!«

Astrids strenge Stimme bringt mich zurück in die Gegenwart. Abrupt drehe ich mich um und sehe in ihre braunen Augen. Meine Patentante steht nur einen Meter von mir entfernt, mit gerader Haltung, die stolze Oberhexe, die sie nun mal ist. *Sie ist natürlich nicht allein*, denke ich sarkastisch, denn eine Hexe braucht schließlich einen Zirkel. Neben ihr entdecke ich Morgana, die einzige Freundin, die ich jemals hatte, und ...

Melli, meine Kollegin im Coffeeshop!

»Lilith!«, wiederholt Astrid noch strenger und deutet auf einen Sack neben sich. Als ich genauer hinsehe, erkenne ich, dass es gar kein Sack ist, sondern ein in sich zusammengesunkener Mensch.

Ich zögere eine Sekunde, dann lasse ich quälend langsam die Arme sinken, während mein eigener Herzschlag wieder lauter wird als mein verräterischer, verführender zweiter, dem ich niemals vertrauen dürfte.

Es ist Dario.

Er fällt noch weiter in sich zusammen. Seine Augenlider flattern, als wollten sie sich öffnen, können es aber nicht. Dazu fehlt ihnen die Kraft.

Weil ich sie ihm genommen habe.

KAPITEL 3

Ich bin wieder ein hilfloses, ängstliches Kind, das viel zu mächtig ist für seinen kleinen Körper.

Ich presse meine Fäuste auf meine Augen, als könnte ich die Erinnerungen so zurück in meinen Schädel drücken. Doch es funktioniert nicht.

Ich friere. Bis auf die Knochen. Ich habe nie gewusst, dass man so frieren kann. Zwei dunkle Gestalten nähern sich uns. Ich weiß, dass sie uns etwas antun wollen. Meine Eltern stehen vor mir. Sie wollen mich beschützen. Doch ich will auch sie beschützen. Deswegen greife ich nach meiner Magie. So mächtig. So allumfassend. Die Angreifer fallen. So wie meine Eltern.

»Lilith.«

Sie sagt meinen Namen viel sanfter, als ich es verdient habe.

Ich spüre das harte Holz des Stuhls, auf dem ich sitze, und meine feuchten Handflächen, die ich mir noch immer ins Gesicht drücke. Obwohl ich niemals wieder hierherkommen wollte, bin ich zurück im Konvent, der Zentrale und gleichzeitig dem Wohnhaus der Hexen, sitze auf dem Flur und warte darauf, dass ich erfahre, was ich wieder angerichtet habe.

»Lilith«, wiederholt sie. Diesmal mit mehr Nachdruck, aber immer noch schrecklich sanft.

Ich will sie nicht ansehen, trotzdem öffne ich die Augen

und blicke in ihre hellblauen, die so durchsichtig sind wie der klarste Bergsee. Sie sind fast farblos. Das Blau schimmert nur leicht unter der Oberfläche, als würde sich der Himmel darin spiegeln.

Auch ihr Blick ist sanft. Natürlich ist er das.

Morgana war schon immer die sanfteste Seele auf der Welt. Selbst die Träume, die sie jede Nacht heimsuchen, haben ihr nicht einen Tropfen Zynismus eingeflößt.

»Ihm geht es wieder gut«, beschwichtigt sie mich. Sie geht vor meinem Stuhl in die Hocke, als wäre ich ein kleines Kind, und will nach meinen Händen greifen.

Reflexartig ziehe ich sie zurück.

Morgana lächelt wissend, als hätte sie genau mit dieser Reaktion gerechnet. Vermutlich hat sie das. Sie kennt mich viel zu gut.

»Du hast ihn nicht verletzt«, fährt sie fort.

»Ich habe ihn verletzt«, erwidere ich heftig.

»Ohne bleibende Schäden«, beharrt sie.

Wir starren uns in die Augen, weil keine von uns nachgeben will. Das war schon immer so. Deswegen habe ich auch nicht mit ihr gestritten, bevor ich den Hexen den Rücken gekehrt habe. Ich bin einfach gegangen.

»Du wolltest die Menschen in dieser Stadt beschützen.«

Ihre verständnisvollen Worte haben schon immer mehr wehgetan als die kritischen und ängstlichen Blicke, die mir die anderen Hexen zugeworfen haben. *Die Nekromantin*, haben sie immer hinter vorgehaltener Hand geflüstert, wenn ich durch diese Flure gelaufen bin. Ich musste mir einreden, dass mir die Meinung aller anderen egal war, weil mir gar keine andere Wahl blieb.

Nekromanten sind Hexen, die die Energie zum Zaubern auch aus Menschen ziehen können. Sie sind in der Hexengemeinschaft gefürchtet und werden meist ausgegrenzt, auch wenn die Hexen das niemals zugeben würden, da sie sich Zusammenhalt so verdammt groß auf die eigene Fahne schreiben.

Ich kann es ihnen nicht verübeln, dass sie mich für gefährlich halten, schließlich habe ich ihnen so viele Beweise dafür geliefert. Schon als wir Kinder waren, hat Morgana mir stets das Gefühl gegeben, es wäre überflüssig, mich für meine Taten zu schämen. Doch das ist eine Lüge. Ich sollte mich schämen, weil ich die Kontrolle verloren habe.

Der zweite Herzschlag in mir hat nach einer Machtquelle gesucht und Dario gefunden. Ich bin eine Diebin. Ich bin in seinen Körper eingebrochen und habe gestohlen, was niemals mir gehören sollte.

Ich starre in die Bergseen, die auf meiner Augenhöhe schweben. Meine füllen sich mit Tränen.

»Ich hätte dich damals fast umgebracht«, hauche ich.

Und trotzdem war Morgana nicht wütend auf mich gewesen. Das habe ich nicht ertragen.

»Hast du aber nicht«, sagt sie, als wäre es deswegen weniger schlimm. »Eine Hexe braucht einen Zirkel.«

Ich kann das Schnauben nicht unterdrücken. »Astrid hat dich also geschickt.«

Morgana schüttelt tadelnd den Kopf, dabei fliegen ihre feuerroten Locken wild hin und her. »Astrid hat mich nicht geschickt. Ich wollte mit dir reden.«

Jetzt fühle ich mich noch mehr wie ein Arschloch.

»Sorry«, murmle ich in mich hinein. »Dario wird also wieder?«

»Richtig«, sagt sie aufmunternd.

»Und Marek?«

Ich kann sie nicht mehr ansehen, also wandert mein Blick an ihrem rechten Ohr vorbei zur waldgrünen Tapete, die von den weißen, auf dem Kopf stehenden Lilien durchbrochen ist. Das Symbol des Prager Hexenzirkels. Dazwischen hängen alte Gemälde und neue Fotos von jeder Hexe, die jemals hier gelebt hat. An manchen Stellen ist die Wand kaum noch zu sehen. Keine Hexe wird vergessen. *Denn wir halten zueinander,* höre ich Astrids Stimme in meinem Kopf. *Hexen sind stark. Aber nur gemeinsam.*

Genau das ist der Punkt. Ich will nicht stark sein, *darf* es nicht sein. Deswegen bin ich allein.

»Er ist kein Wolf mehr. Das ist doch schon mal was«, meint Morgana. Sie hockt immer noch vor mir, obwohl ihre Beine längst eingeschlafen sein müssen.

»Wie habt ihr das hinbekommen?«

»Haben wir nicht«, sagt sie. »Der Mond ist untergegangen und er wurde wieder zum Menschen.«

»Vollmond?«, frage ich.

Morgana nickt nur.

»Also wird es wieder passieren.«

»Höchstwahrscheinlich.«

Wenigstens versucht sie nicht, mich vor der Wahrheit zu beschützen.

»Hast du ...«, setzt Morgana an, bringt es aber natürlich nicht über sich, die Frage zu beenden. Ich weiß trotzdem, worauf sie hinauswill. Morgana ist wie ein Buch, das ich sehr oft gelesen habe. Ich kenne das Ende bereits.

»Ich habe ihn nicht verwandelt«, sage ich. Und stocke. »Zumindest nicht wissentlich.«

»Was ist denn passiert?«

»Ich habe mit ihm ...« Ich verschlucke mich an der Wahrheit. Doch ich bin auch ein Buch, das Morgana sehr oft von vorne bis hinten gelesen hat.

»Du hast mit ihm geschlafen.«

Ich kann mich an so viele Gespräche mit Morgana erinnern, die wir bis mitten in die Nacht geführt haben und die von Kichern begleitet wurden, als wir darüber sprachen, wie ich mich nachts in einen Club geschlichen hatte, um mit Jungs zu flirten und zu knutschen. Diese Gespräche haben mich vergessen lassen, dass ein Hexer mich niemals küssen würde, weil er Angst vor mir hat, so wie alle anderen auch. Ich wünschte, wir könnten auch jetzt kichern, um damit den Ernst der Lage zu vergessen, aber wir sind keine Teenager mehr, sondern zweiundzwanzig Jahre alt. Wir können uns nicht mehr vor den schwierigen Wahrheiten verstecken.

»Und dann bin ich zurück, weil ich meine Ohrringe vergessen hatte.«

Ich greife nach meinen Ohrläppchen, die noch immer nackt sind. Ein Seufzen entringt sich meiner Kehle, als mir klar wird, dass ich noch einmal in diese Wohnung zurückkehren muss.

»Und dann hat er sich verwandelt?«

Ich nicke. »Einfach so. Aus dem Nichts. Ich habe so was noch nie gesehen.«

»Ich auch nicht.«

Wir schweigen. Ich höre Schritte in der Ferne, die von den schweren grünen Teppichen, die durchs ganze Gebäude verlaufen, gedämpft werden. Doch sie entfernen sich wieder.

Ich mustere Morgana. Ihre Haut ist genauso hell und klar wie früher und erinnert mich noch immer an die makellose Oberfläche einer Perle. Doch Morgana ist nicht nur schön. Sie trägt eine der wichtigsten Aufgaben im Zirkel mit Würde und Gelassenheit, worum ich sie schon als kleines Mädchen bewundert – und gleichermaßen beneidet – habe.

Sie ist die Traumdeuterin des Prager Zirkels und alle Hexen kommen mit ihren Träumen zu Morgana, damit sie ihnen deren Bedeutung erklären kann. Alle Hexen – *fast* alle Hexen –

werfen bei Nacht Fischernetze aus, doch nur Morgana kann am nächsten Morgen sagen, was sie damit gefangen haben. Am bedeutungsvollsten allerdings sind ihre eigenen Träume und sie träumt so intensiv wie niemand sonst. Manchmal sah sie morgens nach dem Aufwachen erschöpfter aus als abends vorm Einschlafen. Ihr Schlaf ist kein Rückzugsort wie das schwarze Loch, in das ich jede Nacht stürze. In ihrem warten Lebensgeschichten, Dramen, Tragödien auf sie, gemalt auf Tausende Leinwände, gesungen aus Tausenden Kehlen. Das Schicksal selbst ergreift bei Nacht ihre Hand und zeigt ihr, was es für uns alle geplant hat.

Vor Jahren hat mir Morgana mal erzählt, mit welchem Teil ihrer Aufgabe sie am meisten zu kämpfen hat.

»Ich kämpfe nicht mit dem Wissen. Ich kämpfe nicht mit all der Trauer und dem Leid, das ich schon kenne, bevor es geschieht. Ich kämpfe mit der Aufgabe, zu wissen, wann ich anderen davon erzählen sollte und wann ich es für mich behalte. Ich bin eine Prophetin. Aber die Mythen aus allen Kulturen dieser Welt verraten, dass Prophezeiungen mehr Unheil anrichten, als sie letztendlich verhindern.«

In ihren Augen liegt heute nur Zuneigung. Doch ich erinnere mich an diesen einen Morgen, als sie nach einem besonders intensiven Traum neben mir aufgeschreckt ist. Bis zu dem Tag, an dem ich sterbe, werde ich ihren Gesichtsausdruck nicht vergessen. Sie hat mich angesehen, als wäre ich der Ursprung allen Übels auf dieser Welt. Sie hat mir nie verraten, was sie in dieser Nacht gesehen hat. Sie hat es niemandem verraten.

Doch weil ich diesen Blick aus ihren Augen kenne, habe ich ihrem Gesicht seither misstraut, wenn es nur von Sanftheit gesprochen hat. Es kann nur eine Lüge sein.

»Irgendwas passiert hier.« Auf einmal flüstert Morgana und sieht sich zu beiden Seiten um, um sicherzugehen, dass wir immer noch allein sind. Hat sie Angst, belauscht zu werden?

»Die Oberhexen wollen es nicht erklären.«

»Nichts Neues, würde ich sagen.«

»Das nicht. Aber ... ich hatte Träume.«

Sofort sitze ich aufrechter auf dem Stuhl. »Was hast du gesehen?«

Trauer trübt ihren Blick. Sie setzt an, doch bevor sie es mir verraten kann, werden wir unterbrochen.

»Lilith!«

Wir zucken beide ertappt zusammen, dabei haben wir nichts Verbotenes getan.

Astrid steht im Türrahmen ihres Büros und sieht zu uns herüber. Wenn sie meinen Namen sagt, klingt es, als wäre ich ein Soldat, der noch nicht richtig salutiert.

Morgana erhebt sich und richtet reflexartig ihre Bluse. So verhält man sich in Anwesenheit der Oberhexen.

Astrid schenkt ihr jedoch keine Beachtung, weil ihre ganze Aufmerksamkeit auf mir ruht. Meine Patentante ist streng. Sie ist aber auch die einzige Familie, die mir noch geblieben ist.

Sie trägt ein Wickelkleid aus schwerem, weinrotem Samtstoff und ein farblich passendes Brillengestell.

Als ich mich schwerfällig erhebe, streckt sie eine Hand nach mir aus. Zögerlich ergreife ich sie. Sofort bin ich wieder das kleine hilflose Mädchen, das seine Eltern verloren hat.

»Du kannst gehen, Morgana«, sagt sie bestimmt, aber nicht unfreundlich.

Morgana wirft mir noch einen langen Blick zu, dann nickt sie und wendet sich ab.

»Komm«, sagt Astrid wieder auf diese Weise, die keine Widerrede zulässt, ohne dabei jemals laut werden zu müssen. Wir betreten ihr Zimmer, das hell und modern eingerichtet ist, was so überhaupt nicht zu der Oberhexe des Prager Zirkels passen will. *Einem der ältesten Zirkel auf der ganzen Welt. Mit einer langen und ehrwürdigen Geschichte*, wie Astrid nicht müde wird zu betonen.

Sobald die Tür hinter uns geschlossen ist, fällt die Rolle der Oberhexe ein Stück weit von ihr ab. Das tut es nie komplett, aber wenn wir allein waren, war sie an erster Stelle meine Patentante und die Frau, die mich mein halbes Leben lang großgezogen hat. Und das ist sie auch jetzt.

Sie drückt mich ohne Umschweife an ihre Brust und ich gebe sofort nach, weil ich gerade einfach nicht anders kann.

»Es geht dir gut«, betont sie. »Es geht dir gut.«

Ich kriege kein Wort heraus, sondern presse mich noch weiter in ihre warmen Arme, in denen ich mich schon immer geborgen gefühlt habe. Astrid ist mein unverwundbarer und starker Fels in der Brandung. Und obwohl wir uns seit meinem Ausstieg vor einem Jahr beinahe jedes Mal streiten, wenn wir uns sehen, hat sich daran nie etwas geändert.

Sie wartet, bis ich mich von ihr löse. Das tut sie immer. Sie würde mich niemals zuerst loslassen. Sie hält mich, solange ich es brauche.

»Setz dich«, sagt sie und auch ihre Stimme klingt belegt. Ich setze mich auf den Sessel vor ihrem Schreibtisch und sie sich auf den daneben, anstatt das Möbelstück als Distanz zwischen uns zu bringen.

Sie wartet einen Moment. Dann wird ihr Blick strenger. Damit habe ich gerechnet. Und ich habe es auch verdient.

»Du hättest uns rufen sollen.« Ihre Augenbrauen bohren sich tief in ihre Stirn, die für ihre fünfzig Jahre bereits sehr viele Falten hat, was wohl an der Verantwortung liegt, die sie seit so vielen Jahren für den ganzen Zirkel trägt.

»Ich wollte nur …«

Sie unterbricht mich mit einer Geste ihrer rechten Hand.

Das ist wohl besser. Mir wäre ohnehin keine glaubwürdige Ausrede eingefallen. »Du wolltest nicht um Hilfe bitten, weil du wusstest, dass ich dich zwingen würde, zurückzukehren. Ich verstehe schon. Aber das war leichtsinnig und fahrlässig. Dieser Junge hat jemanden angegriffen, gekratzt und gebissen. Vielleicht sogar mehr Menschen, als wir vermuten. All das hätte verhindert werden können, hättest du nicht darauf bestanden, es mit dir selbst auszumachen.«

Mein Hals ist so eng, dass mir das Schlucken schwerfällt. Und auch Atmen wird anstrengender.

»Das ist genau das, wovor ich Angst hatte. Du denkst, dass du eine Gefahr bist, wenn du hier bei den Hexen bleibst. Dabei ist es genau andersherum. Du bist eine Gefahr, wenn du allein da draußen rumläufst.«

Das tut weh. Astrid kennt meine tiefsten Ängste. Und weil ich vorher nicht auf sie gehört habe, scheut sie sich nicht länger davor, mich direkt mit ihnen zu konfrontieren.

»Du siehst doch jetzt, was passiert. Du brauchst uns. Du brauchst jemanden, der sichergeht, dass deine Magie nicht ... den vorgesehenen Rahmen sprengt.«

Astrid hat mir nie das Gefühl gegeben, seltsam zu sein, obwohl ich eine Nekromantin bin, die nur ein paar Mal pro Generation geboren werden. Heute sieht sie mich allerdings anders an.

Ich mag gestern gegen einen Wolf gekämpft haben, aber eigentlich bin *ich* das gefährliche Tier, das eingesperrt werden sollte.

Und genau das denkt Astrid, wird mir schlagartig klar. Vielleicht hat sie es schon immer gedacht. Gestern hat sie das bewiesen.

»Du hast mich überwacht«, sage ich schwach. »Melli ist nicht nur meine Kollegin.«

»Sie heißt Melisand.«

»Natürlich tut sie das«, kann ich mir nicht verkneifen zu sagen. Hexen haben es mit dramatischen Namen. »Du hast mir nicht vertraut.«

»Mit Vertrauen hat das nichts zu tun.«

»Mit was sonst? Du hast eine Hexe als Spionin auf mich angesetzt.«

Astrids Haltung wird gerader, ihr Ausdruck streng. »Ich liebe dich, als wärst du mein eigen Fleisch und Blut, Lilith. Aber denkst du wirklich, ich hätte dich einfach allein gelassen? Nach allem, was passiert ist? Sei nicht naiv.«

Ich will laut werden und schreien, stattdessen falle ich in mich zusammen wie ein Luftballon, aus dem die Luft entwichen ist.

»Wie geht es jetzt weiter?«, frage ich kläglich.

»Ich habe dein altes Zimmer bereits herrichten lassen«, sagt Astrid, die natürlich schon vor Beginn dieses Gesprächs wusste, wie es ausgehen würde. »Marek und Dario haben wir schon nach Hause gebracht, ihre Erinnerungen aber nicht gelöscht, weil die Gefahr besteht, dass sich das alles wiederholt. Wir wollen nicht, dass sie die Verwirrungen des letzten Abends ein zweites Mal durchleben müssen. Mehrere Hexen werden sie überwachen.« Sie seufzt schwer. »Wir müssen herausfinden, was hier vor sich geht. Irgendwas Großes braut sich zusammen. Dir muss es auch schon aufgefallen sein.«

Sie deutet auf das Fenster, das hinter dicken Vorhängen verborgen liegt. Ich stehe auf wackeligen Beinen auf, trotte hinüber und schiebe die Vorhänge zur Seite.

Vor dem Fenster ist es dunkel. Wie mitten in der Nacht. Doch Mond und Sterne sind nicht zu sehen. Ich saß ewig in diesem Flur. Der Morgen müsste längst angebrochen sein, oder nicht? Die Müdigkeit, die in meinen Knochen sitzt, zeigt mir, dass ich lange nicht mehr geschlafen habe. Der Himmel hingegen zeigt es mir nicht.

»Wie viel Uhr ist es?«

»Zehn Uhr morgens.«

Mit geweiteten Augen starre ich aus dem Fenster, als würde ich die Sonne ausfindig machen, wenn ich nur angestrengt genug nach ihr suche.

»Was passiert hier?«, hauche ich leise. Vielleicht weil ich Angst vor der Antwort habe.

»Ich weiß es nicht.« Dieses Eingeständnis ist zehnmal schlimmer als jede Alternative.

Ich starre Astrid nun auf die gleiche Weise an wie gerade eben noch den Himmel auf der Suche nach der Sonne. Ich suche nach der Gewissheit, die sie stets ausgestrahlt hat, werde jedoch nicht fündig.

»Ist das Hexenmagie?«

»Es ist ähnlich«, meint sie nachdenklich. »Aber etwas Stärkeres. Etwas ... Älteres.«

Ich erschaudere.

»Wir haben bis zum nächsten Vollmond, um es herauszufinden«, sagt Astrid. »Dann wird der Junge wieder zum Wolf. Genauso wie diejenigen, die er gebissen oder gekratzt hat. Bis dahin müssen wir eine Lösung gefunden haben. Wenn nicht ...«

»Dann?« Ich klinge atemlos.

»Darüber reden wir, wenn es so weit ist.«

Sie spricht es nicht aus, das ist aber auch nicht nötig. Astrid würde alles tun, um diesen Zirkel zu verteidigen. Mich eingeschlossen. Egal, wie vehement ich mich sträube, Teil davon zu sein.

»Schlaf dich aus. Wir reden morgen.«

Damit bin ich entlassen.

Ein Jahr lang habe ich mich bei jedem gemeinsamen Abendessen mit ihr angelegt und mich gegen ihren Wunsch, zurückzukehren, mit Händen und Füßen gewehrt. Doch diese Nacht
hat etwas in mir verschoben. Mein Widerstand ist gebrochen.
Ich kann nicht mehr gegen sie kämpfen. Also nicke ich nur
und verlasse ihr Büro.

Ich schleiche durch das Haus, das für zehn Jahre mein Zuhause war.

Mit jedem weiteren Schritt, der mich meinem alten Zimmer näher bringt, spüre ich die Müdigkeit stärker. Ich bin seit
über vierundzwanzig Stunden wach. Ich bin müde auf eine
menschliche Weise. Aber nicht nur. Letzte Nacht habe ich so
viel Magie genutzt wie schon lange nicht mehr. Sie hat mich
geflutet bis in die Fingerspitzen.

Mir wird schlecht, als ich daran denke, wie gut es sich angefühlt hat. Als mir klar wird, dass ich mich danach sehne, es
noch mal zu erleben, obwohl ich Dario fast umgebracht hätte.

Die kritischen Blicke der anderen Hexen verfolgen mich
auf meinem Weg durch das Haus. Sie alle wissen, was ich getan habe. Vor zehn Jahren, vor einem Jahr und letzte Nacht.

Ich flüchte mich in mein Zimmer und schlage die Tür hinter
mir zu. Ich registriere noch, dass alles so beunruhigend gleich
aussieht, als wäre ich nur einen Tag weg gewesen, statt ein
ganzes Jahr. Doch dann falle ich auch schon auf mein Bett und
bin dankbar von dem traumlosen schwarzen Loch geschluckt
zu werden, das mir Schlaf immer bringt.

KAPITEL 4

Als ich aufwache, fühle ich mich so orientierungslos, als wäre ich unter Wasser und wüsste nicht, in welche Richtung ich schwimmen muss, um wieder an Luft zu kommen.

Das Bett unter mir ist vertraut und fremd zugleich. Vor meinem Fenster ist es stockdunkel und ich habe keine Ahnung, wie spät es ist.

Ich gucke auf mein Handy, das nur noch zwei Prozent Akku hat. Es ist acht Uhr abends.

Mein Puls geht hoch, weil ich direkt auch sehe, dass Marek mir geschrieben hat. Das war wohl unvermeidbar. Er hat noch immer meine Ohrringe und ich sollte wenigstens versuchen, ihm die Situation zu erklären. Zumindest den Teil, den ich verstehe. Astrid hat zwar Hexen auf Dario und ihn angesetzt, um ein Auge auf sie zu haben, aber sie ist eine pragmatische Frau. Sie einzuweihen fällt ihrer Meinung nach nicht in ihren Verantwortungsbereich.

Der Funken Sanftheit, der Astrid zur Verfügung steht, galt stets nur mir und das weiß ich zu schätzen. Auch jetzt finde ich wieder Beweise dafür. Ein gerahmtes Foto von uns beiden steht auf meinem Nachttisch. Es zeigt mich als kleines Mädchen, das breit grinst. Astrid hat einen Arm um mich geschlungen und lächelt.

Nicht auf einem Möbelstück erkenne ich Staub. Meine Kleidung liegt frisch gewaschen und gefaltet im Schrank. Im Bücherregal stehen mehrere neue Bücher, die in der Zwischenzeit erschienen sind, von denen Astrid weiß, dass sie mir gefallen werden.

Wie von der Tarantel gestochen stehe ich auf. Wenn ich noch länger in diesem Zimmer bleibe, tatenlos, verliere ich den Verstand.

Ich dusche. Das erste Mal seit gefühlten Ewigkeiten und wasche mir wenigstens einen Teil der Ereignisse der letzten zwei Tage von der Haut. Mit sauberer Kleidung fühle ich mich schon ein bisschen besser, obwohl unter meinen bernsteinfarbenen Augen tiefe Ringe liegen und meine schwarzen Haare stumpf sind.

Während ich mir die Zähne putze, checke ich die Newsapp auf meinem Handy, um mich abzulenken. Nicht meine schlauste Idee. Die ganze Welt ist in Aufruhr. Kein Wunder. Die Sonne ist verschwunden. Logisch, dass das nicht nur mir aufgefallen ist. Die berühmtesten Astrophysiker der Welt sind am Durchdrehen, weil keiner von ihnen weiß, was hier abgeht. All die physikalischen Gesetze, die die klügsten Köpfe der letzten Generationen aufgestellt haben, scheinen nicht mehr zu gelten. Und wenn nicht einmal die Hexen was wissen, ist das Grund zur Sorge. Aber ein Schritt nach dem anderen.

Mit gesenktem Blick renne ich schon fast durchs Haus, bis ich endlich wieder auf der Straße stehe, wo mich die Blicke der anderen Hexen nicht mehr verfolgen können. Ich atme tief durch, um den leicht süßlichen Geruch nach Fäulnis, der in diesem Haus in den Wänden hängt, loszuwerden, doch er ist hartnäckig. Da Hexenmagie nichts geben kann, ohne vorher zu nehmen, hängt Vergänglichkeit an uns wie ein Schleier, den wir nicht ablegen können.

Ich laufe zügig und antworte Marek, dass ich auf dem Weg zu ihm bin.

Er hat mir nur einen Satz geschrieben.

Was bist du?

Eine erstaunlich ruhige Reaktion, wenn man bedenkt, was gestern alles passiert ist.

Ich horche auf jede noch so kleine Veränderung in meiner Umgebung. Ist es noch kälter geworden? Noch dunkler? Der Mond taucht am Himmel zwischen zwei grauen Gebäuden auf wie eine Drohung für uns alle. Er ist nicht mehr ganz voll, aber er wird es bald wieder sein.

Es kommt mir so vor, als wäre der Wind noch beißender geworden, deswegen verschränke ich die Arme vor meiner Brust und umarme mich selbst. Trotzdem ist mir fürchterlich kalt.

Erst als eine Flocke auf meiner Nasenspitze schmilzt, realisiere ich, dass es schneit. Langsam, fast bedächtig, segelt der Schnee auf mich herab. Die Kulisse um mich könnte schön sein, wenn ich dazu in der Lage wäre, die Ereignisse der letzten Tage zu vergessen.

Das silbrige Licht des Mondes färbt die ganze Stadt ein, die nun ein bisschen so aussieht, als wäre sie unter Wasser. Zu allen Seiten umgeben mich alte Torbögen, schmale Gassen und Kopfsteinpflaster. Der Schnee glitzert.

Ich reibe meine Hände aneinander, doch es vertreibt weder die Enge in meiner Brust noch die Kälte, die in meine Glieder kriecht.

Als ich schließlich in Mareks Wohnhaus trete, bin ich so durchgefroren, dass meine Wangen in der wärmeren Luft schmerzhaft prickeln.

Schon auf der Straße habe ich Gestalten in dunkler Kleidung erkannt. Hier im Hausflur lehnen eine Hexe und ein Hexer neben den Briefkästen und nicken mir zur Begrüßung knapp zu. Die kritischen Blicke können sie sich nicht verkneifen, aber sie kommentieren mein Auftreten nicht.

Ich nicke zurück, erklimme die Stufen und frage mich, wie das alles so schnell eskalieren konnte. Ein Jahr lang ist nichts Spannendes passiert. Jetzt alles auf einmal. Und diese schwere Vorahnung liegt schon wieder in der Luft.

Marek steht im Türrahmen, als ich die Wohnung erreiche. Es könnte ein Déjà-vu sein. Wenn da nicht sein beinahe feindseliger Blick wäre, der mich zu durchbohren scheint.

Wortlos macht er einen Schritt zur Seite, damit ich seine Wohnung betreten kann. Wir begrüßen uns nicht. Erscheint mir gerade auch ziemlich überflüssig.

Wortlos führt er mich in die Küche, wo Dario auf uns wartet. Er ist auf eine blutleere Art blass, doch er ringt sich ein halbherziges Lächeln für mich ab. Auch hier hängt die Fäulnis als Beweis für Magie in der Luft. Das verfaulte Obst haben sie in der Zwischenzeit aber entsorgt.

»Willst du einen Tee?«, fragt Dario. Marek murrt nur und setzt sich neben seinen Mitbewohner.

»Nein danke«, sage ich, obwohl meine heisere Stimme es wohl vertragen könnte, und setze mich, obwohl ich lieber stehen würde. »Es tut mir leid, dass ich ...«

»Ist schon okay«, sagt Dario sofort, als wäre es keine große Sache.

Ich würde gern noch mehr dazu sagen, doch mir fällt einfach nichts Sinnvolles ein.

Wir schweigen alle einen unerträglich langen Moment.

»Was bist du?«, fragt Marek schließlich, ohne mich richtig anzusehen. Trotzdem haben seine Worte eine Dringlichkeit, als hätte er diese Frage schon sein ganzes Leben stellen wollen.

»Eine Hexe«, sage ich, dabei will ich doch keine mehr sein.

Ich klinge so sachlich wie ein Kommentator in einer Naturdoku.

Dario reagiert gar nicht darauf. Ich weiche seinem Blick aus, da er mich an meine Schuld erinnert. Nur meinetwegen ist er beinahe gestorben.

Marek anzusehen, fällt mir auch nicht viel leichter, er meidet den Augenkontakt ebenfalls. Ich warte darauf, dass er ausrastet, laut wird, schreit, Panik bekommt, weint, aus dem Zimmer stürmt, mir nicht glaubt, mich beschimpft. Nichts davon passiert.

Und da ist sie wieder: diese schwere Vorahnung.

Als er weiter schweigt, kann ich mich nicht mehr gegen den Impuls wehren, die Stille endlich zu füllen. »Aber ich habe dich nicht verwandelt. Ich habe keine Ahnung, warum das passiert ist. Die anderen Hexen werden ...«

»Ich habe Sex mit einer Hexe und einen Tag später werde ich zu einem blutrünstigen Monster. Schwer zu glauben, dass das ein Zufall ist«, unterbricht er mich mit gezwungen neutraler Stimme. Ich kaufe sie ihm nicht ab.

Das Wort *Hexe* geht ihm viel zu leicht über die Lippen. Er nimmt es hin, und auch Dario stellt es nicht infrage. Ich werde misstrauisch. Aber vermutlich haben die beiden nach der letzten Nacht keine große Wahl, als sich einfach an die neue Realität zu gewöhnen, die ich ungefragt in ihr Leben gebracht habe.

Marek sieht mir das erste Mal in die Augen. Seine grünen wirken kalt, obwohl kein Silber in ihnen zurückgeblieben ist. Ich erinnere mich an das kalte Feuer, das in ihnen gebrannt hat, als er ein Wolf war. Jetzt brennt etwas anderes dort.

Für einen Moment reise ich in der Zeit. Wir hocken auf der Couch aus Paletten in seinem Wohnzimmer, starren uns intensiv in die Augen. Es ist dieser geladene Moment, in dem wir beide schon wissen, dass wir uns gleich küssen werden, aber noch keiner bereit ist, den ersten Schritt zu machen.

Alles ist gesagt. Wir schweigen. Sehen uns an. Die Luft knistert elektrisch. Die Spannung steigt an, bis sie sich irgendwann entladen muss.

Marek blinzelt und ich bin zurück in seiner Küche, zwei Tage später und alles ist anders.

»Die Hexen werden eine Lösung finden. Bevor ...«

»Ich wieder zum Monster werde«, unterbricht er mich. Er starrt auf seine verkrampften Hände, die auf der dunklen Tischplatte ruhen.

»Wie ...« Ich stocke. »Wie hat es sich angefühlt? Warst du noch ... du?«

Marek sieht auf seine Hände, als würde er meine Anwesenheit gar nicht mehr wahrnehmen. Ich denke schon, dass er mir eine Antwort schuldig bleiben wird. Da räuspert er sich.

»Ich war ich selbst.« Seine Stimme bricht. »Ich habe alles mitbekommen. Wie ich dich angegriffen habe.« Scham ertränkt seine Worte. »Als ich diesen Menschen ...« Er holt tief Luft. Er zwingt sich, es laut zu sagen, als würde er glauben, dass er es nicht verdient, geschont zu werden. »Gebissen und gekratzt habe.« Er reibt sich über die Augen. »Doch ich konnte mich nicht wehren. Gegen dieses ... Etwas in mir.«

Der Impuls, meine Hand auf seine zu legen, ist so stark, dass ich sie hebe, doch ich halte mitten in der Bewegung inne, da ich mir sicher bin, dass Körperkontakt zu mir gerade das Letzte ist, was er will.

»Es wird nicht wieder passieren«, versuche ich ihn zu beschwichtigen, weil ich mich auf einmal so machtlos fühle.

»Woher willst du das wissen?« Er durchschaut meinen halbherzigen Versuch sofort.

»Ich weiß es nicht.« Wenn ich schon nichts anderes tun kann, will ich wenigstens nicht lügen. »Aber die anderen Hexen werden eine Lö...«

»Dieselben Hexen, die draußen stehen und uns bewachen?«, fragt Marek. »Sie wirken auf jeden Fall, als wären wir ihnen sehr wichtig.« Der Sarkasmus ist unüberhörbar. »Was werden sie tun, wenn sie keine Lösung finden?«

»Ich weiß es nicht.« Es ist keine Lüge, aber auch nicht die Wahrheit. Astrid hat mich in ihren Plan nicht eingeweiht. Muss sie auch nicht. Sie wird alles tun, was nötig ist, wie immer.

Ich sehe Marek an. »Du wirst dich nie wieder in einen Wolf verwandeln, versprochen«, sage ich.

Schon bei unserem ersten Treffen habe ich mich gefühlt, als könnte er mir in den Kopf gucken. Aber auch, als könnte ich ihn besser durchschauen als andere Menschen. Seine Augen wirken beinahe durchsichtig. Wie Fenster, durch die ich in ein Wohnzimmer blicken kann, was mir immer viel zu intim vorkommt. Als wäre ich ein Eindringling.

»Und was wirst du tun?«, fragt er mich. Vielleicht sind meine Augen für ihn auch Fenster, vor die niemand Vorhänge gezogen hat. Als ich erschaudere, fühlt es sich nicht nur angenehm an.

Am liebsten würde ich wieder in mein altes Leben verschwinden. Doch das ist unmöglich. Melli ist nicht meine Kollegin, sondern Astrids Spionin. Ich habe mir nie die Mühe gemacht, meine Wohnung einzurichten. Nur eine Matratze ohne Bettgestell und ein Koffer warten dort auf mich und vermutlich hat Astrid meinen Koffer bereits in den Konvent bringen lassen und meinen Mietvertrag in meinem Namen gekündigt. Ich habe mich von einem schlecht bezahlten Kellnerjob zum nächsten gehangelt, ohne Plan für mein restliches Leben oder auch nur die nächsten Monate.

Morgana taucht vor meinem inneren Auge auf. Sie hat etwas in ihren Träumen gesehen, das ihr Angst gemacht hat, und auf ihre Träume sollte man hören. Hier geht etwas vor sich. Und ob ich es nun will oder nicht. Ich bin mittendrin.

Also hole ich tief Luft.

»Ich werde dir helfen.«

Da wir uns nicht begrüßt haben, gehe ich auch davon aus, dass wir uns nicht verabschieden werden, doch Marek überrascht mich.

Ich stehe schon an seiner Wohnungstür, als mich seine Stimme zurückhält.

»Lily.«

Diesen Namen nach den letzten vierundzwanzig Stunden zu hören, fühlt sich wie aufatmen an, nachdem man lange die Luft angehalten hat.

Einfach Lily. Das Mädchen aus dem Coffeeshop mit der chaotischen Dating-Historie.

Nicht Lilith. Die Hexe mit der tragischen Vergangenheit.

Ich drehe mich zu ihm um.

Er ergreift meine Hand, woraufhin ich leicht erstarre, doch dann legt er mir die Ohrringe hinein. Meine Haut kribbelt. Er lässt mich schnell wieder los. Es ist absurd, dass uns dieser flüchtige Körperkontakt verlegen macht, wo er vor zwei Tagen in mir war.

Ich denke darüber lieber nicht zu genau nach. Also öffne ich meine Hand und lächle unwillkürlich, als ich die kleinen Stecker sehe, die mir so vertraut sind wie die Leberflecke in meinem Gesicht.

Zwei kleine goldene Sonnen. Wie ironisch, dass ich sie am selben Tag vergessen habe, an dem wir unsere Sonne verloren haben.

Meine Sonne, höre ich die sanfte Stimme meiner Mutter in meinen Ohren nachhallen, als wäre es nicht zehn Jahre her, dass sie ihre letzten Worte gesprochen hat.

»Danke«, sage ich mit belegter Stimme und mache mir die Ohrringe direkt rein. Ich fühle mich besser mit dem leichten Druck an meinen Ohrläppchen. Auch wenn es albern ist. Ihren Schmuck zu tragen, ändert nichts an der Tatsache, dass meine Mutter tot ist. Aber diese Gegenstände bestehen eben nicht nur aus Metall, hineingeschmiedet sind auch all die Erinnerungen, die ich mit ihnen verbinde. Und wenn Menschen einem etwas zurücklassen, kann man sich wenigstens vormachen, sie wären nicht fort. Zumindest nicht vollständig.

»Keine Ursache«, sagt Marek. Er wirkt so, als wäre da noch mehr. Er schweigt trotzdem.

Ich mustere ihn einen Moment, weil ich immer noch mehr hinter seiner gefassten Reaktion vermute. Vielleicht verheimlicht er mir was. Aber da ich ihm das schlecht zum Vorwurf machen kann, wende ich mich zur Treppe.

Noch mal hält mich seine Stimme davon ab.

»Was mache ich jetzt?«

»Leben, wie vorher. Ganz normal. Ist, glaube ich, das Beste«, sage ich.

»Einfach so?«

»Einfach so«, bestätige ich. »Studieren zum Beispiel.«

»Weißt du noch, welches Fach?«

»Wir werden eine ...«

»Wenn du noch einmal das Wort *Lösung* sagst, schreie ich.«

»Fair.«

Wir grinsen kurz, auch wenn es sich nicht aufrichtig anfühlt.

»Dann hoffe ich mal, dass du dein Versprechen hältst, anstatt mich zu ghosten.« Seine Versuche, die Situation aufzulockern, können nicht darüber hinwegtäuschen, wie tief ihm die letzte Nacht in den Knochen sitzt. Sein Gesicht ist fahl, fast schon eingefallen, als wäre er in den letzten Stunden um mehrere Jahre gealtert.

»Es wird mir schwerfallen, es nicht zu tun«, gebe ich zu. Er lacht tatsächlich. Es tut gut zu hören. Dann kann ich kurz glauben, dass ich wirklich dazu in der Lage bin, ihm zu helfen.

Ich betrachte ihn und es fällt mir schwer, nicht gleich das Foto im Kopf zu haben, das bei seiner Beerdigung neben seinem Sarg steht. Ich sehe hundert Szenarien vor mir, wie diese Situation katastrophal endet. Ich sehe nicht eine, in der alles gut ausgeht. Doch sein Schicksal ist noch nicht besiegelt, sage ich mir. Zumindest hoffe ich das.

Das Schicksal nehmen Hexen sehr ernst. Und mit ihm anlegen tun sie sich schon gar nicht.

Gut, dass ich eigentlich keine Hexe mehr bin.

»Bis bald«, kriege ich noch hervor, blinzle und blende aus, dass ich ihn gerade betrauert habe, obwohl er atmend vor mir steht.

»Bis bald.«

Ich greife erneut nach der Türklinke. Doch diesmal ist es meine eigene Stimme, die mich zurückhält, und nicht seine.

»Geschichte.«

»Was?«, fragt er irritiert.

»Du studierst Geschichte.«

Und ohne seine Reaktion abzuwarten, öffne ich die Tür und schlüpfe aus seiner Wohnung.

KAPITEL 5

Ich brauche Nervennahrung, aber in fünf Supermärkten sind Salt-and-Vinegar-Chips ausverkauft. Erneut schlendere ich an leeren Regalreihen entlang. Aus den Supermärkten sind Geisterstädte geworden.

Dass die Sonne nicht wieder auftaucht, hat weltweite Auswirkungen. Panik. Die Menschen horten. Auch hier in Prag. Eine Studentenverbindung hat schon eine *End of the World*-Party angekündigt – *geschmacklos* sagen die einen, *genial* die anderen. Die UN trifft sich. Regierungen rufen den Ausnahmezustand aus.

Als ich mit leeren Händen auf die leeren Straßen trete, hängt der Geruch nach brennendem Benzin in der Luft. In der Ferne steigt eine Rauchschwade auf, weil mal wieder irgendwo ein Auto brennt.

Ich überlege, ob ich mein Glück noch in einem sechsten Supermarkt versuchen soll, doch dann müsste ich mir eingestehen, dass ich nur Ausreden suche, um nicht zum Konvent zurückzukehren, und die Blöße will ich mir nicht geben. Seufzend schlage ich den Weg zurück ein.

Der Schnee ist nicht überall liegen geblieben, doch stellenweise knirscht er unter den Sohlen meiner Stiefel.

Sobald ich im Konvent bin, verfolgen mich die Blicke der anderen Hexen.

Da ich keine Ahnung habe, wo ich sonst anfangen soll, steuere ich Morganas Zimmer an. Wir wurden von Astrid unterbrochen, bevor sie mir mehr über ihre Träume verraten konnte und die sind bestimmt ein guter erster Anhaltspunkt.

Ich klopfe an ihre Tür, die genauso wie alle anderen aus Eichenholz ist. Sie ruft mich herein, also öffne ich sie.

Und stocke.

Denn Morgana ist nicht allein. Melli ist bei ihr.

Oder wohl eher *Melisand*.

Beide liegen vertraut nebeneinander auf Morganas Bett.

»Na, wie geht's dir? Auch eine Schicht im Coffeeshop geschwänzt, *Melli*?«, frage ich zuckersüß, weil ich es mir nicht verkneifen kann.

Doch Melisand hat nicht einmal den Anstand, rot anzulaufen. Sie zuckt nur mit den Schultern, während sie sich von Morganas Bett erhebt. »Ich habe nur Befehle befolgt.«

Sie klingt ganz anders als sonst. Da ist keine Spur mehr von der Person, die sich mit mir unterhalten hat, als wären wir beste Freundinnen. Wenigstens, denke ich mir, hat mich mein Bauchgefühl nicht im Stich gelassen, was ihre falsche Freundlichkeit betrifft.

Nun ist sie ruhig und besonnen, ein bisschen kühl sogar, während sie sich ihren Pulli über den Kopf zieht.

»Wie kommt es, dass ich eine Hexe aus dem Prager Zirkel nicht kannte?«, frage ich und verschränke die Arme.

»Ich komme aus London.« Diese Erklärung klingt genauso teilnahmslos wie ihre letzte. Irgendwie passt ihr Tonfall zu ihren fast silbrig weißen Haaren und ihren kühlen blauen Augen. Die Eisprinzessin persönlich.

»Aus London? Wieso bist du gegangen?«

»Ich wüsste nicht, was dich das angeht.«

Interessant. Bei dem Thema geht sie direkt in die Defensive. Was in London wohl vorgefallen ist?

Doch ich hake nicht nach, denn wenn ich etwas nachvollziehen kann, dann das Bedürfnis, der eigenen Vergangenheit entkommen zu wollen.

»Ich lass euch dann mal allein. Ihr habt viel nachzuholen.« Und mit diesen Worten schiebt sie sich unsanft an mir vorbei und schließt ein bisschen zu energisch die Tür hinter sich.

»Charmant«, kommentiere ich trocken.

»Sie ist nicht immer so«, verteidigt Morgana sie sofort.

»Seid ihr ...?«

»So in etwa.«

Nach dieser gestotterten Unterhaltung ist es zwischen uns erst mal unangenehm still. Ich habe so viel verpasst. War nicht für sie da.

Ich räuspere mich. Am besten komme ich gleich zum Punkt.

»Was hast du in deinen Träumen gesehen?«

Morgana meidet meinen Blick. Das ist nie ein gutes Zeichen.

»Morgana.« Ich ziehe ihren Namen in die Länge wie früher, wenn ich ihr ansehen konnte, dass sie eigentlich von meinem Verhalten verletzt war, mir aber nicht erklären wollte wieso.

»Was weißt du?«

Sie seufzt schwer und fährt sich durch die Haare.

»Nicht viel«, setzt sie widerwillig an. »Aber ich weiß, dass das nur der Anfang ist.«

»Der Anfang von was?«

Ich will mich über sie lustig machen, dass sie so kryptisch redet wie ein Kind am Lagerfeuer, das seinen Freunden mit Geistergeschichten Angst einjagt. Leider funktioniert es. Mich fröstelt es. Das könnte allerdings auch daran liegen, dass die Temperatur täglich um ein halbes Grad sinkt, obwohl es bereits Ende Februar ist. Der Winter sollte eigentlich bald dem Frühling Platz machen. Wie es scheint, wird er uns jedoch noch eine Weile begleiten.

»Vom Ende.«

Ein Schauder kriecht mir wie Geisterhände mit langen Fingernägeln den Rücken herunter.

»Das Ende von was?«

»Da bin ich mir nicht sicher«, gibt Morgana zu. »Doch es wird schlimmer werden. Kälter. Dunkler.«

»Die Sonne ist weg. Wie soll es noch dunkler werden?«

Morgana deutet zum Fenster. »Guck in die Sterne.« Der Mond hat wieder die Vorherrschaft über die Welt übernommen. Die Sterne tanzen um ihn herum wie Glitzerstaub.

»Wonach suche ich?«

»Warte nur ab.«

Bevor ich etwas erwidern kann, flackern zwei Sterne und erlöschen. Das war mir bereits aufgefallen, als ich mit Dario durch die Stadt geirrt bin. Da hielt ich es noch für eine Einbildung.

»Fuck.«

»Richtig«, stimmt mir Morgana zu.

»Was sagen die Oberhexen?«

»Sie sind mysteriös.«

»Sind sie immer«, erwidere ich schulterzuckend. Morgana sieht mich mal wieder an, als würde sie mich durchschauen. Ich tue gern so, als wären mir Sachen gleichgültig, auch wenn das nicht der Fall ist. Ihr konnte ich noch nie etwas vormachen.

»Mehr als sonst«, beharrt Morgana. »Sie wollen nicht drüber reden und eigentlich hat mir Kali befohlen, mit niemandem über meine Träume zu sprechen, aber es fühlt sich falsch an.«

Auf dem Papier sind die zwei Oberhexen, Kali und Astrid, gleichberechtigt. Doch obwohl Astrid viel zu sagen hat, ist Kali die inoffizielle Anführerin dieses Zirkels und trifft letztendlich alle wichtigen Entscheidungen. Sie ist über siebzig Jahre alt. Aber anders als Menschen werden Hexen nicht schwach, wenn sie altern. Im Gegenteil: Sie werden stärker.

Deswegen habe ich mich immer davor gefürchtet, alt zu werden.

Und Kali beschäftigen wohl die gleichen Gedanken, was mich betrifft. Wir hatten nie ein gutes Verhältnis. Aber um ganz ehrlich zu sein, ein gutes Verhältnis hat Kali wohl zu niemandem.

»Astrid hat mir gesagt, dass es sich um sehr alte Magie handeln könnte«, überlege ich laut, während ich über Morganas Worte nachdenke. »Sie verheimlichen etwas?«

»Sie verheimlichen immer etwas«, sagt Morgana. »Zu unserem Besten.«

Natürlich sagt Morgana das. Ihre Gutgläubigkeit grenzt an Naivität. Nur so kann ich mir erklären, dass sie trotz allem meine Freundin geblieben ist. Getrieben von dem Glauben, dass sie mich irgendwie vor den Dämonen, die mich heimsuchen, retten kann.

»Jetzt ist es ... anders«, fährt sie fort.

»Bereit, dem nachzugehen?«, frage ich sie und kann ein kleines irres Grinsen nicht unterdrücken. Schon als kleines Kind habe ich sie regelmäßig dazu angestiftet, nach der Bettruhe aus unseren Zimmern zu schleichen und aufs Dach zu klettern, obwohl es verboten war. Sie hatte immer Angst. Aber am Ende hat es ihr jedes Mal ein Lächeln entlockt. Und das war es irgendwie wert.

Morgana seufzt, schließt die Augen und lässt kurz den Kopf in den Nacken fallen. So denkt sie nach. Schließlich sieht sie mich wieder an und da ist nur Entschlossenheit in ihrem Blick.

»Ist es an der Zeit, die Regeln zu brechen?« Sie grinst vorsichtig, als wäre auch ihr das verboten und sie müsste sich dazu überwinden.

»Immer«, sage ich und fühle das erste Mal seit Ewigkeiten, dass das Gewicht auf meinen Schultern leichter wird, weil ich nicht mehr so allein bin.

Aber nur für eine Sekunde. Denn tief in meinem Inneren weiß ich, dass es besser für alle ist, wenn ich allein bleibe.

Meine unruhige Energie will sich über unnötige Bewegungen entladen. Mein rechtes Bein wackelt und ich stecke meine Hände in meine Hosentaschen, nur, um sie wenige Sekunden später wieder herauszuziehen.

Ich zwinge meinen Körper, stillzustehen. Doch nun kann die Nervosität nirgendwo mehr hin. Ich bin mir sicher, wenn ich noch eine weitere Minute so steif hier herumstehe wie ein Bügelbrett, werde ich anfangen zu vibrieren.

Mein Handy verrät mir, dass es schon drei Minuten nach Mitternacht ist. Morgana müsste schon hier sein.

Ich warte in einer dunklen Ecke, ganz in der Nähe der großen Bibliothek. Es ist beunruhigend ruhig im Gebäude. Stille wird für meine Ohren sofort zu Grabesstille. Ich wünschte, ich könnte meinen Herzschlag, meinen Atem und vor allem meine Gedanken nicht so deutlich hören.

Doch Morgana und ich dürfen nicht erwischt werden. Also mussten wir uns zu einer Zeit verabreden, wenn die meisten Hexen schlafen. Wenn das ganze Haus still und ruhig ist.

Schritte nähern sich mir, gedämpft von den smaragdgrünen Teppichen. Ich drücke mich weiter in den schützenden Schatten, bis ich Morganas leuchtend rote Haare entdecke.

»Du bist zu spät«, begrüße ich sie, als ich aus meinem Versteck trete. Sie zuckt zusammen.

»Schleich dich nicht so an«, flüstert sie. Ich dachte, *ich* wäre nervös, doch Morgana hatte seit jeher mehr Hemmungen, die Regeln zu brechen. Sie guckt ständig hektisch über ihre Schulter, als würde sie jemand verfolgen.

Wir wären keine guten Geheimagentinnen.

»Und ich musste warten, bis Melisand tief genug schläft, um mich rauszuschleichen.«

Vielsagend ziehe ich meine Augenbrauen nach oben. Es ist ein Reflex, der sich nicht darum schert, dass wir uns ein ganzes Jahr nicht gesehen haben. Dass ich sie ignoriert habe. Nachdem ich sie beinah umgebracht hatte ...

Daran werde ich jetzt nicht denken. Mir ist bewusst, dass ich irgendwann darüber reden sollte. Aber ich bin feige. Und ich werde all die Gefühle, die mich seitdem verfolgen, sowieso niemals in Worte übersetzen können. Meine Emotionen sind eine Fremdsprache, die ich nie richtig gelernt habe.

»Sie ist nett. Wirklich«, sagt Morgana abwehrend, obwohl ich gar nichts gesagt habe. »Wenn du sie nur mal kennenlernen würdest.«

»Ich habe im letzten Jahr sehr viel Zeit mit Melli verbracht. Eigentlich sollte ich sie kennen. Hätte sie mir nicht was vorgespielt.«

Ich möchte, dass es mir egal ist. Doch an dem bitteren Unterton, der in meiner Stimme liegt, erkenne ich, dass das nicht der Fall ist. Melisand hat mich belogen. Das stößt mir sauer auf. Doch was für mich noch so viel schlimmer ist: Sie konnte mich täuschen. Ich hasse es, mich dumm und naiv zu fühlen. Das passt nicht in mein Selbstbild.

»Sie bevorzugt ›Melisand‹«, meint Morgana.

»Natürlich tut sie das«, murmele ich in mich hinein. Dann schüttele ich den Kopf. Wir haben wirklich wichtigere Probleme. Die flackernden und erlöschenden Sterne hinter dem Fenster bestätigen mir das.

»Los geht's«, flüstere ich nur und laufe voraus in die Bibliothek. Es ist dunkel. Nur das penetrante Mondlicht fällt durch die Fenster und scheint für uns einen Weg auf den alten Boden zu zeichnen.

Die Bibliothek nimmt fast ein ganzes Stockwerk ein. Es ist ein Labyrinth, in dem wir als Kinder oft Verstecken gespielt haben, worüber sich Kali aufgeregt hat, da dies eine *heilige Stätte des Wissens* sei. Als sie mich vor fast acht Jahren in einer der alten Rüstungen gefunden hatte, die hier die Wände säumen, hätte sie mich am liebsten geohrfeigt, das habe ich ihr angesehen. Wäre Astrid nicht da gewesen, hätte sie es vermutlich getan. Für Kali war ich eine Bedrohung. Ein wildes Tier, das man nicht kontrollieren konnte. Und nicht ein Kind, das die Regeln bricht, weil es seine Eltern verloren hat und nicht weiß, wie es mit seiner Trauer umgehen soll.

Manchmal fühlt es sich so an, als wäre ich nie erwachsen geworden, als wäre ich noch immer dieses Kind.

Morgana und ich erreichen den hintersten Bereich der Bibliothek, der hinter einem Gitter verborgen ist. Selbst wenn wir uns als Kinder zwischen den Regalen versteckt haben, haben wir uns nie getraut, diesen Bereich zu betreten. Dieser Ort ist den Oberhexen vorbehalten. Ich mag mich oft mit Kali angelegt haben, aber sogar ich habe nie gewagt, diese Grenze zu überschreiten.

Und auch jetzt zittert meine Hand, als ich sie nach dem Gitter ausstrecke. Doch ich überwinde mich. Mit jeder Stunde, die vergeht, wird die Welt kälter und dunkler, Sterne erlöschen und Menschen verwandeln sich in Wölfe. Ich brauche Antworten.

Ich öffne das vergitterte Tor, das mich an den Eingang einer Gefängniszelle erinnert. Es ist nicht abgeschlossen. Die Oberhexen sind sich ihrer Autorität so sicher, dass sie es nicht für nötig halten. Wenn sie eine Regel aufstellen, gehen sie davon aus, dass alle sie befolgen. Und bis heute hat das ja auch gestimmt.

Ich gehe voraus und streiche mir beruhigend über die Arme. Mir ist das Ausmaß unseres Ungehorsams schmerzhaft bewusst. Bei den Hexen werden die Oberhexen nie infrage gestellt. Sie müssen sich uns gegenüber nicht rechtfertigen, sie treffen die Entscheidungen und wir müssen sie befolgen. So ist es seit Jahrhunderten. Weil die Hexenverfolgungen so vielen unserer Vorfahrinnen das Leben gekostet haben, wurden die Zirkel gebildet, um uns alle zu beschützen. Da die meisten Opfer der Verfolgung weibliche Hexen und nicht männliche waren, haben sich die ersten Zirkel auch in Nonnenklostern zusammengefunden, wo sie von der Außenwelt relativ abgeschnitten und damit sicherer waren. Deswegen nennen wir dieses Haus in Gedenken an unsere traurige Geschichte auch nach wie vor Konvent.

Wie wichtig der enge Zusammenhalt der Hexen ist, hat sich vor dreißig Jahren gezeigt. Ich kenne nur die Geschichten, aber sie haben mir als Kind nicht selten den Schlaf geraubt. Hier in Prag hatten einige Menschen von unserer Existenz erfahren. Es waren so viele, dass die Hexen mit den Vergessenszaubern nicht hinterherkamen. Der Konvent war mehrfach mit Molotowcocktails angegriffen worden. Kalis Schwester starb bei einem dieser Angriffe. Ich weiß nicht alle Details, nur so viel: Die Oberhexen haben damals dafür gesorgt, dass kein Mensch überlebte, der von uns wusste.

Seitdem ist die Macht der Oberhexen zementiert. Unsere Hierarchien sind überlebenswichtig. Zumindest wurde mir das beigebracht, seit ich ein kleines Mädchen war.

»Da Astrid vermutet, dass es sich um sehr alte Magie handelt, solltest du nach besonders alten Aufzeichnungen Ausschau halten«, erklärt Morgana, als sie neben mich in den verbotenen Teil der Bibliothek tritt. Ihre Stimme wird bei jedem Wort leiser, als würde sie es allmählich bereuen, sich auf diese Schnapsidee eingelassen zu haben. »Und ich suche nach Texten, die mich an meine Träume erinnern.«

Ihre Träume, deren Details sie mir noch immer schuldig geblieben ist.

Morgana verschwindet zwischen den Regalreihen. Sie stehen hier näher aneinander als im Rest der Bibliothek. Wissen drängt sich auf engstem Raum. Die Gänge sind so schmal, dass meine Schultern über das alte Holz der Regale schrammen. Sofort fühle ich mich eingesperrt, doch ich schlucke mein Unbehagen herunter.

Ich laufe in den Raum, der mit jedem Schritt dunkler wird. Vor mir flackert ein kleines Licht hinter einer Wand aus Büchern auf. Morgana hat mit einem Kristall Magie gewirkt. Ich mache einfach meine Handytaschenlampe an.

Die Bücher werden älter, abgenutzter, je weiter ich vordringe. Also laufe ich zügig weiter. Eigentlich müsste ich das Ende des Raums längst erreicht haben, denke ich mir, als ich endlich auf eine Wand stoße. Hier stehen die Regale nicht mehr so nah beieinander. Die Bücher sind in Vitrinen verstaut. Sie sehen aus, als würden sie zwischen meinen Fingern zerbröseln, sollte ich sie berühren. Ich spüre förmlich die Anwesenheit längst vergangener Jahrhunderte.

Ein Buch scheint mich anzustarren. Ich kann nicht genau beschreiben, warum es mich anzieht, aber auf einmal stehe ich direkt davor. Es ist uralt. Die Schrift auf dem Einband kann ich kaum entziffern. Die Sprache kenne ich sowieso nicht. Darauf ist eine halb verblasste Zeichnung abgebildet, die meinen Puls beschleunigt. Wölfe umgeben von Sternen.

Und in der Mitte prangt ein Vollmond.

Was ich als Nächstes tue, würde Historikern auf der ganzen Welt wohl Herzinfarkte bescheren. Ich öffne die Vitrine und hole das Buch mit bloßen Händen heraus. Einen Moment stocke ich. Ich habe damit gerechnet, dass es sich porös anfühlt. Doch es ist stabil. Genauso wie ein Buch, das gestern erst gedruckt wurde.

Ich lege es auf der Vitrine ab und beginne von jeder Seite Fotos mit meinem Handy zu schießen. Keine Ahnung, wie ich den Text übersetzen soll, doch darum kümmere ich mich, sobald ich nicht mehr in Kalis Heiligtum herumschleiche.

»Lilith!«

Morganas panische Stimme dringt an mein Ohr und ich halte inne. Ich habe erst zwei Drittel abfotografiert, doch ich stelle das Buch zurück und laufe ihr entgegen.

Hat Kali den Ort vielleicht mit Sicherungszaubern versehen und Morgana ist in eine Falle getappt? Mein Herz rast. Ist ihr etwas passiert? Weil ich sie überredet habe, herzukommen?

Ihr kleines Licht weist mir den Weg. Sie muss ganz nah am Eingang sein.

Als ich zwischen den Regalreihen hervortrete, bleibe ich abrupt stehen. Morgana starrt mich aus riesigen Augen an. Sie ist nicht allein.

Kali steht vor ihr. Ihre Augen sprühen Funken vor Wut.

Sie fixiert mich sofort. Die wahre Schuldige. Dann legt sich ein zufriedenes Lächeln auf ihre Lippen. Mir läuft es eiskalt den Rücken herunter. Habe ich ihr endlich den Grund geliefert, um mich loszuwerden?

KAPITEL 6

Morgana und ich sitzen vor Kalis Schreibtisch in ihrem Büro, während Kali und Astrid uns niederstarren. Morgana hat den Blick gesenkt und tippt nervös auf ihre Finger.

Ich sollte wohl auch reumütig den Kopf senken, doch ich habe in meinem Leben selten das getan, was gut für mich gewesen wäre.

Kalis Büro ist wesentlich pompöser eingerichtet als Astrids. Es wirkt wie aus der Zeit gefallen. Ein Raum für eine Hexe, die ihre glorreichsten Tage nicht vergessen will. An den Wänden hängen alte Fotos, die sie auf ihren Reisen über die ganze Welt zeigen. Nie lächelt sie. Nicht einmal als junge Frau. Überall stehen antike Gegenstände. Eine Vase, die so aussieht, als hätte sie sie bei einer römischen Ausgrabungsstätte entwendet. Japanische Wandteppiche. Holzmasken mit gruseligen Fratzen. Auf den ersten Blick passt nichts zusammen. Doch bei Kali hat alles ein System. Jeder Gegenstand in diesem Raum hat etwas mit der Geschichte der Hexen zu tun, denn diese schien ihr immer schon wichtiger gewesen zu sein als die Hexen, die tatsächlich noch am Leben sind.

Der Gedanke tut mir direkt leid, als ich mich an den tragischen Tod ihrer Schwester erinnere. Dass sie so streng ist, hat bestimmt mit ihren eigenen Erfahrungen zu tun. Leiden kann ich sie trotzdem nicht.

In wütender Stille starren uns die beiden Oberhexen nieder. Seit Kali uns gefunden hat, ist kein Wort gefallen. Und solange Kali nichts sagt, wird das bis in alle Ewigkeit so bleiben.

»Ich hoffe, ihr habt eine gute Erklärung für euer schändliches Verhalten«, sagt sie schließlich. Ich glaube, Morgana atmet kaum merklich auf, ihr Blick nach wie vor gesenkt. »Kaum zurück und schon benimmst du dich wieder daneben.«

»Lilith, was habt ihr da gesucht?«, fragt Astrid kalt. Gerade ist sie nicht meine Patentante, meine Ersatzmutter, meine Familie, sondern nur eine wütende Oberhexe.

»Ich wollte Antworten«, sage ich schließlich, da ich lügen für überflüssig halte. »Marek hat sich in einen Wolf verwandelt. Die Sonne ist verschwunden. Ich will verstehen, was hier passiert.«

»Denkst du wirklich, nur dir geht es so?«, blafft Kali. »Bist du so etwas Besonderes, dass du mehr Anrecht auf Antworten hast als all die anderen Hexen, die unter demselben Dach leben wie du? Verrat es mir, Lilith, was macht dich zur Auserwählten?«

Meine Wangen werden heiß und ich kann es nicht verhindern. Unruhig rutsche ich auf meinem Stuhl herum.

»Ihr verratet ja nie etwas. Es gibt Hexen, die sich damit vielleicht zufriedengeben. Aber dazu gehöre ich nicht.«

»Was eine Überraschung«, sagt Kali sarkastisch. Die vielen silbernen Reifen, die sie an ihren Armen trägt, klirren, als sie auf mich zutritt und sich mir entgegenbeugt. Sofort rieche ich den zu süßen Geruch von Rosen, der typisch für sie ist, da sie ihnen am liebsten die Energie nimmt, um Magie zu wirken. Ich sollte ihr vielleicht mal irgendwann sagen, dass ihr Geruch mich an schlecht gewordenen Eintopf erinnert.

Aber besser nicht heute. Sonst kriege ich garantiert die Ohrfeige, die sie mir seit einem Jahrzehnt verpassen will.

»Du kannst dich natürlich nicht wie die anderen Hexen an Regeln halten und dich fügen, wenn man es von dir verlangt. Du willst immer eine Extrabehandlung. Aber ich habe Neuigkeiten für dich: Die Geschichte von der traurigen Waise funktioniert nicht mehr, Lilith. Du bist erwachsen. Niemand hat mehr Mitgefühl mit dir.«

Sie hat mich nicht berührt und trotzdem hat sie mir die Ohrfeige verpasst.

»Kali ...«, setzt Astrid beschwörend an, doch Kali hebt die Hand, um sie zum Schweigen zu bringen. Astrid hält also den Mund.

»Euer Handeln wird Konsequenzen haben«, kündigt Kali an und ihre Reifen klirren aneinander, als sie sich von mir zurückzieht und an ihren Schreibtisch lehnt. »Zwei Wochen Hausarrest.«

»Nicht dein Ernst!«, entfährt es mir.

Kali ignoriert mich, als hätte ich gar nichts gesagt. »Morgana, ich weiß, dass es nicht deine Idee war, aber du bist Lilith gefolgt, also gilt die Strafe auch für dich.«

Morgana nickt ergeben. Auch mich sieht sie nicht an.

»Sie kann nichts dafür. Ich war ...«

»Das ist mir bewusst, Lilith. Doch Strafe muss sein.«

Ich knirsche mit den Zähnen. »Sind wir jetzt entlassen?«

Kali wartet. Die große Standuhr in der Zimmerecke tickt überdeutlich laut. Mehrere Sekunden verstreichen, in denen wir uns einfach nur anstarren.

Dann nickt sie schließlich. »Ihr dürft gehen.«

Ich springe auf, Morgana folgt mir halbherziger.

Die Tür fällt mit einem lauten Klick hinter uns ins Schloss. Ich will mich schon bei Morgana entschuldigen, da entdecke ich Melisand, die an der gegenüberliegenden Wand lehnt.

»Was machst du denn hier?«, fragt Morgana verwirrt.

»Ich wollte sichergehen, dass es dir gut geht.« Melisand klingt nicht ganz so frostig, wenn sie mit Morgana spricht.

»Woher wusstest du, dass wir hier sein würden?«, frage ich patzig.

Für den Bruchteil einer Sekunde sieht Melisand schuldbewusst aus, aber dieser Moment reicht mir, um es zu durchschauen.

»Du hast uns verpfiffen«, entfährt es mir.

Morgana starrt Melisand fassungslos an. »Das hast du nicht getan, oder?«

Melisand zuckt mit den Achseln, als wäre nichts dabei. »Lilith ist kein guter Einfluss. Sie bringt dich dazu, die Regeln zu brechen. Das musste ich verhindern.«

Ich würde sie am liebsten anschreien, bis Morganas verletzte Miene mich daran erinnert, dass das nicht mein Kampf ist.

»Wie konntest du nur?«, fragt sie entsetzt.

Ich lasse die beiden zurück und laufe mit zügigen Schritten die Treppen hinunter Richtung Eingangsbereich.

Ich steure die Tür an, die halb offen steht. Der kalte Wind von draußen zieht herein. Ich fröstle, weil ich keine Jacke trage und ich habe keine Ahnung, wohin ich gehen soll. Aber ich spüre, dass ich aus diesem Haus raus muss, selbst für eine Stunde, einfach um mein wild pochendes Herz und meinen chaotischen Kopf zu beruhigen.

Doch ich komme nicht weit.

Ich pralle gegen eine unsichtbare Wand, die mich einen halben Schritt zurückwirft. Ich versuche es noch mal. Gleiches Ergebnis. Langsam strecke ich die Hand in Richtung Haustür aus, bis ich auf Widerstand stoße. Ich sehe nichts, aber ich fühle die Wand, die mich gefangen hält.

Mir entfährt ein wütender Aufschrei.

»Ich kenne dich viel zu gut.«

Astrids Stimme lässt mich herumfahren. Sie steht am Fuß der Treppe und beobachtet mich.

»Ihr habt einen Zauberbann gewirkt?«

»Anders hältst du dich ja nicht an deine Strafe.«

»Astrid, die Welt fällt auseinander. Wieso darf ich nicht helfen?«

»Weil du immer alles nur noch schlimmer machst«, sagt sie so ruhig, als wüsste sie nicht, welchen Schaden diese Worte in meinem Inneren anrichten. »Misch dich nicht ein.«

Und damit lässt sie mich stehen, allein mit dieser Hilflosigkeit, die mich von innen heraus aufzufressen droht.

Ich hocke auf meinem Bett und starre auf mein Display. Obwohl wir erwischt wurden, habe ich noch die Fotos von dem Buch. Niemand kam auf die Idee, mein Handy zu prüfen. Die älteren Hexen haben schon immer die Nützlichkeit von Technologie unterschätzt. Ob mir die Bilder allerdings wirklich helfen können, weiß ich noch nicht. Ich kann die Schrift in dem alten Buch nicht entziffern, trotzdem sehe ich mir die Zeichnungen ständig an.

Ich verlasse kaum mein Zimmer. Alle Hexen sind in Aufruhr, alle scheinen an der Suche nach Antworten beteiligt zu sein. Nur ich nicht. Und es nagt an mir. Ich fühle mich wie ein kleines Kind, das ohne Abendessen ins Bett geschickt wurde.

Vor meinem Fenster verfällt die ganze Welt in Panik, doch in meinem Zimmer kommt es mir manchmal so vor, als wäre gar nichts passiert. Es ist kein schönes Gefühl. Ganz im Gegenteil. Auf meinem Handy verfolge ich die Nachrichten – Chaos bricht aus, Raubüberfälle mehren sich. Manchmal kann ich von meinem Fenster aus in der Ferne ein Haus brennen sehen, bei dem sich keiner mehr die Mühe macht, es zu löschen. Und ich hocke auf meinem Bett, als würde mich das alles gar nichts angehen.

Wieder betrachte ich die Fotos. Die Wolfszeichnungen bereiten mir jedes Mal aufs Neue eine Gänsehaut. Die Farben sind stark verblichen. Dass Marek genau die gleiche Form angenommen hat, erkenne ich trotzdem. Diese Zeichnungen zeigen keine normalen Wölfe, sondern Monster. Ihre Augen glänzen silbern wie das Mondlicht, das sie verwandelt.

Durch mein Fenster dringt es auch und lässt meinen Teppich wie die Oberfläche eines Sees schimmern. Noch ist kein Vollmond, doch die sich verändernde Form des Himmelsgestirns erinnert uns alle daran, dass uns die Zeit davonläuft.

Mein Handy klingelt in meiner Hand und es fällt mir fast runter, weil ich mich so sehr erschrecke. Ich werde nie angerufen. Von wem auch?

Beim Blick auf mein Display beginnt mein Herz zu rasen. Marek.

Ich hatte ihm versichert, ihn nicht zu ghosten. Oft gemeldet habe ich mich allerdings nicht. Ich weiß nicht, was ich ihm sagen soll, weil ich ihn nicht enttäuschen will.

Ich seufze und gebe mir einen Ruck.

»Hey«, hauche ich ins Telefon.

»Du gehst tatsächlich ran. Es geschehen noch Wunder«, scherzt er. Seine Stimme klingt zu hohl, um es überzeugend rüberzubringen.

»Sorry«, murmele ich in mich hinein.

»Macht Hausarrest noch immer Spaß?«

Ich habe ihm in einer kurzen Nachricht meine absurde Lage beschrieben und er hat sie nicht hinterfragt. Ich weiß nicht viel über Marek, aber ich beginne zu vermuten, dass ihm in seinem Leben schon so einiges Unerwartetes passiert ist, dass ihn jetzt nicht mehr so viel schocken kann.

Vielleicht werde ich mich irgendwann trauen, ihn danach zu fragen.

Aber vermutlich eher nicht. »Unfassbar viel«, gebe ich zurück.

In der Leitung raschelt es. Ich glaube, er legt sich in sein Bett. Sobald ich das denke, habe ich sofort den Geruch von seinem zitronigen Waschmittel in der Nase. Viele meiner Erinnerungen verschwimmen mit der Zeit, als würde mein Geist mit beiden Händen über sie reiben, bis die Farben ineinanderlaufen und das Bild undeutlich wird. Doch die Erinnerungen an die Nacht mit ihm sind gestochen scharf.

»Es tut mir leid, dass ich dir nicht helfen kann.« Das auszusprechen, tut mir richtig weh.

»Ist schon in Ordnung.«

Ich weiß, dass er lügt, und das macht es nur noch schlimmer. Das alles muss ihm so viel Angst machen und ich kann nichts dagegen tun.

»Warum hast du angerufen?«, frage ich mit belegter Stimme.

Marek braucht sehr lange, um zu antworten. So lange, dass ich schon denke, der Anruf wäre abgebrochen.

Während ich warte, mache ich es mir auf meinem Bett bequemer, lege mich auf den Rücken und starre an meine Decke.

Marek räuspert sich. Und dann noch mal. »Ich spüre es.«

»Was spürst du?«

Mein Herz dröhnt in meinen Ohren.

»Den Mond. Und was er in mir auslöst.«

»Denkst du, du verwandelst dich schon früher?« Alarmiert setze ich mich auf, bereit, zu ihm zu rennen. Bis mir klar wird, dass ich das ja gar nicht tun kann, weil ich festsitze.

»Nein«, sagt er.

Ich lege mich langsam zurück aufs Bett, dessen Matratze mir eigentlich zu weich ist.

»Es ist mehr wie ... eine Warnung«, fährt er zögerlich fort. »Als würde das Monster sagen: *Ich bin noch nicht fort. Ich komme wieder.*«

Die Haare an meinen Armen stellen sich auf.

»Sobald der Mond aufgeht. Und wenn ich in den Mondschein trete, wird das Gefühl so stark, dass ich es kaum ertragen kann.«

Ich würde ihn gern beruhigen. Nur wie?

Vor ein paar Nächten habe ich noch einmal versucht, mich in die Bibliothek zu schleichen, doch Melisand hat in dem Flur davor patrouilliert. An ihr wäre ich niemals unerkannt vorbeigekommen. Und hätte sie mich entdeckt, wären aus zwei Wochen Hausarrest vermutlich vier geworden.

»Das klingt gruselig«, sage ich schließlich, weil mir nichts Besseres einfällt.

Marek entfährt ein Lachen. Besser als nichts. »Wenn ich ehrlich bin ...« Er unterbricht sich so abrupt, als wäre er plötzlich gegen ein riesiges Hindernis gestoßen. Aber ich weiß selbst, dass die Hindernisse, die einen am erfolgreichsten zurückhalten können, in einem selbst stecken. »Wenn ich ehrlich bin, wollte ich nur mit jemandem sprechen, der versteht, wovon ich rede.«

Ich schlucke schwer. Da ist sie wieder. Die Schwere der Intimität, die sich über uns legt wie eine Decke. Ich habe sie auch bei unserer ersten Begegnung gespürt und bin am nächsten Morgen panisch vor ihr davongerannt.

Auch jetzt ist der Impuls da, davor zu flüchten und aufzulegen, aber das hat Marek nicht verdient.

»Verständlich«, kriege ich mühsam hervor. »Ich fühle mich

wie ein Tier in einem Käfig.« Die Worte sind raus, bevor ich sie herunterschlucken kann.

»Dabei bin ich doch das eingesperrte Tier«, versucht Marek zu scherzen.

Ich ringe mir ein halbherziges Lachen ab.

»So schlecht?« Ich glaube, er lächelt, während er das sagt. Zumindest gefällt mir die Vorstellung, dass er es tut. »Wieso fühlst du dich wie ein Tier im Käfig?«

Diesmal bin ich diejenige, die lange braucht, um zu antworten. Mehrere Minuten verstreichen, doch Marek hakt nicht nach oder legt auf. Er wartet geduldig, bis ich mich überwunden habe.

»Ich bin eine Hexe, aber irgendwie ... keine von ihnen. Ich bin ... gefährlich.«

»Wegen dem, was mit Dario passiert ist?« Er klingt nicht vorwurfsvoll. Ich weiß nicht, wie ich damit umgehen soll.

»Ja«, sage ich. »Es ist nicht zum ersten Mal passiert.«

»Du bist anders als die anderen Hexen?«

Ich nicke nur, weil der Kloß in meinem Hals mir die Luft abschnürt, Marek scheint aber keine Worte zu brauchen, um zu wissen, dass ich zustimme, obwohl er mich gar nicht sehen kann.

Als ich mir mit den Fingern an die Wangen fasse, merke ich erst, dass ich geweint habe. Hektisch streiche ich die Tränen fort, als könnte ich damit leugnen, dass sie jemals dort gewesen sind.

»Das tut mir leid. Ich weiß, wie schwer es sein kann, anders zu sein.«

Das lässt mich stocken. »Inwiefern?«

Marek bleibt sehr lange still. Dann sagt er nur mit kühler Stimme: »Ich sollte schlafen gehen.« Damit ist der Moment vorbei.

»Hast recht. Ich auch.«

Ich lege auf und schiebe mein Handy auf dem Nachttisch so weit von mir wie möglich, weil ich nicht wieder die Zeichnungen von Wölfen betrachten kann, ohne wahnsinnig zu werden – oder an Marek zu denken.

Ich versuche wirklich zu schlafen. Ständig drehe ich mich zu allen Seiten, schlage die Decke von mir und verkrieche mich dann doch wieder unter ihr. Irgendwann muss ich weggedämmert sein, denn ich wache auf, als meine Tür mitten in der Nacht aufgeht. Hektisch setze ich mich auf, will aufstehen und verheddere mich in meiner Decke, falle fast aus dem Bett.

Doch dann mache ich die wilden Locken von Morgana aus, die von hinten beleuchtet werden.

»Alles okay?«, frage ich beunruhigt.

»Ich hatte einen Traum«, sagte sie. Ihre Stimme klingt ganz weit weg. Das tut sie immer, wenn sie intensiv geträumt hat. Dann hängt Morgana noch in einer anderen Welt fest und hat ihren Weg zurück in unsere noch nicht ganz gefunden.

»Komm her«, sage ich genauso wie früher und rücke auf dem Bett zur Seite, damit sie genug Platz hat.

Morgana schläft ungern allein, weil sie sich dann nach dem Aufwachen noch orientierungsloser fühlt, wenn niemand neben ihr ist, den sie berühren kann. Körperwärme ist ihr Leuchtturm in der Dunkelheit, hat sie mir vor vielen Jahren mal gesagt.

Da sie mit Melisand Schluss gemacht hat, kann sie nicht mehr neben ihr schlafen. Als ich sie gefragt habe, was zwischen den beiden vorgefallen ist, hat sie mich auf ihre sanfte Morgana-Art abgeblockt und nur gemeint, dass sie nicht mit jemandem zusammen sein kann, dem sie nicht vertraut. Sie wird mir mehr verraten, wenn sie dazu bereit ist.

Umso erleichterter bin ich, dass sie jetzt zu mir kommt. Sobald sie sich neben mich legt und ihr vertrauter Geruch in meine Nase steigt, fühle auch ich mich ruhiger.

Als Kinder haben wir jahrelang nebeneinander geschlafen. Ihre Eltern sind bei einem Autounfall gestorben. Ein sehr unspektakulärer Tod für zwei sehr mächtige Hexen, aber auch Magie kann uns nicht immer retten. Danach waren wir die beiden Mädchen ohne Eltern – das hat uns zusammengeschweißt. Und von da an beschlossen wir, Familie füreinander zu sein.

Irgendwann müssen wir darüber reden, was vor einem Jahr passiert ist. Aber nicht jetzt.

Jetzt kuschelt sie sich an mich. Ihr Herzschlag wird immer ruhiger, genauso ihr Atem.

Und während sie auf ihre Abenteuer geht, lasse ich mich von meinem schwarzen Loch verschlucken.

Die nächsten Tage verschwimmen ineinander. Morgana und ich informieren uns so gut wir können. Da uns als Quelle nur Wikipedia zur Verfügung steht, kommen wir nicht viel weiter.

Jede Nacht schläft Morgana in meinem Bett und jede Nacht wache ich auf, wenn sie von einem heftigen Traum geweckt wird. Aber der Schlafentzug macht mir wenig aus. Wenn ich nur ein bisschen für sie da sein kann, fühle ich mich nicht ganz so hilflos.

Und so setze ich mich auch in dieser Nacht wieder routiniert auf, als ich von ihrem hektischen Zucken geweckt werde.

»Shhh«, mache ich. »Alles ist gut. Ich bin hier.«

Ich bin noch halb am Schlafen. Bis sich Morganas Finger tief in meine Haut bohren. Sie umklammert meine Arme so heftig, dass es wehtut. Sie ist so blass, als wäre sie gerade erst von den Toten auferstanden.

»Morgana. Hey, Mor, alles gut?«

Sie reagiert nicht, sondern starrt mich einfach aus riesigen Augen an. Es wirkt, als würde sie durch mich hindurchsehen. Als würde ich in diesem Moment nicht mal existieren.

»Hey, Mor. Ich bin hier. Hey.« Ich schüttle sie, doch das ist gar nicht so leicht, weil sie sich in einem Schraubstockgriff an mich klammert.

Wenn sie aufwacht, lassen die Träume sie normalerweise los. Dieser hält sie gefangen.

»Mor.«

Ich schaffe es irgendwie, einen Arm aus ihrem Griff zu befreien und lege meine Hand an ihr Gesicht.

Das bringt sie zurück.

Sie zuckt so heftig, dass sie beinah vom Bett fällt. Sie blinzelt mehrmals. Und dann klären sich ihre Augen.

»Lilith?«

»Ich bin hier«, wiederhole ich. »Was hast du gesehen?«

»Ragnarök.«

Ihr Hauchen ist so unheilvoll, dass ich fast damit rechne, dass Nebelschwaden hinter ihr aufsteigen.

In Kalis Geschichtsstunden habe ich aus Prinzip nie richtig aufgepasst, trotzdem kenne ich die Bedeutung dieses Wortes.

»Ragnarök.« Die Buchstaben scheinen mir auf den kalten Lippen zu gefrieren.

Morganas Augen werden groß, als hätte meine Stimme sie zurück in ihren Albtraum geführt.

Sie räuspert sich. Ich bin mir sicher, den genauen Klang ihrer Worte nie wieder vergessen zu können.

»Das Ende der Welt.«

KAPITEL 7

Morgana war nach ihrem Traum so verstört, dass sie kaum ein Wort herausgebracht hat. Obwohl mir tausend Fragen auf der Zunge gebrannt haben, habe ich sie lediglich in meine Arme geschlossen und beruhigend über ihre Haare gestreichelt, bis sie wieder eingeschlafen ist.

Der Anblick von ihrem schockverzerrten Gesichtsausdruck, den ich nicht vergessen kann, hindert mich daran, es ihr gleichzutun.

Die Welt wird enden.

Klingt ein bisschen überdramatisch, aber die flackernden Sterne vor meinem Fenster beweisen mir, wie real die Bedrohung ist.

Die Welt wird enden. Und das hat irgendwas mit den Hexen, ihren Geheimnissen, Wölfen und der ewigen Nacht zu tun, die sich über die ganze Welt gelegt hat.

Ich starre an die Decke. Da die Sonne meinem Körper keine Anhaltspunkte mehr gibt, weiß er gar nicht mehr, wann er wach und wann er müde sein soll. In meinem schlaflosen Kopf drehen sich die Gedanken wild umher.

Die Welt wird enden. Und irgendwie hat alles in Prag begonnen. In unseren alten Straßen, zwischen den Rissen im Kopfsteinpflaster.

Die Welt wird enden. Und obwohl in meinem Kopf Chaos herrscht, wehrt sich alles in mir gegen diesen Satz.

Die Welt wird enden. Und mein Verstand ist zu klein, um zu begreifen, was das bedeutet.

Die Welt wird enden. Und ich habe keine Ahnung, was ich tun soll.

Die Welt wird enden.

Ich wiederhole den Satz, als wäre ich ein Kind, das als Strafarbeit hundert Mal dieselben Worte auf ein Blatt Papier schreiben muss.

Die Welt wird enden.

Während ich mir das vorsage wie ein Gebet, denke ich an die Bilder auf meinem Handy, die ich nicht übersetzen kann. An meine Magie, die sich meiner Kontrolle entzieht.

Ruckartig stehe ich auf. Neben mir zuckt Morgana, schläft aber weiter. Ich renne zum Fenster und reiße es auf. Die Luft, die hereinweht, ist so kalt, dass sie auf meinen nackten Armen brennt.

Ganz bestimmt – als wüsste ich tatsächlich ausnahmsweise mal, was ich tue –, strecke ich meine Hand in die Nacht hinaus. Sie nimmt mich in Empfang und die Kälte legt sich über meine Haut wie ein eng sitzender Handschuh.

Trotzdem lächle ich, als ich die Hand zurückziehe. Ich schließe das Fenster.

»Lilith?«

Morgana schaltet meine Nachttischlampe an. Ihre Wangen haben wieder ein bisschen Farbe bekommen und sie klingt nicht mehr so atemlos.

»Was ist los?« Ihr Atem wirft Wölkchen beim Sprechen. Doch ich fühle gar nicht mehr richtig, wie kalt es ist.

»Unser Hausarrest ist vorbei«, sage ich. »Ich konnte meine Hand aus dem Haus strecken.«

Morgana runzelt die Stirn. »Er geht noch ein paar Tage.«

»So ein Zauber kostet sehr viel Energie. Vor allem, wenn

man ihn zwei Wochen aufrechterhalten muss. Vermutlich haben sie sich schon seit einer Woche nicht mehr die Mühe gemacht, ihn zu wirken. Sie haben darauf vertraut, dass wir ihnen glauben.«

Diesen Fehler werde ich nie wieder machen.

Auf einmal bin ich hellwach.

»Wir suchen uns Antworten«, sage ich. »Schluss mit Rumsitzen.«

Morgana richtet sich mit unsicheren Bewegungen auf, als hätte sie die letzten Wochen im Krankenhaus verbracht und sich kaum bewegt. Ihr Traum sitzt ihr noch immer in den Knochen.

»Wo gehen wir hin?«

Ich halte mein Handy hoch. »Zu jemandem, der hoffentlich diesen Text übersetzen kann.«

Ich friere so stark, dass eigentlich nur eine Sache helfen könnte. Aber ich weigere mich, nach diesem Mittel zu greifen.

Morgana hat nicht solche Skrupel. In beiden ihrer Jackentaschen stecken Kristalle und sie wirkt kleine Zauber, damit die Magie sie von innen wärmt wie ein hochprozentiger Schnaps. Obwohl mich ihr entspannter Umgang mit Magie mit Neid erfüllt, kann ich doch nicht leugnen, wie schön alles ist, was sie erschafft. Eiszapfen, die an einer Markise hingen, lässt sie in der Luft tanzen. Das Licht der Straßenlaternen bricht sich in ihrer klaren Oberfläche. Sie repariert den Riss in einem Fenster, an dem wir vorbeikommen. Auf ihrer Handfläche flackert eine kleine Flamme auf, die sie in meine Richtung schweben lässt. Ich bin zu durchgefroren, um mich darüber zu beschweren, dass sie mir mit Magie hilft.

Sie lächelt wissend, statt es zu kommentieren.

Prag ist beunruhigend still. So habe ich die Stadt, in der ich die letzten zehn Jahre meines Lebens verbracht habe, noch nie erlebt. Uns kommt kaum ein Mensch entgegen. Den Anwohnern wurde geraten, nur in Notfällen rauszugehen. Doch obwohl mich jede Sekunde, die ich draußen in der eisigen Kälte verbringe, daran erinnert, wie viel sich verändert hat, bin ich doch dankbar, nicht länger in meinem Zimmer festzusitzen.

Der Gebäudekomplex, in dem Marek und Dario wohnen, kommt in unser Sichtfeld und wir ducken uns hinter das Nachbargebäude. Die Flamme erlischt und ich vermisse ihre Wärme sofort. Morgana und ich scannen die Umgebung.

Neben einem Van entdecken wir zwei Hexen. Das Leuchten ihrer Kristalle verrät sie.

»Im Treppenhaus sind bestimmt auch noch welche«, flüstere ich.

»Wir müssen uns unsichtbar machen«, sagt Morgana.

Ich nicke steif.

»Ich kann mich drum kümmern«, bietet sie an. Sie muss mein Zögern gespürt haben.

Ich sehne mich nach Magie. Astrid würde jetzt sagen, dass ich meine eigene Natur als Hexe nicht verleugnen kann. Sie wird mich immer rufen und wenn ich sie ignoriere, wird sie einfach lauter schreien.

Manchmal fühle ich mich wie eine Fremde, die nur in diesen Körper gesperrt wurde.

Morgana wirft mir einen Blick zu – wir brauchen keine Worte, um uns zu verstehen. Ich verdrehe zwar die Augen, greife aber zu meinem Handy und wähle Mareks Nummer. Schon denke ich, dass er mitten in der Nacht nicht drangehen wird, da dringt seine verschlafene Stimme an mein Ohr.

»Hallo?«

Ich mache mir vor, meine Gänsehaut wäre vom heftigen Wind ausgelöst worden, der durch die schmalen Gassen rauscht. »Du musst uns gleich in deine Wohnung lassen«, flüstere ich eindringlich.

»Was?«

»Du musst die Wohnungs- und Eingangstür aufmachen, ohne dass die Hexen realisieren, dass du uns aufmachst.«

»Das ergibt keinen Sinn.«

»Sie dürfen nicht wissen, dass wir hier sind.«

»Und was schlägst du vor?«

»Überleg dir einen Vorwand, vor die Tür zu gehen, dann können wir uns mit reinschleichen.«

»Werden sie euch nicht sehen?«

»Dafür haben wir eine Lösung.«

Kurz ist es still am anderen Ende der Leitung. Dann seufzt er ergeben. »Ich habe eine Idee.«

Er legt auf und ich nicke Morgana zu. Sie atmet tief durch, hebt die Arme und schließt kurz die Augen.

Die Kristalle leuchten auf und dann bleibt mir nichts anderes übrig, als zu vertrauen, dass ihre Magie gewirkt hat.

Es fühlt sich falsch an, auf den Eingang des Wohngebäudes zuzulaufen und mich hinter nichts zu ducken. Nervös schaue ich mich nach den Hexen um, die in dieser pechschwarzen Nacht nicht viel mehr sind als dunkle Umrisse. Doch sie entdecken uns nicht.

Wir erreichen die Haustür und warten.

In Gedanken feuere ich Marek an, sich zu beeilen. Morgana hat nur ein paar Kristalle dabei, deren Energie nicht ewig reichen wird.

Die Oberhexen wollen nicht, dass wir uns einmischen. Sich mitten in der Nacht für ein konspiratives Treffen aus dem Haus zu schleichen, während wir eigentlich noch unter Hausarrest stehen, ist der Inbegriff von Sich-einmischen.

Ich muss ein überraschtes Geräusch unterdrücken, als ein Päckchen Kippen direkt vor meinen Füßen auf dem Boden landet. Schnell werfe ich den Kopf in den Nacken und entdecke Marek, der sich aus dem Fenster lehnt und flucht. Dann verschwindet er wieder in seinem Haus. Nur ein paar Sekunden später dringt das Licht im Flur durch das Milchglasfenster der Haustür.

Mareks unordentliche Locken sind das Erste, was mir auffällt, als er auf die Straße tritt. Er hebt das Päckchen Kippen auf und streift dabei mit seiner Hand mein Bein. Ich zucke zusammen, er hält ebenfalls inne. Nur den Bruchteil einer Sekunde später hat er sich zum Glück gefangen und betritt sein Haus.

Ein bisschen länger als nötig hält er die Tür auf und wir schlüpfen hinein. Auf den Holzstufen hört man unsere Schritte. Er hält kurz inne. Diesmal, um sich eine Kippe anzumachen. Während er die Treppen hinaufsteigt, raucht und hustet er übertrieben, um uns zu übertönen. Im ersten Stockwerk kommen wir an den Hexen vorbei, die dort herumlungern.

»Wollt ihr eine?« Marek hält ihnen die Kippen entgegen.

Sie schütteln wortlos den Kopf. Er zuckt nur mit den Achseln und wir folgen ihm, so leise wir können.

Sobald wir in seiner Wohnung ankommen, atmet er erleichtert auf und dreht sich dann irritiert in alle Richtungen um. Irgendwie schafft er es, mich direkt anzuschauen. Und so ist es mir unmöglich, festzustellen, in welchem Moment der Zauber fällt und er mich tatsächlich wieder sehen kann.

»Das ist gruselig«, kommentiert er nur und deutet mit seiner brennenden Kippe auf uns.

»Ich dachte, du hättest vor drei Jahren aufgehört.« Das hatte er mir bei unserem Date erzählt.

Er betrachtet mich, als könnte er nicht fassen, dass ich mir das tatsächlich gemerkt habe. »Hat sich wie der richtige Zeitpunkt angefühlt, um wieder mit schlechten Gewohnheiten anzufangen«, sagt er trocken. Aber er wirkt nicht halb so entspannt, wie er wohl hofft. Ich beobachte ihn anscheinend ein bisschen zu offensichtlich dabei, wie er an seiner Kippe zieht und dann den Rauch wieder ausatmet, denn er hebt fragend eine Augenbraue.

Ich räuspere mich umständlich und merke, wie meine Gesten hektischer werden und mir Wärme in die Wangen steigt. »Morgana, das ist Marek. Marek, Morgana. Auch eine ...«

»Hexe«, sagt er so neutral, als wären wir gerade bei einem Businessmeeting. »Was macht ihr hier?«

»Wir müssen mit euch reden. Weck Dario, bitte.«

»Worum geht es?«

Morgana und ich wechseln einen Blick. Natürlich könnten wir jetzt auch die schonende Version erzählen. Aber wozu? Es sind gefühlt minus hundertdreißig Grad draußen und Marek hat sich in ein Monster verwandelt. Ihm brauchen wir nun wirklich nichts mehr vormachen.

Also nicken wir uns zu und sagen dann unisono: »Das Ende der Welt.«

Zwanzig Minuten später sitzen wir alle zusammen in Darios und Mareks Küche auf den Stühlen, die leicht wackeln, wenn man sich bewegt, weil der Boden uneben ist. Dario ist inzwischen wach und ich habe Morgana und ihn vorgestellt. Wir nippen an unseren Kaffees. Marek trägt Jogginghose und ein weißes Shirt, Dario ein schönes hellblaues Pyjamaset, auf das ich ein bisschen neidisch bin, weil es so bequem aussieht. Die Szene, die wir bieten, wirkt zu ruhig und entspannt.

»Was genau hast du in deinem Traum gesehen?«, fragt Dario so unaufgeregt, als hätte er sich nur bei einer seiner Vorlesungen gemeldet. Vielleicht kann er sich von der Schwere der Situation besser distanzieren, weil er sie mit dem Blick eines eifrigen, wissensdurstigen Studenten betrachtet. Von der Panik, die ihn bei unserer ersten Begegnung gepackt hatte, ist nichts übrig geblieben.

Morgana blickt in die dunkle Flüssigkeit in ihrer Tasse. Ich bin es so gewohnt, dass sie nie Details von ihren Träumen mit mir teilt, dass es mich völlig überrumpelt, als sie tatsächlich beginnt zu sprechen.

»Da war der Himmel, pechschwarz. Und dann war Vollmond.«

Marek erschaudert neben mir. Angestrengt weicht er meinem Blick aus.

»Und der Vollmond hat alles gebracht. Das Ende.«

Dario betrachtet sie, als wäre er noch nie einer interessanteren Person begegnet.

»Ich habe Wölfe gesehen.«

»Wölfe? Plural?« Mareks Stimme bricht.

»Wölfe«, bestätigt sie. Kurz zuckt ihr Blick zu mir, doch dann sieht sie wieder in ihre Tasse. »Ich habe Prag gesehen. Und eine andere Stadt. Auch mit sehr alten Häusern, sie sah mittelalterlich aus, aber sie war kleiner. Und da waren Brücken. Die Prager Burg habe ich auch gesehen. Da hat die Reise begonnen.« Bei ihren Worten kriecht Kälte in meine Glieder. Morganas Worte ergeben nicht viel Sinn. Zumindest nicht für mich. Trotzdem reicht das wenige, was ich verstehe, aus, um mein Unbehagen zu wecken. »Und dann noch einen Ort, der gar nicht in unserer Welt ist. In einer anderen der neun Welten. Mit einer Brücke, die in allen Regenbogenfarben geschimmert hat wie ein Prisma.«

Ich muss an mein Gespräch mit Astrid in ihrem Büro denken. *Diese Magie ist älter.*

»Erst war es stockdunkel. So dunkel, dass man nicht einmal mehr die Hand vor Augen sieht. Und dann auf einmal war es wieder hell. Taghell. Aber es war nicht die Sonne. Es war Feuer. Ich hab es auf meiner Haut gespürt. Es war unfassbar heiß. Ein Schwert aus Feuer hat sich in die Erde gebohrt und alles verschlungen.«

Es ist grabesstill in der Küche.

Schließlich seufzt Marek. »Man kann also zusammenfassen, dass wir am Arsch sind.«

Ich lache auf, obwohl mir danach gar nicht zumute ist. Aber was soll man in Anbetracht des Endes der Welt auch sonst machen, als über seine eigene Hilflosigkeit zu lachen?

Marek ist leichenblass, Morgana sieht aus, als hätte sie mehrere Jahre lang nicht geschlafen. Nur Dario wirkt ruhig. Er kratzt sich am Kinn, als würde er sehr angestrengt nachdenken.

»Das klingt nach Ragnarök«, sagt er und mustert Morgana und mich. »Nordische Mythologie.«

Wir nicken. »Die Hexen stammen von den Walküren ab«, erkläre ich.

Dario betrachtet mich, als wäre er ein Kind am Weihnachtsmorgen und ich das Geschenk, das er sich seit Jahren gewünscht hat. »Ihr stammt von den Walküren ab? Wieso hast du das nicht vorher schon erzählt? Das ist ja unfassbar cool!«

»Er studiert nordische Mythologie«, sage ich an Morgana gewandt.

»Der Mitbewohner des Mannes, der sich in einen Wolf verwandelt, studiert nordische Mythologie?«, fragt Morgana mit großen Augen. »Und Melisand hat erzählt, dass in deinem Dating-Profil steht, dass du nicht träumst«, sagt sie dann an Marek gewandt. Sie denkt vermutlich, ich höre es nicht, aber sie stolpert über Melisands Namen, als würde allein ihre Erwähnung schmerzen.

»Spielt das eine Rolle?«, fragt Marek.

»Das weiß ich nicht. Aber Lilith träumt auch nicht, obwohl Träume für Hexen eine große Bedeutung haben.« Morgana mustert erst Marek und dann Dario eingehend. »Das Schicksal hat uns wohl zusammengeführt.«

Ich verdrehe nur die Augen. Dass die Hexen ständig alles auf das Schicksal zurückführen wollen, hat mich schon immer genervt.

Ich hole mein Handy hervor, öffne die erste Seite der alten Schrift, die ich in Kalis Bibliothek fotografiert habe, und reiche es Dario. »Kannst du das lesen?«

Dass wir gerade über das Ende der Welt diskutieren, merkt man Dario nicht an. Im Gegenteil: Heute scheint der beste Tag seines Lebens zu sein.

»Das ist Altisländisch. Wie die Edda.«

»Edda?«, fragt Marek.

»Es gibt zwei«, beginnt Dario. »Die nordische Mythologie ist dort niedergeschrieben. Allerdings ist das erst im 13. Jahrhundert im christianisierten Island passiert, also wissen wir nicht, wie viel wirklich original überliefert wurde. In Forscherkreisen ...«

»Kannst du es lesen?«, unterbreche ich ihn.

»Meine Sprachkenntnisse sind etwas eingerostet. Ich werde Zeit brauchen. Vermutlich sollte ich in die Bibliothek gehen. Da gibt es eine gute Sammlung mit Textbeispielen ...«

»Kannst du es lesen?«, wiederhole ich ungeduldig.

»Wenn ich ein bisschen Zeit habe – ja.«

»Geht es in dem Text um Ragnarök?«

Dario nickt eifrig. »So viel verstehe ich auch ohne Hilfe.«

Der Text könnte uns also helfen. Ich seufze. Es ist ein Anfang.

»Vielleicht werden wir dann nicht ewig im Dunkeln sitzen«, meint Morgana.

»Hoffentlich«, murmelt Marek und deutet auf das kleine Küchenfenster, hinter dem ewige Nacht herrscht. »Was wisst ihr über Ragnarök?«

Morgana und ich setzen an, doch natürlich kommt Dario uns zuvor. »Das macht die nordische Mythologie ja so einzigartig. Denn dort ist das Ende der Götter schon festgeschrieben. Sie sind nicht unbesiegbar wie Götter aus anderen Mythologien. In einem epischen Kampf werden sie ihr Ende finden. Alle auf sehr unterschiedliche Weisen. Der Wolf Fenrir stirbt tatsächlich durch einen Schuh. Das kam mir immer albern, aber auch sehr kreativ vor. Loki kämpft natürlich gegen die anderen Götter, mit den Riesen. Und ...« Diesmal hält er von allein inne und wendet sich an mich. Mit riesigen, strahlenden Augen. »Wie viel der Sagen ist wahr?«

»So genau wissen wir das auch nicht«, setze ich an und die Enttäuschung ist ihm deutlich am Gesicht abzulesen. »Die Götter leben noch immer in Asgard.«

»Nicht mehr lange, wie es aussieht«, sagt Marek. »Und was ist Asgard überhaupt?«

»Eine der neun Welten«, sagt Morgana.

Marek sieht sie an, als würde das für ihn noch gar nichts erklären.

»Es gibt neun Welten. Parallelwelten sozusagen. Wir leben in einer. Die Götter leben in einer anderen. Asgard ist ihre Residenz. Es wird oft als Schloss beschrieben, eine riesige

Festung, aber wie es dort genau aussieht, können wir nicht sagen.«

»Die Götter existieren«, haucht Dario ehrfürchtig. Er wirkt wie der größte Fan eines Popstars, der kurz davor ist, in Ohnmacht zu fallen, weil er gleich seinem Idol gegenüberstehen wird.

»Die Oberhexen wollen uns nichts verraten. Aber wir können ja nicht tatenlos herumsitzen«, fahre ich fort, ohne auf Dario einzugehen. Ich vermute, dass es noch eine Weile dauern wird, bis er sich an diese neuen Erkenntnisse gewöhnt hat. »Wir haben nur ein bisschen mehr als zwei Wochen bis zum nächsten Vollmond.« Wieder zuckt Marek zusammen. Noch immer meidet er meinen Blick. »Dario, kannst du es bis dahin übersetzen?«

Dario rennt aus dem Zimmer, kommt mit einem Block und drei Büchern zurück und beginnt sofort, sich Notizen zu machen.

»Morgana und ich können versuchen, bei den Hexen noch mehr zu erfahren, aber das wird schwer. Wir stehen unter Beobachtung.«

»Ich kann herausfinden, welche Stadt ich in meinem Traum gesehen habe«, meint Morgana. »Sie wird eine Rolle spielen. Auch wenn ich nicht verstehe, welche.«

Ich nicke. Dann fällt wieder Schweigen über uns, bis ich mich endlich traue, es auszusprechen. »Wird die Welt in zwei Wochen untergehen? Beim nächsten Vollmond?«

Morgana denkt einen Moment nach. Dann schüttelt sie langsam den Kopf. »Ich glaube nicht. Am Himmel waren schon gar keine Sterne mehr zu sehen.« Sie betrachtet mich eingehend. »Und du sahst anders aus.«

Ein kalter Schauer schüttelt meinen ganzen Körper durch. Sie hat mich gesehen. In ihrem Traum vom Ende der Welt.

Die nächste Frage, die mir auf der Seele brennt, traue ich mich nicht laut auszusprechen. Ich will nicht wissen, was ich beim Ende der Welt getan habe. Noch nicht.

Und Morgana tut mir den Gefallen, es mir auch nicht zu verraten.

»Wie sah ich denn aus?«, kriege ich hervor. Die Frage ist ungefährlicher.

»Deine Haare waren kürzer.« Da ist wieder etwas in ihrem Blick, das ich viel zu gut kenne. Sie verschweigt mir etwas.

»Dann schneide ich mir einfach nicht mehr die Haare, Weltuntergang abgewendet«, scherze ich, in einem verzweifelten Versuch, die Stimmung aufzulockern. Natürlich scheitere ich kläglich. Die anderen lachen nicht. Sie ringen sich nicht mal mir zuliebe ein halbherziges Lächeln ab. Das wäre ja wohl nicht zu viel verlangt gewesen.

Ich räuspere mich umständlich. »Also recherchieren wir und treffen uns, wenn Morgana und ich uns wieder rausschleichen können«, setze ich hinzu.

Alle nicken. Marek hat sich inzwischen eine neue Zigarette angezündet, der Rauch steigt zwischen unseren Köpfen auf, was ich sehr passend finde. Er raucht aber nicht mehr, er dreht sie nur noch zwischen den Fingern und betrachtet die Asche, die sich an der Spitze sammelt, bis sie abfällt und auf dem Boden landet.

Abrupt lässt er die Kippe in seinen Kaffee fallen, stellt die Tasse auf dem Tisch ab, steht auf und eilt aus dem Zimmer.

Wir anderen wechseln einen Blick. Und obwohl wir uns quasi gar nicht kennen, folge ich ihm. Ich sehe ihn noch in seinem Zimmer verschwinden. Die Tür knallt er hinter sich zu.

Davor bleibe ich stehen, ein bisschen unschlüssig, was ich als Nächstes tun soll.

Zögerlich klopfe ich.

»Marek, alles in Ordnung?« Unfassbar dumme Frage in Anbetracht all der Tatsachen.

Er antwortet nicht. Aber an meine Ohren dringt ein atemloser Laut. Sofort denke ich an das Knurren des Wolfs, das ich schon mal durch diese Tür gehört habe.

Er hat sich zurückgezogen, weil er vermutlich seine Ruhe wollte, aber ich will ihn mit seinen dunklen Gedanken nicht allein lassen, also öffne ich die Tür. Er steht am Fenster, stützt sich am Rahmen ab und atmet viel zu schnell. Jeden Atemzug scheint er seinem Körper mit Gewalt entreißen zu müssen.

»Marek«, sage ich sanft. Ich denke nicht mehr nach. Auf einmal stehe ich direkt vor ihm und lege meine Hand an seine Wange. Er zuckt zusammen, als würde er meine Anwesenheit erst jetzt realisieren. Dann begegnet er meinem Blick, was er die ganze Zeit, die wir in der Küche gesessen haben, vermieden hat.

Seine grünen Augen sind unfassbar schön.

»Darf ich dich in den Arm nehmen?« Dass ich keine Erfahrung darin habe, andere Menschen zu trösten, ist mir deutlich anzuhören. Doch er nickt trotzdem.

Ich lege die Arme um ihn und sobald meine Hände seinen Rücken berühren, scheint alle Spannung aus seinem Körper zu weichen. Er zieht mich enger an sich, legt seinen Kopf auf meinem ab und krallt seine Finger in meinen Pulli. Fast sein ganzes Gewicht hängt an mir. Ich bin das Einzige, was ihn noch aufrecht hält.

»Morgana hat von mehreren Wölfen gesprochen. Im Plural«, flüstert er, nachdem wir eine halbe Ewigkeit so verharrt sind. Mein Ohr liegt auf seiner Brust und sein Herzschlag bringt meinen ganzen Körper zum Vibrieren, wie der Bass in einem guten Nachtclub. Ich rieche wieder sein frisches Waschmittel.

Er braucht noch einen Moment, bis er seinen Gedanken ausspricht.

»Heißt das, dass ich noch viele Menschen verletzen werde?« Ich schlucke schwer. »Nicht, wenn ich es verhindern kann.«

»Kannst du das denn?«

»Das weiß ich nicht«, gebe ich zu. Doch meine Ehrlichkeit scheint ihn tatsächlich zu beruhigen, sein Puls wird ein bisschen langsamer.

»Darf ich dich noch kurz festhalten?«, fragt er fast schon schüchtern.

Ich lächle an seiner Brust und nicke.

Denn dann muss ich mir nicht eingestehen, dass ich diese Umarmung mindestens genauso gebraucht habe wie er.

KAPITEL 8

Dario macht sich hektisch Notizen, während Morgana neben dem Tisch auf und ab läuft. Wir sind schon zum dritten Mal in dieser Woche in der Wohnung der beiden und schon zum dritten Mal in dieser Woche fühle ich mich überflüssig, weil ich nichts zur Lösung der Probleme beitragen kann.

Ich sehe zu Marek hinüber, der neben mir auf einem Klappstuhl sitzt. Er starrt immer wieder aus dem Fenster zum Mond, als würde ihn das Monster in ihm jetzt schon rufen. Jeden Tag nimmt der Mond weiter zu und zählt damit erbarmungslos den Countdown runter, dem wir kaum etwas entgegenzusetzen haben.

»Das ist alles so faszinierend«, sagt Dario heute bei Weitem nicht zum ersten Mal. Wenn er und Morgana nicht über seinen Übersetzungen sitzen, erzählt sie ihm von der Welt der Hexen und Dario saugt jede Information auf wie ein Schwamm. »Traumdeuterin – so ein spannendes Konzept.« Das sagt er auch nicht zum ersten Mal.

»Was hat das jetzt mit dem Ende der Welt zu tun?«, frage ich ein bisschen genervt, weil ich meine Stimme heute nicht unter Kontrolle habe. Dass ich mich so nutzlos fühle, macht mir nicht gerade gute Laune.

»Einiges vielleicht«, sagt Dario ganz fachmännisch und strahlt mich dabei an, als hätte er nur darauf gewartet, dass ihm endlich jemand diese Frage stellt. »Dieser Text und auch die Edda erzählen ja vom Ende der Götter, von Ragnarök, dabei ist das ja alles noch nicht passiert. Aber woher wissen wir dann, was passieren wird?«

Ohne Luft zu holen, fährt er fort.

»Vielleicht gab es vor Jahrhunderten eine besonders mächtige Traumdeuterin wie Morgana, die das alles gesehen und niedergeschrieben hat, um uns zu warnen.«

»Das klingt tatsächlich plausibler als die Erklärungen der Hexen«, sagt Morgana anerkennend und Dario scheint um einige Zentimeter zu wachsen.

Die beiden machen sich wieder an die Arbeit.

»Prisma, Prisma, Prisma«, murmelt er nur wenige Minuten später vor sich her, während er auf seine Notizen starrt. Gern würde ich mal einen Blick in seinen Kopf werfen, um zu verstehen, wie er so schnell von einem Thema zum nächsten springt und dann auch noch ständig irgendwelche Theorien ausspuckt. »Die Brücke mit dem Prisma in deinen Träumen – was ist, wenn damit der Bifröst gemeint ist? Die Regenbogenbrücke, die nach Asgard führt?«

Morgana bleibt abrupt stehen und ihre Augen leuchten. »Du hast recht! Das habe ich gesehen! Sehr gut!«

Ich bringe es kaum über mich, ihre Freude zu dämpfen, weil es guttut, Morgana so zu erleben, trotzdem weiß ich, dass ich es tun muss. »Aber was bedeutet das?«, frage ich.

Fast synchron fällt den beiden ihr Lächeln aus dem Gesicht, was mir sofort leidtut. Vielleicht hätte ich sie diesen Triumph etwas länger auskosten lassen sollen, aber wir treten seit Tagen auf der Stelle und das macht mich fast verrückt. »Wie hängt Asgard mit all dem zusammen? Bringt uns das einer Lösung näher?« Für den Weltuntergang? Für Marek, damit wir es ihm ersparen können, sich wieder in einen Wolf zu verwandeln?

»Nein«, gibt Morgana ein bisschen kleinlaut zu.

Ich unterdrücke einen Fluch.

In einer Woche ist schon der nächste Vollmond. Was sollen wir nur tun?

»In dem Text«, setzt Dario mit seinem typischen Optimismus an, »den du mir gegeben hast, ist von einer Brücke der Brücken die Rede. Ich habe es die ganze Zeit nicht verstanden, aber ist damit vielleicht die Regenbogenbrücke gemeint?«

»Ich habe keine Ahnung«, sage ich viel zynischer, als ich wollte.

Dario sieht mich noch einen Moment an, dann wendet er sich Morgana zu, als könnte er meinen Pessimismus nicht länger ertragen. »Dann sollten wir am besten bei der mittelalterlichen Stadt ansetzen, die du gesehen hast.«

Am liebsten würde ich wieder fragen, was zur Hölle uns das helfen soll, doch ich verkneife es mir und verlasse die Küche, bevor ich die beiden mit meinen unqualifizierten Kommentaren demotivieren kann.

Ohne zu wissen, was ich mit meiner Zeit anfangen soll, gehe ich ins Bad, obwohl ich gar nicht aufs Klo muss, wasche mir die Hände, einfach, um sie irgendwie zu beschäftigen, und gehe dann ins Wohnzimmer.

Dort starre ich die selbst zusammengebastelte Couch mit den Paletten an. Ich muss blinzeln, damit ich mich nicht an mein Date mit Marek erinnere, das hier begonnen und in seinem Bett geendet hat.

Dass Marek und ich miteinander geschlafen haben, ignorieren wir alle, als wäre es niemals passiert, was mir sehr entgegenkommt, weil ich keine Ahnung habe, wie ich damit umgehen soll. Aber es totzuschweigen, ändert auch nichts daran, dass es passiert ist.

»Wie hast du gemerkt, dass du Zauberkräfte hast?«

Dass Marek den Raum betreten hat, merke ich erst, als er

mich vom Türrahmen her anspricht. Ich zucke leicht zusammen und wende mich ihm zu.

Ich betrachte ihn einen Moment, während er in der Tür lehnt, und mich ebenfalls mit nachdenklichem Blick mustert. Denkt er gerade auch an diesen Abend? Oder spielt das für ihn gar keine Rolle mehr?

Über mein Sexleben nachzudenken, wenn die Welt droht unterzugehen, kommt mir fast schon lächerlich vor, doch ich kann meine Gedanken genauso wenig kontrollieren wie meine Magie.

»Ich war sechs Jahre alt«, antworte ich ein bisschen verspätet, als ich mich endlich vom Anblick seiner Arme losreiße, die unter seinem weißen Shirt hervorschauen. »Meine Mutter wollte, dass ich mein Gemüse aufesse. Ich wollte lieber Kekse. Und dann ist das Gemüse auf einmal vergammelt und die Keksdose zu mir herübergeschwebt.«

Marek lächelt fast unerträglich sanft. »Das ist eine schöne Geschichte.«

»Du sagst das so, als hättest du mit einer schlechten gerechnet.«

Marek zuckt mit den Achseln, aber langsam überkommt mich die Vermutung, dass er diese Geste immer macht, wenn er das Gegenteil von der Gleichgültigkeit fühlt, die er damit ausdrücken will.

»Kann man lernen, Magie zu kontrollieren?«

Bei der Frage muss ich schlucken. »Die meisten lernen es.«

»Aber du nicht?«, hakt er nach, obwohl er spüren müsste, dass es mir sehr schwerfällt, darüber zu reden. Vielleicht ist er der Meinung, dass es mir hilft, darüber zu sprechen.

»Ich nicht«, sage ich.

»Geht es auch anderen so? Anderen Hexen, meine ich?«

»Ich kenne keine«, meine ich nur.

Marek nickt langsam, doch er wirkt, als würde er mir nicht ganz glauben. »Willst du dich nicht setzen? Wenn es dir lieber ist, können wir natürlich auch weiter unbeholfen im Raum herumstehen, aber vielleicht erlösen wir uns ja wenigstens davon.«

Ich lächle schwach und laufe wortlos zur Couch hinüber. Er tut es mir nach, allerdings ein bisschen zögerlich, als würde er seine Worte nun bereuen.

Die Matratze der Couch senkt sich leicht ab, als er sich neben mich setzt. Wir berühren uns zwar nicht, ich kann seine Hitze trotzdem spüren.

»Ich habe die Hexen über mich reden hören«, sagt er in die angespannte Stille hinein. »Die Hexen im Treppenhaus.«

»Was haben sie gesagt?«, frage ich, weil ich hoffe, dass mich dieses Gespräch von den Gedanken an das letzte Mal ablenkt, als wir zusammen auf dieser Couch gesessen haben.

»Dass Menschen normalerweise nichts von der Existenz von Hexen wissen dürfen«, sagt er. »Stimmt das?«

Ich nicke.

»Aber wie machen es Hexen, wenn sie ... Menschen kennenlernen?«

Fuck. Das Gespräch dreht sich gerade in eine Richtung, die die Spannung zwischen uns nur greifbarer macht.

»Erst dürfen Hexen niemandem verraten, was sie sind. Auch nicht den Menschen, in die sie ... verliebt sind.« Es ist albern, dass es mir so schwerfällt, dieses Wort auszusprechen. Vor der Liebe hatte ich mein ganzes Leben lang Angst, als wäre sie eine Krankheit, die mich eines Tages umbringen würde. Mehr Menschen zu lieben, bedeutete für mich allerdings nur, mehr Menschen zu haben, um die ich letztendlich trauern muss.

»Und später?«, fragt Marek.

»Wenn sich eine Hexe wirklich sicher ist, die Liebe ihres

Lebens gefunden zu haben, dann muss sie sich an ihre Oberhexe wenden und ihr den Partner vorstellen. Nur wenn die Oberhexe der Beziehung ihren Segen gibt, darf die Hexe den Menschen einweihen. Verweigert sie ihre Zustimmung, muss die Hexe sie beenden.«

»Das klingt furchtbar«, meint Marek. »Hattest du mal eine Beziehung, die so geendet hat?«

»Nein«, sage ich sofort. »Ich hatte noch nie eine Beziehung.«

»Und da du dich am nächsten Morgen ohne ein Wort rausgeschlichen hast, gehe ich davon aus, dass du auch keine willst.«

»Richtig«, sage ich mit Nachdruck.

»Hätte ich mich nicht in einen Wolf verwandelt, hätte ich dich wohl nie wiedergesehen.«

»Doch.« Meine Stimme ist auf einmal sehr leise.

Überrascht zieht Marek die Augenbrauen nach oben. Für einen Moment schauen wir uns sehr tief in die Augen und während ich in seinen Iriden versinke, erkenne ich, wie sehr ich in diesem ewigen Winter den Anblick von Grün vermisse. Wenn ich ihn anblicke, kann ich kurz vergessen, dass es sonst aus unserer Welt verschwunden ist.

»Du hattest doch noch meine Ohrringe.«

Damit entlocke ich Marek ein überraschtes, sehr aufrichtiges Lachen. »Hast ja recht.«

Ich lächle und es ist nicht ganz so schwach wie die letzten Tage. Aus der Küche höre ich die Gespräche von Morgana und Dario wie ein beruhigendes Flüstern. Es fühlt sich beinah an wie bei unserem ersten Date.

Damals habe ich ihm von meinem Streit mit Astrid erzählt, natürlich ohne zu verraten, dass wir uns darüber gestritten haben, ob ich endlich zum Zirkel zurückkehre. Das kommt mir irgendwie unfassbar lang her vor und gleichzeitig, als wäre es erst gestern passiert.

Wie damals fällt mein Blick von ganz allein auf seine außergewöhnlich vollen Lippen, an deren Geschmack ich mich viel zu gut erinnern kann.

Sex war für mich stets ein Mittel, um mich von komplexeren Gefühlen abzulenken. Ich spüre, dass ich es gerade am liebsten wieder tun würde. Und vielleicht habe ich auch andere Gründe dafür, ihn nun küssen zu wollen, als nur unserer düsteren Realität zu entfliehen. Die gestehe ich mir allerdings nicht ein.

Mareks Blick wandert auch zu meinen Lippen. Ich bin mir nicht ganz sicher, wer von uns den ersten Schritt macht, aber auf einmal berühren sich unsere Knie. Will er auch vergessen, was ihm so fürchterliche Angst macht? Will er vergessen, dass der Mond nach ihm ruft? Will er vergessen, was ihm drohen könnte, wenn wir keine Lösung finden?

Oder will er auch einfach meine Haut wieder unter seinen Händen spüren? Meine Lippen küssen? Mich am ganzen Körper berühren, weil es auch ihm so gut gefallen hat, mit mir zu schlafen?

Geht es um Verdrängung oder geht es um mich?

Diese Fragen kann ich mir nicht beantworten und Marek auch nicht, denn ein freudiger Schrei von Morgana reißt uns aus diesem Moment, in dem wir uns beide kurz der Anziehung zwischen uns hingegeben haben.

Wir blinzeln beide und kehren in die Realität zurück.

»Es ist Brügge!«, schreit Morgana freudig und rennt zu uns ins Wohnzimmer mit triumphal in die Luft gestreckter Faust. Sie stockt kurz, als sie uns so nah nebeneinandersitzen sieht, doch sie hat sich schnell wieder gefangen. »Es ist Brügge! Die Stadt in meinem Traum ist Brügge.«

Diesmal bringe ich es nicht über mich, sie mit kritischen Fragen auf den Boden der Tatsachen zurückzubringen. Gerade habe ich selbst erlebt, wie sehr es jeder von uns manchmal braucht, sich vor den grausamen Wahrheiten unserer Welt in eine Fantasie zu flüchten.

Mein Blick zuckt noch einmal kurz zu Marek und er erwidert ihn. Als wir beide wegsehen, wissen wir, dass wir diesen Augenblick der Schwäche, den wir kurz zugelassen haben, nicht noch einmal wiederholen werden. Und dass es besser so ist.

Eine Stunde später verlassen Morgana und ich die Wohnung. Ich sehe den Kristall durch Morganas Jackentasche. Das fliederfarbene Leuchten beruhigt mich. Obwohl wir das jetzt schon so oft gemacht haben, habe ich doch jedes Mal aufs Neue Angst, dass der Unsichtbarkeitszauber nicht richtig funktioniert. Doch wir kommen ohne Zwischenfälle an den Hexen im Hausgang vorbei.

Dario hat versprochen, den restlichen Text bis zu unserem nächsten Treffen übersetzt zu haben. Morgana will über Brügge recherchieren. Von ihrer Hochstimmung ist trotzdem nicht viel übrig geblieben. Auch ohne dass ich nachhelfen musste, scheint sie erkannt zu haben, dass wir nicht wirklich weitergekommen sind. Oder zumindest nicht so weit, wie wir bräuchten.

Als wir das Wohngebäude weit genug hinter uns gelassen haben, dass wir ohne Risiko, entdeckt zu werden, wieder miteinander sprechen können, wendet sich Morgana an mich.

»Was war das vorhin zwischen Marek und dir?«

»Ich weiß nicht, was du meinst«, sage ich ganz automatisch.

Morgana zieht nur ihre Augenbrauen hoch, tut mir aber den Gefallen, es nicht zu kommentieren. Sie hat nur kurz über ihre Trennung von Melisand geredet, also kann sie vermutlich verstehen, warum ich mein Sexleben nicht thematisieren will.

Wir eilen schweigend zurück zum Konvent. Die Wölkchen, die aus unseren Mündern aufsteigen, versperren uns inzwischen schon die Sicht.

Nach gefühlten Ewigkeiten draußen in der Kälte ist die Wärme des Konvents eine Wohltat. Ich reibe meine tiefgefrorenen Hände aneinander. Wir schleichen durch die Flure. Morgana wirkt noch immer den Zauber, weil wir lieber zu vorsichtig sind.

Erst als wir die Tür zu meinem Zimmer erreichen, lässt Morgana die Magie los, der Kristall erlischt und sie seufzt erschöpft auf. Sie öffnet die Tür und noch während wir eintreten, sagt sie: »Wir brauchen den Rest des Textes. Uns fehlen bestimmt wichtige Informationen.«

»Wie sollen wir das anstellen? Kali wird uns ganz sicher nicht wieder in ihre Bibli...«

Als Morgana den Lichtschalter betätigt, verstumme ich schlagartig.

Auf meinem Bett hockt – so selbstverständlich, als wäre sie nicht in mein Zimmer eingebrochen – Melisand.

Morganas Blick wird sofort neutral. Nach der Trennung hat sie nicht ein böses Wort über Melisand verloren. Sie ist höflich zu ihr, grüßt sie, wenn wir ihr im Haus begegnen, hält sogar Small Talk. Weil sie eben die liebe Morgana ist. Trotzdem ist sie auf der Hut. Sie wird Melisand nicht vorwerfen, dass sie uns an Kali verpfiffen hat. Vertrauen wird sie ihr aber auch nie wieder.

»Was zur Hölle?«, entfährt es mir. »Was soll das?«

»Von welchem Text redet ihr?«, fragt sie sofort zurück, kühl und berechnend. »Und wo wart ihr?«

»Geht dich nichts an«, blaffe ich.

»Du kannst direkt in Astrids Büro gehen.« Melisands Blick könnte die ganze Welt abkühlen, hätte Ragnarök sich nicht schon darum gekümmert. »Sie weiß, dass ihr weg wart. Sie erwartet euch.«

Ich widerstehe dem Drang, ihr wie ein Kleinkind die Zunge rauszustrecken. Da ich erwachsen bin, halte ich ihr meinen Mittelfinger entgegen, bevor ich mich auf dem Absatz umdrehe und mich zu Astrid auf den Weg mache.

»Melisand, warum tust du das?«, höre ich Morgana noch fragen. Für ihre Verhältnisse klingt sie richtig sauer.

»Ich versuche, dich vor dir selbst zu beschützen.«

Falls es Melisands Ziel ist, sie zurückzugewinnen, nutzt sie definitiv die falsche Taktik. Den Rest ihrer Unterhaltung bekomme ich nicht mehr mit.

An Astrids Tür spare ich mir das Klopfen. Egal, wie wütend ich war, ich habe ihr immer noch Respekt gezollt. Heute, mitten in der Nacht, unausgeschlafen, während Angst in mir ansteigt wie ein Wasserspiegel, fehlt mir dafür die Geduld.

Sie wartet bereits auf mich und steht hinter ihrem Schreibtisch. Als ich die Tür hinter mir zuknalle, fixiert sie mich sofort mit ihrem Blick. Ich schrumpfe unwillkürlich um ein paar Zentimeter, aber meine Wut ist zu stark, um klein beizugeben.

»Du hast mir nachspioniert. Schon wieder.«

»Du hast dich nicht an Regeln gehalten. Schon wieder.«

Nach diesem Patt sind wir beide erst mal still. Es ist noch längst nicht alles gesagt. Doch statt jetzt alles durch mein aufmüpfiges Verhalten nur noch schlimmer zu machen, unterdrücke ich meine unqualifizierten Kommentare und mache aus einer schlechten Situation ausnahmsweise mal keine beschissene.

»Du schleichst dich heimlich zu diesem Jungen«, beginnt Astrid schließlich. »Ich habe dir explizit gesagt, dass du dich raushalten sollst. Diese Sache übersteigt dein Wissen, deine Fähigkeiten, deine Selbstkontrolle.«

Ich schlucke schwer und schüttle leicht den Kopf. Insgeheim weiß ich, dass sie nicht ganz unrecht hat.

»Es ist sehr alte Magie am Werk. Denkst du wirklich, dass du mehr bewegen kannst als zwei Oberhexen, die sich seit mehreren Jahrzehnten um ihren Zirkel kümmern?«

Ich schrumpfe noch ein kleines bisschen.

»Wenn du nicht auf mich hören willst, müssen wir den Hausarrest wohl verlängern.«

Ich kann gerade noch so verhindern, dass ich laut *Nein* schreie. Sie mag ja recht haben, dass sie eine Oberhexe ist, die alles besser weiß, und ich eine Nekromantin, die nicht einmal ihre eigenen Kräfte kontrollieren kann, geschweige denn die uralten Kräfte, die unsere ganze Welt zusammenhalten. Aber wenn ich weitere zwei Wochen hier festsitze, drehe ich durch.

»Ich gehe nicht aus dem Grund dorthin, den du denkst«, improvisiere ich schnell.

»Nein?« Astrid zieht fragend die Augenbrauen nach oben. Natürlich glaubt sie mir nicht, würde ich schließlich auch nicht tun.

»Nein«, fahre ich fort. »Ich will nur ... Marek besuchen.« Sofort sehe ich ihn wieder auf der Couch so nah vor mir sitzen, dass ich die Leberflecke in seinem Gesicht zählen kann.

»*Marek besuchen*?« Sie klingt wenig überzeugt.

»Ja, wir hatten doch dieses erste Date und das war schön und jetzt ... treffen wir uns immer noch.« Meine Wangen werden so heiß, dass mir Schweißtropfen auf die Stirn treten. Schlechteste Ausrede, die mir hätte einfallen können.

»Das ist nicht gerade gutes Timing.«

»Ist mir bewusst«, meine ich trocken.

Dass ich mir damit nur wieder ein neues Problem einge-
heimst habe, erkenne ich, als Astrid mich prüfend mustert.

»Du kennst den richtigen Ablauf bei Hexen-Beziehungen«,
beginnt sie. Dieses Gespräch ist für Hexen wohl genauso peinlich wie das Aufklärungsgespräch, das normale Jugendliche
mit ihren Eltern führen.

»Natürlich«, sage ich ein bisschen genervt. »Aber Marek
weiß ja sowieso schon, dass ich eine Hexe bin.«

»Das heißt nicht, dass wir die Traditionen aus dem Fenster
werfen«, sagt Astrid streng.

Bei der Vorstellung, was mir bevorsteht, wird mir ein bisschen mulmig zumute.

»Du willst also ...«

Astrid nickt. »Ich will Marek bei einem gemeinsamen
Abendessen kennenlernen.«

Ich seufze schwer. Das kann ja nur schiefgehen.

Als Astrid und ich Mareks Wohngebäude betreten, ist ihre
Miene so neutral, dass ich unmöglich feststellen kann, was in
ihr vorgeht. Sicher weiß ich nur, dass es sich hierbei um einen Test handelt. Sie hat meine Aufmüpfigkeit satt. Das hier
ist ein Kräftemessen.

Wir laufen an den Hexen vorbei, die im Hausflur Wache
stehen. Es ist seltsam, nicht umgeben von einem Unsichtbarkeitszauber an ihnen vorbeizuschleichen. Daran hatte ich mich
inzwischen richtig gewöhnt.

Respektvoll nicken sie Astrid zu, und mich beachten sie
gar nicht. Dass ich als Nekromantin nie offen angefeindet
wurde, habe ich wohl Astrid zu verdanken, die mich immer
beschützt hat.

Sie zu belügen, fühlt sich falsch an. Sie ist meine Patentante, die mich in jeder Umarmung so lange an sich drückt, wie ich es brauche.

Sie hat mich aufgenommen, als ich allein in dieser Welt stand, aber ich glaube nicht an blinde Loyalität. Ich glaube daran, dass ich sie mit offenen Augen geben sollte.

Also setze ich ein gespielt verliebtes Lächeln auf, sobald wir Mareks Stockwerk erreichen und ich ihn im Türrahmen lehnen sehe.

Ich habe ihn gestern noch angerufen und in wenigen Worten vorgewarnt, was ihm bevorsteht. Er hat sich einfach seinem Schicksal ergeben. Wahrscheinlich bereut er gerade zutiefst, mich kennengelernt zu haben.

»Hey«, säusle ich und merke sofort, dass ich ein bisschen zu enthusiastisch klinge. »Schön, dich zu sehen«, sage ich ein bisschen ruhiger. Eine Verbesserung, aber ich muss es irgendwie schaffen, meinen Herzschlag zu beruhigen, damit man mir meine Nervosität nicht mehr so deutlich anhört.

»Finde ich auch.« Marek wirkt lässiger als ich. Als ich ihn dann leicht umarme, spüre ich, wie heftig auch sein Puls pocht. Er küsst mich zur Begrüßung nicht auf den Mund, sondern presst seine Lippen kurz gegen meine Wange. Er verharrt einen Moment, ich atme tief ein, rieche ihn und mein Herz wird noch ein bisschen schneller. Seine Locken kitzeln meine Stirn.

Unbeholfen mache ich einen Schritt zurück. Wir sehen uns einen Moment sehr intensiv in die Augen.

Dass Astrid noch da ist, wird mir erst wieder klar, als sie mit einem Räuspern auf sich aufmerksam macht. Ich sehe zu ihr hinüber. Sie mustert mich extrem aufmerksam und auch ein bisschen überrascht.

Ich fange mich und stelle die beiden vor. »Astrid, das ist Marek. Marek, das ist meine Patentante Astrid.«

Marek will ihr die Hand reichen, doch sie ignoriert seine ausgestreckte, bis er sie wieder sinken lässt. Das macht sie mit Absicht, um ihn zu verunsichern. Astrid denkt, dass Leute ihr wahres Ich nur zeigen, wenn man sie aus dem Gleichgewicht bringt. Leider funktioniert ihre Taktik auch bei mir. Ich fühle mich tatsächlich so aufgekratzt, als würde ich wirklich meinen Partner meiner Familie vorstellen.

»Eigentlich kennen wir uns schon«, meint Astrid.

»Aber da war ich noch ein Wolf.«

Das seltsame Schweigen, das sich über uns absenkt, zieht in mir alles zusammen. Ich wünschte, dieser Abend wäre bereits vorbei.

»Willst du uns nicht hineinbitten?«, fragt Astrid auf ihre erbarmungslose Astrid-Art.

»Natürlich, natürlich«, sagt Marek und stolpert über jede Silbe. Er tritt so hektisch zur Seite, um ihr Platz zu machen, dass er sich den Ellbogen am Türrahmen stößt. Er verzieht das Gesicht zu einem Lächeln, doch ich kann ihm ansehen, dass es richtig wehgetan hat.

Ein kleines Lachen entfährt mir. Und dann geht es mir überraschenderweise ein bisschen besser.

Als ich an Marek vorbei in seine Wohnung trete, flüstert er: »Bitte kommentier es nicht.«

»Hatte ich nicht vor.«

Das Lächeln, das er mir jetzt schenkt, ist aufrichtig.

Vielleicht können wir den Abend ja überleben.

Das denke ich zumindest, bis wir uns auf die Klappstühle in Mareks WG-Küche setzen. Astrid verzieht jedes Mal missbilligend die Lippen, wenn ihr Stuhl quietscht. Und dann verzieht sie noch etwas missbilligender die Lippen, als sie den ersten Löffel von Mareks Kürbissuppe kostet.

Sie stellt sich an. Mir schmeckt sie gut.

Die ersten zehn Minuten essen wir schweigend. Ich bin mir Astrids prüfenden Blicks überdeutlich bewusst. Es ist sehr wichtig, dass ich sie überzeuge, sonst sperrt sie mich wieder im Konvent ein. Mein Kopf beginnt zu kreisen. Doch jedes Gesprächsthema gleicht einem Minenfeld.

Also lege ich ein bisschen überfordert meine Hand auf Mareks. So würde das eine Freundin doch machen, oder? Er spielt zum Glück geistesgegenwärtig mit und verschränkt unsere Finger miteinander. Ich versuche zu ignorieren, wie gut es sich anfühlt, ihn festzuhalten.

»Also Marek«, beginnt Astrid, nachdem sie ihre Suppe aufgegessen hat. Sein Griff um meine Hand verstärkt sich. »Was hat dich nach Prag verschlagen?«

»Erasmus«, sagt er. Sein Daumen streicht sanft über meinen Handrücken. Ich glaube nicht, dass er überhaupt bemerkt, dass er das tut.

»Wo wohnst du sonst?«

»Berlin.«

»Deine Eltern sind Tschechen, oder? Marek ist so ein typischer Name hier.« Astrid lässt nicht locker. Auf einmal kommt mir die Küche wie das Verhörzimmer einer Polizeistation vor.

»Ich denke schon.« Seine Stimme ist brüchig, aber er senkt nicht den Blick, während Astrid ihn niederstarrt.

»Du denkst schon?« Sie zieht jede Silbe in die Länge, als wäre er schwerhörig.

»Ich habe meine Eltern nie kennengelernt.«

Ich muss mich zwingen, meinen Gesichtsausdruck unter Kontrolle zu halten. Das würde eine Freundin definitiv wissen.

»Das tut mir leid«, sagt Astrid und obwohl sie so streng klingt wie immer, weiß ich, dass sie es ernst meint.

»Danke«, sagt Marek mit einem Schulterzucken und lässt meine Hand los. Es könnte nur Zufall sein, doch ich habe das Gefühl, dass ihm der Körperkontakt gerade zu viel war. Zu viel Nähe. Zu viel Verletzlichkeit. Leider kann ich das nur zu gut nachvollziehen. »Ich wurde von meinen Eltern vor einem Feuerwehrhaus ausgesetzt. Nur mit einem Briefumschlag, auf dem der Name stand, wie ich heißen soll. Ziemliches Klischee, nicht wahr?« Er versucht zu scherzen, doch es misslingt ihm.

»Wo bist du aufgewachsen?«, hakt Astrid nach. Ein Teil von mir will ihr ins Wort fallen, weil Marek diese Fragen sichtlich unangenehm sind, ein anderer Teil will, dass sie weitermacht, weil ich gerade Dinge über ihn erfahre, die er mir sonst vermutlich nie verraten hätte.

»Hier und da«, sagt er vage. »Viele Pflegeheime und Pflegefamilien. Ich wurde aber nie adoptiert.«

Die Einsamkeit, die in diesen Worten liegt, schnürt mir den Hals zu. Ich habe meine Eltern auch verloren, doch zumindest wusste ich, dass sie mich geliebt haben, für mich da sein wollten. Ich hatte eine Patentante, die mich aufgezogen hat, als wären wir wirklich blutsverwandt. Ich war die Tochter ihrer besten Freundin und sie liebt mich.

Marek steht auf, nimmt unsere Teller und beginnt abzuspülen. Ich vermute, dass er das tut, weil er uns so nicht ansehen muss. Ich kann meinen Blick nicht mehr von ihm lösen.

Ich bin mit ihm auf dieses erste Date gegangen, weil er auch nicht träumt und ich mich deswegen nicht mehr so allein gefühlt habe. Und mit jedem neuen Detail, das ich über ihn erfahre, fühle ich mich ihm näher, obwohl da gleichzeitig auch diese seltsame Schlucht ist, die wir zwischen uns aufgerissen haben.

Oder vielleicht war auch nur ich das.

»Klingt schwer«, sagt Astrid außergewöhnlich sanft. »Mein Beileid.«

»Ich brauche kein Mitleid.« Dieser Satz kommt Marek so schnell über die Lippen, dass er ihn schon sehr oft gesagt haben muss. Die Worte sind abgegriffen wie ein Buch, das man schon viel zu oft in die Hände genommen hat.

»Aber vielleicht Mitgefühl«, flüstere ich.

Er wendet sich mir zu und im ersten Moment bin ich mir nicht sicher, ob ich bereuen sollte, das gesagt zu haben.

»Es fällt mir schwer, das anzunehmen«, gibt er zu und für den Bruchteil einer Sekunde verschwindet alles um uns herum. Vergessen ist unsere Scharade. Gerade geht es nur um das, was zwischen uns passiert. Um die Schlucht, die ein bisschen schmaler zu werden scheint.

»Das verstehe ich.«

Er lächelt nicht, aber um seine Augen bilden sich ein paar Falten. »Ich weiß.«

Als Astrid endlich auf die Wohnungstür zugeht, traue ich mich das erste Mal in zwei Stunden, tief durchzuatmen. Mareks Schokokuchen hat sie sogar gelobt. Zwar nur mit einem zufriedenen Kopfnicken und einem knappen »Lecker«, aber es ist ein Anfang.

»Es hat mich gefreut, Sie kennenzulernen«, murmelt Marek in sich hinein, während wir Astrid durch den Flur folgen. Immer wieder wischt er sich unauffällig die Hände an der Jeans ab.

»Mich auch«, sagt Astrid nach kurzem Zögern. Astrid ist wie alle Oberhexen eine Geheimniskrämerin, aber sie ist keine

Lügnerin. Das mag kein großer Unterschied sein, aber für mich ist es ein sehr bedeutender.

Sie erreicht die Tür. »Ich gehe davon aus, dass du noch kurz hierbleibst.«

Darüber hatte ich nicht nachgedacht. Allerdings könnte ich einen Moment ohne Astrids prüfenden Blick gut gebrauchen, deswegen nicke ich.

»Wir werden uns beim nächsten Vollmond um dich kümmern. Keine Sorge«, sagt Astrid zu Marek und reicht ihm diesmal sogar die Hand. Ich ziehe erstaunt die Augenbrauen hoch. Marek lächelt nur und ergreift Astrids Hand.

Kurz verzieht Astrid wieder das Gesicht. Vermutlich gehen ihr gerade viele böse Kommentare zu Mareks schwitziger Hand durch den Kopf, doch zu meiner Überraschung kann sie sich das tatsächlich verkneifen, nickt ihm noch mal knapp zu und rauscht dann auch schon ab.

Marek schließt die Tür hinter ihr und unsere Körper verlieren sofort alle Spannung. Mit dem Rücken an der Wand rutschen wir nach unten, bis wir nebeneinander auf dem Boden hocken.

»Ich bin schon einen Marathon gelaufen und das war weniger anstrengend als dieses Abendessen«, seufzt Marek, schließt die Augen und legt beide Hände über sein Gesicht, als müsste er die Welt für einen Moment aussperren.

»Du bist einen Marathon gelaufen?«

Marek nickt nur schwach. »Ich bin fast in den Profisport gegangen.« Seine Worte werden gedämpft von seinen Händen. »Zehnkampf.«

»Wieso hast du es nicht gemacht?«

»Wenn man jedes halbe Jahr woanders lebt, ist es schwer, einen geregelten Trainingsplan einzuhalten.«

Ich greife nach seiner Hand, obwohl Astrid nicht mehr

hier ist, um als Ausrede für so eine intime Geste herzuhalten.

»Das wusste ich gar nicht über dich.«

Marek sieht mich nicht an, sondern starrt an die Wand gegenüber. »Du hast nie gefragt.« Es ist nicht als Vorwurf gemeint, trotzdem hört es sich in meinen Ohren so an. »Bei unserem Date hatte ich den Eindruck, dass es dir sehr wichtig war, nicht über zu persönliche Dinge zu reden. Keine zu intimen Fragen zu stellen.«

Es fällt mir schwer, mich nicht sofort zu rechtfertigen. Ich schlucke all die schnippischen Kommentare runter, die mir schon auf der Zunge liegen, weil ich weiß, dass er recht hat. Menschen, die ich zu nah an mich ranlasse, finden in der Regel kein schönes Ende. Nekromanten sind gefährlich. Das musste ich auf die harte Tour lernen.

»Danke, dass du dich heute Abend so gut geschlagen hast.«

Ich gehe nicht auf seine Aussage ein und beweise damit, dass Marek ins Schwarze getroffen hat. Und so, wie er mich ansieht, ist ihm das klar.

»Ich könnte jetzt wirklich ein stärkeres Getränk vertragen«, sagt er und erhebt sich. Unsere Hände sind noch immer verflochten und er zieht mich mühelos hoch. »Willst du auch noch was?«

Ich denke an die halbleere Weinflasche, die am Morgen nach unserem Date auf seinem Nachttisch stand. Wenn ich jetzt bleibe, wird der Abend einen Ausgang nehmen, den ich schon kenne. Meine Fingerspitzen kribbeln und die Haare auf meinen Armen stellen sich auf. Ich betrachte Marek. Mein Blick bleibt ein bisschen zu lang an seinen vollen Lippen hängen. Er bemerkt es und schluckt schwer.

Anstatt auf das Angebot einzugehen, lasse ich seine Hand los. »Ich sollte langsam zurück«, sage ich so neutral, wie ich kann. »Wir haben nur noch ein paar Tage. Ich werde Morgana bei der Recherche helfen.«

Er weiß, dass ich lüge. Er weiß, dass ich weiß, dass er weiß, dass ich lüge. Aber er kommentiert es nicht.

»Das klingt vernünftig.«

Ich lächle gequält, schlüpfe in Schuhe und Jacke und verlasse seine Wohnung, ohne mich zu verabschieden.

Morgana schläft schon, als ich meine Zimmertür öffne. Ich schließe sie leise hinter mir und bleibe abrupt stehen, als es unter meinem Stiefel knistert. Das Mondlicht, das heute besonders intensiv durchs Fenster dringt, beleuchtet den weißen Zettel, der auf meinem Boden liegt, als wollte es seine Bedeutung betonen.

Ich hebe den Zettel auf. Die Schrift erkenne ich auf den ersten Blick.

Der Abend war nett. Ich werde Marek helfen. Aber denk für keine Sekunde, ich hätte dich nicht durchschaut.

KAPITEL 9

In der letzten Nacht vorm Vollmond tue ich kein Auge zu. Morganas Atem ist auch nicht so regelmäßig wie sonst. Wir sind beide wach, doch wir reden kein Wort miteinander. Es gibt nichts mehr zu besprechen.

Dario hat den Text übersetzt, aber ich konnte ihn nicht vollständig fotografieren und wenn es um das Ende der Welt geht, sind die letzten Seiten eines Buchs nicht unerheblich. Ich habe keinen Weg gefunden, in Kalis Bibliothek zu gelangen. Morgana weiß, dass sie von Brügge träumt, hat aber keine Ahnung, was das bedeutet. Und Astrid hat zwar versprochen, während des Vollmonds auf Marek aufzupassen, doch wir können seine Verwandlung nicht verhindern.

Genauso wenig wie das Ende der Welt.

Der Tag beginnt wie jeder Tag im letzten Monat in völliger Dunkelheit, was mich unfassbar nervös macht. Da es stockdunkel ist, rechne ich jede Sekunde damit, den Vollmond auftauchen zu sehen. Immer wieder gucke ich auf die Uhr auf meinem Handydisplay, um mich zu beruhigen, dass uns noch einige Stunden bleiben. Doch es hilft nicht viel.

Maximal zehn Minuten später blicke ich wieder aus dem Fenster. Die Sonne hat uns schließlich im Stich gelassen. Auch dem Mond kann ich nicht mehr trauen, dass er sich noch an die Zeiten hält, die für ihn bestimmt sind.

Meine Nervosität lässt den ganzen Tag nicht nach. Ich

kriege nur ein paar Bissen herunter, sonst esse und trinke ich nichts. Morgana geht es ähnlich. Sie wirkt in sich gekehrt, als könnte sie jetzt auch mit offenen Augen träumen und wäre längst in einer anderen Welt verschwunden.

Marek taucht wie abgemacht um sechs Uhr abends auf. Wir begrüßen uns wortlos mit einem Nicken. Die Venen auf seinen Händen treten deutlich hervor und sein Kiefer arbeitet unaufhörlich. Er ist noch nervöser als ich.

Astrid nimmt ihn in Empfang und bedeutet ihm, ihr zu folgen.

Wir alle schweigen, während wir durch die Gänge gehen, die mir heute noch viel länger erscheinen als sonst.

Ich laufe hinter Marek. Seine Haltung ist sehr gerade. Den Kopf hält er erhoben, obwohl ihm die Blicke und das Getuschel der Hexen, an denen wir vorbeikommen, auffallen müssen.

Astrid öffnet eine Tür, durch die ich in meinem Leben nur selten getreten bin, und wir folgen ihr mehrere Treppenabsätze hinunter, immer weiter unter die Erde. Hier riecht es noch modriger als im Rest des Hauses. Der Keller ist der Ort, an dem die Oberhexen ungestört die Magie wirken, von der wir anderen nichts mitkriegen dürfen. Sie brauen Tränke – was uns anderen Hexen verboten ist. Hier unten sind in den letzten Jahrhunderten so viele Dinge passiert, von denen ich niemals wissen werde. Nur Oberhexen sind in die geheimen Mysterien eines Hexenzirkels eingeweiht. Und eine Nekromantin ist noch nie zur Oberhexe gewählt worden.

Der Teppich ist hier unten nicht mehr smaragdgrün, sondern burgunderrot. In einem kreisrunden Saal stehen alte Holztische. Überall entdecke ich Kräuter, die getrocknet an Haken von der Decke hängen.

Doch Astrid hält nicht inne, also bleibt mir auch keine Zeit, mich richtig umzusehen. Sie steuert auf eine Tür zu, die fast

116

komplett von einer großen, auf dem Kopf stehenden Lilie bedeckt ist.

Sie stößt sie auf. Der Raum ist schmucklos. Hier gibt es keine Teppiche, keine Tische, keine schicke Tapete mit Muster. Alles ist kahl und grau. Und von der Decke hängen zwei lange Eisenketten.

»Was hast du vor?« Meine Stimme springt eine Oktave nach oben.

»Ich ergreife Vorsichtsmaßnahmen«, sagt Astrid ungerührt, als gäbe es in diesem Folterkeller gar keinen Grund zur Beunruhigung.

»Wieso gibt es so einen Raum überhaupt?«

Astrid sieht mich ungeduldig über die Schulter an. »Du kennst die Geschichte der Hexen. Du weißt, wie sie gelitten haben.«

Das reicht mir nicht als Erklärung, nur ist das weder der richtige Ort noch die richtige Zeit, um sich zu streiten.

»Wir wissen nicht, ob der Wolf beim zweiten Mal vielleicht sogar stärker ist. Deswegen die Ketten. Am Morgen, wenn du wieder ein Mensch bist, lasse ich dich frei«, sagt Astrid zu Marek.

Der nickt nur und macht einen Schritt auf meine Patentante zu. Ganz automatisch, ohne es gewollt zu haben, habe ich meine Hand nach ihm ausgestreckt und halte ihn am Arm fest. Als wollte ich ihn zurückhalten. Als wollte ich ihn vor etwas bewahren. Ich habe nur keine Ahnung vor was.

Marek lächelt mich kurz an, dann löst er meine Hand von seinem Arm und geht zu Astrid. Die legt ihm die Ketten an, wobei er nicht mal mit der Wimper zuckt.

Astrid testet, ob die Ketten richtig sitzen, dann verlässt sie die Kammer und gibt uns einen Moment für uns. Das ist ja schon richtig gefühlsduselig für ihre Verhältnisse.

Ich starre Marek an, die massiven Ketten drücken seinen Körper nach unten, seine Augen wirken dumpf, seine Lippen sind blutleer. Er wirkt ... geschlagen.

Mein Hals schnürt sich zusammen. Ich hatte ihm versprochen, dass er sich nie wieder verwandeln muss. Und nun steht er hier, eingesperrt, gefesselt, dem Mond ausgeliefert.

Ich will etwas sagen. Ich *sollte* etwas sagen. Doch in meinem Kopf dreht nur die Lüge, die ich ihm vor einem Monat erzählt habe, ihre Kreise.

Du wirst dich nie wieder in einen Wolf verwandeln, versprochen.

»Guck mich nicht so an«, bringt Marek schließlich heraus.

»Wie denn?« Ich hauche mehr, als dass ich spreche.

»Als hättest du Mitleid.«

Mein kurzes Lachen will so gar nicht zu diesem trostlosen Ort passen. »Kein Mitleid. Mitgefühl«, korrigiere ich ihn.

Marek schüttelt den Kopf. »Kein Mitgefühl. Schlechtes Gewissen vielleicht.«

Wie gut könnte er mich wohl durchschauen, wenn ich ihm wirklich die Zeit und die Chance geben würde, mich richtig kennenzulernen?

Wir werden es wohl nie erfahren.

Ich werde ihn nicht im Stich lassen. Sobald ich hier raus gehe, werde ich nicht weiter mit Morgana und den anderen nach einer Lösung suchen, sondern Astrid konfrontieren. Denn dass wir ohne Hilfe das Ende der Welt aufhalten können, war Wunschdenken.

Und wohin hat es mich und Marek gebracht? In einen kahlen Raum ohne Fenster mit Eisenketten an der Decke.

»Ich sehe dich morgen früh«, sage ich. Eigentlich will ich gehen, aber ich bringe es nicht über mich.

Ich laufe langsam auf ihn zu und bleibe direkt vor ihm stehen. Sein Atem streichelt meine Wange, weil seine gefesselten Hände das gerade nicht tun können.

»Es tut mir leid, dass ich dir nicht helfen konnte«, flüstere ich.

»Das muss dir nicht leidtun.« Er klingt so aufrichtig, dass ich ihm fast glaube.

»Doch, muss es.«

»Ich habe gerade nicht die Energie, mit dir zu diskutieren.«

Das erste Mal, seitdem er den Konvent betreten hat, lässt er mich seine Angst sehen.

Sanft lege ich meine Hand an seine Wange. »Du wirst diese Nacht überstehen.«

Er geht nicht darauf ein und ich verüble es ihm nicht. »Ich kann den Mond schon an mir zerren spüren. Noch ist Ebbe, doch die Flut kommt.«

»Soll ich bleiben?«, frage ich.

Astrid und Kali haben mir zwar gesagt, dass sie auf Marek achten werden und ihnen niemand in die Quere kommen soll, aber wenn er mich jetzt bittet zu bleiben, dann bleibe ich. Egal, was die Oberhexen sagen.

Doch Marek schüttelt sofort den Kopf. »Ich will nicht, dass du mich so siehst.«

Ich halte ihn kurz ein bisschen fester. In meinem Inneren zieht sich etwas schmerzhaft zusammen. Ich beuge mich vor und küsse ihn auf die Wange. »Bis morgen.«

»Bis morgen«, gibt er tonlos zurück.

Ich reiße gleichzeitig meine Hand und meinen Blick von ihm los, drehe mich um und stürme aus dem Raum, obwohl er mir nicht folgen kann.

Astrid schließt die Tür hinter mir. Ich fixiere sie.

»Wir müssen reden.«

»Du sorgst dich tatsächlich um den Jungen«, ist das Erste, was Astrid zu mir sagt, sobald ihre Bürotür hinter ihr zufällt. Dass sie so überrascht klingt, sticht ein bisschen. Es klingt, als sei ich herzlos. Aber schließlich ist das eines der Vorurteile über Nekromanten und auch meine Patentante scheint gegen das Geschwätz der Hexen nicht immun zu sein.

»Ich sorge mich auch um das Ende der Welt«, sage ich geradeheraus.

Astrid setzt sich seufzend auf den Stuhl hinter ihrem Schreibtisch und nicht wie sonst auf den Sessel neben mich. Dass sie diese Barriere aus Autorität zwischen uns bringt, bedeutet nichts Gutes.

»Wir tun alles, was wir können.«

»Und das wäre?«

»Das geht dich nichts an.«

»Wenn die Welt untergeht, sterbe ich auch. Also ein bisschen geht es mich schon was an«, sage ich trotzig.

Astrid seufzt schon wieder. Ich hasse das Geräusch. Es soll mir zu verstehen geben, dass ich nur ein kleines Kind bin, das es ihr unnötig schwer macht.

»Du wirst nicht nachgeben, oder?«

»Offensichtlich nicht.«

»Dann lass uns diese Nacht hinter uns bringen und morgen reden wir.« Ich mustere Astrid genau, entdecke jedoch keinen Hinweis, dass sie mich anlügt. Aber da ist was anderes. Etwa ein schlechtes Gewissen? Nur weswegen?

»In Ordnung«, sage ich und nicke.

»Wir werden auf ihn aufpassen«, sagt sie eindringlich. »Du kannst gern hier warten, wenn du möchtest.«

Jetzt in mein Zimmer zu gehen und zu versuchen zu schlafen, fühlt sich falsch an, deswegen nicke ich.

»Danke«, kriege ich irgendwie hervor.

Astrid erhebt sich und drückt beruhigend meine Schulter.

»Es wird schon alles gut werden. Du musst dich nicht vor der Zukunft fürchten.«

Im Angesicht von Ragnarök hört sich diese Aussage ein bisschen lächerlich an.

Das sage ich aber nicht und lege meine Hand auf Astrids. Wir sind im letzten Monat viel aneinandergeraten, sind nie der gleichen Meinung und machen uns das Leben schwerer, als es sein muss, sie mit ihrer Geheimniskrämerei und ich mit meinem Ungehorsam, doch letztendlich ist das alles egal, weil sie meine Familie ist und ich weiß, dass ich immer auf sie zählen kann.

Astrid lächelt schwach und lässt mich dann allein.

Die Stunden wollen ab dem Moment gar nicht mehr vergehen. Morgana kommt kurz vorbei, wartet eine Weile mit mir, geht aber irgendwann schlafen. Daran ist für mich nicht zu denken. Ich darf einfach nicht schlafen, während Marek an Ketten in diesem Zimmer hocken muss.

Mein Magen wird flau, sobald Mondschein durchs Fenster ins Büro sickert. Er breitet sich im ganzen Zimmer aus, flutet jeden Winkel. Es gibt kein Entrinnen.

Ich bilde mir ein, Mareks Knurren zu hören, aber ich weiß, dass das nicht möglich ist, weil die Wände zu dick sind. Er verwandelt sich jetzt. Bei dem Gedanken wird mir eiskalt.

Irgendwann stelle ich mich ans Fenster. Jetzt habe ich freie Sicht auf den Mond, der am Himmel hängt wie ein klarer Bergsee, der überläuft und auf die Welt herabtropft. Der Gedanke missfällt mir, aber ich kann nicht leugnen, wie schön er ist. Eine sehr lange Zeit bin ich nicht dazu in der Lage, den Blick abzuwenden, weil ich mich seinem Bann nicht entziehen kann. Der Mond hat sich verändert. Die Sonne ist verschwunden, die Sterne folgen ihr einer nach dem anderen, die Welt hat ihren Glanz verloren, aber der Mond strahlt so stark wie noch nie. Ein bisschen fühle ich mich, als würde ich auf einer Bühne stehen, während ein Scheinwerfer auf mich gerichtet ist.

Nach mehreren Ewigkeiten schaffe ich es, meinen Blick zu lösen, setze mich auf den Sessel und warte. Meine Augenlider werden schwer, doch ich versuche sie mit aller Kraft offen zu halten.

Dass ich den Kampf gegen meine Müdigkeit verloren habe, merke ich erst, als laute Rufe mich aus dem Schlaf reißen. Kurz bin ich orientierungslos. Im ersten Moment erkenne ich nicht, wo ich bin. Ich habe keine Ahnung, wie spät es ist oder wie lange ich geschlafen habe. Mein Nacken tut weh, weil er verrenkt auf der Sesselkante lag. Ich sehe mich in Astrids Büro um. Das Mondlicht ist noch da.

Da ertönt erneut Lärm auf dem Flur vor der Tür. Ich höre gehetzte Rufe.

Sofort bin ich auf den Beinen und ziehe die Tür auf. Gerade kommen mehrere Hexen an mir vorbeigerannt, die sich nicht einmal zu mir umsehen. Es ist mitten in der Nacht, trotzdem ist das ganze Haus in Aufruhr. Irgendwas ist passiert. So viel steht fest.

Mein Herz schlägt hektisch.

Ich muss zu Marek. Sofort. Nur er kann der Grund für dieses Chaos sein. Wurde er verletzt?

Ich erreiche die Tür, die in den Keller führt, öffne sie – und halte abrupt inne, weil ich zwei Stimmen höre. Astrid und Kali müssen direkt unten am Treppenabsatz stehen. Da die Stufen einmal um die Ecke gehen, kann ich sie aber nicht sehen.

»Wie konnte das geschehen?«, fragt Astrid.

»Das ist jetzt nicht von Bedeutung«, erwidert Kali. »Wichtig ist nur, dass der Junge entkommen konnte und nun ein wild gewordener Wolf durch die Straßen von Prag rennt. Wir müssen ihn finden, bevor er zu viel Schaden anrichtet.«

»Wie sollen wir das anstellen?«

»Indem wir tun, was immer nötig ist.«

Mein Herz dröhnt so laut in meinen Ohren, dass ich Angst habe, es könnte mich verraten. So leise wie möglich schleiche ich wieder in den Eingangsbereich, Hauptsache, weg von den beiden.

Ich schlüpfe in meine Jacke, die an der Garderobe hängt, ziehe meine Schuhe an und gehe in die Vorratskammer. Viele Kristalle liegen dort in einem Regal nebeneinander aufgereiht, sie alle leuchten in unterschiedlichen Farben. Magie lässt sich am besten mit Energie wirken, die man selbst in seinen eigenen Kristallen gespeichert hat, doch nachdem ich letztes Jahr den Hexen den Rücken gekehrt habe, habe ich meine von einer Brücke geworfen und in der Moldau versenkt.

Ich schnappe mir fünf Kristalle, da ich viel Magie brauchen werde, egal, wie sehr ich mich auch dagegen sträuben mag, sie einzusetzen.

Kurz überlege ich, Morgana zu wecken, entscheide mich schließlich doch dagegen und renne allein aus dem Haus und raus in die eiskalte Straße. Ich will niemanden in Gefahr bringen, am allerwenigsten Morgana.

Obwohl ich mich noch gut an meinen letzten Kampf mit dem Wolf erinnern kann, werden meine Schritte nicht langsamer. Ich habe Marek versprochen, dass er diese Nacht überstehen wird. Und ich will nicht schon wieder ein Versprechen brechen, das ich ihm gegeben habe.

Meine Hände vergrabe ich in den Taschen meiner Jacke. Es ist zu kalt, um sie der unnachgiebigen Luft auszusetzen. Die

Kristalle drücken gegen meine Haut, vibrieren wie mehrere Herzschläge, die sich an den Rhythmus von meinem anpassen.

So schnell ich kann eile ich zum Fluss. Die Moldau ist pechschwarz, als würde in ihr kein Wasser fließen, sondern Tinte. Ich versuche den Ort wiederzufinden, den Dario mir vor einem Monat gezeigt hat. Während ich renne, brennt die Luft einen feurigen Pfad in meine Lunge.

Ich erreiche mein Ziel und sofort stellen sich die Härchen auf meinen Armen auf. Die Häuser wirken unberührt, als wäre hier nie etwas Außergewöhnliches passiert. Die Metallstäbe des Balkons formen wieder schmuckvolle Muster, anstatt sich um die Gliedmaßen eines Wolfs zu winden. Die Hexen haben gründlich aufgeräumt. Nichts erinnert mehr an meinen Kampf mit Marek.

Und er ist auch nicht hier.

Hektisch sehe ich mich zu allen Seiten um, nicht, dass man einen zwei Meter großen Wolf übersehen könnte.

Hat der Wolf Angst davor, wieder von Hexen geschnappt zu werden? Meidet er diesen Ort deswegen?

Ein spitzer Schrei lässt mich herumfahren. Ich denke nicht lange darüber nach und sprinte weg vom Fluss, die Straße entlang über das unebene Kopfsteinpflaster. Die Gassen werden enger. Die Häuser scheinen sich einander entgegenzulehnen. Den Himmel erkennt man zwischen ihren Dächern kaum noch. Es ist so dunkel, dass ich einen leuchtenden Kristall aus meiner Tasche hole, um nicht über meine eigenen Füße zu stolpern.

An einer Kreuzung bleibe ich stehen. Wieder höre ich Geräusche. Diesmal auch ein tiefes Knurren. Es kommt von der gegenüberliegenden Straßenseite.

Dort steht ein Haus, das fast komplett von einem Baugerüst verdeckt wird. Es hüllt die Fassade ein wie ein Schal, als wäre auch dem Gebäude im letzten Monat zu kalt geworden. Auf dem Dach sind Planen gespannt, die heftig im Wind flattern. Das Mondlicht verfärbt sie silbrig. Und davor erkenne ich eine dunkle Silhouette, die sich deutlich davon abhebt. Er ist dort oben.

Ich sprinte über die Straße und auf das Baugerüst zu. Die Metallstufen quietschen, als ich auf ihnen nach oben eile. Meine Überlebensinstinkte schreien mich an, verdammt noch mal umzudrehen, aber ich höre nicht auf sie.

Als ich das Dach erreiche, zittern meine Finger fast unkontrollierbar.

Der Wolf steht an der gegenüberliegenden Seite des Dachs und starrt zum Mond hinauf, als hätte er ihm eine wichtige Frage gestellt und warte nun auf die Antwort. Der Wind streicht durch das graue Fell, das sich sanft wiegt wie Sträucher am Straßenrand. Der Moment wirkt friedlich.

Allerdings nur, bis er sich schließlich zu mir umdreht. Ich verstehe nicht, wie viel von Marek noch im Wolf steckt, wenn sich seine Augen von grün in kaltes Silber verfärben. Aber der Wolf greift mich nicht direkt an. Er betrachtet mich einfach.

»Marek?«, frage ich leise und setze einen vorsichtigen Schritt nach vorne. Der Kristall flackert schon leicht in meiner Hand, doch noch wirke ich keine Magie.

Der Wolf neigt leicht den Kopf. Die Bewegung hat nichts Feindseliges an sich, eher etwas ... Neugieriges.

»Marek, kannst du mich hören?« Ich mache einen weiteren Schritt. Noch immer rührt sich der Wolf nicht.

»Ich will auf dich aufpassen«, erkläre ich.

Ein bisschen komme ich mir albern vor, während ich mich ihm langsam nähere und beruhigend auf ihn einrede. Ich habe keine Ahnung, ob er versteht, was ich ihm sage. Womöglich könnte ich auch von all den Filmen erzählen, die ich im letzten Jahr im Kino gesehen habe, und es würde keinen Unterschied machen.

»Wirst du dir helfen lassen?«

Seine Ohren legen sich an. Bedeutet das, dass er mich versteht?

Ich ermahne mich, nicht zu hoffnungsvoll zu werden.

Zwei Meter vor ihm bleibe ich stehen. Heute wirkt er auf mich nicht wie ein blutrünstiges Monster, sondern eher wie ein verstörter Hund, der Angst vor der ganzen Welt hat.

Ich strecke langsam die Hand nach ihm aus und bete, dass ich sie nicht gleich verliere. Er schnuppert an mir. Wie seltsam wird es Marek finden, wenn ich ihn jetzt hinter seinen Ohren kraule?

Der Gedanke würde mich zum Schmunzeln bringen, wäre nicht jeder Muskel in meinem Körper zum Zerreißen gespannt.

»Alles wird gut«, verspreche ich, obwohl ich Marek schon so viele leere Versprechungen gegeben habe, dass er mir längst nicht mehr trauen sollte.

Doch der Wolf scheint mir zu vertrauen. Er kommt mit sehr kleinen, verhaltenen Bewegungen auf mich zu, als wollte er sich an meine Hand schmiegen.

Ich wiege mich bereits in Sicherheit, als ein lauter Knall hinter mir ertönt.

Hektisch fahre ich herum und sehe Astrid gefolgt von anderen Hexen das Baugerüst erklimmen.

»Bleibt zurück, ich ...«

Aus dem Augenwinkel mache ich eine Bewegung aus. In meinen Ohren dröhnt ein Knurren. Ein brennender Schmerz breitet sich von meinem Hals auf meinen ganzen Körper aus. Ich will schreien. Doch bevor mir ein Laut entkommen kann, versinkt meine ganze Welt in Dunkelheit.

KAPITEL 10

Aufzuwachen ist mir noch nie so schwergefallen. Der Schlaf klebt an mir. Mühsam und mit aller Kraft kämpfe ich mich frei.

Das Erste, was ich wahrnehme, ist das Licht, das durch meine geschlossenen Lider dringt. Bunte Punkte tanzen in meinem Sichtfeld.

Das Zweite ist der Schmerz. Er beginnt an meinem Hals, so nah an der Halsschlagader, dass jeder Pulsschlag ihn ein bisschen schlimmer macht, und zieht sich durch meinen restlichen Körper. Die Nachbeben spüre ich bis in meine Zehenspitzen.

Die bewege ich vorsichtig. Dass das möglich ist, sollte mich vielleicht beruhigen, doch im selben Moment wird mir bewusst, dass irgendwas überhaupt nicht mit mir stimmt.

Ich fühle mich anders. Als würde ich in einem Körper stecken, der nicht länger mir gehört, sondern jemand anderem.

Endlich öffne ich die Augen. Eine Lampe an der Decke erhellt den Raum und taucht ihn in klinisch kaltes Licht. Ich blinzle, bis ich mich daran gewöhnt habe. Schlieren ziehen sich wie Bänder durch mein Umfeld und bleiben auch noch eine Weile, da habe ich Astrid am anderen Ende des Raums längst entdeckt. Sie hat sich von mir abgewandt und die Arme hinter dem Rücken verschränkt.

Ich versuche zu sprechen, bringe jedoch nur ein Krächzen zustande. Das reicht ihr aber, um auf mich aufmerksam zu werden.

Mit wenigen Schritten steht sie neben mir, fällt neben dem Bett auf die Knie und umklammert mit beiden Händen meine rechte. Sie drückt so fest, dass es wehtut. Wenigstens lenkt es ein bisschen von dem ab, was mein Körper sonst noch fühlt, deswegen beschwere ich mich nicht. Dieser Druck ist angenehmer als das Stechen, das mich wie brennende Blitze durchfährt, und die Schwere, die meinen Körper tiefer in die Matratze unter mir drückt.

»Lilith«, entfährt es Astrid verzweifelt. Sie wiederholt meinen Namen immer und immer wieder, bis es sich ein bisschen wie ein Mantra anhört oder sogar wie ein Gebet. Ihre Stimme klingt so anders als sonst und woran das liegt, verstehe ich erst, als sie den Kopf hebt und meinem Blick begegnet: Sie weint.

Sofort wird mein Hals eng. Astrid weint nicht. Nie.

»Was ist passiert?«

Ich will mich aufrichten, doch die Schwere in meinen Knochen und Astrids Hände drücken mich bestimmt zurück auf die Matratze.

»Du hast das Haus verlassen, um Marek zu suchen«, beginnt sie mit brüchiger Stimme. »Und dann ... ist etwas passiert.«

Ich hebe langsam meine Hand und lege sie an meinen Hals. Sofort zucke ich zusammen. Dort liegt der Ursprung meines Schmerzes.

»Es tut mir so leid, Lilith«, beginnt sie, als wäre es tatsächlich ihre Schuld. »Er hat dich mit seinen Krallen erwischt. Das bedeutet ...«

Sie will es nicht aussprechen und mein Geist will es auch nicht begreifen. Doch ihm bleibt keine andere Wahl.

Mein Körper versteht es längst. Nicht nur wegen der Wunde an meinem Hals, sondern auch wegen diesem fremdartigen

Gefühl, das in all meinen Poren festhängt wie Kletten an Strickpullovern.

Mein Körper ist nicht mehr mein eigener. Er gehört von nun an dem Mond.

»Nein«, hauche ich. »Das kann nicht sein.«

»Es tut mir leid, Lilith.«

Einen Moment ist es still zwischen uns. Ich erkenne, dass ich im Arztzimmer liege, in dem neben einem modernen Herzmonitor auch die Zutaten für Zaubertränke stehen. Die Erkenntnis sickert in mich ein wie Wasser. Nur langsam. Tropfen für Tropfen. Doch irgendwann füllt sie mich vollständig aus. Und komischerweise ist mein erster Impuls, in Gelächter auszubrechen. Ich verkneife es mir nur knapp. Doch das ungelachte Lachen liegt mir noch eine Weile wie ein nerviges Kratzen im Hals.

Ich habe mir immer gewünscht, keine Hexe mehr sein zu müssen.

Mein Wunsch wurde erhört.

Ich bin keine Hexe mehr.

Nun bin ich ein Wolf. Ich wünschte, ich könnte es rückgängig machen.

»Wo ist Marek?«, kriege ich hervor, als mir die Wahrheit nicht mehr die Luft zum Atmen nimmt.

»Das wissen wir nicht«, gibt Astrid zu. »Wir suchen ihn.«

»Ihr wolltet ihm was antun.« Ich starre ihr in ihre braunen Iriden, die von Gold umgeben sind, was mich an zwei Eheringe denken lässt. »Ich habe dich und Kali gehört.«

»Nur im äußersten Notfall«, verteidigt sich Astrid. »Um zu verhindern, dass er anderen Schaden zufügt. Um zu verhindern, dass ...«, sie sieht mich an, als wäre mein Leid, mein Verlust, mein Schock auch der ihre, »genau das passiert, was letztendlich eingetreten ist.«

Ich will wütend auf sie sein, doch mir fehlt die Kraft. »Und jetzt wollt ihr ihm nichts mehr antun?«

»Die Nacht ist vorbei. Er ist wieder ein Mensch und keine Gefahr mehr. Nun suchen wir ihn, um auf ihn aufzupassen.«

Ich will ihr glauben, doch der Stachel des Zweifels bohrt sich in mich.

»Wir wissen nicht, ob ihm vielleicht was zugestoßen ist.«

Angst lähmt mich. Ich würde gern aufspringen und direkt nach ihm suchen, aber ich weiß nicht, ob meine Beine mich gerade tragen könnten. Habe ich viel Blut verloren? Wie tief ist die Wunde? Gerade will ich die Antworten auf diese Fragen gar nicht hören.

»Du hast mir versprochen, ihm zu helfen. Dass ihm nichts geschieht. Vergiss das nicht«, ermahne ich Astrid, während ich spüre, dass der Schlaf wieder mit seinen hundert Händen nach mir greift. Ich kann die Augen kaum noch offen halten. Meine Worte werden undeutlich, ehe ich den Satz beenden kann. So eine tiefgreifende Erschöpfung habe ich in meinem ganzen Leben noch nicht gespürt.

»Ich werde mich daran halten.« Ich glaube, dass Astrid das sagt, doch bevor ich mir sicher sein kann, gleite ich wieder in mein schwarzes Loch.

Ein schriller Ton lichtet den Nebel in meinem Kopf. Diesmal schrecke ich sofort hoch, was mir mein Kopf mit einem heftigen Pochen zwischen meinen Schläfen dankt. Für eine Sekunde wird alles um mich schwarz und ich blinzele heftig.

Das Klingeln hält an und ich erkenne, dass es von meinem Handy kommt. Astrid ist nicht mehr hier und ich bin allein. Ich taste mich ab und finde mein Handy tatsächlich in meiner hinteren Hosentasche. Der Bildschirm ist gebrochen und bildet nun ein Muster wie ein Spinnennetz auf meinem Display, vermutlich bin ich gestürzt.

»Hallo?«, kriege ich hervor. Ich klinge, als hätte ich seit drei Jahren keinen Tropfen Wasser mehr getrunken.

»Gott sei Dank gehst du ran.« Dario spricht so schnell, dass ich ihn kaum verstehe. Seine Worte überschlagen sich, bis sie ineinanderkrachen wie Autos bei einem Auffahrunfall. »Ich habe dich schon mehrmals angerufen. Marek hat erzählt, was passiert ist. Er dachte, er hätte dich umgebracht. Mann, bin ich froh, dass er dich nicht umgebracht hat. Nicht nur, weil du noch lebst, sondern auch, weil er das nie überwunden hätte. Dich umzubringen, meine ich.«

Im Hintergrund raschelt es, dann sagt Dario irgendwelche Worte, die ich nicht verstehe.

»Lily?«

Mareks Stimme lässt meinen Körper unwillkürlich versteifen. Gleichzeitig sehe ich seine sanften grünen und seine gefährlichen silbrigen Augen vor mir. Ich habe keine Ahnung, wie ich mich fühlen soll.

»Mir geht's gut«, lüge ich.

»Das ist gut. Ich dachte schon …« Er beendet den Satz nicht.

»Wir haben keine Zeit für euer Geplänkel«, höre ich Dario im Hintergrund. »Erzähl ihr, was los ist.«

Sofort sitze ich noch ein bisschen aufrechter im Bett. »Wovon redet Dario?«

»Von den Hexen«, sagt Marek. »Sie haben versucht, mich umzubringen.«

»Als du mich angegriffen hast?«

Marek zögert. Es raschelt erneut, eine Sekunde später übernimmt Dario die Erklärung.

»Nein, danach«, erklärt er, wozu Marek anscheinend gerade nicht in der Lage ist. »Marek hat sich zurückverwandelt und ist in unsere Wohnung gekommen. Auf einmal haben die Hexen die Wohnung gestürmt. Sie haben versucht, Marek mit ihrer Magie zu fesseln und zu erwürgen. Mit mir hat anscheinend keiner gerechnet. Ich bin mit meinem Baseballschläger auf sie losgegangen und wir konnten gerade noch so aus der Wohnung fliehen. Hinter uns hat dann zum Glück auch die Tür geklemmt und wir konnten entkommen.«

»Wovon redest du?«

»Sie wollten ihn umbringen, Lily. Als er ein Mensch war. Die Hexen verschweigen noch mehr, als du ursprünglich angenommen hast.«

Ich will ihm nicht glauben. Gleichzeitig haben wir keine Zeit für Zweifel. Also schwinge ich meine wackeligen Beine aus dem Bett und stelle meine Füße auf den kalten Boden.

»Wo seid ihr jetzt?«

Dario zögert kurz.

»Traust du mir nicht?«

»Du bist auch eine Hexe.«

»Nicht mehr«, krächze ich.

Er schweigt einen Moment. »Das heißt, du bist jetzt auch ...«

»Ja«, sage ich knapp und sehr kühl.

Dario zögert einen Moment. »Wir sind bei der Prager Burg.«

Wie in Morganas Traum, denke ich.

Beginnt, was sie in ihren Träumen gesehen hat? Können wir es aufhalten? Das muss ich einfach glauben, damit ich mich nicht auf diesem Bett zusammenrolle und niemals wieder aufstehe.

»Ich hole Morgana. Versucht, am Leben zu bleiben, bis ich dort bin.«

»Haha«, macht Dario nur. Ich lege auf.

Neben der Tür entdecke ich meine Schuhe und schlüpfe

hinein. Sobald ich mich vornüberbeuge, wird mir wieder schwarz vor Augen. Ich muss dieses Haus so schnell wie möglich verlassen, egal, wie schwach ich gerade bin.

Die Hexen haben versucht, Marek umzubringen. Warum sollten sie das tun, wenn er ein normaler Mensch war? Wollen sie die Wölfe loswerden? Heißt das, dass sie auch mich angreifen werden?

Angst hat jeden Quadratzentimeter meines Körpers eingenommen. Mein Herz schreibt das Wort in Morsecode, meine aufgestellten Haare am Arm buchstabieren es, mein keuchender Atem haucht es in die Welt hinaus.

Meine Jacke hängt über einem Stuhl. Der eine Ärmel ist blutgetränkt. Von meinem Blut. Mir wird ein bisschen schlecht, doch obwohl sie noch klamm ist und metallen riecht, schlüpfe ich hinein, weil ich keine Zeit habe, eine neue aufzutreiben. Solange ich mir einrede, es wäre Wasser, kann ich die Übelkeit kontrollieren.

Damit es auch so bleibt, werfe ich keinen Blick in den Spiegel.

Ich mache den ersten Schritt auf den Flur. Noch entdecke ich keine Hexe, aber die nächste ist bestimmt nicht weit. Ich werde schneller, obwohl ich mich kaum auf den Beinen halten kann. Astrid hat Morgana und mich fast zwei Wochen lang mit einem Bannzauber in diesem Haus eingesperrt. Wird sie das wieder tun, wenn sie mitbekommt, dass ich versuche zu fliehen? Unwillkürlich beschleunige ich meine Schritte noch ein wenig mehr.

Mein Zimmer erreiche ich ohne Zwischenfälle. Morgana ist wach und sitzt auf meinem Bett, als hätte sie stundenlang auf schlechte Nachrichten gewartet. Sobald ich eintrete, springt sie auf. Alle Farbe weicht ihr aus dem Gesicht. Ich scheine echt übel auszusehen.

»Astrid hat mir gesagt, was passiert ist. Aber ich durfte dich noch nicht besuchen. Oh Lilith, es tut mir so leid!« Sofort treten ihr Tränen in die Augen.

»Wir haben keine Zeit«, unterbreche ich sie mit brüchiger Stimme. »Wir müssen verschwinden. Sie haben versucht, Marek umzubringen. Als er wieder ein Mensch war. Die Hexen verschweigen uns mehr als gedacht.«

Ich hole Luft, um weitere Argumente hervorzubringen, doch die braucht es nicht. Morgana nickt nur, packt mit wenigen Handgriffen einen Rucksack für sich und einen für mich, zieht ihre Jacke an und ergreift dann meine Hand. Bereit, mit mir in jedes Abenteuer zu ziehen.

Auch mir ist auf einmal nach Weinen zumute.

»Wir treffen Dario und Marek an der Prager Burg.«

»Und was ist dann?«

»Keine Ahnung«, gebe ich zu. »Das sehen wir, wenn es soweit ist.«

Das ist keine zufriedenstellende Antwort, doch Morgana nickt, als wäre es eine. Sie würde mir überallhin folgen, über die nächste Klippe, das war schon immer so. Und ich bin nicht selbstlos genug, um sie vor diesem Schicksal zu bewahren.

»Los«, sage ich also und wir verlassen mein Zimmer. Wir schleichen durchs Gebäude. Einer Handvoll Hexen begegnen wir, sie werfen uns verstörte Blicke zu – oder wohl eher mir –, doch wir halten zielstrebig auf den Eingang zu.

Wir können die Eingangstür schon sehen, als wir gegen eine unsichtbare Wand prallen. Das Pochen in meinem Hals wird wieder stärker. Als ich an meine Haut greife und die Hand zurückziehe, reflektiert das helle Deckenlicht von den Kronleuchtern in dem Blut an meinen Fingerspitzen.

»Wo wollt ihr hin?«, fragt Kali, die gefolgt von Astrid und Melisand die Treppe heruntergeeilt kommt. In Melisands Händen leuchten mehrere Kristalle. Sie wirkt den Zauber, der uns gefangen hält. Ich wechsle einen kurzen Blick mit Morgana.

»Was verschweigt ihr mir?«, frage ich laut, doch mein Blick liegt nur auf Astrid.

»Lilith ...«, setzt sie an, doch ich lasse sie den Satz nicht beenden.

»Keine Lügen mehr.« Irgendwas in mir bricht, als ich in die glänzenden Augen der Frau blicke, die mich vielleicht nicht zur Welt gebracht hat, aber dennoch meine Mutter ist. Ich liebe sie. Nur vertrauen kann ich ihr nicht mehr. Und dieser Widerspruch ist wohl das grausamste Gefühl, das ich jemals empfunden habe. »Du hast gesagt, du würdest Marek beschützen.«

Astrids Hände zittern. Das tun sie nie. Denn sie ist der Fels in jeder noch so starken Brandung. Zumindest habe ich sie einmal so gesehen. Vielleicht ist das nie wirklich so gewesen.

»Die Wahrheit ist ...«

Diesmal schneide nicht ich, sondern Kali ihr das Wort ab. »Sie kann die Wahrheit sowieso nicht ertragen. Das konnte das Mädchen nie.«

Sie muss nicht erklären, dass sie damit auf den Tod meiner Eltern anspielt. Ich bin die Nekromantin, die die Wahrheit über sich selbst und die Gefahr, die sie für alle Menschen in ihrem Umfeld darstellt, nicht ertragen kann. So sieht mich Kali, so sehen mich wohl die meisten Hexen. Vielleicht hat auch Astrid das immer geglaubt. Der Gedanke droht mich von innen zu zerreißen.

Kali fixiert mich. »Die Wahrheit, mein Kind«, beginnt sie, ihrem Blick nach zu urteilen nur aus dem Grund, um mir noch mehr wehzutun, »ist, dass der Junge sterben muss. So oder so. Und du kannst nichts tun, um das zu verhindern.«

Hätte Kali sich in den letzten zehn Jahren die Mühe gemacht, mich wenigstens ein bisschen kennenzulernen, wüsste sie, dass sie mit dieser Aussage genau das Gegenteil von dem erreicht, was sie erreichen will.

Damit hat sie mich herausgefordert.

»Dich können wir noch retten«, redet Astrid auf mich ein, wobei ihr doch klar sein müsste, dass das keinen Sinn hat. Sie wird meinen Entschluss nicht ändern. »Wir können Asgard finden. Dich wieder zur Hexe machen.«

Ich vergrabe meine Hände in meinen Jackentaschen. Die Kristalle sind noch dort, sie fühlen sich warm an. Und obwohl ich keine Hexe mehr sein sollte, vibriert ihre Energie in meinen Fingerspitzen. Ich kann sie noch wahrnehmen. Ein bisschen undeutlicher. Nicht mehr so klar – es fühlt sich so an, als wären sie mehrere Meter von mir entfernt –, aber ich habe noch immer eine Verbindung zu ihnen.

»Wieso können wir ihn nicht retten?«, frage ich, um Zeit zu schinden. Ich atme ein und lasse die Energie in mich hineinströmen.

Morgana scheint neben mir auch um ein Grad wärmer zu werden. Es ist unauffällig, aber ich stehe nah genug neben ihr, um es zu bemerken. Durch ihre Jackentasche sehe ich ein leichtes violettes Schimmern. Ich hoffe, den anderen fällt es nicht auf.

»Es ist die einzige Möglichkeit, um unser Scheitern zu verhindern«, sagt Astrid.

Mein Herz sinkt. »Du meinst, nur sein Tod kann Ragnarök abwenden?«

Astrid antwortet nicht, sondern Kali. »Richtig.«

Das kann nicht wahr sein. Ich kann das nicht akzeptieren. Mein Auftauchen in seinem Leben darf nicht sein Ende bedeuten.

»Es muss eine andere Lösung geben«, beharre ich. »Magie findet immer einen Weg. Das hast du mir beigebracht.«

Astrid schüttelt schwach den Kopf. »Nicht immer.«

Das werde ich erst hinnehmen, wenn mir keine andere Wahl mehr bleibt, und an dem Punkt bin ich noch nicht.

Ich habe nach wie vor Angst vor meiner Magie, vor all dem Leid, das sie mir gebracht hat, trotzdem heiße ich sie jetzt willkommen, lasse sie durch meinen ganzen Körper laufen, ziehe meinen linken Arm aus meiner Jackentasche und richte ihn auf Melisand. Ich will sie von den Beinen reißen, um den Bannzauber zu lösen. Doch die Energie schlägt nur an der Wand hinter ihr ein, woraufhin mehrere Fotos von Hexen, die in den 50er-Jahren gelebt haben, auf den Boden fallen. Die Rahmen zersplittern, Glasscherben verteilen sich im Gang.

»Fuck«, entfährt es mir. Meine Magie ist noch unkontrollierter geworden. Dieser alte Zauber, der nun meinen Körper mitbewohnt, scheint den zweiten Herzschlag der Magie zu verdrängen, ihm den Raum zu nehmen. Ich habe meine Magie stets gefürchtet, aber jetzt ist sie noch ungebändigter als zuvor.

»Siehst du? Du brauchst unsere Hilfe«, sagt Kali selbstgefällig.

Ich traue mich nicht, noch einmal Magie zu wirken. Beim nächsten Mal gehen womöglich nicht nur alte Rahmen zu Bruch.

Bilder von der schlimmsten Nacht meines Lebens wollen sich in mein Blickfeld schieben, doch bevor ich die toten Körper meiner Eltern vor mir liegen sehen kann, wird Melisand auf einmal von den Füßen gehoben und kommt keuchend einige Meter weiter hinten im Flur wieder hart auf dem Boden auf.

Für eine Sekunde glaube ich, ich hätte gezaubert, ohne es zu wollen. Dann fahre ich zu Morgana herum. Ihre Hand ist entschlossen nach vorn gestreckt, ihre Augen sind tränenverhangen.

»Wir müssen weg«, sage ich, während Morgana ihren Blick nicht von Melisand lösen kann, die verletzt am Boden liegt. Ich schnappe mir ihre Hand und zerre sie hinter mir zum Ausgang. Und diesmal ist dort keine unsichtbare Wand, die uns an unserer Flucht hindert.

KAPITEL 11

Auf unserem ganzen Weg durch die Stadt sagt Morgana nicht ein Wort. Sie weint still. Ihr Körper wird von Schluchzern geschüttelt, doch sie lässt keinen Ton entweichen.

Als ich versuche, ihre Hand zu nehmen, entzieht sie sie mir. Also bleibt mir nichts anderes übrig, als weiter durch die Stadt zu eilen.

Ich sehe mich immer wieder um und warte nur darauf, dass die Hexen hinter uns auftauchen. Doch das tun sie nicht. Die Straßen von Prag sind verwinkelt und es gibt so viele. Wenn sie nicht gesehen haben, in welche Richtung wir gerannt sind, wird es sehr schwer für sie, uns zu finden.

Aber nicht unmöglich.

Dieser Gedanke treibt mich an, sodass ich noch ein bisschen schneller laufe, obwohl ich immer noch unsicher auf den Beinen bin. Morgana passt ihre Geschwindigkeit an meine an. Wir rennen schon fast, doch obwohl sie währenddessen auch noch weint, kommt sie nicht außer Atem.

Sie hat mit Melisand Schluss gemacht. Das bedeutet allerdings nicht, dass sie sie nicht mehr liebt. Es muss ihr schwergefallen sein, sie zu verletzen.

Ich werfe einen Blick über meine Schulter und bewege mich diesmal zu hastig. Die Wunde an meinem Hals, die ich nur einmal kurz in der Spiegelung eines Schaufensters von einem geschlossenen Modegeschäft gesehen habe, scheint noch weiter aufgerissen zu sein. Das Blut, das über meinen Hals rinnt, wärmt wenigstens ein bisschen meine eiskalte Haut. Man kann mir wirklich nicht vorwerfen, nicht das Positive in jeder Lebenslage zu sehen.

»Wir können langsamer gehen.« Das sind die ersten Worte, die Morgana sagt, seitdem wir den Konvent verlassen haben.

Ich schüttle nur den Kopf und der Schmerz erinnert mich daran, dass ich meinen Hals am besten gar nicht bewegen sollte.

Wir überqueren eine Brücke und ich werde wieder schneller, obwohl mein Schwindel dadurch noch schlimmer wird. Aber hier können wir viel zu leicht entdeckt werden. Die Straßenlaternen sind wie Scheinwerfer, die unseren Standort in die Welt hinausposaunen. Morgana rutscht auf einer gefrorenen Pfütze aus, fängt sich aber sofort wieder.

Da keine von uns seine eigene Schwäche zugeben will, kämpfen wir uns stoisch voran. Sobald wir in engen Gassen verschwinden, kann ich wieder freier atmen. Uns kommen nur sehr wenige Menschen entgegen und die halten die Köpfe genauso gesenkt wie wir. Ständig plündern gewaltbereite Gruppen die Supermärkte und anderen Geschäfte. Autos werden angezündet. Die meisten vermeiden es, das Haus zu verlassen. Die ganze Stadt, vermutlich die ganze Welt, ist ein Molotowcocktail, der jede Sekunde hochzugehen droht.

Wir laufen weiter und weiter und begegnen noch seltener Menschen. Vor meinem inneren Auge sehe ich wieder die unkontrollierte Magie, die ich abgefeuert habe und die einfach in die Wand eingeschlagen ist. Ein bisschen Energie steckt noch in mir und ich lasse sie einfach nur als warme Luft aus meinem rechten Zeigefinger entweichen, weil ich Angst habe, mehr damit zu machen.

Ich bin keine richtige Hexe mehr, denke ich. Bei dem Gedanken muss ich schwer schlucken. Doch mit den Folgen der letzten Nacht und dem Streit mit Astrid und Kali kann ich mich erst auseinandersetzen, wenn ich ihren drohenden Atem nicht mehr in meinem Nacken spüre.

Die Prager Burg ragt vor uns auf wie ein gefällter Riese. Das Gelände wurde über die Jahrhunderte viele Male erweitert. Unzählige Architekten haben hier ihre Vision verewigt, bis aus der Burg etwas ganz Eigenes geworden ist. Die spitzen, gotischen Türme der alten Kirche ragen in den Himmel, als wollten sie die Wolken aufspießen. Oder vielleicht sogar die Gestirne selbst. Den Anblick, wie die untergehende Sonne den dunklen Stein golden färbt, mochte ich schon immer. Jetzt bin ich mir nicht sicher, ob ich das jemals wieder zu Gesicht bekommen werde.

Ich will schon mein Handy hervorholen, um Dario oder Marek anzurufen, weil das Areal der Prager Burg zu groß ist, um alles abzugehen, als ein Zischen hinter einem Auto mich aufschreckt.

Morgana und ich fahren gleichzeitig herum. Und dann sehe ich Darios hellblonden Haarschopf im Licht einer altersschwachen Straßenlaterne aufleuchten.

Erleichterung überflutet mich, obwohl ich noch gar keinen Grund habe, erleichtert zu sein. Die Hexen könnten uns jede Sekunde finden.

Dario rennt direkt auf uns zu. Marek kommt wesentlich langsamer hinter dem Auto hervor. Die harten Schatten, die auf seine Haut geworfen werden, lassen sie besonders fahl und seine Züge besonders kantig wirken. Er sieht um Jahre gealtert aus.

Als Dario mich mustert, saugt er scharf die Luft ein. Marek schafft es kaum, mich anzuschauen. Und dann zuckt er zusammen, als hätte ihm mein Anblick einen Schlag versetzt.

Ich will lieber nicht wissen, wie übel ich zugerichtet bin, obwohl mir bewusst ist, dass ich mich nicht ewig davor drücken kann. Die Magie, die ich gewirkt habe, die mich noch immer ein bisschen wärmt und wacher macht, ist den besorgten Mienen der anderen nach zu schließen, der einzige Grund, dass ich noch nicht umgekippt bin.

Also sollten wir uns beeilen, von hier wegzukommen. Wenn die Hexen uns finden, kann Morgana uns nicht allein verteidigen.

»Fuck«, haucht Dario. Während Marek sehr bewusst in eine andere Richtung starrt, kann Dario seine Augen nicht von mir nehmen.

»Wir müssen hier weg«, spreche ich endlich die Worte aus, die in einer Endlosschleife durch meinen Schädel laufen. »So schnell wie möglich.«

»Wohin?«, fragt Dario.

»Brügge«, sagt Morgana.

Ich schlucke. Wir folgen den Bildern in ihren Träumen. Mein verkrampfter Magen sagt mir, dass uns das dem Ende der Welt nur näher bringt. Aber da er auch keinen Alternativvorschlag äußern kann, ignoriere ich ihn.

»Wie?«, frage ich. »Hat einer von euch ein Auto?«

Die anderen zucken überfordert die Schultern. Wir könnten uns auch ein Zugticket holen, aber die fahren seit der anhaltenden Finsternis noch unzuverlässiger als sonst. Und wenn wir Pech haben, wundert sich vielleicht doch jemand über mein lädiertes Aussehen und stellt Fragen.

Marek erklärt sich nicht. Er läuft nur auf das nächste Auto zu, ein besonders alt aussehendes, und holt einen langen Stab aus seinem Rucksack, den er dann unten am Fenster des Beifahrersitzes ins Auto schiebt.

»Was tust du da?«, fragt Dario verwirrt.

Marek muss ihm nicht antworten. Eine Sekunde später öffnet er einfach die Autotür.

Wir anderen tauschen einen Blick. Dario wirkt von der Erkenntnis, dass sein Mitbewohner Autos knacken kann, wesentlich überraschter als von der Existenz von Magie. Aber schließlich steigt er auf den Beifahrersitz. Morgana schiebt mich auf die Rückbank.

Marek hockt sich hinters Steuer, verschwindet mit dem Kopf darunter und bleibt dort eine Weile. Ein paarmal gibt das Auto einen Laut von sich, als wäre es gerade abgewürgt worden. Dann spüre ich einen leichten Luftzug und der Motor springt an. Modriger Geruch dringt vermutlich aus einem Abfluss neben dem Auto und verschwindet, als Marek die Tür zuschlägt und losfährt. Noch immer ohne Erklärung. Aber keiner von uns stellt eine Frage.

Sobald wir die Stadt über die Autobahn verlassen, atmen wir alle erleichtert auf. Plötzlich beugt sich Morgana über die Wunde an meinem Hals. Sie öffnet meine Jacke. »Heb das Kinn.«

Ich gehorche und zische laut, als sie die Wunde berührt.

Mareks Blick trifft meinen im Innenspiegel. Seine Augen scheinen unter Wasser zu stehen. Er blinzelt und sieht schnell weg.

Der Schmerz in meinem Hals lenkt mich zumindest von meinen Gefühlen ab, die gerade so gar keinen Sinn ergeben, oder zumindest noch weniger als sonst.

Morgana kramt in ihrem Rucksack. Doch ihre Bewegungen sind fahrig. Wäre sie nicht Morgana, hätte sie jetzt vermutlich sogar geflucht.

»Lass mich«, sagt Dario und nimmt ihren Rucksack auf seinen Schoß. Er holt einen Erste-Hilfe-Kasten hervor und reicht ihn uns nach hinten.

»Astrid hat schon geheilt, was mit Magie ging«, sagt Morgana, während sie einen neuen Verband auf die blutende Wunde drückt. »Der Rest muss heilen wie bei einem Menschen.«

Ich nicke und spüre, wie mein Körper ein bisschen schwerer in den Rücksitz sinkt und meine Lider zufallen wollen, doch ich zwinge mich, wach zu bleiben. Ich kann jetzt nicht schlafen und die anderen mit diesem Chaos allein lassen.

Ich atme tief durch und bereue es fast sofort wieder. Wem auch immer dieser Wagen gehört hat, muss viel geraucht haben. Der Gestank nach kaltem Tabak haftet in den Sitzen. Zu meinen Füßen entdecke ich Asche. Dann rieche ich aber zumindest das Blut in dem Ärmel meiner Jacke weniger.

Da ich gestern Nacht viel Blut verloren habe, bleibt mir nicht genug Energie, um wirklich ein schlechtes Gewissen wegen unseres Diebstahls zu haben. Im Angesicht des Weltuntergangs fällt es schwer, belanglosen Dingen Bedeutung beizumessen. Wie zum Beispiel der Tatsache, dass man ein Auto gestohlen hat. Der ehemalige Besitzer hätte es ohnehin nicht mehr lang gebraucht.

Wir fahren eine sehr lange Zeit schweigend. Schließlich döse ich doch weg. Ich werde erst wieder wach, als wir an einer verlassenen Tankstelle anhalten. Obwohl sie nicht offen ist, bekommt Marek es mit einem Gartenschlauch, den er im Hinterhof findet, hin, Benzin aus einem alten Truck abzuzapfen und für uns in Kanister zu füllen.

Er nimmt den Schlauch in den Mund und saugt, bis Benzin hochsteigt. Er spuckt es aus und hängt den Schlauch in den Kanister.

»Hat sonst noch jemand verborgene Talente, die er mit der Gruppe teilen will?«, fragt Dario, während er Marek anstarrt, als hätte er auf einmal einen neuen Menschen vor sich.

Keiner kommentiert es.

Der Bewegungsmelder fürs Licht über der Tür springt an, als wir auf das mit Holzbrettern verbarrikadierte Gebäude zugehen. An einer Stelle sieht es so aus, als hätte jemand die Holzbretter weggesprengt. Dort ist das Glas aus der Tür gesplittert. Über Scherben, die unangenehm unter unseren Schuhen knirschen, steigen wir in das Haus. Die Kassen wurden aufgebrochen. Kein Geldschein liegt mehr darin. Die meisten Regale sind leer. Zum Glück finden wir noch ein paar Flaschen Wasser, Schokoriegel und endlich auch Salt-and-Vinegar-Chips, die ich in Prag nirgendwo mehr auftreiben konnte. Das entlockt mir wenigstens für einen kurzen Moment ein Lächeln.

Wir laden alles Nützliche, was wir finden können, in den Kofferraum des Autos. Das Handy, das kaum noch Akku hat, sagt uns, dass uns noch über siebenhundert Kilometer von Brügge trennen.

Und wir wissen nicht einmal, genau, wo wir anfangen sollen, sobald wir da angekommen sind.

Doch obwohl ich mir sicher bin, dass die anderen darüber auch schon nachgedacht haben, spricht keiner von uns es an. In einer ehemaligen Autobahnraststätte, die aussieht, als wäre die Zombieapokalypse einmal hindurchgefegt, ist es überflüssig, deprimierende Wahrheiten laut zu sagen. Die hat man eh längst begriffen.

Im Konvent konnte ich ausblenden, was im letzten Monat mit der ganzen Welt passiert ist.

An diesem einsamen, heruntergekommenen Ort kann ich das nicht mehr.

Morgana lotst mich ins Badezimmer, das vermutlich schon vorm Ende der Welt nicht den hygienischen Standards entsprochen hat. Der Spiegel ist zerschlagen worden, aber es ist genug von ihm übrig geblieben, dass ich einen Blick auf mich selbst werfen kann.

Vier tiefe Kerben haben meine Haut am Hals bis hinunter zum Schlüsselbein zerrissen. Irgendwie passt das Muster auf meiner Haut gut zu dem gesprungenen Spiegel, in dem ich mich betrachte. Wir sind beide kaputt.

Morgana dreht den Hahn auf und reinigt die Wunde, bevor sie nun einen weniger behelfsmäßigen und langfristigeren Verband um meinen Hals schlingt, der wie ein Schal aussieht, wenn ich nur das Blut ausblende, das noch überall an mir klebt.

Meine schwarzen Haare sind an den Spitzen rot gefärbt und auf einer Seite nun kürzer als auf der anderen.

»Wie es aussieht, hat mir der Wolf einen schlechten Haarschnitt verpasst«, versuche ich zu scherzen, doch ich entlocke Morgana nicht mehr als einen gequälten Gesichtsausdruck.

Sie wischt so viel Blut von meiner Haut, wie sie es mit dem nur noch gluckernden Waschbecken und einem fast leeren Papierspender, aus dem nur noch vier Blatt kratziger Papierhandtücher herauszukriegen sind, hinbekommt.

»Ich kann sie schneiden«, meint Morgana und ich nicke nur.

Sie nimmt die Schere, mit der sie auch den Verband abgeschnitten hat und die überhaupt nicht für Haare geeignet ist. Wie ungerade meine Frisur ist, spielt allerdings genauso wenig eine Rolle wie das gestohlene Auto.

Meine dunklen Strähnen fallen zu Boden. Morgana schneidet sie so kurz, dass keine blutbesudelten Haare übrig bleiben. Ich würde ihr am liebsten sagen, dass das auch nichts ungeschehen macht, aber sie gibt sich Mühe, also verkneife ich es mir.

Schließlich klopft es vorsichtig an der Badezimmertür.

»Ich habe ein Shirt gefunden«, dringt Darios Stimme schüchtern und gedämpft an meine Ohren.

Morgana öffnet ihm. Er tritt vorsichtig ein. Trotz des nahenden Endes der Welt ist es ihm unangenehm, eine Frauentoilette zu betreten. Aus irgendeinem Grund weckt das in mir den Impuls, ihn zu umarmen. Ich unterdrücke ihn.

Er reicht mir ein gelbes Shirt mit Minnie Mouse vorne drauf. Eben die Mode, die man in einer verlassenen Raststätte finden kann.

»Danke«, murmle ich.

Marek kommt nicht zu uns. Er nutzt wohl jede Möglichkeit, um meinem Anblick zu entgehen. Einerseits wäre ich deswegen gern sauer auf ihn, andererseits bin ich letztes Jahr auch ohne ein Wort verschwunden, als ich Morgana beinah umgebracht hätte. Er ist wenigstens noch hier. Also geht er mit dieser Situation besser um als ich damals.

»Es wird dir bestimmt stehen«, sagt Dario, obwohl wir alle wissen, dass es eine Lüge ist.

Ich lächle sein Spiegelbild im gebrochenen Glas an. Und stutze, als ich Morgana anschaue, deren Porzellanhaut noch bleicher als sonst ist. Sie betrachtet mich, als hätte sie einen Geist gesehen.

»Was ist los?«, frage ich und drehe mich von ihrem Spiegelbild weg und ihr zu. Sie wirkt wie nach einem besonders schlimmen Traum. Wie oft ich mir schon gewünscht habe, wir wären tatsächlich alle in einem von Morganas Träumen gefangen und dies würde alles enden, sobald sie aufwacht.

Doch sie wacht nicht auf. Und wir sind immer noch hier.

Sie schluckt schwer. Sie mustert mich so genau, als wollte sie mich aus der Erinnerung zeichnen können. Am liebsten würde ich wegsehen.

Dann räuspert sie sich schließlich. »Du siehst so aus wie in meinem Traum«, sagt sie.

»Wie meinst du das?«, hauche ich.

»Du siehst aus wie beim Weltuntergang. Uns bleibt nur noch bis zum nächsten Vollmond.«

KAPITEL 12

Eine Weile schweigen wir wieder. Wir stehen in diesem Badezimmer mit dem klebrigen Boden und dem kaputten Spiegel und nun ohne frische Papierhandtücher und starren einander an.

Ich bin die Erste von uns, die sich aus ihrer Starre lösen kann.

»Hast du diese Wunde auch in deinen Träumen gesehen?«

Am liebsten würde ich sie bitten zu lügen. Doch ehe ich das kann, nickt Morgana.

»Und du hast mir nur irgendwas von meiner verschissenen Frisur erzählt? What the fuck, Mor! Du wusstest, dass ich ein ...«

Ich kann es nicht sagen. Ich kann nicht aussprechen, was jetzt aus mir geworden ist.

»Du verschweigst uns noch immer was. Aber damit ist jetzt Schluss. Wir müssen alles wissen!«, schreie ich.

Morgana sieht aus, als würde sie jeden Moment in Tränen ausbrechen. Doch dann fängt sie sich und schiebt sich an mir vorbei durch die Badezimmertür. Ich stürme ihr hinterher und Dario folgt uns wie ein verschrecktes Schoßhündchen, das gar keine Ahnung hat, was hier eigentlich vor sich geht.

»Mor«, rufe ich ihr hinterher, als sie wortlos die Tür der Tankstelle ansteuert. Dass sie mir ihren Rücken zuwendet, macht mich unendlich wütend, obwohl mir das gar nicht zusteht.

»Es ist nicht so einfach«, sagt sie und geht zielstrebig zum Auto, an dessen Seite Marek lehnt und eine raucht. Als er uns kommen sieht, wirft er sie fort, drückt sie aus und mustert uns überfordert. Oder viel mehr die anderen.

Mein Hals pocht schmerzhaft, während mein Puls in die Höhe schießt. Ich habe Angst, dass meine Halsschlagader so stark pulsiert, dass sie die Wunden wieder aufreißt, aber ich kann mich nicht beruhigen.

»Es ist einfach. Du erzählst uns jetzt gefälligst alles.«

Morgana erreicht das Auto, dreht sich langsam zu mir um und schüttelt bestimmt den Kopf.

Einen Moment kann ich sie nur irritiert anstarren. Bisher ist sie mir über jede Klippe gefolgt. Doch über diese ist sie nicht bereit zu springen. Das kann nur bedeuten, dass am Grund noch mehr auf uns wartet als brausendes Meer und spitze Klippen. Es muss schlimmer sein.

»Aber deine Träume werden immer wahr«, beharre ich. »Wir sind tatsächlich bei der Prager Burg gelandet, wie du gesagt hast.«

»Das wissen wir nicht«, sagt Morgana so viel heftiger, als ich von ihr gewohnt bin. Gerade ist sie nicht meine Freundin, sondern die Traumdeuterin eines der ältesten Hexenzirkel von Europa. »Was ist, wenn es eine selbsterfüllende Prophezeiung ist? Ich habe euch gesagt, dass ich die Prager Burg gesehen habe, und deswegen seid ihr überhaupt erst dorthin gegangen. Vielleicht mache ich alles nur noch schlimmer, indem ihr auf meine Träume hört.«

»Aber woher sollen wir wissen, auf welche Visionen wir hören sollten und auf welche nicht?«, fragt Dario.

»ICH WEIß ES DOCH AUCH NICHT!« Morgana brüllt die

Worte so laut in die Nacht hinaus, als wollte sie, dass ihr Echo von den Gewitterwolken weit über unseren Köpfen zurückgeworfen wird.

Danach ist es still auf dem Parkplatz. Morgana starrt mich an. Ihr Atem geht schwer. Ihr Brustkorb hebt und senkt sich heftig.

»Ich weiß es doch auch nicht«, wiederholt sie nun umso leiser, als könnte sie ihren Ausbruch damit zurücknehmen. »Aber ich bin nicht die Einzige, die gewisse Dinge für sich behält.« Ihr Blick zuckt zu Marek. Er erstarrt.

»Wovon redest du?«, kriegt er heiser heraus.

»*Erzähl niemandem davon*«, sagt sie und ihre Stimme hat einen gruseligen, hallenden Klang angenommen, der mir durch Mark und Bein geht.

Marek wird richtig blass um die Nase.

»Wovon redest du?«, frage ich Morgana, während ich Marek ansehe. Doch sie geht nicht darauf ein.

»Das ist jetzt nicht wichtig. Ich rede auch von dir.«

»Von mir?«

»Ja, von dir. Du lernst einfach nie aus deinen Fehlern. Du bist allein auf die Suche nach Marek gegangen. Warum hast du mich nicht geholt? Wir hätten das vielleicht verhindern können.« Sie deutet auf meinen Hals.

»Du hättest mir von deinem Traum erzählen können. Das hätte es vielleicht verhindert«, halte ich dagegen.

Wir stehen uns gegenüber, keine von uns ist bereit, auch nur einen Schritt auf die andere zuzugehen.

Dario läuft langsam auf uns zu, als wären wir gefährliche Tiere, die sich jeden Moment zerfleischen könnten. Doch eher brechen wir vor Verzweiflung gleich beide in Tränen aus und sind beide zu stolz, um einander Trost zu spenden, obwohl wir es bräuchten.

»Wir sollten uns ausruhen. Der Tag war lang. Das Auto ist zu klein, um zu viert drin zu schlafen. Und draußen ist es zu kalt.« Er deutet zurück zur Tankstelle. »Ich habe einen Raum gefunden, der wohl mal der Aufenthaltsraum der Mitarbeitenden war. Der sollte uns reichen.«

Morgana sieht mich aus glasigen Augen an und irgendwas in mir zerbricht. Der kümmerliche Rest, der noch ganz war. Ich habe das Gefühl, nur noch aus Scherben zu bestehen. Jeder meiner Fehler hat mich weiter zerspringen lassen und inzwischen bin ich so scharfkantig, dass sich die Menschen, die mir zu nahe kommen, an mir schneiden.

»Wir sollten schlafen gehen«, sage ich schließlich müde. Ich steuere wieder aufs Gebäude zu, doch bevor ich es erreiche, rauscht auf einmal eine so heftige Welle über meinen ganzen Körper hinweg, dass ich stolpere. Die Härchen auf meinen Armen stellen sich auf und irgendwas tief in mir tut das Gleiche. Es wartet. Es lauert. Meiner Kehle entringt sich kein Knurren, aber ich kann dessen Vibration tief in meiner Brust spüren.

Ich drehe mich um, blicke zum Himmel und erkenne den Mond, der sich drohend über mir erhebt. Ich spüre ihn in jeder Faser meines Körpers. Ich erkenne, dass ich nun ihm gehöre. Und er steht so weit dort oben, um mich jede Nacht aufs Neue daran zu erinnern.

Am liebsten würde ich weglaufen, aber meinem eigenen Körper kann ich nicht entfliehen.

»Gruselig, oder?«, sind die ersten Worte, die Marek an diesem Tag an mich richtet. Er starrt auch hinauf. Und ich weiß, dass meine Gefühle in diesem Moment auch die seinen sind.

»Ich würde dir gern sagen, dass es besser wird, aber ...«

»Du willst mich nicht anlügen«, entgegne ich.

Nun sieht er mich endlich richtig an und so viel Bedauern liegt in seinen Augen, dass ich den Blick abwenden muss.

Ich verschwinde im Gebäude, um Marek und dem Mond zu entgehen, doch ich kann ihre Anwesenheit immer noch viel zu deutlich auf meiner Haut spüren.

Der Mitarbeiterbereich der Tankstelle ist ein trostloser Ort. An den Wänden hängen alte Poster, die so vergilbt sind, dass man meinen könnte, das Ende der Welt hätte schon vor Jahren begonnen. Die Sofas sind durchgesessen und zu kurz, um bequem darauf zu schlafen. Deswegen schieben wir alles an die Wände und legen die Sofakissen auf den Boden. Wir finden zwei alte Decken. Das muss leider genügen.

Mein Handy lade ich an einem Kabel auf, das ich in der Tankstelle aufgetrieben habe, damit wir morgen wieder die Navigationsapp verwenden können. In einer alten Mikrowelle erwärmt Morgana Dosenravioli und dann auch noch ein paar Packungen Popcorn. Der süße Karamellgeruch will so gar nicht zu unserer hoffnungslosen Situation passen. Aber er zerreißt die graue Decke ein bisschen, die sich über mein Gemüt gelegt hat, und bringt einen kleinen Lichtschein hinein, den ich dringend gebraucht habe, um nicht durchzudrehen.

Und die zwei Schmerztabletten, die Morgana im Erste-Hilfe-Kasten gefunden hat und die den Schmerz dumpfer machen, tun ihr Übriges, dass es mir nicht mehr ganz so beschissen geht wie noch vor einer Stunde. Beim Schlucken spüre ich nach wie vor ein Ziehen, doch zumindest zucke ich nicht mehr bei jeder zweiten Bewegung zusammen. Für einen kurzen Moment fühle ich mich sogar normal. Obwohl – das ist wohl zu viel gesagt. Ich fühle mich *fast* normal.

»Ich weiß nicht, ob ich mich noch daran erinnern kann,

wie es sich angefühlt hat, wenn einem so richtig warm ist«, meint Dario, während er eine Schale mit Dosenravioli in den Händen hält. Der Dampf steigt auf und umschmeichelt sein Gesicht. Seine Wangen sind gerötet. Er wirkt wie jemand, der in eine gut beheizte Bibliothek gehört, in Gebäude mit Internetzugang und fließendem Wasser und gemütlichen Decken und einer heißen Tasse Tee. Nicht wie jemand, der mit einem gestohlenen Auto auf der Flucht ist, auf dem Boden schläft und nicht weiß, wann er sich das nächste Mal duschen kann. Trotzdem sieht er von uns allen am wenigsten mitgenommen aus.

Eigentlich sollte ich die Letzte sein, die meint, einen anderen Menschen aufgrund von wenigen Beobachtungen und Vorurteilen einschätzen zu können. Andere Hexen wissen eine Sache über mich und denken dann, sie würden mich kennen. Ich fühle mich schuldig, dass ich in dieses Denkmuster genauso leicht falle wie all die Leute, die mich wie eine Außenseiterin behandelt haben.

»Was machen wir jetzt?«, fragt Dario, nachdem wir unsere Ravioli gegessen haben und zum Mikrowellenpopcorn übergegangen sind. Dabei keinen Film zu gucken, ist irgendwie seltsam. »Wir müssen darüber reden. Warum haben die Hexen versucht Marek umzubringen?«, legt er direkt den Finger in die Wunde.

Morgana und ich wechseln ganz automatisch einen Blick, weil wir kurz ignorieren, dass wir uns doch eigentlich gerade streiten.

In dem Chaos der letzten vierundzwanzig Stunden habe ich ganz vergessen, dass wir das den anderen beiden noch gar nicht erzählt haben.

»Macht das nicht«, sagt Marek mit Nachdruck und knallt die Schüssel mit Popcorn ein bisschen zu heftig vor sich auf den Boden. Sein Gesichtsausdruck verrät keine einzige Gefühlsregung, seine fahrigen Bewegungen schon. »Schont mich nicht. Sagt mir einfach die Wahrheit.«

»Sie haben gesagt, dass ...« Ich stocke. »Sie haben gesagt, um ... Was haben sie genau gesagt?«

»*Um ihr Scheitern zu verhindern*«, springt Morgana ein, ohne mich direkt anzusehen.

»Genau.« Ich räuspere mich umständlich. »Sie haben gesagt, um ihr Scheitern zu verhindern, um den Weltuntergang aufzuhalten, musst du ... sterben.«

Eigentlich müsste jetzt dramatische Musik spielen. Dass wir nur das Tropfen des alten Wasserhahns hören, passt nicht. In letzter Zeit passt sowieso nichts mehr.

»Ich muss sterben?« Marek hakt so sachlich nach, als wollte er nur noch mal sichergehen, dass er beim Aufhängen eines Bilds den Nagel auch in die richtige Stelle in der Wand schlägt.

»Also, ja ...« Ich schüttle den Kopf. »Aber das werden wir verhindern.«

»Wie?« Seine Stimme klingt seltsam gefasst. Trotzdem weiß ich, dass es ihn seine ganze Kraft kostet, sich zusammenzuhalten. Ich glaube, deswegen guckt er mich schon den ganzen Tag nicht an. Würde er die Wunden an meinem Hals zu lange betrachten, wäre er nicht länger ruhig. Und das kann er sich gerade nicht leisten. Das weiß ich so gut, weil ich genauso funktioniere.

»Also das ... da muss mir noch was einfallen.«

Marek lacht auf – vermutlich unfreiwillig. Ich hasse es, wie bitteres Lachen nachhallt. Ich glaube, es gibt kein hoffnungsloseres Geräusch auf der Welt. Dagegen kommen nicht mal der Geschmack und Geruch nach frischem Popcorn an. »Das klingt ja nach tollen Aussichten.« Er schnauft. »Wozu es herauszögern? Wenn es ohnehin darauf hinausläuft, dann muss man mich ja nicht unnötig quälen. Es jetzt hinter sich zu bringen, wäre doch viel humaner.«

Ich dachte, wir hätten im Auto geschwiegen. Aber nun erkenne ich, dass Schweigen unterschiedliche Tiefen annehmen kann, und gerade ist sie ein so tiefer Graben, dass ich dessen Boden nicht mehr ausmachen kann.

»Ein Leben für die ganze Menschheit? Ich war ja nie gut in Mathe, aber das ist selbst für mich eine sehr simple Rechnung.«

Er steht gehetzt auf und geht zur Küchenzeile herüber, wo er beginnt, hektisch in den Schubladen zu kramen. Geschirr fällt runter und es ist so laut wie ein Pistolenschuss.

»Bitte beruhig dich, Marek«, flüstert Morgana, die sich wie ein kleines Kind anhört, das ihre Eltern bittet, nicht zu streiten.

»Warum? Ich bin doch ruhig«, sagt Marek gar nicht ruhig und scheint endlich gefunden zu haben, wonach er gesucht hat. Er dreht sich zu uns um, ein großes Küchenmesser in der Hand und wir anderen drei springen sofort gehetzt auf.

»Marek, lass das Messer fallen«, sagt Dario beschwörend.

»Nennt ihr mich beim Namen, weil ihr denkt, dass mich das umstimmt?«, fragt er, guckt durch den Raum, aber ich glaube nicht, dass er uns richtig wahrnimmt. »Darüber habe ich mal was gelesen. Dass sich Menschen dann mehr gesehen fühlen.«

Er setzt das Messer auf seine Brust und Morgana fängt an zu weinen. Dario hebt seine Arme, als würde Marek die Waffe auf ihn richten und nicht auf sich selbst.

Marek starrt auf die Klinge an seiner Brust herab. »Ich habe anderen wehgetan. Vielleicht verdiene ich das.«

Er spricht vor allem von mir. Das weiß ich.

»Tust du nicht«, sage ich mit brüchiger Stimme.

»Das tue ich. Aber darum geht es ja auch gar nicht. Wenn

wir so das Ende der Welt abwenden, sollte die Entscheidung doch leicht sein. Nur ... Ich glaube, ich kann es nicht selbst. Ich kann meine Hände nicht bewegen.« Er lacht hysterisch auf und es klingt noch schlimmer als das bittere, wie eine Disharmonie auf einem verstimmten Klavier. »Ich kann sie nicht bewegen. Ich sage es ihnen, trotzdem tun sie nichts. Muss mein Überlebensinstinkt sein.« Er hebt den Blick. »Einer von euch muss es tun.«

Morgana schluchzt nur, Dario schüttelt heftig den Kopf. Ich mache einen Schritt auf Marek zu. Er fixiert mich. Er starrt das erste Mal so richtig auf meinen Verband, vielleicht, weil er glaubt, wenn er seinen Selbsthass nur genug in die Höhe treibt, wird er in der Lage sein, zuzustoßen.

Ich komme noch näher und lege schließlich beide Hände über seine, die zittrig auf dem Griff des Messers liegen.

»Bitte«, flüstert er und ich glaube, er weiß selbst nicht, ob er mich bittet, sein Leben zu beenden oder es zu verschonen.

»Lilith«, kriegt Morgana irgendwie zwischen zwei Schluchzern hervor. Sie klingt flehend und es tut ein bisschen weh, dass sie mir das tatsächlich zutraut.

»Wag es ja nicht«, hauche ich an Marek gerichtet, weil es gerade egal ist, was die anderen tun.

Aus ihm scheint jegliche Körperspannung zu weichen.

»Du darfst jetzt nicht aufgeben.«

Unsere Gesichter sind sich so nah, dass ich ihn kaum noch erkennen kann. Eine sehr alte Erinnerung trifft mich wie eine Ohrfeige. Unvorbereitet und schmerzhaft.

Meine Mutter hat immer ihre Stirn an meine gelegt, mich angeguckt und gesagt, dass sie das tut, weil ich dann wieder aussehe wie ein Baby. So könnte sie kurz ignorieren, wie schnell ich groß werde.

Marek sieht so auch viel jünger aus, als er ist. Der kleine

Junge, der vor einer Feuerwehr ausgesetzt wurde und sich so fühlt, als wäre er dort nie gefunden worden. Nie wirklich.

Der Druck seiner Hände um den Griff wird noch für einen letzten Moment stärker. Er zittert so stark, dass sich die Messerspitze über seine Brust bewegt. Ich höre Stoff reißen. Morgana entfährt ein halb unterdrückter Schrei.

»Wenn es keine andere Lösung gibt«, flüstert er so leise, dass nur ich ihn hören kann, »versprich mir, es zu tun, damit ich es nicht tun muss.«

Tränen rinnen über mein Gesicht, bevor ich sie daran hindern kann. »Das verspreche ich«, flüstere ich genauso leise, dass die anderen es nicht hören.

Dann lockern sich seine Muskeln endlich und ich kann das Messer runternehmen. Auf seinem Shirt ist ein kleines Loch und ein Tropfen Blut löst sich.

Nun sind es meine Hände, die so stark zittern, dass mir das Messer herunterfällt. Das Klirren auf dem Linoleumboden beendet endlich diesen schrecklichen Moment.

Morgana weint leiser, Dario lässt sich erschöpft auf den Boden fallen, und Marek und ich sehen uns noch einmal an. Er prüfend, um sicherzugehen, dass ich ihn nicht belogen habe. Ich, um ihm zu versichern, dass ich das nicht getan habe, obwohl ich wünschte, es wäre so.

Der Kloß in meinem Hals wird riesig, bis ich fast daran ersticke.

Obwohl sich die Welt vor dem Fenster nicht weiter verändert hat, ist meine Zukunft gerade noch ein bisschen dunkler und kälter geworden.

Kapitel 13

Morgana wacht auch in dieser Nacht mit vor Schock geweiteten Augen auf. Dario und Marek erschrecken sich so sehr,
dass sie hochfahren. Ich streiche ihr nur beschwichtigend über
den Kopf, bis sie wieder einschläft. In diesem Moment ist egal,
dass wir streiten. Ich werde immer für sie da sein.

Wir anderen liegen danach lange wach. Das kann ich den
ungleichmäßigen Atemzügen der anderen beiden anhören. Wir
alle denken wohl dasselbe: Was hat Morgana jetzt schon wieder geträumt?

Irgendwann, nach nur wenigen Stunden, sind wir alle wieder wach und niemand erwähnt den Traum, weil Morgana am
Tag zuvor wirklich unmissverständlich klargemacht hat, dass
sie nur mit uns teilen wird, was sie für richtig hält. Davon mag
ich halten, was ich will, aber ich bin zu erschöpft, um wieder
darüber zu streiten. Sie gibt mir noch eine Schmerztablette,
wir beladen das Auto und fahren weiter.

»Ich glaube, ich habe eine Idee«, sagt Dario kleinlaut, nach
einigen Stunden im Wagen, in denen wir an verwaisten Gebäuden und anderen Autos vorbeigekommen sind, die bis zum
Dach mit den Habseligkeiten ihrer Besitzer beladen waren.
Ich habe keine Ahnung, wohin sie mit all dem Zeug wollen.
Es gibt keinen Ort, an dem sie vor dem sicher wären, was uns
allen bevorsteht. Doch da sie die Wahrheit nicht kennen, fällt
es ihnen wohl leichter als mir, ihre Hoffnung zu bewahren.

»Schieß los«, kriege ich hervor und reiße meinen Blick von einem kleinen Mädchen los, das im Auto, das uns gerade überholt, sitzt, ihren Teddy an ihre Brust drückt und mich kritisch durch ihr Fenster gemustert hat.

»Wir wissen, dass Ragnarök ausgelöst wurde, richtig?«, beginnt er.

»Richtig«, sage ich.

»Was in dem Untergang der Götter und der Menschen gipfelt, richtig?«

»Richtig«, sage ich, obwohl ich es mir damals zur Aufgabe gemacht habe, in Kalis Geschichtsstunden so wenig aufzupassen, wie mir möglich war, einfach, um sie so richtig wütend zu machen.

»Die Sonne ist bereits verschwunden. Die Sterne folgen. Der endlose Winter hat begonnen. Das steht alles in den Mythen festgeschrieben – beziehungsweise in den Niederschriften einer mächtigen Traumdeuterin, was nach wie vor meine Theorie ist. Ich wünschte, ich könnte sie irgendwie wissenschaftlich belegen und ...« Er stoppt sich. »Wie dem auch sei: Alles, was ich gerade aufgezählt habe, ist schon passiert. Also können wir davon ausgehen, dass Ragnarök so abläuft, wie es in der Edda und dem anderen Text steht.«

»Mh«, mache ich, weil ich noch nicht ganz verstehe, worauf er hinauswill.

»Das heißt, wir haben so was wie ... nun ja wie eine Gebrauchsanleitung für den Weltuntergang«, führt Dario ein bisschen verlegen aus.

»Eine Gebrauchsanleitung für den Weltuntergang?«, wiederhole ich skeptisch.

»Ich weiß, es klingt albern«, fährt er sehr schnell fort. »Ich habe das alles studiert. Ich habe die Edda gelesen. Und ich habe den Text übersetzt, den ihr aus der Bibliothek der Hexen habt. Sie decken sich in vielen Punkten. Nur die Wölfe waren so nicht ganz niedergeschrieben. In der Edda ist davon die Rede, dass Ragnarök beginnt, als Fenrir, der Wolf und Sohn von Loki, befreit wird und ...« Wieder stoppt er sich selbst, bevor er sich in seinem Wissen verliert. »Worauf ich hinauswill: Wir wissen, was kommen wird. Und das bedeutet, wir können an gewissen Punkten vielleicht eingreifen.«

Das klingt gar nicht mal so schlecht, denke ich und merke sofort, wie mir ein bisschen leichter zumute wird.

»Was passiert denn noch alles?«, traut Marek sich zu fragen, der die ganze Fahrt über nur hinterm Lenker saß und stur geradeaus geblickt hat.

»Die Menschen wenden sich gegeneinander.«

»Ich glaube, das hat schon angefangen«, sage ich und denke an die News, die ich gestern gelesen hatte.

»Ein Hahn wird dreimal krähen und die Riesen wecken.«

»Das wird ja immer besser«, sagt Marek mehr zu sich selbst als zu uns.

»Loki ist in eine Höhle gesperrt, aber sobald er sich befreit, wird er die anderen Götter angreifen«, fährt Dario fort. »Und dann gibt es verschiedene Kämpfe. Loki und Heimdall kämpfen und töten sich gegenseitig. Fenrir tötet Odin. Und so weiter und so weiter. Am Ende rammt der Riese Surtr sein Schwert aus Flammen in die Erde und verbrennt sie. Das ist die Götterdämmerung, der Weltenbrand.«

»Irgendwie klingt das schön«, murmelt Morgana. Ich glaube, es sind die ersten Worte, die sie heute sagt. Ich hasse es, dass wir streiten.

»Total«, meint Marek sarkastisch. »Will ich unbedingt erleben.«

»Also könnten wir an einem der Punkte eingreifen?«, frage ich und übergehe ihn einfach.

»Also, ich hoffe.« Nun klingt Dario nicht mehr ganz so überzeugt. »Aber es ist eben nur eine Theorie.«

Marek nuschelt etwas vor sich hin, was ein bisschen so klingt wie: »Davon kann ich mir auch nichts kaufen.« Ich tue so, als hätte ich es nicht gehört.

Auf einmal schwirren mir Astrids Worte wieder im Kopf herum. *Wir können Asgard finden. Dich wieder zur Hexe machen.* »Heißt das, wir müssen Asgard finden?« Ich denke laut. »Die Götter warnen? Ihnen sagen, was wir wissen, damit sie eingreifen können?«

»Götter?« Dario sieht mich so an, als würde er gleich in Ohnmacht fallen.

»Erst mal sollten wir wohlbehalten in Brügge ankommen«, sagt Marek, der es sich heute wohl zur Aufgabe gemacht hat, der Spielverderber zu sein. »Dann können wir ja noch über *Asgard* reden.« Ich kann ihm anhören, dass er die Augen verdreht, obwohl er sich nicht zur Rückbank umdreht. Wenn er seinen Sarkasmus braucht, um nicht den Verstand zu verlieren, dann soll es mir recht sein. »Da fahre ich aber nicht den ganzen Weg allein.«

Ich lächle. Es fühlt sich ein bisschen fremd auf meinen Lippen an, gleichzeitig irgendwie gut. Obwohl ich mich das eigentlich nicht trauen will, tue ich es doch: Ich hoffe.

Das nächste Mal halten wir vor einer einsamen Schwimmhalle am Rand einer kleinen Stadt. Auch hier wurden die Eingänge verbarrikadiert und dann doch wieder zerschlagen, weil sich jemand Zugang zum Gebäude verschafft hat.

Da wir alle anfangen zu stinken und eine heiße Dusche sehr dringend gebrauchen können, entscheiden wir, hineinzugehen. Angespannt betreten wir die leere Vorhalle mit der Kasse, hinter der niemand sitzt. Unsere Schritte hallen unnatürlich laut. Hier könnte ich mich wie die letzte Überlebende auf der ganzen Welt fühlen. In großen Räumen sieht Leere immer gähnender aus. Und vielleicht fühlt sich die Leere in meinem Inneren auch immer tiefer an, wenn ich vorher von Menschen umgeben war, die mir bewiesen haben, wie viel dort sein kann, wenn ich es nur zulasse.

Wir klettern über die Schranken, gehen in den Keller, um den Sicherungskasten zu suchen. Dario findet ihn und mit einem Surren gehen Zentralheizung und die Lichter um uns an.

Wir sehen uns um und brechen in den Shop des Freibads ein, wo es nicht mehr viel zu finden gibt. Immerhin finden wir vier Handtücher und Shirts bedruckt mit Disney-Prinzessinnen.

Während wir anderen den Store durchsuchen, steht Morgana am Eingang und hat einen Kristall in der rechten Hand. Die andere hält sie hoch erhoben, bereit, uns zu verteidigen, sollte jemand versuchen uns anzugreifen. Doch wir bleiben allein.

Als wir die Duschen erreichen und Dario einen Hahn aufdreht und tatsächlich warmes Wasser herausläuft, seufzen wir alle kollektiv auf.

Dario und Marek verschwinden in die Männerumkleiden. Morgana und ich gehen zu den Gruppenduschen der Frauen, entledigen uns unserer Kleidung und drehen die Hähne auf. Dampf breitet sich im ganzen Raum aus und vertreibt wenigstens für einen kurzen Moment die Kälte, die sich im letzten Monat in mir eingenistet hat.

»Dein Verband darf nicht nass werden«, erklärt Morgana. »Damit die Wunde gut heilen kann.«

Ich nicke nur, lege meinen Kopf stark in den Nacken, damit

der Wasserstrahl nicht die Wunde an meinem Hals erreicht. Ein paar Tropfen rinnen meinen Hals entlang, doch es fühlt sich zu gut an, um darauf zu verzichten.

»Ich helfe dir«, sagt Morgana, schnappt sich ein Shampoo, das wohl jemand vor Ewigkeiten hier vergessen hat, und seift mir den Kopf an.

Wir sind nackt und irgendwie ist es das Normalste auf der Welt. Manche Freundschaften sind so.

In Filmen und Büchern geht es unentwegt um romantische Beziehungen, doch es gibt Menschen, die uns viel tiefer berühren können, ohne uns jemals geküsst zu haben.

Morgana wäscht meine Haare, um sicherzugehen, dass die Wunde an meinem Hals trocken bleibt. Sie schläft neben mir, um sich nachts nicht so allein zu fühlen. Und da realisiere ich, während ihre Finger sanft über meine Kopfhaut streichen, dass auch über diese Liebe Lieder gesungen werden sollten.

Ich habe sie so oft von mir gestoßen und trotzdem ist sie jetzt bei mir.

Tränen rinnen über meine Wangen, was man wegen der Duschstrahlen vermutlich nicht einmal sieht, aber gerade wären sie mir auch nicht peinlich. Ich bin nackt, körperlich und seelisch, und irgendwie ist es in Ordnung, weil ich mich einer Person anvertraue, bei der ich sicher bin.

Als Morgana meine Haare gewaschen hat, will sie zurücktreten, doch ich ergreife ihre Hand. Sie hält inne. Wir blicken uns in die Augen.

Sie weint auch ein bisschen, aber ich glaube, dass Weinen nicht immer schlimm ist. Gerade zeigen wir uns damit, dass wir uns wichtig sind.

Und weil ich nicht mehr feige sein will, nehme ich meinen Mut zusammen.

»Ich liebe dich, Mor.«

Sie lächelt. »Ich liebe dich auch, Lily.«

Sie nennt mich nie Lily, deswegen klingt es jetzt umso sanfter. Wir duschen beide noch zu Ende, trocknen uns ab und schlüpfen in unsere Klamotten. Frisch geduscht in diese sauberen Disney-Shirts zu schlüpfen, fühlt sich verboten gut an. Auf Morganas Brust prangt jetzt Elsa von *Frozen*, die mich unwillkürlich an Melisand denken lässt, weil sie auch so eine Eisprinzessin ist. Morgana sieht mich kurz streng an, als könnte sie meine Gedanken lesen und würde mich ermahnen, ihre Ex-Freundin nicht zu erwähnen. Deswegen tue ich es auch nicht.

Die Jungs sind noch nicht wieder zurück, als wir aus den Duschen kommen, und wir setzen uns in das ausgestorbene Schwimmbadrestaurant mit den Plastikstühlen, die unangenehm quietschen, wenn man sich auf ihnen bewegt.

Von hier aus kann man die Becken sehen, in denen noch Wasser steht, das aber trüb geworden ist und in das ich lieber nicht springen würde. Durch die Fensterfronten mache ich im Dunkeln die Becken im Freien aus. Nur eine einzige Laterne ist noch an und sie reflektiert auf der gefrorenen Wasseroberfläche.

»Ich hätte schon längst darüber reden sollen«, setze ich an, ohne Morgana anzusehen, weil ich dazu noch nicht bereit bin. »Was vor einem Jahr passiert ist ...«

»War ein Unfall«, unterbricht sie mich. Sie scheint sich gegen diesen Impuls wohl so wenig wehren zu können wie ich mich gegen meinen Fluchtinstinkt.

»Lass mich bitte ausreden.«

Aus dem Augenwinkel sehe ich, wie Morgana nickt.

»Ich habe keine Kontrolle über meine Fähigkeiten. Nicht genug«, fahre ich fort. »Das war schon immer so. Und das wusste jeder.«

Ich kann fühlen, dass es Morgana sehr viel Selbstbeherrschung kostet, nicht direkt wieder einzuspringen, um mich vor mir selbst zu verteidigen, doch sie bleibt still.

»Aber das ist nicht alles.« Ich schlucke schwer. »Wenn ich Magie wirke, fühlt es sich an wie ein Rausch. Besser als Alkohol oder Adrenalin.«

Jetzt sehe ich sie an.

»So fühlt es sich für mich auch an«, sagt Morgana.

»Ja? Vergisst du auch alles andere, wenn die Macht durch deine Adern fließt? Außer, dass du dieses Gefühl erneut fühlen willst.«

Sie bleibt still. Damit habe ich auch meine Antwort.

»Es sollte ja nur eine simple Übung sein. Ein Trainingstag wie jeder andere im Konvent«, erzähle ich weiter, als wäre sie damals nicht dabei gewesen. Aber ich muss das hier richtig machen. Ich muss alles sagen. Ich darf nicht schon wieder kneifen. »Wir haben immer mächtigere Magie gewirkt. Du hast die Möbel durch den ganzen Raum tanzen lassen. Es sah aus wie in dieser einen Szene bei *Die Schöne und das Biest*. Es war wunderschön.«

Morgana lächelt leicht. »Ich weiß es auch noch.«

»Und ich sollte mich gegen Kalis Magie wehren. Sie hat mich angegriffen mit Bändern, die mich festketten sollten. Mit Gegenständen auf mich gezielt. Das hat ihr viel zu viel Spaß gemacht.«

»Definitiv«, pflichtet Morgana mir bei.

»Ich habe mich gewehrt. Astrid hat mich angefeuert. Irgendwann hatten wir unsere Kristalle aufgebraucht und es hat nach Verwesung gestunken, weil wir auch die Energie der Pflanzen in den Zimmerecken angezapft haben. Niemand von uns wollte nachgeben. Ich wollte nicht gegen sie verlieren. Natürlich wollte ich das nicht. Weil mein Stolz und meine Sturheit mir wichtiger waren als alles andere.«

»Sei nicht immer so hart mit dir«, sagt Morgana mit dieser liebevollen, sanften Strenge, die sie schon in unserer Kindheit angeschlagen hat. Kurz sehe ich sie wieder vor mir mit zwei geflochtenen Zöpfchen, die ihr vom Kopf abstehen. So sah sie als Mädchen aus.

»Ich wollte nicht verlieren und irgendwann war die Energie der Pflanzen aufgezehrt. Dann habe ich ... eine andere Quelle gefunden. Diese Macht war ... so viel berauschender als die andere. Die Hexen haben geschrien. Ich habe es nicht direkt gemerkt. Kurz darauf schon. Als ich dich auf dem Boden habe liegen sehen, habe ich gezögert.« Ich vergrabe das Gesicht in den Händen. »Ich habe die Magie nicht direkt losgelassen. Ich habe gezögert, weil es sich so gut angefühlt hat. Ich habe gezögert, obwohl du wild zuckend auf dem Boden lagst. Ich habe gezögert, weil mir die Macht wichtiger war als du.«

Morganas warme Hände legen sich auf meine und ziehen sie sanft von meinem Gesicht. »Für eine Sekunde. Nur einen Moment. Du hast dann losgelassen.«

»Trotzdem habe ich gezögert. Verstehst du das nicht? Mein Instinkt war nicht, dich zu retten. Mein Instinkt war, der Macht zu folgen, koste es, was es wolle. Ich musste mich aktiv dazu bringen, dich nicht umzubringen.«

»Wir können nichts für unseren ersten Gedanken, aber für unseren zweiten«, erwidert Morgana so ruhig, dass ich nicht anders kann, als ihr zu glauben, dass sie das wirklich so meint. »Kennst du die Erzählung von den Wölfen?«

»Wölfe? Ehrlich, Mor?«

Das entlockt ihr ein Lachen. »In Anbetracht der Umstände vielleicht nicht die beste Metapher. Hör trotzdem zu! Ein Vater redet mit seinem Sohn. Er erzählt ihm davon, dass in jedem von uns zwei Wölfe leben. Ein gutmütiger, liebevoller, empathischer. Aber auch ein böser, ein aggressiver. Und diese Wölfe tragen die ganze Zeit einen Kampf in jedem von uns aus. Der Sohn fragt seinen Vater: Welcher Wolf gewinnt?«

Rein intuitiv halte ich ihre Hände ein bisschen fester in meinen.

»Der Vater antwortet: Der, den du fütterst.«

Ich kann mich nicht gegen das Lächeln wehren, das sich auf meine Lippen legt. »Und du denkst wirklich, dass ich den guten füttere.«

»Zu hundert Prozent«, sagt Morgana, als wäre das alles so simpel. Und wenn ich ihre ruhige Stimme höre, kann ich kurz glauben, dass es vielleicht auch simpel ist. Oder zumindest simpler, als ich mir bisher vorgestellt habe.

»Gibt es auch einen feigen Wolf?«, frage ich halb scherzend. »Denn anstatt bei dir zu sein, mich zu entschuldigen, deine Hand zu halten, bin ich abgehauen, weil ich deinen Anblick nicht ertragen habe, weil ich wusste, dass ich für deine Verletzungen verantwortlich war.« Ich drücke Morganas Finger noch ein bisschen fester. »Es tut mir unendlich leid. Das hätte ich schon vor Ewigkeiten sagen müssen.«

»Ich hatte nie das Gefühl, dass es etwas zu verzeihen gab«, setzt Morgana an und bevor ich sie unterbrechen kann, fügt sie hinzu: »Aber ich nehme deine Entschuldigung hiermit an.«

Ein Schluchzer entkommt mir, ich schließe sie in den Arm und drücke sie fest an mich.

Vielleicht sterben wir alle in einem Monat. Sogar höchstwahrscheinlich. Ich bin dankbar, dass ich wenigstens diese Schuld nicht mit in mein Grab nehmen werde.

In dieser Nacht ist es nicht Morgana, die mich aufweckt, weil sie einen Traum hatte. In dieser Nacht ist es der Mond. Er scheint mir vorzusingen wie eine Sirene, die einen Seemann zu sich unter Wasser lockt. Ich blicke durch die Fensterfront zum Himmel und er sieht wirklich wie die unruhige Oberfläche des Meeres aus. Die Wolken bewegen sich schnell, während der Wind vor den verschlossenen Türen pfeift.

Morgana und Dario liegen neben mir, jeweils auf einer Badeliege, zugedeckt mit den Decken, die wir aus der Tankstelle mitgenommen haben. Sie schlafen ruhig und ihre Gesichter sehen entspannt aus, als könnten sie kurz vergessen, was wir bisher erlebt haben und was wir noch erleben werden. Aber Marek fehlt.

Sofort stehe ich auf und laufe auf die kleine Tür in der Fensterfront zu, die zum Außenbereich des Schwimmbads führt. Als ich raustrete, erwischt mich die Intensität der Kälte unvorbereitet, obwohl ich mich inzwischen an sie gewöhnt haben sollte. Die Luft ist so kalt, dass sie in meiner Nase und in meiner Lunge brennt. Nach wenigen Schritten entdecke ich Marek.

Er liegt auch auf einer Liege direkt neben dem Schwimmbecken, das eingefroren ist und silbern leuchtet. Marek schaut zum Mond hinauf, als wäre er nicht mitten in der Nacht nur wenige Wochen vor der Apokalypse hier, sondern an einem ganz normalen Sommertag, während das Schwimmbad voll ist. Er liegt dort, als würde er sich sonnen.

Ich blicke hinauf zum Mond, dessen Rufe tief in meinem Inneren nachhallen. Etwas schlummert in mir, rekelt sich gerade verschlafen und mich packt die Angst, dass dieses Etwas gleich ausbrechen wird, wenn ich nur lang genug im Mondschein stehe, der sich noch ein bisschen kälter auf der nackten Haut meines Gesichts anfühlt als der beißende Wind.

»Ich habe lange darüber nachgedacht, wie ich dieses Gefühl beschreiben soll«, flüstert Marek. Er muss sich nicht umdrehen, um zu wissen, dass ich hinter ihm stehe, und ich erschrecke mich nicht darüber, dass er mich auf einmal anspricht. Gerade sind wir auf eine Weise verbunden, die unsere Freunde niemals verstehen werden. Zumindest hoffe ich das für sie.

»Bist du zu einem Ergebnis gekommen?«, frage ich, während das Etwas in mir an seinen Ketten zerrt, sich aber nicht befreien kann. Noch nicht.

»Schrecklich schön«, meint Marek. Es passt gut, obwohl Worte wohl niemals ausreichen werden, um zu beschreiben, was gerade mit uns beiden passiert.

»Wie geht's dir?«, frage ich, als ich diese seltsame Stille nicht mehr aushalte. Vielleicht will ich aber auch nur von dem ablenken, was gerade in mir vorgeht.

»Ich habe nicht vor, mich in dieser Nacht umzubringen, falls du das wissen willst«, erwidert Marek trocken.

Ich habe keine Ahnung, was ich darauf erwidern soll, also sage ich erstmal gar nichts und starre auf die gefrorene Oberfläche des Schwimmbeckens, damit ich nicht weiter zum Mond hochsehe, als hätte ich mich ihm bereits unterworfen und aufgegeben. Das Eis erinnert mich an Mareks Augen, wenn er sich verwandelt.

Ohne darüber nachzudenken, mache ich einen Schritt nach vorne und setze meinen Fuß auf die spiegelklare Oberfläche. Es knackt ein bisschen, doch es ist stabil, also setze ich auch den zweiten Fuß nach.

»Ich hätte mir also eher um dich Sorgen machen müssen«, sagt Marek sehr nah hinter mir, als wäre er bereit, nach mir zu greifen, sollte das Eis unter mir nachgeben. Doch es ist fest gefroren, also laufe ich weiter. Ich stupse mich selbst an und schlittere ein paar Meter, und keine Ahnung, woher es kommt, aber auf einmal entfährt mir ein freudiger Laut, der sich gar nicht so richtig nach mir anhört.

Es ist schade, wie man über die Jahre vergisst, was einen als Kind mit so viel Freude angefüllt hat, als wäre man ein Gefäß, das gleich überläuft. Doch mein Körper erinnert sich. Mein Vater hat jeden Winter einen See hinter unserem Ferienhaus in einem Wald mitten im Nirgendwo zufrieren lassen und ist mit mir Schlittschuh gefahren. Es gab nichts, was ich lieber getan habe. Irgendwann muss es ihn genervt haben, jeden Tag Stunden auf dem Eis zu verbringen. Doch falls es so war, hat er es sich nie anmerken lassen.

»Fuck it«, höre ich Marek ausstoßen und dann kommt er langsam und vorsichtig über die Eisfläche auf mich zu. Er macht kleine Schritte, als würde ihn das tatsächlich davor bewahren einzubrechen, sollte das Eis nachgeben.

Ich schlittere auf ihn zu, während ich lächle, und er sieht mich fast schon irritiert an, weil er das von mir gar nicht gewohnt ist. Doch weil ich dieses Gefühl in meinem Inneren, das sich ausnahmsweise mal warm anfühlt, nicht direkt wieder verlieren will, schiebe ich den Gedanken, wie traurig es ist, dass meinem Leben die Freude fehlt, entschieden beiseite und ergreife aus einem Impuls heraus seine Hand.

Noch ein bisschen irritierter blickt er nun auf unsere verschlungenen Hände, weil ich das wohl noch seltener tue als lächeln, doch er erwidert meinen Druck, als hätte er die Wärme dieser Berührung gebraucht, sich aber nicht getraut, danach zu fragen.

»Für einen kurzen Moment«, sage ich, »geht die Welt nicht unter. Wir sind keine Wölfe, die der Mond anzieht wie das Licht die Motten. Für einen kurzen Moment zählt der ganze Scheiß nicht. Okay?«

Er hebt den Kopf. Um seine grünen Augen liegt ein hellerer Ring. Der ist mir bisher noch gar nicht aufgefallen. Marek scheint kurz über meine Worte nachdenken zu müssen, doch schließlich nickt er und der Druck auf meine Finger verstärkt sich noch ein bisschen mehr.

Also ziehe ich ihn mit mir und wir schlittern über das Eis, das sich in meinem Kopf von einem Becken in einem verlassenen Schwimmbad in einen abgeschiedenen Waldsee verwandelt.

Am Anfang bringe ich Marek dazu, mit mir übers Eis zu rennen, doch irgendwann fasst auch er Vertrauen. Vielleicht in die Tragfähigkeit des Eises oder vielleicht sogar in mich. Und dann rennt auch er los und schleudert mich mit sich, was mich vor lauter Überraschung auflachen lässt. Obwohl der Wind beißt und in meinen Ohren pfeift, will ich nicht langsamer werden.

Ich renne auf Marek zu und pralle hart gegen seinen Oberkörper, woraufhin ihm gleichzeitig ein Lachen und ein Stöhnen entfährt. Ganz automatisch legt er beide Arme um meinen Oberkörper und zieht mich noch ein bisschen näher an sich heran. Und ebenso automatisch schmiege ich mich an seinen Körper, an den ich mich sofort erinnere.

Ich vergrabe das Gesicht an seiner Brust, sein Herzschlag dröhnt in meinen Ohren. Unwillkürlich kralle ich meine Hände in seine Jacke, als würde das Eis brechen und er könnte verhindern, dass ich ertrinke.

In diesem Moment verstehe ich. Es ist nicht Ertrinken im eiskalten Wasser, das ich am meisten fürchte, sondern das Ertrinken in meinen eigenen Ängsten.

Davor kann mich Marek nicht bewahren, aber er drückt mich so fest an sich, als wollte er mich vom Gegenteil überzeugen. Seine rechte Hand legt er auf meinen Hinterkopf, seine Finger vergraben sich in meinen Haaren, und es ist diese Geste, so vertraut und intim und schrecklich schön, dass sie mir Tränen in die Augen treibt.

Sein Trost tut gut. Zu gut. Mein Herz schlägt immer schneller, wird richtig hektisch, als müsste es bis zu einem bestimmten Zeitpunkt noch eine gewisse Zahl an Schlägen erledigt haben.

Ich löse mich ein Stück weit von ihm, obwohl mich jede Faser in meinem Körper anschreit, es nicht zu tun. Die Angst steigt in mir an wie ein Wasserpegel.

Der Trost fühlt sich gut an. Nur was ist, wenn ich ihn irgendwann brauche? Was ist, wenn ich nicht mehr ohne kann? Was ist, wenn er dann weg ist?

Ich will mich komplett von ihm lösen, doch noch ruht seine linke Hand auf meinem Rücken. Ich sehe zu ihm hoch. Seine Augen liegen wohl schon eine Weile auf meinem Gesicht. Hinter seinen Zügen verbergen sich unendlich viele Geschichten, die er mir nie erzählt hat und vermutlich auch nie erzählen wird. Doch gerade wünschte ich mir, er würde mich ewig so festhalten, mir eine seiner Geschichten erzählen und nicht mehr aufhören. Er würde immer weiter sprechen, bis sein Hals rau ist und seine Stimme versagt und ich will ihm zuhören, bis ich kaum noch Worte verstehen und Sätze als solche erkennen kann.

Dieses Gefühl ist auch schrecklich schön.

Er streicht mir sanft über die Wange und ich denke, dass er vielleicht auch meine Geschichten hören will, obwohl ich noch nicht weiß, ob ich dazu bereit bin, sie zu erzählen.

Seine Hand wandert weiter, meinen Hals hinab und hält vor der Wunde inne. Kurz verzieht sich Mareks Gesicht. Ich erkenne den Ausdruck darin, weil er mich selbst oft heimsucht: Schuld.

»Es tut mir so leid«, flüstert er, als hätte er mir diese Worte nicht mit jedem Blick mitgeteilt, den wir gewechselt haben, seitdem wir Prag hinter uns gelassen haben.

»Das muss es nicht. Das warst nicht du«, erwidere ich und meine es auch so. Ich gebe nicht Marek die Schuld an dem, was mit mir passiert ist.

»Doch, war ich«, flüstert er. Ich bin anderer Meinung. Nun, da ich ebenfalls den Sog des Mondes spüre, der uns an sich heranzieht wie die Gezeiten, verstehe ich, dass er dafür nichts konnte.

Ich lege meine Hand an seine Wange und er schmiegt sich in die Berührung, als spendete die Wärme meiner Haut ihm die Vergebung, die er sich nicht erlaubt, anzunehmen.

Wir könnten uns jetzt küssen und es wäre vermutlich einfach nur schön, ohne das »schrecklich«. Nur wird mir klar, dass es gerade nicht darum geht. Ein Kuss würde keine Rolle spielen, weil das, was zwischen uns passiert, irgendwie noch tiefer reicht. Ein Kuss wäre so viel einfacher und weniger Furcht einflößend.

Vielleicht stelle ich mich genau deswegen auf die Zehenspitzen, um die wahre Nähe zwischen uns mit körperlicher zu vertreiben.

Doch mitten in der Bewegung halte ich inne. Denn rechts von mir. In den Büschen. Höre ich ein Rascheln.

Marek versteift sich, er hat es auch gehört. Wir lösen uns langsam voneinander und drehen uns gerade noch rechtzeitig um, um zu sehen, wie sich mehrere dunkle Gestalten aus den Schatten lösen.

Kapitel 14

Drei Männer kommen aus den Büschen auf uns zu. Einer von ihnen hat eine Pistole in der Hand, die er direkt auf Mareks Kopf richtet. Mein Herz pocht auf einmal aus einem ganz anderen Grund schneller.

Die Menschen wenden sich gegeneinander.

Darios Worte hallen in meinen Ohren nach. Während die Apokalypse näher rückt, rücken die Menschen weiter auseinander.

»Gebt uns eure Vorräte«, sagt der Mann mit der Pistole.

»Wir haben keine«, sage ich reflexartig.

»Lüge«, erwidert er sofort.

Diese drei Männer sind nicht viel älter als wir, vielleicht studieren sie genauso wie Marek und Dario noch an irgendeiner Uni. Oder haben es getan, bevor die Sonne verschwunden und die ganze Welt kalt geworden ist.

Die Pistole zittert nicht in seinen Händen, während er auf uns zukommt. Sie liegt ganz natürlich in seiner Hand, genauso wie die Messer in den Händen der anderen beiden. Die Klingen blitzen im Mondlicht.

Dass ich die Kristalle in meinen Jackentaschen umklammere, merke ich erst, als ihre Hitze in meine Fingerspitzen kriecht. Ich kann meine Kräfte noch weniger kontrollieren als vorher, aber ich kann Marek nicht einfach sterben lassen.

»Hol die Hände aus deiner Jackentasche«, fordert der Mann

mit der Pistole und ich tue, wie mir geheißen. Als er die Kristalle erblickt, lacht er höhnisch auf. »Und ich dachte, sie hätte Waffen dabei.«

Die anderen beiden lachen mit, weil ihnen nicht klar ist, dass diese Kristalle gefährlichere Waffen sind als die, die sie in ihren Händen halten.

»Da drin sind noch zwei«, sagt der eine mit dem Messer.

»Kümmer dich um sie«, meint der Anführer.

Vor meinem inneren Auge sehe ich Morganas vor Furcht verzerrtes Gesicht, wenn dieser Mann ihr ein Messer an die Kehle hält. Dabei will ich doch nur, dass sie ein einziges Mal ohne Panik in den Augen aufwacht.

Die Kristalle leuchten, während ich ihre Energie in mich aufnehme, und erhellen das Gesicht des Mannes vor mir. Er hat schöne Gesichtszüge. Doch der letzte Monat hat bei ihm genauso Spuren hinterlassen wie bei uns allen. Auch seine Haut ist fahler ohne Sonne und die Ringe unter seinen Augen erzählen von all den Nächten, in denen er vermutlich wach lag, weil er nicht wusste, was als Nächstes passieren würde.

»Hast du die Kristalle aus dem Schwimmbadshop?«, fragt er. Nur noch drei Schritte trennen ihn von uns. »Gab's da auch was zu essen?«

Er hat Hunger, genauso wie wir. Er ist kein schlechter Mensch, nur ein verzweifelter. Ich denke an Morganas Gleichnis über die Wölfe, die wir füttern.

Ich werde ihm nicht wehtun, denke ich. Ich werde ihm nur die Pistole abnehmen, damit er uns nicht wehtun kann.

Die Macht durchströmt mich nun und innerhalb eines Wimpernschlags wird mir richtig warm. Nicht ein Hauch Kälte bleibt zurück. Ich wünschte, ich würde es weniger genießen.

Ich atme tief ein, konzentriere mich und richte die linke Hand auf ihn. Nur die Pistole will ich aus seiner Hand schleudern, nichts weiter. Doch nicht nur sie fliegt durch die Luft, sondern sein ganzer Körper.

Für einen Moment scheint sich die ganze Welt zu verlangsamen, während ich ihn dabei beobachte, wie er in einem viel zu hohen Bogen durch die Luft segelt.

Es sieht so seltsam aus. Er sieht aus, als hätte jemand ihm ein Seil um den Rumpf gebunden und würde ihn nun daran nach hinten ziehen. Wäre diese Szene in einem Film, würde ich sie für unrealistisch halten. Er sieht aus wie eine knochenlose Puppe, während er durch die Luft fliegt.

Und erst sein Aufprall und das fürchterlich knirschende Geräusch, das er beim Aufprall macht, erinnern mich daran, dass er nicht knochenlos ist. Ganz im Gegenteil. Und ich habe ihm gerade mehr als nur einen gebrochen.

Die anderen beiden Männer, die schon auf halbem Weg zum Eingang ins Hallenbad waren, bleiben abrupt stehen und starren mich aus riesigen Augen an.

Darin steht nur eine Emotion geschrieben.

Angst.

Sie haben Angst vor mir.

Und das sollten sie auch haben.

Ich sehe zum Mann herüber, den ich durch die Luft gewirbelt habe. Er liegt komisch verdreht auf dem Boden.

Meine Hände beginnen zu zittern und die Kristalle fallen mir aus den Händen. Sie zersplittern auf dem gefliesten Boden, Wärme rauscht aus ihnen heraus und fährt über meine Haut, als die Energie freigesetzt wird, die ich niemals nutzen werde.

Wie oft muss ich mir noch schwören, nie wieder zu zaubern, bis ich mich an meine eigenen Schwüre halte?

Wie viel Zerstörung muss ich vorher anrichten?

Erstarrt stehe ich an der Stelle, unfähig mich zu bewegen,

etwas zu sagen oder zu tun. Das ist vermutlich für alle Beteiligten besser.

Ich bin eine Gefahr, denke ich.

Ich bin das Monster, das die Hexen in mir sehen.

Sie hatten recht.

Langsam, aber sicher verliere ich mich in dem Labyrinth in meinem Kopf und nach jeder Gabelung, die ich nehme, um endlich einen Ausgang zu finden – heraus aus diesem Albtraum, der mich im wachen Zustand überfallen muss, weil er mich im Schlaf nicht erreichen kann –, stehen mir all diese Wahrheiten im Weg. Sie versperren mir die Sicht und ich kann ihnen nicht entkommen. *Ich bin ein Monster.*

Mareks Stimme erreicht mich wie durch einen schalldichten Nebel. Er ruft meinen Namen. Immer und immer wieder. Dann blinzle ich und kann noch die Reste der Magie warm durch meine Adern fließen spüren. Die Macht berauscht mich, während die Schuld mich mit kalten Händen droht auf den Boden zu drücken, sodass ich nie wieder aufstehen werde.

Ich blinzle erneut und sehe Marek direkt vor mir. Doch er wendet sich nicht mir zu, sondern den beiden Männern mit den Messern, die diese nun langsam sinken lassen. Ich brauche noch einen Moment länger, um zu realisieren, warum sie das tun. Marek hält eine Pistole auf sie gerichtet. Er muss sich die Waffe des Mannes beschafft haben, den ich ... Nur wann hat er das getan? Ich habe gar nicht bemerkt, dass er sich bewegt hat. War ich so in meinen Gedanken versunken, dass ich nicht mal gemerkt habe, dass er einmal über die halbe Wiese und zurück gelaufen ist?

»Lily«, wiederholt er mit Nachdruck. »Nimm ihnen die Messer ab.«

Seine Stimme war noch nie so fest, so bestimmt und ohne Zweifel und nur deswegen gelingt es mir, mich aus meiner

Starre zu lösen, auf die Männer zuzugehen, die unwillkürlich vor mir zurückweichen, und die Messer vom Boden aufzuheben.

»Und ihr verschwindet jetzt von hier«, sagt Marek, während ich immer noch benommen zu ihm zurückgehe. Nur für eine Sekunde zuckt sein Blick zu mir herüber und die Sorge, die in seinen grünen Augen geschrieben steht, die gar nicht mehr zu der kargen Welt um uns herum passen wollen, presst mir die Kehle so fest zu wie ein zu eng geschnürtes Korsett.

Die Männer zögern nicht. »Freaks.« Diesen Fluch spuckt einer der Männer aus. Dann drehen sie sich einfach um und verschwinden in der Dunkelheit, die sie nach wenigen Schritten komplett verschluckt wie ein Ungeheuer.

Marek atmet erleichtert aus und wendet sich mir jetzt wieder voll zu. »Geht's dir gut?«, fragt er und legt beruhigend die Hand an meine Wange.

Vorhin habe ich mich noch an ihn geschmiegt, nun weiche ich vor ihm zurück. Ich habe seinen Trost nicht verdient. Ich habe nichts verdient.

Ohne zurückzublicken lasse ich ihn stehen und renne zu dem Mann hinüber, der sich die ganze Zeit nicht gerührt hat.

Mir wird übel, als ich das Ausmaß der Verletzungen sehe, die ich ihm zugefügt habe. Sein Bein ist gebrochen und der Knochen schaut heraus. Unter ihm hat sich eine Blutlache gebildet. Es ist so kalt, dass es auf dem Boden gefroren ist und sich der Mondschein im Purpurrot spiegelt. Ich bin mir sicher, dass ich diesen Farbton niemals vergessen werde.

Meine zittrige Hand halte ich ihm vor den Mund und mir entfährt ein erleichtertes Keuchen, als ich die Wärme seines Atems spüre. Er lebt.

Noch.

Sanft und bestimmt packen mich Hände an den Oberarmen und schieben mich zur Seite. Ich blicke auf. Dario hält mich fest, während Morgana sich vor den Mann kniet, mehrere Kristalle aufleuchten, und sie ihre glühenden Hände auf seinen Körper legt.

Marek steht ein bisschen abseits. Er sichert gerade die Pistole und holt mit gezielten Bewegungen das Magazin heraus. Er inspiziert alles und baut die Waffe wieder zusammen. Es ist nicht die erste, die er in den Händen hält. Vermutlich auch nicht die zweite, wird mir klar.

Mareks Geheimnisse reichen so tief wie pechschwarze Ozeane, an deren Grund unentdeckte Arten schlummern.

Ich fahre hektisch herum, als der Mann mit einem rasselnden Atemzug Luft holt.

»Mehr kann ich nicht tun«, flüstert Morgana erschöpft.

Der Mann hat die Augen geöffnet, aber sein Blick ist unfokussiert, als könnte er gar nicht so richtig erkennen, was um ihn herum geschieht. Ich könnte mir einreden, dass es nur Selbstverteidigung war. Er hat eine Waffe auf Marek gerichtet und ich habe gehandelt. Doch das ändert nichts an den Tatsachen.

Ich habe ihn fast umgebracht. Und jemand anderes musste den Schaden beheben, den ich angerichtet habe, weil ich nur zerstören kann, aber nichts retten.

Wie konnte ich jemals glauben, die Welt vor ihrem Untergang bewahren zu können? Das schaffe ich ja nicht mal mit mir selbst.

»Wir müssen sofort los«, sagt Marek und der Nachdruck in seinen Worten lässt uns alle zu ihm herumfahren.

»Wir können ihn nicht einfach hierlassen«, widerspreche ich mit brüchiger Stimme.

»Wir müssen«, erwidert er. Sein Blick huscht hektisch über die Büsche, die in der Dunkelheit versinken. Sie ist so allumfassend, dass es mir gerade schwerfällt, mir vorzustellen, dass die Welt dahinter nicht einfach aufhört zu existieren.

»Ich kann in der Ferne Stimmen hören. Seine Freunde kommen zurück. Mit Verstärkung. Und wenn wir Pech haben mit mehr Schusswaffen.«

Wir anderen sind ganz still und lauschen. Und tatsächlich. Jetzt höre ich sie auch. Sie kommen immer näher.

Wir rennen zurück ins Hallenbad, Dario hält mich immer noch am Arm fest, als habe er Angst, ich würde sonst nicht mitkommen oder ein neues Unheil anrichten.

So schnell wir können, schnappen wir uns die Decken und die Vorräte, die wir finden konnten. Wir haben keine Zeit, noch mehr im Schwimmbad-Restaurant zu suchen, sondern müssen zufrieden mit dem sein, was wir auftreiben konnten.

Als wir durch den Eingang auf den Parkplatz sprinten, höre ich Schritte von den Wänden hinter mir widerhallen.

Und dann einen Schuss.

Morgana schreit auf und wir werden noch schneller. Ich renne als Letzte durch den Eingang und der Putz der Wand, die über meinem Kopf getroffen wurde, rieselt auf mich herunter und bringt mich zum Husten. Dario zerrt mich vorwärts und halb blind stolpere ich hinter ihm her.

Marek ist schon am Auto, der Motor läuft, doch er steht nur an der Fahrerseite, hebt die Pistole und schießt. Ich sehe mich um und komischerweise überkommt mich Enttäuschung, als ich erkenne, dass er niemanden getroffen hat, sondern die Hausfassade, und unsere Verfolger damit nur dazu zwingt, sich im Schwimmbad zu ducken, um uns genug Vorsprung für eine Flucht zu verschaffen.

Hätte er jemanden getroffen, hätte ich mich vielleicht nicht mehr als Einzige als Monster fühlen müssen. Dann wäre ich mit diesen schrecklichen Gefühlen nicht mehr allein.

Aber dieser Gedanke beweist nur wieder, warum ich es verdient habe, damit allein zu sein.

Wir erreichen das Auto und Dario schubst mich mit Nachdruck auf die Rückbank und steigt ein. Morgana sitzt auf dem Beifahrersitz. Marek feuert noch ein paar Warnschüsse, dann gleitet er hinters Lenkrad. Alle Autotüren knallen und mit quietschenden Reifen fahren wir los. Rufe und einige Schüsse ertönen. Dario drückt meinen Kopf nach unten und duckt sich selbst, doch sie verfehlen das Auto und nur wenige Sekunden später sind wir außer Reichweite.

Doch Erleichterung will sich nicht ganz einstellen, denn eines weiß ich in diesem Moment sehr sicher: Auch wenn mich die Männer nicht mehr verfolgen, werden es die Ereignisse dieser Nacht doch den Rest meines Lebens tun.

Kapitel 15

Ich starre ins Tal unter mir, wo die vereinzelten Lichter einer Kleinstadt so aussehen wie eine Spiegelung der Sterne im Himmel über mir. Das Feuer, das Morgana für uns erschaffen hat, knistert und spendet ein bisschen Wärme. Hinter mir höre ich Morgana und Marek sich gedämpft miteinander unterhalten, während sie das Auto wieder abfahrtbereit machen.

Wir haben nur kurz hier gehalten, um etwas zu essen und uns aufzuwärmen, weil die Heizung im Auto vor einer Stunde ihren Geist aufgegeben hat. Mareks Hände waren irgendwann am Steuer leicht blau angelaufen. Da hat Morgana ihn dazu gezwungen, auf diesen Hügel zu fahren und zu parken. Nur noch zwei Stunden trennen Brügge von uns und Marek wollte es eigentlich durchziehen. Schließlich hat er aber so stark gezittert, dass er nachgegeben hat.

Gleich geht es weiter und ich werde im Auto wieder die unruhigen Blicke der anderen auf mir spüren, die sich nicht trauen, mich anzusprechen. Besser so. Ich wüsste nicht, was ich sagen sollte, wenn sie mich fragen, wie es mir geht.

»Ich liebe solche Ausblicke«, sagt Dario in diesem Moment und tritt neben mich. Er hält seine Hände ans Feuer, doch ich weiß trotzdem, dass er sich nicht deswegen hierhergestellt hat. Ich warte darauf, dass er mich doch fragt, wie es mir geht. Zu meiner Überraschung bleibt es aus.

»Deswegen bin ich in Prag gern zur Burg gegangen«, erklärt er weiter, als würde es ihn gar nicht stören, dass ich nicht auf ihn reagiere. »Ich mag Weite. Ich mag es, wenn das Sichtfeld nicht von tausend Leuten und Dingen blockiert wird. Das kommt wohl, weil ich auf dem Land aufgewachsen bin. Auf einem Hof mit Tieren und dem vollen Programm.«

»Das klingt schön.« Zum ersten Mal seit Stunden bringe ich es über mich zu sprechen.

»Finde ich auch«, meint er.

»Meine Eltern haben auch nicht mit mir in Prag gelebt.« Ich habe keine Ahnung, woher diese Worte plötzlich kommen. Ich rede nie über meine Eltern. Es tut zu sehr weh. Aber vielleicht stehe ich noch unter Schock.

»Nein?«, fragt Dario interessiert.

»Wir wohnten in einer Kleinstadt mit einem kleinen Bach hinterm Haus und ganz vielen Katzen, die uns nicht gehört haben, die uns aber immer zugelaufen und irgendwann geblieben sind.«

»Leben Hexen nicht immer in ihren Zirkeln?«

»Das tun sie normalerweise. Meine Eltern wollten ein ruhigeres Leben. Weg von Magie und dem allen.«

Ich habe mich immer gefragt, ob in Wahrheit ich der Grund dafür war. Hatten sie schon vor ihrem Tod gewusst, dass ich eine Nekromantin bin und wollten mich vor den Hexen schützen?

Oder die Hexen vor mir?

Auch das Feuer kommt nicht mehr gegen die Kälte in mir an.

»Das kann ich verstehen«, sagt Dario und ich brauche einen Moment, um mich daran zu erinnern, welche meiner Gedanken ich laut ausgesprochen und was ich für mich behalten habe.

»Ich dachte, du findest Magie und die nordischen Götter so spannend«, erwidere ich.

»Das tue ich.« Dario nickt geschäftig und in seine Augen tritt schon wieder dieses neugierige Funkeln, das verrät, dass er am liebsten jedes Mysterium dieser Welt lösen würde und das aus keinem anderen Grund, als es einfach verstehen zu wollen. »Aber ich kann mir auch vorstellen, dass es irgendwann zu viel werden kann. Vielleicht wollten deine Eltern ein normales Leben. Meine Mutter hat immer gesagt, dass man ein ganz normales Leben nicht unterschätzen sollte. Alle wollen besonders sein. Besonders schlau, besonders schön, besonders reich. Am besten berühmt. Sie wollen die Welt verändern. Sie wollen, dass andere ihre Namen kennen, auch nachdem sie gestorben sind. An viele Menschen werden wir uns als Menschheit für immer erinnern.« Er stockt. »Also falls wir nicht bald alle unser Ende finden.« Er schafft es tatsächlich, dabei ein bisschen schief zu grinsen und irgendwie fühlt sich dadurch alles ein bisschen leichter an. Wenn man über das Ende der Welt grinsen kann, dann kann man doch auch alles andere tun, oder? »An Marie Curie erinnern wir uns. An Albert Einstein. Aber es gibt so viele Menschen, an die wir uns nicht erinnern. Die einfach nur ihr Leben gelebt haben. Ihr normales Leben. Fernab vom bedeutenden Weltgeschehen. Sie haben morgens mit ihrer Familie gefrühstückt und abends das Geschirr abgewaschen. Ihren Kindern haben sie vorgelesen und ihre Geburtstagskerzen ausgepustet. Meine Mutter wollte genau so ein Leben. Nicht besonders sein, sondern nur glücklich. Irgendwie musste ich die letzten Tage ständig an ihre Worte denken.«

Ich weiß nicht genau, warum ich es tue. Aber eine Sekunde später umarme ich Dario, der einen Moment braucht, ehe er die Umarmung erwidert.

Seine Worte haben sich tröstend angefühlt. Wir haben nicht über das gesprochen, was heute Nacht passiert ist, aber mir geht es tatsächlich ein bisschen weniger beschissen.

»Danke«, flüstere ich an seinem Ohr.

»Sehr gern«, sagt er nur.

Wir lassen einander los, als Morgana uns zuruft, dass wir aufbrechen.

»Wir tun all das hier«, sagt Dario und sieht mich noch einmal sehr ernst an, »damit wir irgendwann wieder Abwasch machen können, dessen Schönheit wir dann gar nicht mehr zu schätzen wissen werden.«

Ich lächle leicht. »Für den Abwasch.«

Und damit setzen wir uns zurück ins Auto.

Ich bin noch nie in Brügge gewesen, doch als Marek das Auto durch die schmalen Gassen manövriert, fühlt es sich ein bisschen so an. Die Stadt wirkt wie eine Miniaturversion von Prag. Auch hier sind die Häuser alt, nur noch ein bisschen geduckter und schmaler, als hätten sich alle ganz nah aneinandergedrängt, weil sonst nicht genug Platz für alle wäre. Ein Gefühl nistet sich tief in meiner Magengrube ein, das ich nicht genau benennen kann. Ich frage mich, ob es vielleicht Vertrautheit ist, weil mich hier so vieles an Prag erinnert.

Dario hat beim Reinfahren die ganze Zeit davon erzählt, dass Brügge ein Touristen-Hotspot ist. Gerade ist davon nichts zu spüren. Hinter den meisten der hohen Schaufenster mit Waffeln und Schokolade ist es dunkel. Viele Terrassen sind verwaist. Ich kann mir gut vorstellen, wie schön es hier sein muss, wenn die Sonne scheint und Menschen in Booten über die Kanäle fahren, die sich durch die ganze Stadt schlängeln.

Wir fahren über kleine Brücken und das Wasser unter uns bewegt sich träge. Ich entdecke zwei Kinder, die sich am Ufer eine Schneeballschlacht liefern und lachen, während ihre Mutter neben ihnen sitzt und sie gelassen beobachtet.

Darios Worte geistern mir wieder durch den Kopf. Vielleicht sind manche Menschen sogar dazu in der Lage, während des Weltuntergangs ein unbesonderes, normales und glückliches Leben zu führen. Ich spüre einen Kloß im Hals, als die Familie aus meinem Sichtfeld verschwindet.

Morgana navigiert Marek durch die Stadt, als wüsste sie genau, wo wir hinmüssen. Nach weiteren fünf Minuten breche ich mein Schweigen, weil ich es nicht mehr aushalte.

»Wo fahren wir überhaupt hin?«

»Zum Beginenhof«, sagt Morgana, als würde das alles erklären.

»Be–was?«, frage ich.

»Das ist ein altes Kloster, wo noch immer Nonnen leben.«

Okay, das hilft mir auch nicht wirklich. Inzwischen frage ich mich, ob Morgana das extra macht.

»Und *warum* gehen wir dorthin?«

»Weil es ein sehr alter Hexenzirkel ist«, erwidert Morgana leichthin.

Ihr scheint nicht aufzufallen, dass sich die Stimmung im Auto direkt verändert. Dario hebt die Augenbrauen, Mareks Hände um das Lenkrad verkrampfen sich und ich starre sie nur aus großen Augen an.

»Mor«, beginnt Dario vorsichtig und irgendwie finde ich es schön, dass er ihren Spitznamen benutzt. Es zeigt, dass wir inzwischen alle ein bisschen mehr geworden sind als nur eine Gruppe Menschen, die durch den Weltuntergang zusammengekommen ist. Vielleicht sind wir ja tatsächlich so was wie Freunde.

Ich sehe unauffällig in den Innenspiegel, um Marek zu beobachten. Sind wir beide auch Freunde? Vielleicht nicht ganz. Zumindest sind wir nicht länger die Fremden, die wir waren, als ich mich vor über einem Monat frühmorgens aus seiner Wohnung geschlichen habe.

»Mor«, setzt Dario nach einem vernehmlichen Räuspern noch einmal an. »Dir ist klar, dass wir vor Hexen aus Prag geflohen sind. Das haben wir nicht gemacht, um nun von anderen Hexen geschnappt zu werden.«

»Du kannst einen Zirkel nicht mit einem anderen vergleichen«, sagt Morgana ganz ungerührt, während sie Marek Anweisungen gibt, wohin er fahren soll. Er leistet ihnen Folge, obwohl ich den kritischen Seitenblick sehe, mit dem er Morgana bedenkt. »Jeder Zirkel hat eigene Philosophien und die meisten Zirkel stehen gar nicht in so engem Austausch mit den anderen. Jeder macht sein Ding. Und eine Hexe, die in einem Zirkel aneckt, kann in einem anderen vielleicht ein neues Zuhause finden.«

Ich runzle die Stirn. »Wie Melisand in London?«

Wir haben sie nicht mehr erwähnt, seitdem Prag in unseren Rückspiegeln verschwunden ist. Beim Klang ihres Namens zuckt Morgana leicht zusammen. Sie überspielt es allerdings schnell.

»Richtig.«

»Warum ist sie damals gegangen?«

»Hat sie mir nicht verraten.«

Morgana lügt nicht, aber sie sagt vielleicht auch nicht die ganze Wahrheit. Schließlich kann Morgana vieles über eine Person erfahren, ohne dass diese es ihr jemals verraten hat. Haben ihr ihre Träume erzählt, was Melisand verschwiegen hat?

Da ich es hasse, wenn andere mich dazu zwingen wollen,

über etwas zu reden, über das ich nicht reden will, lasse ich das Thema fallen.

»Und du bist dir sicher, dass diese Hexen nicht versuchen werden ...« Dario macht eine unbestimmte Geste in Mareks Richtung. »Du weißt schon.«

»Mich umzubringen?«, fragt dieser trocken. Mein Blick wandert zur Pistole, die im Getränkehalter ruht, als wäre sie nicht mehr als ein To-go-Kaffee.

»Ich bin mir sicher. Ich weiß, dass sie Marek nichts tun werden«, sagt Morgana. »Dort lebt eine alte Freundin von mir.«

»Du bist mit einer Nonne befreundet?«, frage ich skeptisch. »Du hast nie erwähnt, dass du mit jemandem aus dem Brügger Zirkel Kontakt hast.«

»Wir telefonieren und schreiben nicht«, meint Morgana.

Wir anderen tauschen verwirrte Blicke.

»Wie habt ihr Kontakt?«, fragt Dario.

»Träume«, erklärt Morgana und wird ein bisschen verlegen. »Schon seit Jahren. Ich habe sie noch nie direkt gesprochen oder getroffen.«

Ich ziehe die Augenbrauen nach oben. »Also deine Freundin ist auch eine ...«

»Traumdeuterin, richtig.«

Marek kann sich ein Schnauben nicht verkneifen. »Mir reicht es bereits, von einer Person Prophezeiungen über mein brutales Ende zu erhalten.«

Und zum ersten Mal seit Tagen lachen wir alle auf. Zwar verhalten, aber es ist besser als nichts.

Morgana deutet an den Straßenrand und Marek fährt rechts ran. Auf einer Seite verläuft ein Fluss, der von kargen Bäumen gesäumt wird und auf der anderen steht ein weißer Torbogen, hinter dem ich einige Gebäude ausmachen kann. »Wir sind da«, sagt Morgana.

Der Motor erstirbt. Wir zögern einen Moment, doch letztendlich ist es Marek, der sich einen Ruck gibt. Er seufzt ergeben, öffnet die Autotür und sagt beim Aussteigen: »Was soll schon schiefgehen?«

Am liebsten würde ich ihm sagen, dass er das Universum nicht so herausfordern soll. Doch da hat er die Tür bereits hinter sich zugeschlagen und mir bleibt nichts anderes übrig, als ihm zu folgen.

Wir laufen am Kanal vorbei, der direkt an die Häuserwand anschließt. Obwohl es so kalt ist, friert das Wasser wohl nicht, weil es schnell genug fließt und unaufhörlich gegen die Fassade schwappt.

Morgana führt uns durch den Torbogen, als wäre sie unzählige Male hier gewesen. Dahinter liegt ein quadratischer, weitläufiger Innenhof, der zu allen Seiten von kleinen weißen Häusern mit dunklen Ziegeldächern begrenzt wird. In der Mitte ist eine Rasenfläche, deren Grün längst erfroren ist.

Es ist fast beunruhigend still hier. Der gefrorene Kies knirscht unter unseren Schuhsohlen. Ich fühle mich, als wäre ich in der Zeit gereist und aus irgendeinem Grund, den ich selbst nicht greifen kann, wird mir noch ein bisschen kälter, während Morgana zielstrebig auf eines dieser weißen Häuschen zusteuert. Bevor sie an die Holztür klopfen kann, öffnet sie sich und heraus tritt eine junge Frau, vermutlich in unserem Alter, gekleidet in die Kutte einer Nonne.

In meinem Kopf wollen ihr junges Gesicht und die weiße Haube und schwarze Robe irgendwie nicht ganz zusammenpassen, obwohl ich ja auch weiß, dass die Hexenzirkel ihre

Ursprünge in den Nonnenklöstern haben und manche bis heute an dieser Tradition festhalten.

Morgana und sie strahlen sich an wie alte Freundinnen und umarmen sich ohne Umschweife.

»Es ist so schön, dich endlich richtig zu treffen, Elise«, begrüßt Morgana die Traumdeuterin des belgischen Hexenzirkels.

»Und wie.« Die junge Frau strahlt und wendet sich dann uns zu. »Kommt rein. Ihr müsst erschöpft sein von eurer Anreise.«

Die anderen folgen ihr schnell durch die Tür, aus der Licht und Wärme dringt. Doch in meinen Gliedern spüre ich ein Zögern und ein Unwohlsein, das ich nicht greifen kann, als bestünde es aus Nebel, der sich immer wieder auflöst, sobald ich versuche, die Hände nach ihm auszustrecken. Ich war noch nie hier, aber irgendetwas ist vertraut. Noch weiß ich nur nicht was.

Ich seufze, schüttle den Gedanken ab und trete ebenfalls ein. Elise schließt die Tür hinter mir und ihr Lächeln ist genauso warm wie der Raum, in dem ich jetzt stehe. Oranges Licht fällt von Deckenleuchten und an der Garderobe hängen viele verschiedene bunte Mäntel. Alles ist heimelig und gemütlich und dieses seltsame Ziehen in meiner Magengrube lässt endlich nach.

»Kommt doch erst mal in die Küche.«

Die anderen schälen sich bereits aus ihren Jacken und ich tue es ihnen gleich. Die Küche ist spartanisch eingerichtet und klein, wodurch sich die Hitze des Kachelofens staut, der in der Ecke steht. Das erste Mal seit Ewigkeiten ist mir sogar ein bisschen zu warm und ich beginne in meinem dicken Pulli zu schwitzen. Das ist ein gutes Gefühl.

»Ich habe Suppe gemacht«, sagt Elise und füllt uns allen einen deftigen Eintopf in große Schalen. Wir vier passen gerade so alle an den schmalen Tisch und als wir uns dann gierig übers Essen hermachen, rammen wir uns immer wieder gegenseitig mit den Ellbogen, aber das ist egal, weil der Eintopf warm, lecker und gehaltvoll ist. Jeder von uns nimmt noch einen Nachschlag und Elise mustert uns die ganze Zeit. Obwohl sie so alt ist wie wir, hat sie etwas sehr Mütterliches an sich.

»Wo sind die anderen Hexen?«, fragt Morgana mit vollem Mund.

»Beim Gebet. Ich wollte euch aber in Empfang nehmen«, erklärt Elise und stellt uns auch noch warmen Tee hin. Mit gefülltem Magen und warmen Fingerspitzen kann ich kurz ignorieren, was hinter den Fenstern dieses Raums auf der ganzen Welt passiert. Für einen kurzen, herrlichen Moment scheint alles beim Alten zu sein. Alles ist normal.

Ich lächle, als Dario sich bereit erklärt abzuwaschen, nachdem wir fertig gegessen haben, und ich werfe ihm einen wissenden Blick zu.

»Soll ich mir das mal ansehen?«, fragt Elise und deutet auf meinen Hals. Seit unserer Flucht aus dem Schwimmbad habe ich meine Wunde tatsächlich vergessen können. Jetzt pocht sie wieder, als wollte sie auf sich aufmerksam machen.

»Ich bin eine ganz gute Heilerin«, erklärt Elise, die mein verzögertes Antworten vermutlich als Misstrauen ihr gegenüber deutet.

»Äh ja«, kriege ich hervor. »Danke.«

Sie nickt lächelnd und führt uns dann alle aus der Küche und eine gewundene, enge Treppe ins erste Stockwerk hinauf. Als ich die letzten Stufen nehme, höre ich im Erdgeschoss Schritte und halte inne. Eine mittelalte Frau, ebenfalls im Habit, kommt durch die Eingangstür und steuert die Küche an. Als würde sie meinen Blick auf sich spüren, bleibt sie stehen und sieht zu mir hoch. Wir betrachten uns einen Moment und dieses seltsame Ziehen in meiner Magengrube ist zurück. Sie hat fast graue Augen, ein sehr kantiges Gesicht und einen großen Leberfleck auf der Wange. Ihre Haare sind genauso wie die von Elise unter der Haube verborgen. Da ist ein Hauch von Erkennen in der hintersten Ecke meines Kopfs. Auch sie sieht nicht weg.

»Lilith«, ruft mich Elise und bricht den Bann. Die andere Nonne wendet sich ab und verschwindet in der Küche. Ich nehme die letzten Stufen.

Elise hat den anderen schon Räume zugewiesen. Alle von ihnen haben nur ein sehr schmales Bett, einen kleinen Schrank und über dem Fenster hängt kein Kreuz, wie man es in einem Kloster erwarten würde, sondern eine Rune, die für Yggdrasil, den Lebensbaum, steht. Nach außen hin wirkt der Zirkel wie ein ganz normales Kloster, doch in ihren Gebeten huldigen die Nonnen Odin und den anderen nordischen Göttern.

Da ich von den Walküren abstamme, glaube ich auch an die Existenz der Götter, doch im Prager Zirkel ist es nicht üblich, sie anzubeten, wie es die Frauen hier in Brügge tun. Meine Eltern haben auch nie Gebete gesprochen. Dass ich nun ausgerechnet die Hilfe dieser Götter, an die ich in meinem Leben so wenige Gedanken verschwendet habe, brauche, um die Welt zu retten, hat beinahe etwas Komisches.

»Die Betten sind sehr schmal«, sagt Morgana, die kurz aus ihrem Zimmer kommt. »Ich versuche heute mal allein zu schlafen.«

»Bist du dir sicher?«, frage ich sie skeptisch.

Morgana lächelt mich liebevoll an. »Wenn ich schlecht schlafe, komme ich zu dir. Und andersherum genauso.«

Ich nicke ihr zu und folge Elise zu meinem Schlafzimmer. Sie bedeutet mir, mich aufs Bett zu setzen. Ich komme der Aufforderung nach, während sie eine kleine Öllampe entzündet, deren Licht Schatten an die Wände wirft. Auf dem Fensterbrett breitet Elise ihre Kräuter und ihr Verbandszeug aus.

»Ich habe von dem geträumt, was dir passiert ist. Es tut mir leid«, sagt sie, als sie näher tritt. Sie sieht mich fragend an und erst nachdem ich nicke, beginnt sie, meinen Verband vom Hals zu lösen.

»Du hast es gesehen?« Ich habe noch nie darüber nachgedacht, dass es andere Traumdeuter wie Morgana gibt. Die Vorstellung, dass manche von ihnen vielleicht private Dinge über mich wissen, die ich niemals freiwillig mit irgendwem teilen würde, missfällt mir sehr.

»Mh«, macht Elise nur und nimmt mir den Verband ab. Als sie ihn abzieht, entfährt mir ein gequältes Stöhnen. Er hatte an manchen Stellen an den frisch verkrusteten Stellen geklebt. »Es heilt ganz gut.«

Spielt das überhaupt eine Rolle?, frage ich mich in Gedanken. Spielt überhaupt noch irgendetwas eine Rolle, wenn in weniger als vier Wochen alles vorbei ist?

»Hat es deine Magie verändert?«, fragt Elise, während sie meine Wunde mit einem Kräutersubstrat abtupft. Sie klingt genauso ruhig wie vorher, allerdings auch ein wenig neugierig.

»Ja«, sage ich knapp und habe sofort wieder den verdrehten Körper des Mannes vor Augen. Ich werde wohl nie wissen, ob er überlebt hat.

Elise hakt nicht nach und vielleicht gibt mir genau das die nötige Kraft, weiterzusprechen. »Ich wollte keine Hexe mehr sein«, setze ich an, als sie mir gerade einen neuen Verband umlegt. »Warum auch? Ich bin eine Nekromantin. Ich *war* eine Nekromantin. Doch nun bin ich etwas anderes. Und jetzt wünschte ich mir, ich könnte einfach wieder eine Hexe sein.« Ich seufze, weil die Gewissheit, dass mein Körper nicht mehr nur mir gehört, mich niederdrückt. Ich spüre die Anwesenheit des Wolfs in jeder Sekunde. Elise fixiert den Verband und tritt einen Schritt zurück. Sie mustert mich aufmerksam. »Man realisiert wohl oft erst, was einem etwas bedeutet, wenn man es bereits verloren hat.«

»Das ist vermutlich unser aller Schicksal«, sagt sie und erinnert mich in diesem Moment sehr an Morgana. Auch Elise wirkt älter, als sie ist. Auch ihre Augen blicken tief und scheinen sich durch meine Haut zu bohren, weil sie es gewohnt sind, so viel mehr zu sehen als die meisten anderen.

Elise geht zur Tür und verharrt kurz im Rahmen. »Es tut mir leid«, flüstert sie.

»Was?«, krächze ich.

»Alles, was dir widerfahren ist.« Sie wendet sich mir zu und Trauer steht ihr ins Gesicht geschrieben. »Und alles, was dir noch widerfahren wird.«

Und mit einem wild schlagenden Herzen lässt sie mich in der kleinen Kammer zurück.

KAPITEL 16

Am nächsten Morgen werde ich von einem Schrei geweckt. Augenblicklich sitze ich aufrecht im Bett und sehe mich hektisch zu allen Seiten um. Ich springe auf, sprinte zur Tür, obwohl mir von der plötzlichen Bewegung schwarz vor Augen wird, und reiße sie auf.

Marek und Morgana stecken ihre Köpfe aus den Zimmertüren gegenüber. Sie sehen genauso verschlafen aus wie ich. Da ertönt ein zweiter Schrei und mir wird klar, dass er von Dario stammt. Und dass es ein Freudenschrei ist.

Nur zwei Sekunden später wird seine Tür aufgerissen und er stolpert auf den Flur, das Handy hoch erhoben wie eine Trophäe. »Ich verstehe es endlich!«, ruft er, ohne Rücksicht darauf zu nehmen, dass hier noch andere schlafen. »Wie Brügge mit allem zusammenhängt.«

»Und?«, frage ich, als er nicht direkt Anstalten macht, weiterzureden. Es ist offensichtlich, dass er gefragt werden will.

»Es ist doch die ganze Zeit von einer Brücke der Brücken die Rede, um Asgard zu finden«, sagt er und ich gestikuliere wild mit den Händen, damit er leiser redet, weil ich nicht will, dass uns das ganze Haus hört. Morgana traut Elise, trotzdem bin ich auf der Hut, ihr alle unsere Pläne anzuvertrauen.

»Ja«, flüstert Morgana und bedeutet uns allen, in ihr Zimmer zu kommen. Ich schließe hinter uns die Tür und lehne mich dagegen. »Wir dachten doch, mit der Brücke der Brücken ist die Regenbogenbrücke gemeint. Nur hilft uns das nicht bei der Suche nach Asgard.«

Dario grinst. »Nun ja … das altniederländische Wort für Brücke ist brugj. Und wir sind in …«

Niemand von uns nimmt den Faden auf. Ein bisschen enttäuscht beendet er seinen eigenen Satz. »Brügge. Brügge heißt Brücke. Deswegen hat Morgana es in ihren Visionen gesehen. Die Brücke der Brücken. Der Eingang nach Asgard befindet sich hier. Versteht ihr nicht?«

Sofort erfasst mich nervöse Energie, als ich Blicke mit den anderen wechsle. Wir sind der Lösung vielleicht einen Schritt näher gekommen.

»Nicht schlecht, Dario«, sagt Marek anerkennend und klopft Dario auf die Schulter, der sich ganz automatisch stolz in die Brust wirft. »Und wie finden wir die richtige Brücke?«

»Ach«, meint Dario. »Das wird schon nicht so schwer sein.«

Falsch gedacht. Auch eine Woche später hat sich an dieser bitteren Erkenntnis leider nichts geändert.

Wegen seiner vielen Kanäle wird Brügge auch als Venedig des Nordens bezeichnet. Und um diese zu überqueren, braucht es viele Brücken. Rund hundert muss es davon in dieser kleinen Stadt geben.

Obwohl wir eine ganze Woche damit verbracht haben, jede einzelne abzugehen, sind wir Asgard nicht einen Schritt näher gekommen.

Morgana und Dario sind schon vor einer Stunde zurück zum Beginenhof gegangen, um die Schrift noch einmal zu studieren und Darios Übersetzungen mit Morganas Träumen abzugleichen. Doch Marek und ich schlendern immer noch durch die Stadt, weil wir ihnen dabei nicht helfen können und uns nur überflüssig fühlen würden.

Ich stecke meine kalten Hände tief in die Taschen meines gefütterten Mantels. Von den Beginen habe ich netterweise einen neuen bekommen. Die Daunen darin machen ihn auch wärmer als meinen alten Mantel und der Kragen schützt meinen Hals vor der Kälte. Und an ihm klebt kein Blut – eine erhebliche Verbesserung.

Gerade laufen Marek und ich an einem breiteren Kanal entlang. Direkt am Wasser entdecke ich die Terrassen von kleinen Restaurants. Ein paar wenige haben auch noch geöffnet und an den runden Tischen sitzen Leute in dicken Jacken, essen Steak, rauchen Zigaretten und lachen. Schon vor einer Woche ist mir aufgefallen, dass in dieser Stadt einige Menschen einfach weiterleben, als wäre nichts passiert. Erst hat mich das irritiert, doch inzwischen verstehe ich es. Durch meine Gespräche mit Dario. Auch in dunklen Zeiten sind manche Menschen dazu in der Lage, helle Momente zu finden.

Ich wünschte, ich wäre einer dieser Menschen.

Mir ist es schon immer leichter gefallen, die dunklen Momente in den hellen Zeiten zu finden. Ganz sicher nicht umgekehrt.

»Kriegst du auch jedes Mal Gänsehaut, wenn die Hexen dich angucken?«, fragt Marek unvermittelt. Ich war so in Gedanken versunken, dass ich seine Anwesenheit ganz vergessen hatte.

»Ich fühle mich oft von ihnen beobachtet«, gestehe ich und denke an die Frau, die mich nach unserer Ankunft so lange angesehen hat. Ständig habe ich das Gefühl, mich an etwas zu erinnern, ohne es greifen zu können. So als würde meine Nase die ganze Zeit jucken, ohne dass ich niesen kann.

Und während wir durch die kleine Stadt schlendern, nistet sich dieses bekannte Gefühl in meiner Magengrube ein, das zwischendurch stärker zieht und dann wieder weniger. Dieser Ort ist seltsam, aber ich kann es auch nach einer Woche nicht erklären.

Marek nickt heftig und der Wind zerzaust seine dunklen Locken noch zusätzlich, die ihm nun wild in die Augen fallen. In diesem Moment ist er nicht der Mann, der sich in einer verlassenen Tankstelle aus lauter Verzweiflung das Messer auf die eigene Brust gesetzt hat. In diesem Moment wirkt er so, als wäre er nie dieser Mann gewesen. Und wenn er in diesem Moment ein ganz anderer sein kann, dann kann ich auch eine ganz andere Frau sein. Nur nicht die Frau, die ihm das Messer abnehmen musste.

»Ja, immer wenn ich mich umschaue, hat eine von ihnen mich angesehen, als wüssten sie viel mehr als ich«, fährt er fort. »Vielleicht habe ich einfach zu viele Horrorfilme mit Nonnen gesehen und finde sie deswegen grundlos gruselig, obwohl das alles supernette Frauen sind.«

Ich lache leise. »Das kann natürlich sein.« Ungewollt werde ich ein bisschen ernster. »Mor ist in meinen Augen viel zu ruhig, als würde uns hier gar keine Gefahr drohen. Dabei kennen wir diese Hexen nicht. Vielleicht sehen sie uns so an ...«

Ich kann es nicht sagen, aber Marek scheint ein Mensch zu sein, der nicht davor zurückschreckt, die schweren Dinge auszusprechen. »Weil sie wissen, was wir sind.«

Langsam nicke ich. »Denkst du, sie wissen es alle?«

»Elise weiß es«, überlegt Marek und springt auf die steinerne Balustrade der nächsten Brücke, die wir überqueren. Leider wieder, ohne in Asgard zu landen.

Seit Tagen denke ich darüber nach, dass es sowieso nicht so leicht sein kann. Sonst würden ahnungslose Touristen ja ständig aus Versehen in Asgard landen. Und würden in Brügge

Touristen verschwinden, hätte ich das in den letzten Jahren bestimmt mitbekommen.

»Es ist die Frage, ob Elise es den anderen gesagt hat«, fährt Marek nach einem kurzen Moment fort. »Aber würden sie uns was antun wollen, hätten sie das bestimmt längst getan.«

»Das stimmt wohl.« Ich beobachte, wie er auf der Balustrade balanciert und steige dann ebenfalls hinauf. Das Licht der Laternen spiegelt sich im fließenden Kanal unter uns. Das Wasser verzerrt den Schein.

»Und sollten sie doch was versuchen ...«

Als Mareks Schuhe in mein Blickfeld kommen, hebe ich den Kopf und sehe ihm direkt in die Augen.

»Dann?«, frage ich.

Marek tippt sich auf die Jacke. Die Pistole hinterlässt keinen deutlichen Abdruck. Jemand, der nicht weiß, dass sie dort ist, wird sie nicht erkennen. Aber ich tue es.

»Das ist nicht die erste Waffe, die du in der Hand hältst«, sage ich.

Er weicht mir aus, indem er einen Schritt zurück macht und den Kopf abwendet. Ganz automatisch trete ich auf ihn zu. Das bringt ihn zum Lächeln, doch es hält nicht lange. Ich bilde mir ein, in seinen grünen Iriden die dunklen Erinnerungen erkennen zu können, an die er gerade denken muss.

»Nein, ist es nicht.«

Er springt von der Balustrade und läuft ein bisschen zügiger weiter, ohne sicherzugehen, dass ich ihm folge. Vermutlich will er vor mir und diesem Gespräch davonlaufen, doch ich lasse nicht so leicht locker und habe nach nur wenigen Sekunden zu ihm aufgeschlossen. Er läuft schnell, doch ich passe mich an seinen Gang an und mustere ihn von der Seite.

»Du kannst Autos knacken, mit Waffen umgehen. Was ist dir passiert?«

Marek schnaubt. »Mein Verhalten, Mimik und Gestik sollten dir eigentlich sehr deutlich zu verstehen geben, dass ich nicht darüber reden will.«

»Ich habe mich dazu entschlossen, diese nonverbalen Hinweise einfach zu ignorieren.«

Marek bleibt plötzlich stehen und ich tue es ihm gleich. Wir stehen inzwischen auf einem Parkplatz, hinter dem ein kleiner Teich liegt. Über uns ist ein alter Torbogen aus dunklem Stein, der abrupt abbricht. Ich frage mich, was ihn zerstört hat.

Ich sehe Marek an, der mich aus wütenden Augen niederstarrt, und frage mich, was *ihn* zerstört hat.

»Du willst doch auch nie über deine Vergangenheit reden und ich bin so freundlich, das zu akzeptieren.«

»Das stimmt. Ich bin eben nicht so freundlich.« Ich weiß, dass ich mich gerade danebenbenehme, aber wenn ich mich mit Marek anlege, fühlt sich der ganze Rest irgendwie nicht mehr so groß an. Wenn wir über seine Vergangenheit und mein Verhalten streiten, dann reden wir wenigstens nicht über den Weltuntergang und die Wölfe, die in unserer Brust schlummern und manchmal schon jetzt nach dem Mond heulen, um uns zu beweisen, dass wir sie nicht immer in Zaum werden halten können.

Meine Finger kribbeln, als würde mich Energie aufladen, und die Spannung zwischen uns scheint zu flirren wie Luft an einem besonders heißen Tag im Hochsommer. Irgendwas passiert in diesem Moment mit mir.

»Dann erzähl mir doch von dem Tod deiner Eltern. Und vielleicht erzähle ich dir danach von den besonders schlimmen Pflegefamilien, in denen ich gelebt habe.«

Mein Herz zieht sich schmerzhaft zusammen. »Darüber rede ich nicht«, kriege ich hervor.

Marek lächelt freudlos. »Dacht ich's mir.« Er will sich schon umdrehen, weil er denkt, gewonnen zu haben. Ihm ist nicht klar, dass ich bei einer Herausforderung nicht den Kopf einziehe.

Meine Worte sind raus, ehe ich zu viel darüber nachdenken kann.

»Ich habe meine Eltern umgebracht.«

Marek scheint von einer Sekunde auf die andere zu versteinern. Nur sehr langsam dreht er sich zu mir um. Trauer verhängt seinen Blick, obwohl er sie nie gekannt hat. Er weiß nicht, wie meine Mutter ihre Stirn gegen meine gelehnt hat. Er weiß nicht, dass mein Vater mich immer auf den Schultern getragen hat, weil ich es so geliebt habe, und damit erst aufgehört hat, als ich viel zu groß dafür war. Er weiß nicht, wie wundervoll sie gewesen sind. So wundervoll, dass sie mir sogar verziehen hätten, dass ich ihr Leben beendet habe.

Dieser Gedanke treibt mich seit Jahren in den Wahnsinn. Sie haben mich so geliebt, dass sie es mir vergeben hätten. Und genau aus diesem Grund kann ich das nicht. Ich habe ihre Vergebung nicht verdient, also kann ich mir selbst nicht verzeihen.

Marek macht einen Schritt auf mich zu. Jetzt bin ich es, die zurückweicht.

Seinen Trost habe ich genauso wenig verdient.

»Wir waren auf einem Ausflug durch die kleinen Dörfer in unserer Nachbarschaft. Es war mitten in der Nacht. Wir kamen auf der Landstraße an einem Auto mit einem Platten vorbei. Meine Mutter ist rechts rangefahren, um ihnen zu helfen. Da haben sie uns angegriffen. Ich kann mich nicht mehr richtig erinnern. An das, was passiert ist. Ich weiß noch, dass ich meine Eltern verteidigen wollte, also habe ich meine Magie eingesetzt und die Angreifer damit in die Flucht geschlagen.«

Meine Stimme zittert so stark wie meine tauben Finger.

»Als ich mich umgedreht habe ... lagen meine Eltern auf dem

Boden. Wie Dario. Weil ich ihnen unbeabsichtigt ihre Energie gestohlen habe. Und im Gegensatz zu Dario haben sie es nicht überlebt.«

Ich bin außer Atem, als ich innehalte, und fühle mich so erschöpft, als hätte ich einen Marathon hinter mir. Noch nie habe ich irgendjemandem von ihrem Tod erzählt. Das war auch nicht nötig. Die Hexen kannten die Geschichte alle und haben mich ihre Verachtung spüren lassen. Und Menschen habe ich stets auf Abstand gehalten.

Zum ersten Mal habe ich Worte gefunden, um den schlimmsten Tag meines Lebens zu beschreiben. Ich hätte erwartet, dass ich sehr viel spüren würde, doch das Gegenteil ist der Fall. Ich fühle mich so leer, als hätte ich mit den Worten auch all meine Emotionen in die Dunkelheit um uns herum entlassen.

Nur zögerlich sehe ich Marek wieder in die Augen, in denen so viel Mitgefühl steckt, dass ich mich frage, ob ich meine Emotionen vielleicht doch nicht in die Welt entlassen habe, sondern ob sie an ihm kleben geblieben sind. In seinem Gesicht finde ich all die Gefühle, die ich in mir gerade vergeblich suche.

Ich rechne damit, dass er mir jetzt sein Beileid bekundet, doch er tut nichts dergleichen. Er verzichtet auf die bedeutungslosen Phrasen, sondern gibt mir das, was ich brauche: seine Emotionen im Tausch gegen meine.

»Die meisten Pflegefamilien waren gar nicht so schlecht«, meint Marek. »Bei einer habe ich mich sogar sehr wohlgefühlt, bis der ältere Sohn auf die schiefe Bahn geriet. Seine Eltern wollten das nicht wahrhaben. Er hat mich ein paarmal gebabysittet, hat mich dann aber an Orte mitgenommen, wo kein Kind jemals sein sollte. Ich habe das alles erst gar nicht verstanden. Dass er mir zeigt, wie man Autos knackt und wie man schießt, hat sich wie ein Spiel angefühlt. Auch die Schießerei, bei der ich dabei war, hat auf mich nicht ganz real gewirkt. Eher wie ein Film oder ein Videospiel. Und dann lief alles schief ...« Er stockt und muss sich mehrmals räuspern.

»Er landete nach einer üblen Prügelei im Krankenhaus und ich wieder im System, weil seine Eltern sich ganz auf ihr eigenes Kind konzentrieren wollten und weder die Zeit noch die Energie für ein fremdes hatten.«

Wir stehen uns auf diesem verlassenen Parkplatz gegenüber und starren einander an.

»Danach waren diese Fähigkeiten sehr hilfreich, wenn ich mal wieder kein Geld hatte oder in einer Familie gelandet bin, die sich nicht richtig um mich gekümmert hat.«

Wir atmen beide viel zu schnell. Auch unter all den Schichten Kleidung sehe ich, wie heftig sich Mareks Brustkorb hebt und senkt.

Ein kleines Lächeln breitet sich auf meinem Gesicht aus. Erst als sich ein ähnliches Grinsen auf Mareks Gesicht ausbreitet, verstehe ich richtig, woher es kommt.

Wir haben unseren Schmerz geteilt und ich gebe es zwar ungern zu, aber all die Leute, die sagen, dass das guttut, haben recht. Wir haben füreinander aufgemacht, einen dunklen Teil von uns gezeigt, endlich mal wieder Licht an Stellen gelassen, die zu lange im Verborgenen gelegen haben, und jetzt können wir freier atmen.

Marek sieht sich zu allen Seiten um, dann grinst er noch breiter, als hätte er eine Idee, und hält mir die Hand hin.

Ich ergreife sie nicht sofort, weil auch ein Moment der Offenheit nicht grundlegend ändert, wie man tickt. Das bringt Marek noch mehr zum Grinsen.

»Wir sind in Brügge, einer weltbekannten Stadt, in die jedes Jahr unzählige Touristen pilgern. Ein paar Geschäfte haben offen. Überall rieche ich Schokolade und habe sie immer noch nicht probiert. Lass uns wenigstens für ein paar Stunden langweilige Touristen sein. Wenigstens so tun.«

Ich nicke und ergreife endlich seine Hand. Er verschränkt unsere Finger miteinander und zieht mich zielstrebig hinter sich her, als wüsste er genau, wo er langmuss. Er folgt zielsicher dem Schokoladengeruch, bis wir tatsächlich einen Laden erreichen, der hell erleuchtet zwischen dunklen, kalten Schaufenstern wie ein Leuchtturm aussieht, der uns anzieht, als wären wir auf hoher See verloren gegangen.

Eine helle Klingel läutet über unseren Köpfen, während wir eintreten. In diesem Laden ist es warm und es riecht so stark nach Schokolade, dass ich sie schon fast auf der Zunge schmecken kann. Der Verkäufer begrüßt uns mit einem Lächeln, das viel zu offen ist im Angesicht der Ereignisse der vergangenen Wochen. Es wärmt mich direkt auch von innen. Die Auslage ist breit und voller Pralinen und hinter dem Mann läuft geschmolzene Schokolade aus einem Brunnen.

Wir kaufen uns eine Auswahl an Pralinen und als ich die erste esse, kann ich für einen kurzen Moment alles vergessen, was mich je bedrückt hat.

»Wirf«, fordert mich Marek auf und stellt sich breitbeinig und mit offenem Mund hin. Ich werfe, treffe seine Nase statt den Mund und muss lachen. Marek will nicht aufgeben, aber ich will die guten Pralinen nicht verschwenden, wo mir der Verkäufer sehr zustimmt.

Marek isst die erste Praline und verzieht so genüsslich das Gesicht, als würde er eine Werbung für eine Pralinenfirma drehen und dafür sehr gut bezahlt werden.

Ich äffe ihn nach und wir ziehen die absurdesten Grimassen. Der Verkäufer macht irgendwann mit und schenkt uns tatsächlich noch einen Beutel.

Als Marek mir eine Praline in den Mund schiebt und meine

Lippen dabei leicht seine Finger berühren, erschaudere ich und seine Pupillen werden riesig. Hastig überspielen wir unsere Reaktionen – wir scherzen mit dem Verkäufer, als wäre alles beim Alten. Kurz ist es das tatsächlich.

Und da erkenne ich es. Marek hat mir einen hellen Moment geschenkt. Ohne dass ich es gemerkt habe. Ganz unauffällig und klein. Doch mein Herz fühlt sich so warm an, dass ich wenigstens kurz glaube, der Kälte trotzen zu können, die uns von allen Seiten umgibt.

In dieser Nacht kann ich nicht schlafen. Ich wälze mich von einer Seite auf die andere und werde nur nervöser und nervöser. Unruhige Energie lädt mich auf. Es fühlt sich ein bisschen so an, als würde ich Magie aus einem Kristall ziehen. Doch das alles hat ausnahmsweise nichts mit Zaubern und Hexen und Wölfen und dem Ende der Welt zu tun.

Sondern nur mit Marek.

Ich spüre seine Anwesenheit nur ein Zimmer weiter viel zu deutlich auf meiner Haut. Ich bilde mir ein zu wissen, dass er genauso unruhig wie ich wach liegt. Dieser Tag war so anders, so nah, so intim, zu viel von allem und doch nicht genug. Ich will mehr.

Fuck.

Ich will mehr.

Von ihm.

Und zwar sofort.

Aber ich sollte nicht, wiederhole ich mantraartig, während ich mich auf dem viel zu schmalen Bett rumdrehe, bis ich die Wand nur wenige Zentimeter direkt vor meinem Gesicht anstarre. Die Tapete ist ein bisschen eingerissen und wer auch immer vor mir in diesem Zimmer geschlafen hat, hat sie noch ein bisschen weiter abgezogen. Ich greife nach dem Schnipsel und ziehe daran.

Wenn ich jetzt nicht aufstehe, werde ich bis morgen früh alle vier Wände von der Tapete befreit haben.

Ruckartig springe ich auf die Beine und starre die Tür einen Moment an. Dann laufe ich zügig hindurch. Erst wenige Zentimeter vor Mareks Tür komme ich zum Stehen. Sie starre ich noch ein bisschen länger an als meine eigene.

Ich kann das nicht tun, denke ich, und lasse die Hand, mit der ich gerade leise gegen die Tür klopfen wollte, sinken.

Ich kann das nicht tun. Das ist eine bescheuerte Idee. Nur weil wir einen guten Tag miteinander verbracht haben, an dem ich alles vergessen konnte, heißt das noch lange nicht, dass ich auch vergessen sollte, was mich die letzten Wochen davon abgehalten hat, diesen Schritt zu tun. Und außerdem ...

All meine Gedanken verstummen, als auf einmal die Tür aufgeht. Gehetzt springe ich zurück. Mein Herz hämmert viel zu heftig in meiner Brust, als wäre ich bei irgendwas Verbotenem erwischt worden.

Und irgendwie stimmt das ja auch.

Marek steht vor mir. Er trägt nur eine Boxershorts. Seiner Haut ist anzusehen, dass die Sonne seit mehreren Wochen verschwunden ist. Trotzdem zucken meine Hände unkontrollierbar, weil sie ihn unbedingt berühren wollen.

»Wolltest du zu mir?«, fragt er und mustert mich genauso wenig unauffällig wie ich ihn. Ich trage nur das Minnie-Mouse-Shirt und eine Unterhose. Er lässt sich Zeit, meine nackten Beine mit den Augen abzutasten und eine Gänsehaut folgt seinem Blick, als hätte er mich wirklich berührt.

»Nein«, sage ich reflexartig.

Marek grinst. »Komisch, dass du dann direkt vor meiner Tür stehst.«

»Meine Definition von komisch hat sich in letzter Zeit stark verändert.«

»Hast recht«, meint er und stützt sich gegen den Türrahmen. Ich kann der Gänsehaut an seinen Armen im Halblicht beim Wachsen zusehen. »Schade, dass du nicht zu mir wolltest.«

»Wieso?«, hauche ich.

»Weil ich zu dir wollte.«

Ich kann mein Lächeln nicht unterdrücken.

Es sollte mich nicht freuen, dass auch er die Veränderung nach dem heutigen Tag wahrnimmt, aber ich habe keine Kontrolle darüber. Genauso wenig wie über meinen Körper, der nun unwillkürlich einen Schritt auf ihn zu tut.

»Wirklich schade«, murmle ich.

Vorsichtig, sehr vorsichtig, hebt Marek die Hand und legt seine Finger federleicht an meine Wange. Er wartet ab, ob ich mich zurückziehe. Das habe ich schon so oft getan. Und ich hoffe, dass ihm bewusst ist, dass ich es wieder tun werde. Nur nicht heute. Nicht in dieser Nacht. Nicht, wenn ich mich so verzweifelt nach hellen Momenten sehne, dass ich sogar bereit bin, wenigstens für ein paar Stunden die Dunkelheit in meinem Inneren zu vergessen.

»Wir sind in einem Kloster«, erinnere ich uns beide und gebe uns eine letzte Möglichkeit, einen Rückzieher zu machen.

»Dann müssen wir wohl leise sein«, raunt Marek und mein Rücken biegt sich reflexartig ein bisschen durch.

Ich überbrücke die letzten Zentimeter, bis sein nackter Oberkörper meinen berührt. Ich stelle mich auf die Zehenspitzen, bis meine Lippen ganz nah an seinem Ohr sind.

»Ich werd's zumindest versuchen.«

Marek erschauert, als ich meine Hände in seinen Haaren vergrabe. Er packt mich mit einer Hand im Nacken, die andere drückt er auf meinen Rücken und in der nächsten Sekunde prallen unsere Lippen aufeinander, während wir ineinander verschlungen in sein Zimmer stolpern.

KAPITEL 17

Marek knallt die Tür ein bisschen zu heftig hinter sich zu und ich lache gedämpft in seinen Mund hinein.

»Das mit dem Leise-Sein funktioniert ja schon mal hervorragend«, flüstere ich.

Marek schnaubt nur, küsst mich wieder und presst mich gegen die geschlossene Tür. Unsere Körper berühren sich überall und ich kann mir ein Stöhnen nicht verkneifen. Sofort drückt er mich noch ein bisschen enger an sich. Ich ziehe leicht an seinen dichten Locken, die sich nach den Strapazen der letzten Wochen nicht so seidig anfühlen dürften.

Der Schein des Monds fällt durch das angelehnte Fenster, doch seine Kraft erreicht mich nicht, nicht wenn Mareks Hände mich überall berühren und schließlich am Hintern packen. Unwillkürlich biege ich den Rücken durch und reibe mit meinem Becken über seins. Er stöhnt in meinen Mund und ich beiße ihm sanft in seine Unterlippe.

Unser Kuss ist stürmisch. So ganz anders als unser erster, der vorsichtig und sinnlich war. Jetzt sind wir nicht mehr vorsichtig. Wir kennen einander nun besser als in dieser ersten Nacht. Wir wissen nicht alles übereinander, aber wir wissen, wie viel wir durchgemacht und überlebt haben. Wir wissen, dass wir nicht vorsichtig miteinander sein müssen. Wir wissen, dass wir gerade etwas ganz anderes brauchen als sanftes Herantasten.

Als Mareks Küsse über meinen Hals wandern, entfährt mir ein besonders lautes Geräusch.

»Ein bisschen Anstand sollten wir schon noch wahren«, flüstert er an meinem Schlüsselbein und hält kurz inne, als seine Hände den Rand des großen Pflasters berühren, das Elise mir heute Morgen auf die Wunde geklebt hat. Er rückt ein paar Zentimeter von mir ab, sein Blick wird schuldverhangen. Obwohl er mich noch immer berührt, fehlt mir bereits jetzt ein Teil seiner Wärme. Ich will, dass er sich so fest an mich presst, dass kein Blatt Papier mehr zwischen uns passt, geschweige denn Zweifel. Nichts soll heute Nacht zwischen uns stehen. Heute Nacht ist alles egal, außer das Gefühl, das er in mir auslöst.

»Hey.« Ich lege meine Hände an seine Wangen und zwinge ihn so, mir in die Augen zu sehen, statt auf das Pflaster. »Wir wollen das. Der Rest spielt keine Rolle. Küss mich. Bitte.« Mein letztes Wort bricht. Für einen Augenblick fühle ich mich schwach, weil ich Marek einen so tiefen Blick in meine Sehnsüchte erlaubt habe. Doch als er dann lächelt und mich küsst, kann ich wenigstens kurz glauben, dass es gar nicht so schlimm ist, sich zu öffnen. Und als er mich dann umdreht und gegen die Tür drückt, glaube ich sowieso nichts mehr, außer dass sich sein Mund unglaublich gut in meinem Nacken anfühlt.

Er streicht meine Haare zur Seite, um mehr Haut freizulegen. Mein Rücken liegt an seiner Brust, mein Hintern presst sich gegen sein Becken und ich stütze mich mit beiden Händen flach an der Tür ab, weil meine Knie so weich werden, dass sie drohen unter mir nachzugeben. Er knabbert leicht an meinem Ohrläppchen, zieht mit einer Hand sanft an meinen Haaren, damit ich den Kopf in den Nacken lege und er mich über meine Schulter küssen kann, während die andere Hand langsam meinen Körper hinabwandert.

Quälend langsam. Seine Finger massieren meine Brust über meinem T-Shirt, ich komme der Berührung intuitiv entgegen, doch da wandern sie auch schon weiter. Immer tiefer. Schließlich erreichen sie den Saum meines Shirts, spielen mit ihm und endlich, endlich, *endlich* berühren sie meine nackte Haut. Seine Hand streichelt hinauf, über meinen Bauch, dann zu meinen Brüsten. Er lässt sich unfassbar viel Zeit damit, sie zu liebkosen. Er umgreift sie mit der ganzen Hand, dann drückt er sanft meinen Nippel zusammen, was mich unter ihm zucken lässt. Ich spüre sein zufriedenes Grinsen an meinen Lippen, als er mich noch tiefer und inniger küsst.

Waren unsere Küsse und Berührungen am Anfang heftig und ungestüm, werden sie jetzt langsamer und bewusster. Unsere Zungen spielen miteinander, während seine Hand mit meinem Körper spielt, als wäre er ein Instrument, das er jahrelang studiert hat.

Ich fühle so viel auf einmal, dass ich kaum noch Luft bekomme. Mehrere Ewigkeiten habe ich mich gegen seine Nähe gewehrt, habe nicht *mehr* zugelassen, weil *mehr* mir so verdammt viel Angst macht. Ich habe noch immer Angst. Davor, dass ich haltlos in die Tiefe stürze, sobald er mich loslässt. Aber in diesem Moment sind die Folgen meiner Entscheidungen einfach egal, weil er mich hält und ich weiß, dass er mich nicht so schnell wieder loslassen wird.

»Mehr«, flüstere ich zwischen Küssen und er weiß sofort, was ich will.

Seine Hand lässt meine Brüste los und legt sich dann zwischen meine Beine. Sein Zeigefinger beginnt zu kreisen und meine Knie werden so weich, dass Marek den anderen Arm um meine Mitte schlingen muss, um mich auf den Beinen zu halten. Er bewegt sich erst nur quälend langsam, weil er es anscheinend genießt, mich ein bisschen zappeln zu lassen. Doch schließlich gibt er mir, was ich brauche, und nach nur wenigen Minuten bäume ich mich in seinem Griff auf, während sich die Muskeln tief in mir reflexartig zusammenziehen.

Es fehlt nicht mehr viel, bis ich komme, doch ich will ihn dabei in mir spüren. Sofort.

Ich fahre zu ihm herum, umschlinge seinen Nacken mit den Armen und stelle mich auf die Zehenspitzen, um ihn zu küssen. Wir stolpern rückwärts, bis er auf seinem Bett landet. Er zieht mich auf seinen Schoß und ich reibe mich an ihm.

»Fuck«, entfährt es ihm an meiner Halsbeuge.

Ich ziehe mir das Shirt über den Kopf und schmiege mich an ihn, weil ich seine nackte Haut an meiner spüren will. Er seufzt wohlig, legt seine Hand in meinen Nacken und hält mich einen Moment lang genauso fest.

Kurz kommen wir zu Atem. Ich bin ihm unfassbar nah und trotzdem nicht nahe genug. Auch Sex wird nicht reichen, wird mir in diesem Moment klar. Aber es ist ein Anfang.

»Du hast nicht zufällig ein Kondom?«, flüstere ich.

»Was sagt es über mich aus, dass ich selbst beim Weltuntergang welche dabeihabe?«

»Dass du ein unverbesserlicher Optimist bist?«

»Verrat es keinem.«

Er hebt mich kurz von sich herunter und ich setze mich aufs Bett, während ich ihn dabei beobachte, wie er in seinem Rucksack kramt. Ich entledige mich meines Slips. Als er sich wieder vor mich hinstellt, ziehe ich ihm die Boxershorts runter und dann das Kondom über. Sein Kopf fällt ihm in den Nacken, als er versucht, ein Stöhnen zu unterdrücken.

Ich lege mich aufs Bett, ziehe ihn auf mich und sehe ihm die ganze Zeit in die Augen. Langsam lehnt er sich über mich, bis sein Brustkorb meinen berührt. Ich spüre das Echo von seinem wild schlagenden Herz auch in meiner Brust. Wir stöhnen gleichzeitig auf, als er komplett in mich eindringt. Ich grabe meine Fingernägel in seinen Rücken und er beginnt, sich in mir zu bewegen.

Auch bei unserem ersten Mal habe ich jede Sekunde genossen, doch das hier ist anders. Er spielt sanft mir meinen Haaren, küsst mich unterm Ohr, streichelt meine Haut, während ich mich an seinem Nacken und in seinen Haaren festklammere, weil ich Halt brauche, während mich die Emotionen überwältigen.

»Bitte guck mich an«, flüstert Marek und erst da merke ich, dass ich die Augen geschlossen hatte. Ich sehe ihn an. Das Mondlicht fällt nun noch weiter ins Zimmer, erreicht uns, färbt seine Haut ein bisschen bläulich. Es erreicht auch seine Augen, die jetzt silbrig schimmern, doch trotz allem, was geschehen ist, habe ich keine Angst vor ihm. Ganz im Gegenteil. Ich will ihn nur noch tiefer spüren, ihm noch näher sein.

Der Mond zerrt an mir, bestimmt auch an ihm, aber gerade fühlt es sich nicht mehr nur gruselig an, sondern auch schön.

»Schrecklich schön«, flüstere ich seine Worte, die er in der Nacht im Schwimmbad zu mir gesagt hat, die mir jetzt schon wieder so unendlich weit entfernt vorkommt.

Marek lächelt und gibt mir einen sanften Kuss auf die Lippen. »Schrecklich schön«, bestätigt er.

Und während ich nur ihn und den Mond auf meiner Haut und in meinem Inneren spüre, kommt mir die ganze Welt nicht mehr so Furcht einflößend vor. Und dann gebe ich mich beiden vollkommen hin und alle Gedanken verschwimmen in meinem Kopf wie wasserlösliche Farbe.

Ich bin mir nicht ganz sicher, was mich aufweckt. Marek schläft tief und fest, einen Arm hat er um meine Mitte geschlungen, als fürchtete er, jemand könnte mich ihm sonst entreißen.

Oder ich könnte wieder verschwinden.

Mein Herz tut ein bisschen weh, als ich mich von ihm löse, um genau das zu tun. Es muss mitten in der Nacht sein. Das Mondlicht scheint durch das kleine Fenster.

Ich werfe einen Blick zurück, während ich meinen Slip und mein Shirt anziehe.

Mareks Gesichtsausdruck ist entspannt, wie so oft, wenn er schläft. Nach unserer ersten Nacht hat das sanfte Morgenlicht seine Haut gestreichelt, heute macht das der Mond.

Für einige Stunden konnte ich alles ignorieren, was mich von anderen Menschen forttreibt. Gerade spüre ich es mit aller Macht.

Ich schleiche auf den Gang. Marek wird nicht wach. Zurück in mein eigenes Zimmer will ich nicht, weil dort nur Einsamkeit auf mich wartet, deswegen schleiche ich eine Tür weiter.

Zu meiner Überraschung ist Morgana wach, als ich mich in ihren Raum schiebe. Sie betrachtet mich mit wissendem Blick.

»Hast du uns gehört?«, frage ich ein bisschen peinlich berührt.

»Nur leise. Allerdings habe ich mir das schon gedacht.«

»Verraten dir deine Träume jetzt schon, wann ich Sex mit wem habe?«

»Nein, aber dein Gesichtsausdruck beim Abendessen.«

Insgeheim bin ich froh, dass sie mich darauf anspricht, weil es mir selbst so schwerfällt, das zu tun.

Morgana rutscht auf dem kleinen Bett so weit zur Seite, wie sie kann, hebt die Decke, und ich schlüpfe neben sie. Wir liegen beide seitlich, weil wir nur so auf die schmale Matratze passen. Unsere Gesichter sind einander zugewandt und ich spüre ihren beruhigenden Atem auf meinen Wangen, die ein bisschen warm vor Verlegenheit sind.

»War es schön?«, flüstert sie in den kleinen Raum zwischen unseren Gesichtern.

»Ja«, gebe ich zu.

»Warum liegst du dann neben mir, statt neben ihm?«

Ich seufze. »Keine Ahnung.«

»Das stimmt nicht. Du weißt genau, wieso.«

»Wenn du meine Gefühle so viel besser kennst als ich, warum fragst du dann?«

Morgana lächelt sanft. »Es ist okay, vor Gefühlen Angst zu haben.«

Ich sage gar nichts dazu, weil ich mich nur noch mehr verraten würde.

»Wir alle haben Angst davor, verletzt zu werden.«

»Willst du mir damit sagen, dass ich gar nicht so besonders bin, wie ich immer denke?«, scherze ich.

»Genau«, sagt Morgana ganz ernst und boykottiert meinen Versuch, den Moment ins Lächerliche zu ziehen. »Ist der Gedanke nicht beruhigend? Dass alles, was wir durchleben, gar nicht so außergewöhnlich ist, sondern dass viele Menschen sich vor uns schon so gefühlt haben.«

»Abgesehen von Ragnarök.«

»Richtig«, sagt Morgana mit einem Lachen. »Darüber reden wir nur gerade nicht, sondern über deine Gefühle für Marek und die haben damit nichts zu tun.«

»Mh«, mache ich, weil ich ihr weder zustimmen noch lügen will.

»Ich verstehe, dass es dir Angst macht«, sagt sie und ihre Züge werden ein bisschen härter. »Ich denke jeden Tag an Melisand.«

Ich horche auf, weil ich nicht damit gerechnet habe, dass sie freiwillig über sie reden würde.

»Ich war sehr verliebt in sie«, gesteht Morgana, als wäre es eine Sünde und dieses Bett ein Beichtstuhl. »Ich weiß, du magst sie nicht. Aber du kennst sie auch nicht richtig. Das, was sie dir gegenüber gezeigt hat, ist nur Fassade. Sie ist nicht kühl. Im Gegenteil. Jeden Morgen ist sie früher aufgestanden, um mir Tee ans Bett zu bringen.«

Morgana sagt das so, als hätte Melisand die größte und extravaganteste romantische Geste auf der Welt gemacht und nicht nur heißes Wasser gekocht. Doch obwohl ich nie diese alltäglichen, kleinen Zärtlichkeiten mit einem Menschen geteilt habe, glaube ich zu wissen, dass es eigentlich nur auf sie ankommt. Auf das Unbesondere, von dem Dario mir erzählt hat.

»Willst du sie zurück?«

»Ein Teil von mir, ja«, gibt Morgana zu. »Ich weiß, dass sie mich nicht verraten wollte, sondern dass sie wirklich geglaubt hat, mich zu beschützen.«

Sie muss meinen kritischen Blick bemerkt haben, denn schnell fährt sie fort. »Wir sind alle Resultate unserer eigenen Erfahrungen. In ihrem Kopf hat sie das Richtige getan, deswegen ist es schwer, wütend auf sie zu sein.«

Darauf erwidere ich nichts, weil ich sehr genau weiß, dass auch ich ein Resultat meiner Erfahrungen bin und mich nur schwer von ihnen lösen kann. Würden mich meine Ängste nicht steuern, würde ich noch immer neben Marek im Bett liegen.

»Hättest du von Anfang an gewusst, dass es so endet, hättest du dich trotzdem auf sie eingelassen?«, frage ich.

»Ja«, erwidert Morgana ohne Zögern, was mich die Stirn runzeln lässt. »Ich weiß, du würdest dir wünschen, dass du jetzt schon in die Zukunft gucken könntest, damit du weißt, ob es sich gelohnt hat oder in Schmerz endet. Aber so funktioniert das nun mal nicht. Man bekommt keine zwei Jahre Garantie auf das eigene Herz, wie wenn man eine Waschmaschine kauft.«

Ich grinse in mich hinein. »Das wäre aber schön«, überlege ich. »Wenn jemand mein Herz kaputt macht, kriege ich einfach ein neues, als wäre es nie zu Bruch gegangen. Umtauschgarantie.«

»Du musst es leider selbst reparieren«, sagt Morgana mit dieser sanften Strenge in der Stimme, die ich so liebe.

»Ganz allein?«

»Nein, nicht ganz allein«, flüstert Morgana und gibt mir damit ein Versprechen. Ihr Lächeln ist so liebevoll, dass mir ganz warm ums Herz wird.

Vielleicht brauche ich mich nicht zu fürchten, wenn Morgana da ist, um mir mit den Scherben meines Herzens zu helfen.

»Vielleicht sollte ich zurückgehen«, murmle ich in mich hinein.

»Vielleicht solltest du das.«

»Ist es trotzdem okay, wenn ich hierbleibe?«

Falls Morgana mich für einen Feigling hält, lässt sie es sich nicht anmerken. Sie streicht mir nur sanft eine Strähne hinters Ohr und nickt auf eine Weise, die mir klarmacht, dass die Antwort auf diese Frage immer Ja lauten wird.

Ich drücke ihre Hand und fühle mich sofort ein bisschen besser. Ich werde mit Marek reden. Ich werde nicht mehr davonlaufen. Vorher brauche ich aber noch ein paar Stunden bei meiner besten Freundin, um dafür bereit zu sein.

Und das ist vermutlich auch ein Gefühl, das ich mit vielen Menschen auf dieser Welt teile.

Die Straße ist verlassen. Nur der Scheinwerfer unseres Autos wirft eine helle Schneise durch die Dunkelheit. Als sie das andere Auto am Straßenrand entdeckt, fährt Mama rechts ran und zögert nicht. Anders als ich. Ich spüre etwas tief in mir. Eine Ahnung. Irgendwas ist komisch. Doch ich bin noch zu klein, um es zu benennen. Und ich bin zu klein, um meine Eltern infrage zu stellen.

Zwei nette Frauen stehen neben ihrem kanariengelben Auto, das anscheinend eine Panne hat. Ich mag die Farbe. Sie will so gar nicht zu dieser verlassenen Straße passen, wo alles grau und dunkel ist.

Sie fragen meine Eltern nach Hilfe. Im Gesicht der einen Frau ist ein Leberfleck, dessen Form mich an den Umriss von Amerika erinnert – in der Schule nehmen wir gerade Kontinente durch.

Sie lächelt meine Eltern dankbar an.

Und auf einmal tut sie es nicht mehr.

Es riecht nach Verwesung, während die Bäume am Straßenrand sich zur Seite neigen, als wären sie eingeknickte Plastikstrohhalme. Meine Eltern würgen und ringen nach Luft. Sie fallen auf die Knie. Meine Mama will Magie wirken, aber sie kann nur verzweifelt ihre Hände an ihren Hals pressen.

Also hebe ich die Hände. Sie hat mir schon so viel beigebracht. Eigentlich passen Eltern auf ihre Kinder auf, doch in diesem Moment erkenne ich, dass auch Kinder auf ihre Eltern aufpassen sollten, wenn sie es brauchen.

Die zwei fremden Frauen haben nicht mit mir gerechnet. Ich überrasche sie. Dann greifen sie mich an. Unsichtbare Schlingen legen sich um meine Arme und Beine und schließlich um meinen Hals. Ich bekomme keine Luft mehr. In meiner Brust brennt es. Ich fühle mich, als würde ich ertrinken.

Auf einmal spüre ich Wasser an meinen Füßen und stocke. Damals war dort kein Wasser. Wir waren auf einer Landstraße an einem Wald. Dort war kein Wasser. Warum ertrinke ich dann? Woher kommt das Wasser? Was ...

»Lily«, schreit Morgana und schüttelt mich wach. Ich schrecke hoch, stolpere aus dem Bett und bin von einer Sekunde auf die nächste hellwach, weil ich in eiskaltem Wasser stehe.

»Der Kanal läuft über«, sagt Morgana, die mir schnell eine Hose von sich reicht. Ich schlüpfe hinein. Meine Füße frieren so stark, dass es brennt. Und das Wasser steigt stetig an.

»Hat das mit Ragnarök zu tun?«, frage ich.

»Vermutlich«, meint Morgana.

Erst sind das Licht und die Wärme verschwunden. Kommt jetzt Hochwasser?

Ich stocke, als Morgana schon zur Tür rennt, die sich nur schwer öffnen lässt, weil auch auf dem Flur das Wasser steht. Inzwischen reicht es fast bis zu meinen Knien. Es läuft durchs Fenster herein wie ein Sturzbach. Ich sollte rennen. Doch ich bin wie erstarrt.

»Lily!«, ruft Morgana panisch.

Auf dem Flur erklingen noch andere Stimmen. Doch in meinen Ohren dröhnt es so laut, dass ich ihre Worte nicht ausmachen kann.

Ich starre Morgana aus schockgeweiteten Augen an und das hat rein gar nichts mit dem eiskalten Wasser zu tun.

»Ich habe geträumt«, hauche ich.

Morgana starrt genauso entsetzt zurück.

Es war kein langer Traum. Ich habe die Nacht gesehen, die mich seit zehn Jahren immer wieder im wachen Zustand heimsucht. Aber bisher hat sie mich nie im Schlaf erreicht.

Das kann nichts Gutes bedeuten.

»Wir müssen trotzdem hier raus«, sagt Morgana, als sie sich wieder gefangen hat. »Sofort!«

Ich nicke und folge ihr durch die Tür. Auf dem Flur begegnen wir Dario und Marek, die schon ihre Rucksäcke geschultert haben. Dass ich mich nachts aus Mareks Bett geschlichen habe, spielt in diesem Moment keine Rolle. Er mustert uns nur besorgt.

»Habt ihr alles?«, fragt er.

»Ich muss noch in mein Zimmer«, sage ich.

»Wir können durch das Fenster in meinem Zimmer steigen«, sagt Dario. »Es führt auf das Dach vom Nachbarhaus.«

»Okay, geht schon mal vor. Ich hole nur schnell meine Sachen.«

Ich warte die Antwort der anderen nicht ab, sondern wate durch das kniehohe Wasser in mein Zimmer, um meine Schuhe und meinen Rucksack zu retten. In meinem ganzen Leben war mir noch nicht so kalt und ich weiß, dass wir schnell von hier verschwinden müssen, damit wir nicht erfrieren.

Ich schnappe mir meine Sachen, fische sie aus dem eiskalten Wasser. Langsam werden meine Beine taub, wodurch es weniger wehtut. Aber das ist, glaube ich, kein gutes Zeichen.

Meine nassen Schuhe stopfe ich in meinen nassen Rucksack, weil mir keine Zeit bleibt, um sie anzuziehen. Nur in meinen Mantel schlüpfe ich, bevor ich den Rucksack über meine Schulter werfe.

Je höher das Wasser steigt, desto schwerer fällt es mir, mich zu bewegen, doch ich kämpfe mich wieder in den Flur, wo ich meine Freunde nicht mehr entdecken kann. Zwei Nonnen warten dort. Elise und die Frau, die mich am ersten Abend so seltsam gemustert hat.

»Kommt«, sage ich gehetzt. »Wir können durch Darios Fenster klettern.«

Sie wechseln einen Blick. Elise stehen Tränen in den Augen. Die andere Frau ist ganz ruhig und sieht mich einfach nur an. »Ich habe nach einer anderen Lösung gesucht. Glaub mir«, stottert Elise. »Sie haben mir eine Woche gegeben. Aber ich habe keine Lösung gefunden. Es tut mir so leid.«

Automatisch setze ich einen Schritt zurück, dabei weiß ich gar nicht so genau, wieso.

»Es tut mir leid. Das musst du mir glauben.« Elise fleht, als würde es um ihr Leben gehen.

Sobald ich in das steinerne Gesicht der anderen Frau blicke, erkenne ich, dass es um meines geht.

Ich will rennen, doch starke Hände packen mich und zerren mich zurück. Ich stehe jetzt genau vor der Frau mit dem erbarmungslosen Blick. Auf ihrer Wange hat sie einen Leberfleck, dessen Form mich an den Umriss von Amerika erinnert.

Panik packt mich noch vehementer als ihre starken Hände. Ich will schreien, doch im nächsten Moment drückt sie mich schon unter Wasser und ich versinke in Kälte und Dunkelheit.

KAPITEL 18

Komischerweise muss ich, während ich ertrinke, an den Film *Titanic* denken. Ich sehe die Menschen, die im Atlantik erfroren sind und verstehe nun, wie sie sich gefühlt haben müssen. Mir ist so kalt, dass es mir die Sinne raubt. Da ist nur noch Kälte, die mich mit tausend kleinen Nadeln attackiert. Ich will schreien, doch in meinen Mund dringt nur Wasser.

Zwei Hände drücken mich vehement runter. Ich versuche dagegen anzukämpfen, aber meine Glieder sind so schwer. Mit einem Schlag wird mir heiß. Meine Haut brennt und meine Lunge brennt, meine Augen brennen und ich trete noch verzweifelter um mich.

Und dann ist von einer Sekunde auf die andere der Druck weg, ich stoße mich vom Fußboden ab und breche durch die Oberfläche.

Die Frau, die mich gepackt hatte, liegt im Wasser, ohne Körperspannung. Ihr Gesicht nach oben, ohne Mimik, die Augen weit aufgerissen. Sie schauen ins Nichts. Der Leberfleck prangt auf ihrer Haut. Ich werde sie nie fragen können, warum ich sie in meinem Traum gesehen habe. Das dunkle Wasser um sie färbt sich rot.

»Lily!«

Mareks Stimme reißt mich aus meiner Trance. Er hält die Pistole erhoben. Da verstehe ich es. Er hat sie erschossen. Er hat ein Leben beendet, um meins zu retten.

Als wir vor den Männern aus dem Schwimmbad geflohen sind, hatte ich den selbstsüchtigen Gedanken, dass ich mir wünsche, er würde auch jemanden verletzen, damit ich mit dieser Schuld nicht mehr allein bin. Nun hasse ich mich für diesen Wunsch und wünschte, er hätte diese Schuld niemals auf sich nehmen müssen. Und das auch noch meinetwegen.

Ich zittere nicht nur wegen der Kälte, als er mit wenigen Schritten bei mir ist. Das Wasser geht mir inzwischen bis zur Brust und es steigt weiter an.

»Wir müssen hier raus«, sagt er überflüssigerweise, aber vielleicht ist es auch gar nicht so überflüssig, denn Adrenalin und Kälte und Schock haben die Kontrolle über meinen Körper übernommen.

»Du kommst mit uns.« Mareks Stimme ist hart und erst mit Verzögerung realisiere ich, dass er Elise meint, auf deren Kopf er mit seiner Pistole zielt. »Und wehe, ich sehe einen Kristall leuchten. Dann war's das. Verstanden? Dir sollte klar sein, dass ich es ernst meine.«

Er wirkt beherrscht, fast so, als würde ihm das alles nichts ausmachen, als würde es ihm nicht nahgehen. Doch ich sehe seine Unterlippe ganz leicht zittern.

Elise glaubt ihm trotzdem. Ihr Habit klebt ihr nass am Körper. Ihre Haube hat sie verloren und ihre blonden Locken stehen ihr wild vom Kopf ab. Sie weint bitterlich und nickt nur, als Marek sie vor sich schubst, ihr die Pistole gegen den Hinterkopf hält und mich an meinem Oberarm hinter sich herzieht. Er ist ein bisschen grob, aber das ist das, was ich gerade brauche. Mein Körper ist so taub, dass ich sanfte Berührungen gerade gar nicht spüren würde.

Durch Darios Fenster entdecke ich das Dach des Nachbarhauses, auf dem Dario und Morgana auf uns warten. Morganas Augen werden groß, als sie sieht, dass Marek die Waffe auf Elise richtet, doch sie kommentiert es nicht und hilft Dario wortlos dabei, erst Elise, dann Marek und dann mich durchs Fenster zu ziehen.

Sobald der kalte Wind auf meinen nassen Körper trifft, zittere ich so heftig, dass meine Zähne lautstark aufeinanderklappern.

Morgana holt meine Schuhe aus meinem Rucksack und hilft mir, sie anzuziehen. Ich bin mir sicher, dass ich das ohne sie in diesem Moment einfach nicht geschafft hätte.

»Wir müssen hier weg. Schnell«, sagt Marek, der als Einziger von uns noch in der Lage zu sein scheint, klar zu denken. Niemand erhebt Einspruch und wir springen von Dach zu Dach. Morgana holt einen Kristall hervor, richtet die linke Hand auf mich und füllt mich mit Wärme, bis ich aufhöre zu bibbern. Meine Kleidung ist noch ein bisschen klamm, als sie ihre Hand auch auf Marek richtet.

»Ich habe nicht mehr viel Energie«, sagt sie entschuldigend, weil sie mich nicht komplett trocknen konnte. Sie wärmt auch Dario und Elise, dann erlischt der Kristall vollends.

»Ich kann den Kristall nicht aufladen. Die Bäume sind erfroren. Ragnarök tötet die Natur und damit die Energiequelle der Hexen«, erklärt sie.

Zumindest die der meisten Hexen, denke ich und schiebe den Gedanken ganz tief in die hinterste Ecke meines Kopfes.

Ich werde nicht zaubern. Auf keinen Fall. Die Lektion habe ich endlich gelernt.

Wir springen von Hausdach zu Hausdach. Alle Kanäle sind über die Ufer getreten und die Gebäude, die direkt am Wasser lagen, sind komplett verschluckt worden. Ihre Umrisse zeichnen sich unter der dunklen Oberfläche ab. Vorhänge bewegen sich in der Strömung, als würden sie vom Wind hin und her gezerrt werden, und wenn ich die Augen leicht zusammenkneife, sieht es kurz so aus, als wäre alles beim Alten.

Doch das ist es nicht. Die halbe Stadt ist untergegangen.

Wir stolpern weiter über Ziegeldächer, bis wir einen Teil der Stadt erreichen, der hoch genug liegt, dass die Straßen nicht unter Wasser stehen. Marek hält mir die Hand hin, mit der er nicht die Pistole umklammert, und hilft mir. über einen Fenstersims hinunterzuklettern. Wir stehen auf einem kleinen Platz zwischen alten Wohnhäusern, die alle nur ein Stockwerk hoch sind.

»Was ist passiert?«, traut sich Morgana nun zu fragen, nachdem Elises Schluchzen das Einzige war, was für eine Viertelstunde die Stille gefüllt hat.

»Die Beginen haben versucht, Lily zu ertränken. Ich habe die andere ...« Marek stockt, doch schon bevor er fortfährt, weiß ich, dass er den Satz beenden wird, weil er nie davor zurückschreckt, die schweren Dinge auszusprechen. »Erschossen.«

Dario sieht seinen Freund so traurig an, dass ich nur darauf warte, dass er in Tränen ausbricht. Er tut es nicht. Er nimmt mich einfach in den Arm und ich lasse es zu, weil mir noch immer so verdammt kalt ist.

»Warum?«, fragt Morgana an Elise gerichtet. »Warum habt ihr das getan?« Sie hat Elise wirklich vertraut. Ich habe keine Ahnung, wie Traum-Freundschaften funktionieren, aber die Enttäuschung in Morganas Augen verrät mir, dass sie ihr viel bedeutet hat.

Elise schluchzt so stark, dass sie kein Wort herausbekommt. Erst als Marek mit seiner Pistole vor ihrer Nase herumwedelt, atmet sie ein paarmal sehr schwer ein und aus. Dabei lässt sie Marek keine Sekunde aus den Augen, als erwarte sie, dass er sie jeden Moment erschießen könnte.

»Ich wollte das nicht. Bitte glaubt mir. Aber es gibt keine andere Möglichkeit. Sie ist eine Gefahr für uns alle.«

Mein Herz pocht mir im Hals, während ich sie anstarre.

»Was bedeutet das?«, fragt Dario.

»Lilith ist ...«, setzt Elise an, doch sie beendet ihren Satz nicht. Überrascht öffnet sich ihr Mund, formt ein perfektes O und dann kippt sie zur Seite und sackt in sich zusammen.

Ich starre auf ihre junge Gestalt zu meinen Füßen. Die blonden Locken rahmen ihren Kopf ein wie ein Heiligenschein. Aus ihrer Brust ragt eine Pfeilspitze. Blut erblüht auf ihrer Robe wie eine Rose, die schön aussehen könnte, wenn ich nicht verstehen würde, was sie bedeutet.

Schreie ertönen rund um mich herum und ich werde am Arm gepackt und in den Schutz der nächsten Gasse gezerrt.

Marek steht neben mir, die Pistole erhoben. Er drückt mich hinter sich, doch ich schaffe es, mich ein bisschen aus seinem panischen Schraubstockgriff zu lösen, um einen Blick über seine Schulter auf die Straße zu werfen.

Dario und Morgana ducken sich in eine Gasse auf der gegenüberliegenden Seite des kleinen Platzes. Meine Augen suchen hektisch meine Umgebung ab.

Und dann entdecke ich sie. Kali, die mehrere Pfeile neben sich in der Luft schweben lässt und nur darauf wartet, sie auf uns abfeuern zu können.

Elise liegt reglos in der Mitte des Platzes und mein Hals schnürt sich zu. Kali hat sie umgebracht.

War der Pfeil in Wahrheit für Marek bestimmt und hat aus Versehen Elise getroffen? Ist Kali sogar bereit, eine Hexe zu opfern, nur um ihr Ziel zu erreichen?

»Wie haben sie uns gefunden?«, entfährt es mir.

»Spielt keine Rolle«, sagt Marek und wagt sich aus der Gasse, um einen Schuss abzufeuern. Kali duckt sich hinter ein Auto und einer ihrer Pfeile schlägt in der Fassade des Hauses neben uns ein. Mir entfährt trotzdem ein Schrei.

Kali ist nicht allein. Ich mache mehrere Gestalten auf der anderen Seite des Kanals aus. Zwei kauern auf einer Brücke. Es riecht nach Verwesung und dann auch noch süßlich nach Rosen. Der Prager Zirkel hat uns gefunden und ist gerade dabei, uns von mehreren Seiten einzukesseln.

»Wir müssen zu Morgana und Dario«, flüstere ich Marek zu, als wir uns beide so flach wie möglich ans Haus drücken, während Kalis Pfeile neben unseren Füßen in den Boden einschlagen.

Heute scheißen wohl alle auf die Geheimhaltung von Hexerei. Ich sehe noch, wie mich eine Frau hinter ihrem Küchenfenster aus riesigen Augen anstarrt und dann schnell die Vorhänge zuzieht.

Marek nickt, checkt sein Magazin und flucht. »Ich hab gleich keine Patronen mehr.«

Ich sage gar nichts dazu. Der letzte Mordversuch sitzt mir noch in den Knochen.

»Hey«, flüstert er und legt seine Hand an meine Wange. »Wir schaffen das.«

Ich weiß nicht genau, warum ich es mache, doch von Angesicht zu Angesicht mit dem Tod sind Gefühle tatsächlich nicht mehr so Furcht einflößend. Ich habe gerade größere Probleme als meine Bindungsängste. Und deswegen stelle ich mich auf die Zehenspitzen, kralle mich in Mareks Nacken fest und küsse ihn, als wäre es unser letzter Kuss, weil er das tatsächlich sein könnte. Marek klammert sich so verzweifelt an mir fest, als würde er genau dasselbe denken.

Viel zu schnell lösen wir uns wieder voneinander, wir nicken einander zu und dann schießt Marek ein paarmal in Kalis Richtung, woraufhin panische Rufe zu hören sind und keine Pfeile mehr fliegen. Er nimmt meine Hand und rennt los.

Wir sprinten über den Platz auf die andere Seite zu Morgana und Dario, die uns irgendwas zurufen, doch in meinen Ohren rauscht es so laut, dass ich es nicht verstehe.

Marek und ich sind so schnell, dass wir zu fliegen scheinen. Und dann prallen wir ungebremst gegen eine Häuserwand und sind auf der anderen Seite. Marek tastet mich ab und betrachtet mich eingehend, um sicherzugehen, dass mich kein Pfeil erwischt hat. Ich tue es ihm gleich. Wir sind beide unverletzt.

»Wir müssen verschwinden«, erinnert uns Dario und wir lassen wieder voneinander ab.

Auf dem Platz sind die Rufe der Hexen zu hören und wir laufen schnell in die entgegengesetzte Richtung, obwohl wir keine Ahnung haben, was uns dort erwartet. Doch wir haben keine andere Wahl.

Als wir an einem Floristen vorbeikommen, hinter dessen geschlossener Glastür noch ein paar Topfpflanzen einigermaßen lebendig aussehen, hebt Morgana die Arme und lädt ihre Kristalle auf. Einen davon reicht sie mir. Ich will ihn nicht anfassen, weil ich den verdrehten Körper des Mannes vor Augen habe, aber sie lässt nicht locker, bis ich ihn ihr schließlich abnehme. Dann rennen wir weiter. Die Energie pulsiert auffordernd in meiner Hand, doch ich ignoriere sie.

Mit einem dumpfen Geräusch prallen wir gegen eine unsichtbare Wand. Dario flucht und hält sich die Nase, die sofort anfängt zu bluten, weil er so heftig dagegengerannt ist. Vor uns kommt Astrid aus einer Gasse, drei Kristalle in einer Hand, die andere hoch erhoben.

»Ich habe dir gesagt, es gibt keine andere Möglichkeit. Der Junge muss sterben«, sagt sie und sieht mir dabei direkt in die Augen.

Ihr nach allem, was passiert ist, wieder gegenüberzustehen, tut richtig weh. Sie trägt eine dicke Daunenjacke und eine Brille mit grünem Gestell, die farblich dazu passt. Sie sieht aus wie immer und doch ist alles anders.

Gerade ist sie nicht die Frau, die mich großgezogen hat, gerade ist sie nicht meine Familie. Gerade ist sie nur die Frau, die mir einen weiteren Menschen nehmen will, der mir wichtig ist.

Melisand tritt neben sie auf die Straße vor uns, ihren Kristall ebenfalls in der Hand. Morgana feuert Kraft gegen die unsichtbare Wand, doch sie gibt nicht nach. Ihr treten Tränen in die Augen, als sie ihre Ex-Freundin sieht. Wir sitzen in der Falle.

Ich schiebe mich reflexartig vor Marek, als würde das noch einen Unterschied machen. Er will mich hinter sich zerren, doch ich gebe nicht nach. Astrid wird mir nichts tun, oder? Das fragt eine sehr unsicher klingende Stimme in meinem Hinterkopf. In diesem Moment weiß ich absolut gar nichts.

Melisand hebt die Hand, um uns anzugreifen, zögert aber.

»Bring es hinter dich«, fordert Astrid sie auf. »Töte den Jungen, solange das Kraftfeld hält.«

Das Leuchten ihrer Kristalle wird schwächer, ist aber immer noch hell genug. Marek feuert seine Pistole auf die unsichtbare Wand ab, doch die Kugeln prallen daran ab. Wir wollen in die andere Richtung rennen, werden aber wieder von einer Wand aufgehalten. Von allen Seiten sind wir von Energie umgeben und können nichts dagegen tun.

Melisands Hand zittert leicht. »Es tut mir leid«, flüstert sie. Ich glaube, sie meint Morgana damit. Doch in der nächsten Sekunde schlägt sie auf Astrids Handgelenk, sodass die Kristalle herunterfallen und klirrend auf dem Kopfsteinpflaster zerbrechen.

Astrid starrt Melisand völlig verwirrt an. Die zögert nicht mehr, rennt auf uns zu, ergreift Morganas Arm und zieht sie mit sich. »Kommt!«, schreit sie, als wir anderen nicht direkt reagieren. Dann endlich setzen wir uns in Bewegung und folgen ihr.

»Hier lang«, ruft Melisand und lotst uns durch enge Gassen, die immer enger zu werden scheinen. Auf manchen Straßen steht niedrig das Wasser, das in alle Richtungen spritzt, als wir darüberlaufen.

Mir kommt es so vor, als würde ich seit Jahren rennen und hätte keine Ahnung, wovor ich eigentlich flüchte und wohin mich mein Weg führt. Seit das Kloster mit Wasser geflutet wurde, ist so viel passiert, dass mir der Kopf schwirrt, aber mit all dem kann ich mich erst auseinandersetzen, wenn wir in Sicherheit sind.

Auf einmal gefriert das Wasser an unseren Füßen zu Eis und hält uns an Ort und Stelle fest. Morgana schreit vor Schmerz auf und Melisand stützt sie. Ihre Kristalle sind ihnen aus den Händen gefallen, doch die Wärme, die beim Zerbrechen freigesetzt wird, reicht nicht, um das Eis zu schmelzen.

Kali nähert sich uns über eine Brücke und sieht viel zu selbstzufrieden aus. Wir sind panisch von einer Seite der Stadt zur nächsten gerannt und haben nicht verstanden, dass wir längst in ihre Falle getappt sind und es kein Entrinnen gibt.

»Ich hätte mehr von dir erwartet, Melisand«, sagt Kali und obwohl Melisand zusammenzuckt, gibt sie nicht nach und sieht Kali nur unverwandt an.

»Es reicht jetzt. Genug mit der kindischen Rebellion«, sagt unsere Oberhexe und wendet sich Marek zu. Der hebt seine Pistole und drückt ab. Doch es ist nicht mehr zu hören als ein trauriges Klicken. Kali lächelt gönnerhaft.

Ich habe noch immer den Kristall in der Hand und ergreife mit der anderen Mareks. Er verschränkt unsere Finger miteinander und schenkt mir einen Blick, mit dem er mir wohl sagen will, dass in Ordnung ist, was als Nächstes passiert. Doch das stimmt nicht. Es ist überhaupt nicht in Ordnung.

»Kali bitte«, flehe ich, obwohl ich das doch niemals tun wollte. »Bitte tu das nicht.«

»Es geht um die Zukunft der Hexen, Kind. Eines Tages wirst du es verstehen.«

»Die Zukunft der Hexen?«, frage ich. »Geht es nicht um die Zukunft der Welt?«

Doch Kali antwortet nicht. Das scheint sie nicht mehr für nötig zu halten. Sie visiert Marek an und hebt einen ihrer Pfeile.

Ich muss zaubern, denke ich. Egal, wie sehr sich alles in mir dagegen wehrt, ich muss es tun, um Marek zu retten.

»Es tut mir leid, dass ich nicht ehrlich war«, flüstert er. Er legt seine andere Hand auf den Kristall, den ich noch immer panisch umklammere, und sieht mir tief in die Augen.

Ich will fragen, was er damit meint, doch in der nächsten Sekunde erübrigt sich meine Frage.

Der Kristall leuchtet in unseren Händen auf und mit der anderen deutet Marek auf Kalis Pfeile, die daraufhin in Flammen aufgehen.

In Mareks Iriden tanzt die Reflexion des Feuers, während ich ihn anstarre, als würde ein neuer Mensch vor mir stehen. Irgendwie stimmt das.

Alles, was ich geglaubt habe zu wissen, gerät ins Wanken.

Marek ist ein Hexer.

KAPITEL 19

Durch die Tür dringen gedämpft Gespräche und Musik und ich spüre den Bass in meinen Fußsohlen vibrieren. Die Oberflächen sind klebrig von all den süßen, alkoholischen Getränken, die verschüttet und nie richtig aufgewischt wurden. Die nackte Glühbirne über unseren Köpfen ist so schwach, dass nur Zwielicht in den Raum fällt.

Das Hinterzimmer einer heruntergekommenen Kneipe ist vielleicht nicht das beste Versteck, aber es ist gerade alles, was wir haben. Melisand hat uns vor einer halben Stunde durch den Hintereingang gelotst. Seitdem hat sie Darios blutende Nase versorgt und Morganas Knöchel, den sie sich auf unserer Flucht überdehnt hat. Morganas Bein liegt auf einem Stuhl, eine Packung Crushed Ice auf ihrem Fußgelenk, das immer weiter anschwillt.

Wir haben noch kein Wort miteinander gewechselt. Erst mussten wir sicherstellen, dass wir nicht gleich wieder angegriffen werden. Den Hintereingang habe ich mit Möbeln verbarrikadiert. Marek hat mir dabei geholfen, doch ich konnte ihn nicht ansehen. Das kann ich noch immer nicht, obwohl ich seinen Blick unaufhörlich auf meinem Profil spüre.

»Ich weiß gar nicht, welche Frage ich zuerst stellen soll.« Dario ist der Erste von uns, der seine Stimme wiederfindet. »Was zur Hölle ist da gerade passiert?«

Ich schweige, weil ich auch nicht weiß, wo ich anfangen soll.

Ich habe das erste Mal in meinem Leben geträumt.

Die Frau, die ich im Traum über den Tod meiner Eltern gesehen habe, hat versucht mich umzubringen.

Marek hat sie getötet.

Kali hat Elise mit einem Pfeil erschossen, der eigentlich für Marek bestimmt war.

Melisand hat uns geholfen.

Marek ist ein Hexer.

Dass Marek und ich in der letzten Nacht miteinander geschlafen haben, schafft es dabei nicht mal auf meine Prioritätenliste. Kurz sehe ich zu Marek hinüber. Ich habe auf jeden Fall mit einem anderen Mann geschlafen als dem, der nun vor mir steht. Mit einem Mann, von dem ich geglaubt hatte, ihn zu kennen.

Tja, falsch gedacht.

»Warum wollten die Beginen Lilith umbringen? Warum kann Marek zaubern? Warum bist du hier?« Morgana starrt Melisand aus großen Augen an. »Ich verstehe gar nichts mehr.«

Da ich es nicht ertragen kann, untätig rumzustehen, gehe ich zu den Einbauschränken auf der gegenüberliegenden Zimmerseite und öffne sie, bis ich mehrere Shotgläser und eine Flasche Jägermeister gefunden habe. Nicht mein Lieblingsgetränk, aber gerade nehme ich alles, was die Lautstärke in meinem Kopf ein bisschen dämpfen kann.

Ich stelle fünf Gläser auf die Theke, gieße sie voll, leere meins und gieße mir direkt nach. Dario, dem ein Tampon in dem blutenden Nasenloch steckt, kommt zu mir und trinkt auch einen Shot, obwohl ihm besagter Tampon dabei im Weg ist. Ich fülle ihm nach. Wir stoßen an und trinken gemeinsam.

Das Getränk brennt in meinem Hals und wärmt mich ein wenig von innen.

»Fühlt ihr euch auch so, als hättet ihr eine ganze Baustelle im Kopf?«, fragt Dario.

Ich nicke. Das würde auf jeden Fall den Lärm in meinem Kopf erklären.

Bevor ich mir überlegen kann, welchem Problem ich mich zuerst widme, bricht Morgana auf einmal heftig in Tränen aus. Sie kriegt kaum Luft und fängt an zu hicksen.

Melisand streicht ihr beruhigend übers Haar, und ich gehe auch zu ihr hinüber und nehme sie ganz fest in den Arm.

»Elise ist tot«, kriegt sie zwischen zweimal Schluckauf hervor. »Ich weiß, sie wollte dir wehtun, Lilith. Nur ... sie war meine Freundin und sie war so alt wie wir und Kali hat sie einfach ...«

Sie kommt nicht weiter, weil die nächste Welle Schluchzer über sie hinwegbricht.

»Hey«, sage ich sanft in ihre Haare. »Du darfst traurig sein. Sie war deine Freundin und sie ist gestorben. Der Rest spielt keine Rolle.«

»Es ist alles meine Schuld! Ich habe euch gesagt, dass wir bei den Beginen sicher sind, weil ich das wirklich geglaubt habe. Ich habe uns alle in Gefahr gebracht. Ich war so dumm. Es tut mir leid.«

»Das bist du nicht. Du hast einer Freundin vertraut. Entschuldige dich nicht dafür«, sage ich mit Nachdruck.

Morgana nickt nur an meinem Hals, da sie kein Wort mehr herausbekommt. Einige meiner Haarsträhnen sind von ihren Tränen so nass, dass sie in meinem Nacken kleben, aber ich lasse sie nicht los. Astrid hat mich immer umarmt, bis ich mich zuerst von ihr gelöst habe und diese kleine Geste hat mir so viel Sicherheit gegeben, dass ich diese nun auch Morgana schenken will.

Morgana und ich verharren eine Weile so – sie schluchzend

auf ihrem Stuhl mit dem hochgelegten Fuß, ich vor ihr kniend, bis meine Beine einschlafen. Schließlich lässt sie mich los, als ihre Tränen versiegt sind und ihr Körper nicht länger von Schluchzern geschüttelt wird.

»Marek kann zaubern«, spricht Dario ohne Umschweife das eine Thema an, über das ich am allerwenigsten reden wollte. Ich gehe wieder zu Dario an die Theke und stürze einen weiteren Shot Jägermeister hinunter, weil ich dieses Gespräch nicht nüchtern führen will.

»Seit wann weißt du, dass du ein Hexer bist?«, frage ich das Schnapsglas vor mir, in dem nur wenige dunkle Tropfen zurückgeblieben sind.

»Eine Weile«, antwortet Marek vage von der anderen Ecke des Zimmers. Obwohl uns mehrere Schritte voneinander trennen, steht er immer noch zu nah an mir dran. Ich bilde mir ein, seinen Atem im Nacken zu spüren. Einerseits sind wir uns zu nah, andererseits liegt eine Schlucht an Geheimnissen zwischen uns.

»Also mehrere Jahre?«, frage ich, weil ein sehr bemitleidenswerter Teil von mir tatsächlich gehofft hat, er hätte erst gerade eben seine Magie entdeckt. Inzwischen sollte ich es besser wissen. Er hat sich bei mir entschuldigt, bevor er sehr bewusst die Hand auf den Kristall gelegt hat, als würde er genau wissen, was er da tut.

»Ja«, sagt Marek schlicht.

Ich trinke noch einen Shot. Darios Blick signalisiert mir, dass ich langsamer machen soll, aber niemand von meinen Freunden traut sich, mir das Trinken auszureden. Gut so. Dann haben sie ja den Ernst meiner Lage verstanden.

»Du hast uns belogen«, sage ich und meine eigentlich *Du hast mich belogen*. Aber ich glaube, das weiß Marek, denn aus den Augenwinkeln sehe ich, wie er zusammenzuckt.

»Ich habe nur nicht die Wahrheit gesagt«, versucht er sich rauszureden, was mein Blut zum Brodeln bringt.

»Willst du dich jetzt damit rausreden, dass dich ja keiner von uns direkt gefragt hat und du deswegen nichts dafür kannst?«

Dass er dazu nichts sagt, ist Antwort genug.

»Hast du gar nichts zu deiner Verteidigung zu sagen?«, frage ich. Sein Schweigen macht mich genauso wütend wie jede Erklärung, die er mir geben könnte. Ich kann seine Berührungen noch auf meiner Haut spüren und ich würde sie am liebsten abstreifen wie ein Kleidungsstück, in dem ich mich nicht mehr wohlfühle.

»Zu meiner Verteidigung?«, fragt Marek. »Ich wusste nicht, dass ich hier vor Gericht sitze.«

Ich schnaube.

»Was erwartest du von mir?«

»Ehrlichkeit«, sage ich.

Jetzt schnaubt er. »Es ist nicht so einfach.«

»Dann erklär es mir doch.«

»Ich wurde von meinen Eltern ausgesetzt mit nicht mehr als einem Briefumschlag mit meinem Namen drauf und einem Zettel darin, auf dem nur ein einziger Satz stand: *Erzähl niemandem davon.*«

Das habe ich schon mal gehört, geht es mir auf und ich starre Morgana entsetzt an. »Das hast du damals vorm Schwimmbad zu ihm gesagt. Kanntest du sein Geheimnis etwa die ganze Zeit über?« Morgana reagiert nicht, woraufhin ich nur noch lauter werde. »Hast du es gewusst?«

»Lass sie in Ruhe«, springt Melisand dazwischen. Ich verdrehe genervt die Augen.

»Du bist seit drei Sekunden hier, *Melli*. Halt dich da raus.«

Sie starrt mich mit ihren blauen Augen nieder und ich

möchte nicht zugeben, wie gut das klappt, denn ich habe echt das Gefühl, der Raum wird ein paar Grad kälter. Ich lasse von Morgana ab, weil ich ohnehin nicht auf sie sauer bin. Nicht wirklich.

»Erzähl niemandem davon – was bedeutet das?«, frage ich mit ungeduldigem Tonfall an Marek gerichtet.

»Mein halbes Leben habe ich selbst nicht verstanden, was damit gemeint ist. Bis ich als Teenager von dem Sohn meiner Pflegefamilie zu einem Drogendealer mitgenommen wurde, er verprügelt wurde und auf einmal einer der Kerle durch die Gegend flog, während ein ganzer Baum tot umfiel. Ich habe meinen Pflegebruder gerettet. Trotzdem hatte er von dem Tag an Todesangst vor mir. Seine Eltern dachten, ich hätte ihn verprügelt und ich bin wieder im System gelandet. Da wusste ich, was dieser Satz bedeutet und wie wichtig es war, dass ich mich an ihn hielt. Ich habe nie darüber gesprochen. Nie.«

Erst vor einem Tag hat er mir diese Geschichte erzählt. Eine Version davon, die er bereit war, mit mir zu teilen. Aber nicht die ganze Wahrheit.

Ich schüttle leicht den Kopf. Noch vor wenigen Stunden hat jemand versucht mich zu ertränken und jetzt stehe ich hier, über Wasser, und fühle mich doch so, als wäre ich untergegangen und würde nicht wissen, in welche Richtung ich schwimmen muss, um die Oberfläche zu erreichen.

»Deswegen sind die Topfpflanzen in unserer Wohnung ständig gestorben«, sagt Dario mehr zu sich selbst als zu uns. »Ich habe irgendwann sogar angefangen, mir Wecker zu stellen, damit ich sie immer zur perfekten Zeit gieße, und trotzdem sind manche von einem Tag auf den anderen eingegangen.«

Ich erinnere mich daran, dass Dario mir so was sogar gesagt hat, als wir gemeinsam nach Marek gesucht haben, nachdem er sich zum ersten Mal verwandelt hatte.

»Du hast viel zu entspannt reagiert, als du von der Existenz von Hexen erfahren hast«, flüstere ich. »Das hat mich damals schon misstrauisch gemacht.« Ich hasse, wie dumm ich mir in diesem Moment vorkomme. Trotz einer Ahnung habe ich mein eigenes Bauchgefühl ignoriert.

Nun, da ich auf die Suche nach Zeichen gehe, finde ich unendlich viele.

In seiner Wohnung hat Marek mir mit einer seltsamen Dringlichkeit Fragen über Hexen gestellt. Er hat mich gefragt, wie ich erkannt habe, dass ich zaubern kann.

»Du hast sogar schon vor mir gezaubert«, wird mir klar. Ich habe es nur nicht gemerkt.

Als er bei unserer Flucht aus Prag den Motor des Autos gestartet hat, hat es modrig gerochen. Als die Männer uns im Schwimmbad angegriffen haben, hatte er auf einmal die Pistole in der Hand und ich wusste nicht, wann er sie sich geholt hat. Die Wahrheit war die ganze Zeit direkt vor meiner Nase und ich habe einfach nicht genau genug hingesehen.

»Macht es denn wirklich einen Unterschied?«, fragt Marek. Er klingt so erschöpft, wie ich mich fühle.

Ich weiß, dass er diese Frage nur an mich gerichtet hat, doch ich brauche einen Moment, um den Blick zu heben. Seine grünen Augen bohren sich sofort in meine und mir wird warm und kalt und ich habe das Bedürfnis, ihn zu küssen und gleichzeitig ihm eine Ohrfeige zu verpassen. Ich bin wütend und traurig und erschöpft und enttäuscht.

Eigentlich will ich mich von ihm abwenden, aber seine Frage arbeitet in mir. Macht es denn einen Unterschied? Ändert diese Wahrheit irgendwas an dem, was in den letzten Wochen zwischen uns passiert ist? Ändert es etwas daran, dass er mein Herz zum Pochen und meine Haut zum Kribbeln bringt?

Marek macht eine Geste mit dem Kopf zu einer Tür an der

Seite des Raums. Er geht vor und bedeutet mir, ihm zu folgen. Ich zögere, ehe ich ihm hinterhergehe.

Durch die Schwingtür treten wir in einen stickigen Flur, von dem es zu den Toiletten geht. Er ist so schmal, dass wir viel zu nah voreinander stehen müssen und ich den Kopf leicht in den Nacken legen muss, um seinem Blick zu begegnen. Nach einer langen Stille hebt Marek langsam die Hand, um meine Wange zu berühren, doch ich weiche instinktiv einen Schritt zurück, wobei ich dumpf mit dem Hinterkopf gegen die Wand knalle.

Er lässt die Hand sinken. »Es macht also doch einen Unterschied«, sagt er bitter.

»Wie könnte es nicht?«, gebe ich zurück, obwohl ich nicht einmal weiß, ob das stimmt. Gerade fällt mir das Denken unfassbar schwer.

Marek schnaubt. »Du hast dich rausgeschlichen.«

»Das tut jetzt wirklich gar nichts zur Sache«, sage ich und verschränke abwehrend die Arme vor der Brust wie einen Schild, der all die Dinge fernhält, die ich gar nicht hören will.

»Oh doch, das tut es. Du suchst jede Entschuldigung, um auf Abstand zu gehen. Einfach nur, weil du so große Angst vor Nähe und deinen eigenen Gefühlen hast.«

Mir entfährt ein ungläubiges Geräusch, obwohl ich tief in mir drin eigentlich sehr genau weiß, dass er recht hat. Doch ich kann gerade nicht nachgeben, weil ich Angst habe, dass ich dann zusammenbreche und nie wieder die Kraft finde, aufzustehen.

»Du tust so, als wäre zu verschweigen, dass du ein Hexer bist, nicht schlimmer, als deine Socken rumliegen zu lassen.«

Marek sieht mich verwirrt an. »Was haben denn Socken jetzt damit zu tun?«

Ich sehe selbst ein, wie missverständlich ich mich ausgedrückt habe, trotzdem ärgere ich mich über seine Nachfrage. Gerade könnte er nichts machen, was mich nicht ärgern würde. »Dass jemand einfach die Socken rumliegen lässt, statt sie wegzuräumen – streiten sich Paare nicht typischerweise über so was? Du tust so, als würden wir über so was Lapidares streiten.«

Warum Marek ausgerechnet jetzt grinst, verstehe ich nicht und es bringt mein Blut nur noch mehr zum Kochen.

»Paare also, hm?«

Ich stoße einen kleinen frustrierten Schrei aus und gucke zur Decke.

»Nicht Paare. Aber ...«

»Ja?«

Ich bin wütend auf ihn und er ist wirklich so dreist, dass er mich ausgerechnet in diesem Moment nervt. Am liebsten würde ich auf ihn losgehen, ihn anschreien und um mich treten und diese Energie loswerden, die in mir feststeckt wie Magie, die ich nicht gewirkt habe.

Stattdessen erinnere ich mich auf einmal an das, was er für mich getan hat.

»Du hast sie erschossen«, kriege ich hervor.

»Habe ich«, sagt er ganz ruhig. Er versteckt, was es wirklich in ihm auslöst. »Und das ist der Dank, den ich dafür bekomme, dein Leben gerettet zu haben.«

Ich schnaube, was leider auch halb wie ein Lachen klingt. Er geht mir immer noch auf die Nerven und ich bin immer noch sauer und ich fühle mich noch immer von ihm belogen und das tut weh. Und trotzdem mache ich plötzlich einen Schritt auf ihn zu, stelle mich auf die Zehenspitzen und presse meine Lippen gegen seine.

Dieser Kuss ist genauso aufgekratzt wie ich. Ich beiße ihm in die Unterlippe, reiße ein bisschen zu fest an seinen Locken, doch er tut dasselbe und bringt mich damit zum Stöhnen. So kann ich die Energie loswerden, die mich fast die Wände hochgehen lässt.

Er packt mich an der Taille und drückt mich mit Schwung gegen die Wand hinter mich. Das dumpfe Geräusch des Aufpralls geht in unserem Keuchen unter.

»Ich bin immer noch sauer«, teile ich ihm zwischen zwei atemlosen Küssen mit, während meine Hand hektisch unter seine Kleidung fährt, weil ich ihn unbedingt richtig berühren will.

»Wenn du das brauchst«, sagt er, womit er mich wieder zur Weißglut bringt, weswegen ich ihm mit den Nägeln über die Haut kratze. Er küsst mich nur noch wilder und intensiver.

Ich öffne schon seine Gürtelschnalle und er knetet über dem Pulli meine Brüste – wir beide sind absolut bereit, in diesem Gang Sex zu haben, egal, wer uns dabei erwischen könnte –, als uns ein Räuspern unterbricht.

Wir sehen zur Seite, wo Dario in der offenen Tür steht und uns mit einer vollkommen ausdruckslosen Miene mustert.

»Könnt ihr das auf später verschieben? Wir haben noch wichtige Sachen zu besprechen.« Seine Ernsthaftigkeit wird allerdings von dem Tampon, das ihm aus der Nase ragt, untergraben, was mir ein ersticktes Lachen entlockt.

Dario dreht sich um und lässt uns zurück.

Mareks Brust presst sich mit jedem hektischen Atemzug an meine. Wir sehen uns kurz an, als überlegten wir beide, Dario und die anderen einfach zu ignorieren und dort weiterzumachen, wo wir gerade unterbrochen wurden. Schließlich macht Marek einen Schritt zurück und ich richte meine Haare oder versuche es zumindest, weil ich ohne Spiegel keine Ahnung habe, wie ich gerade aussehe.

Marek schließt seine Gürtelschnalle. Ich will schon wortlos durch die Tür verschwinden, als er mich am Arm zurückhält.

»Das ändert nichts daran, dass ich sauer auf dich bin«, teile ich ihm mit.

Marek lächelt schief. »Das ändert nichts daran, dass mir das ständige Hin und Her zwischen uns auf die Nerven geht.«

Ich nicke, ein leichtes Lächeln auf den Lippen. Er tut es mir gleich und wir gehen zurück zu den anderen.

Melisand mustert uns abfällig. »Na, genug Spaß gehabt?«

»Neidisch?«, gebe ich zurück, was Melisands eisige Miene aufbrechen lässt wie einen Gletscher. Ich habe wohl ins Schwarze getroffen, denn Melisand sieht jetzt überall hin, nur nicht zu Morgana.

»Vielleicht erklärst du uns mal, warum du hier bist, *Melli*«, sage ich sarkastisch, um von meinem erhitzten Äußeren abzulenken.

Melisand tut uns natürlich nicht den Gefallen, sich direkt zu erklären, sondern geht nur wortlos zu ihrem Rucksack und holt ein altes Buch heraus. Ich erkenne es auf den ersten Blick. Es ist die alte Schrift, von der ich nur die ersten zwei Drittel abfotografieren konnte, ehe mich Kali in der Bibliothek erwischt hat.

Dario läuft darauf zu, als würde er davon gerufen werden und nimmt es Melisand ab. Er legt es nicht auf einem der kleinen Tische ab, vermutlich, weil sie zu schmutzig sind und das Buch zu wertvoll. Er hält es in den Händen wie den größten Schatz und blättert es durch.

»Das braucht ihr doch, oder nicht?«, fragt Melisand ein bisschen ungehalten, weil wir anderen sie nur fassungslos anstarren. »Gern geschehen.«

»Warum hilfst du uns?«, fragt Morgana mit ihrer sanften Stimme. Für einen Moment wird Melisands Gesichtsausdruck so liebevoll, wie ich ihn noch nie gesehen habe. Doch sie fängt sich schnell wieder und verbirgt alle Emotionen hinter ihrer Eisprinzessinnenfassade.

»Weil die Oberhexen uns belogen haben. Uns alle. Und die anderen Hexen vertrauen ihnen und gehorchen ihren Befehlen, ohne eingeweiht zu sein.«

Melisand setzt sich auf den Stuhl neben Morgana und knetet nervös ihre Hände.

»Nachdem ich … Probleme in meinem Zirkel in London hatte, war ich Kali so dankbar dafür, dass sie mich aufgenommen hat, dass ich sie nie hinterfragt habe. Sie hat mir geholfen, als mir niemand helfen wollte, also war ich bereit, alles zu tun, was sie von mir verlangt hat. Aber irgendwann bin ich stutzig geworden.« Melisand atmet schwer ein und aus. »Nachdem ihr fort wart, habe ich angefangen, nachzuforschen.«

»Bisschen spät, wenn man mich fragt«, murmle ich in mich hinein.

Melisand wirft mir einen bösen Blick zu.

»Es tut mir leid, dass ich dir bei unserer Flucht wehgetan habe«, bringt Morgana hervor. Melisand schaut sie an, als gäbe es nichts, für das sich Morgana jemals entschuldigen müsste.

»Es ist in Ordnung. So schmerzhaft war es nicht.«

»Schade«, nuschle ich. Diesmal trifft mich auch Morganas strenger Blick. »Sorry, ich konnt's mir nicht verkneifen.«

Ich mag von Melisand halten, was ich will, aber dass ihre Gefühle für Morgana echt sind, lässt sich nicht leugnen.

»Was mich stutzig gemacht hat, war, dass sie Marek nicht mit einem Bannzauber an den Konvent gebunden haben, in der Nacht, als er zum Wolf wurde. Er konnte sogar fliehen und in die Stadt entkommen, obwohl man das so leicht hätte verhindern können.«

»Weißt du, warum sie keinen Bannzauber genutzt haben?«, fragt Dario, der das Buch beiseite gelegt hat.

»Nein, leider nicht. Aber von da an habe ich Kali und Astrid, wann immer es möglich war, heimlich belauscht. Sie haben mir ja vertraut. In meiner Nähe waren sie nicht so vorsichtig wie bei den anderen. Ich habe vieles erfahren. Unter anderem, dass sie euch von Anfang an verfolgt haben, euch aber nicht direkt gefangen nehmen wollten, weil sie erst schauen wollten, wohin ihr geht. Anscheinend denken sie, dass ihr sie an einen Ort führen könnt, der für sie wichtig ist.«

Asgard, denke ich und sehe in den Gesichtern meiner Freunde, dass sie an dasselbe denken.

»Einen Tag bevor wir nach Brügge aufgebrochen sind, habe ich die beiden dann in Astrids Büro gehört. Ich habe mich im Flur versteckt und einiges erfahren, auch wenn ich noch nicht alle Zusammenhänge verstanden habe.«

Sie stockt, räuspert sich und ihr nächster Atemzug geht zittrig durch ihren Körper.

»Was hast du erfahren?«, frage ich und klinge das erste Mal, seit ich herausgefunden habe, dass sie nicht nur meine Kollegin Melli aus dem Coffeeshop ist, nicht unfreundlich.

Melisand hebt den Kopf und ausnahmsweise ist ihr Blick voller Bedauern und einer Emotion, von der ich nie geglaubt hätte, dass sie sie bereitwillig mit mir teilen würde: Angst.

»Sie wollen Ragnarök nicht verhindern«, sagt sie mit leicht zitternder Stimme. »Sie haben es ausgelöst.«

KAPITEL 20

Es ist zu viel. Es reicht mir einfach. Ich werde mich jetzt irgendwo verstecken, wo mich keiner mehr finden kann, und nie wieder herauskommen, denn ich habe keine Kraft mehr, um mich mit alldem auseinanderzusetzen.

»Das kann nicht sein«, kriege ich mühsam hervor.

»Es ist aber so«, sagt Melisand schlicht.

»Astrid kann davon nichts gewusst haben. Vielleicht hat Kali ...«

»Astrid hat mitgemacht, Lilith«, unterbricht mich Melisand erbarmungslos.

Am liebsten würde ich mir beide Hände flach auf die Ohren drücken, laut *Lalala* schreien und die Augen zupressen, doch ich verkneife es mir und atme stattdessen tief durch.

Mein erster Impuls ist, Astrid zu verteidigen. Unglücklicherweise lassen sich die Tatsachen nicht leugnen. Astrid hat mir nie die ganze Wahrheit gesagt, auch als wir noch in Prag waren. Sie hat mir versprochen, auf Marek aufzupassen und hat doch mehrfach versucht, ihn umzubringen. Und erst vor einer Stunde hat Kali etwas zu mir gesagt, was mich hat stocken lassen.

Es geht um die Zukunft der Hexen, Kind.

Sie hat von der Zukunft der Hexen geredet, nicht von der Zukunft aller.

»Werden die Hexen nicht auch sterben, wenn die Welt untergeht?«, fragt Morgana mit hauchdünner Stimme.

»Anscheinend nicht. Wenn die meisten Menschen sterben, werden die Hexen es überstehen. *Sie werden nicht mehr unterlegen sein.* Das ist alles, was ich gehört habe.«

Dass Kali bereit ist, zu solchen extremen Mitteln zu greifen, nach dem, was mit ihrer Schwester passiert ist, kann ich zumindest teilweise verstehen, nur warum sollte Astrid so etwas tun?

Mein Herz tut richtig weh. Bei jedem Schlag zieht es sich schmerzhaft zusammen. Ich habe Astrid mein Leben lang vertraut. Ich liebe sie wie eine Mutter.

Die anderen verharren genauso wie ich in Schockstarre, während das Gewicht der Wahrheit uns niederdrückt.

Marek holt ein Päckchen Kippen aus seiner Jackentasche und zündet sich eine Zigarette an. Ich betrachte ihn kritisch, während der Rauch langsam aufsteigt.

»Du willst ja kein Messer in mein Herz rammen. Irgendwie muss ich meinen Tod doch beschleunigen«, versucht er zu scherzen, entlockt mir damit aber nicht mal ein müdes Lächeln.

»Das ist nicht witzig«, sage ich trocken.

Marek zuckt nur mit den Achseln und zieht noch mal besonders lang an seiner Zigarette wie ein rebellischer Teenager. Wir daten nicht mal richtig und wissen trotzdem viel zu gut, wie wir die Knöpfe des anderen drücken können.

»Ich glaube nicht, dass du sterben musst«, schaltet sich Melisand dazwischen. »Kali und Astrid haben behauptet, dass sie dich umbringen wollen, weil das Ragnarök verhindert. Wenn allerdings in Wahrheit *sie* Ragnarök ausgelöst haben, muss es einen anderen Grund geben, warum sie deinen Tod wollen. Anscheinend kannst du ihnen gefährlich werden. Wir sollten dich also dringend am Leben halten.«

Ich bin so erleichtert, dass ich es mir sogar verkneifen kann,

Melisand damit aufzuziehen, dass sie von *uns* spricht, obwohl sie seit einer Stunde hier ist und wir keine Ahnung haben, ob wir ihr trauen können.

Als ich zu Marek hinüberschaue, kann ich auch ihm die Erleichterung deutlich ansehen. Die Kippe fällt ihm aus der Hand, weil er anscheinend gerade keine Kraft mehr hat, sie festzuhalten.

»Was?«, bringt er atemlos hervor.

»Du musst nicht sterben«, wiederholt Melisand erstaunlich sanft.

»Warum wollen sie ihn dann töten?«, fragt Dario.

»Keine Ahnung«, gibt Melisand zu.

»Und warum wollen die Beginen Lily töten?«, fragt Dario wieder.

»Ich hoffe, dass du uns das sagen kannst.« Melisand deutet auf das Buch, das Dario so liebevoll in den Armen hält wie ein kleines Kind.

»Hat sonst noch jemand irgendwelche großen Offenbarungen zu verkünden?«, scherzt Marek, der mit zitternder Hand den Kippenstummel aufhebt und in einem der Shotgläser ausdrückt.

»Lily hat geträumt«, sagt Morgana.

Als ich heute Morgen aufgewacht bin, hätte ich nicht für möglich gehalten, dass danach so viele bedeutsame Dinge passieren würden, dass ich das tatsächlich vergessen könnte.

Marek starrt mich an und trinkt nun auch einen Shot aus einem Glas ohne Kippenstummel. »Ich auch«, gibt er zu.

»Fuck, ich hab Gänsehaut«, stößt Dario aus.

»Was läuft hier?«, frage ich an niemand bestimmten gerichtet.

»Was hast du geträumt?«, fragt mich Marek, weil er weiß, dass mir das niemand beantworten kann.

»Vom Tod meiner Eltern. Die Frau, die versucht hat, mich umzubringen, war dort. Ich weiß nicht, ob das wirklich so passiert ist. Vielleicht hat sie nichts damit zu tun. Vielleicht war das nicht real.«

»Träume sind mächtig«, sagt Morgana und ihre Stimme hat diesen nachhallenden Klang, der einem die Haare auf den Armen aufstellt, den sie immer anschlägt, wenn es um Träume geht. »Hat es sich real angefühlt?«

Ich erschaudere. »Ja.«

»Dann war es real.« Und die Traumdeuterin des Prager Zirkels würde ich bei diesem Thema nie infrage stellen.

Ich schlucke hart. Die Frau, die versucht hat, mich zu ertränken, hat auch versucht meine Eltern umzubringen.

»Was hat das zu bedeuten?«, stellt Dario die Frage, die mir auch durch den Kopf geht. Er klingt so verzweifelt und verwirrt, wie ich mich fühle. Er richtet sich an Marek. »Und was hast du geträumt?«

»Auch vom schlimmsten Tag meines Lebens: Als ich das erste Mal gezaubert habe.«

Ich atme mal wieder sehr tief durch. Langsam merke ich den Alkohol in meinem Kopf brummen und es fühlt sich gut an, ein bisschen betäubt zu sein. Dann räuspere ich mich umständlich. »Also wissen wir eigentlich gar nichts. Aber das ändert nichts an unserem Plan: Asgard finden und den Göttern von Ragnarök erzählen. Von allem, was wir wissen. Vielleicht kann das Buch uns helfen.«

»Ich kümmere mich direkt um die Übersetzung«, sagt Dario sofort und ich erwarte fast, dass er salutiert. Er läuft zu einem der runden klebrigen Tische herüber, wischt ihn mit seinem Jackenärmel sauber und legt dann das Buch darauf. Er blättert ganz nach hinten, fischt einen immer noch feuchten Notizblock aus seinem Rucksack und beugt sich so konzentriert über die aufgeschlagenen Seiten, als könnte er dabei seine ganze Umwelt, selbst uns, ausblenden.

»Wir anderen können jetzt erst mal nichts weiter tun. Wir sollten schlafen«, schlägt Morgana vor, womit sie mal wieder beweist, dass sie mit Abstand die Vernünftigste von uns ist. »Wenn wir es wirklich nach Asgard schaffen, werden wir unsere Kraft brauchen.«

Niemand widerspricht und Marek und ich machen uns routinemäßig daran, Tische und Stühle an den Rand des Raums zu schieben, damit in der Mitte Platz ist. Melisand verschwindet kurz und kommt nur wenige Minuten später mit Sitzkissen zurück, die man auf Terrassenstühle legt. Auch ein paar nach muffigem Alkohol riechende Decken hat sie dabei. Wir breiten sie auf dem dreckigen Boden aus. Es ist nicht optimal, aber es ist alles, was wir haben.

Vielleicht bin ich ein bisschen nachtragend und zudem noch feige, denn ich lege mich direkt neben Morgana. Melisand erdolcht mich mit Blicken, fängt aber keinen Streit mit mir an. Ich rede mir natürlich ein, dass ich mich dort hinlege, um meine beste Freundin vor ihrer Ex zu bewahren, doch allen Anwesenden wird vermutlich klar sein, dass ich damit auch Marek auf Abstand halte.

Morgana kommentiert es zum Glück nicht und drückt nur sanft meine Hand, als ich mich neben ihr zusammenrolle. Ist sie womöglich froh, die Konfrontation mit Melisand zu vertagen?

Die Vorstellung, nicht als Einzige feige zu sein, beruhigt mich ein bisschen. Und mit Morganas warmer Hand in meiner schaffe ich es sogar, einzuschlafen.

»Du verhältst dich kindisch«, ruft Astrid aus. Ihr ist gerade scheiß-egal, dass das ganze Restaurant sie hören kann. Sie ist so wütend auf mich, dass ihr vermutlich alles scheißegal ist.

»Tue ich nicht. Ich habe nur einen anderen Weg für mich ge-wählt. Du musst ihn nicht verstehen.«

»Einen anderen Weg? Dass ich nicht lache. Was hast du denn für einen anderen Weg gewählt? Erleuchte mich. Was machst du mit deiner Zukunft?«

Ich springe reflexartig auf, wobei der Stuhl hinter mir umkippt. Diese Worte treffen genau dort, wo es richtig wehtut. Und das scheint auch Astrid zu merken, denn sie fasst sich. Ihre nächsten Worte sind ruhiger.

»Setz dich, bitte! Ich will nicht streiten. Nur einen netten Abend verbringen. Ich habe sogar den Kräutersaft dabei, den ich dir als Kind immer gemacht habe.«

»Wir sind in einem Restaurant. Hier können wir nichts trin-ken, was wir selbst mitbringen«, widerspreche ich, setze mich aber trotzdem wieder hin.

»Seit wann hältst du dich denn an Regeln?«

Ich wache langsam auf, weil sich etwas neben mir bewegt, und blinzle in das dämmrige Licht der nackten Glühbirne di-rekt über meinem Kopf. Staub tanzt in seinen Strahlen. Viel Staub. Hier wurde vermutlich vor einem Jahrzehnt das letzte Mal Staub gewischt.

Ich sehe mich langsam um. Morgana reibt sich gerade die Augen. Marek schläft noch auf der anderen Seite des Raums. Auch Dario ist eingeschlafen, mit dem Kopf auf dem alten Buch. Vermutlich sabbert er gerade auf die jahrhundertealten Seiten. Wenn Kali das wüsste.

Melisand kann ich nirgendwo sehen.

Ich stehe auf und decke Dario vorsichtig zu, obwohl das

auch nichts an der Tatsache ändert, dass er mit einem sehr steifen Nacken aufwachen wird. Diese Schlafposition sieht definitiv nicht gemütlich aus.

Als die Tür aufschwingt, fahre ich angriffsbereit herum, obwohl ich nichts in der Hand halte, um mich zu verteidigen. Melisand zieht spöttisch die Augenbraue hoch, als hätte sie dasselbe gedacht, während sie den Raum betritt. Mit duftenden Waffeln in den Händen. Sofort bewegt sich auch Marek in seiner Ecke und schlägt langsam die Augen auf.

»Warum warst du weg?«, frage ich misstrauisch.

»Ist das nicht offensichtlich?« Melisand hebt die Waffeln hoch und bringt sie zu Morgana hinüber, die sie wohl alles aufessen lassen würde, weil ihr egal ist, ob für uns andere noch was übrig bleibt.

»Woher wissen wir, dass Astrid und Kali nicht gleich hier auftauchen?«, frage ich.

Marek und Morgana schnappen sich bereits eine Waffel und ich will es ihnen nachtun, stocke aber noch mal.

»Denkst du etwa, ich habe das Frühstück vergiftet?« Es ist offensichtlich, dass Melisand sich über mich lustig macht.

»Die letzte Person, der wir zu leichtwillig vertraut haben, hat versucht, mich zu ertränken.«

Morganas Blick wird schlagartig traurig und ich bereue meine Worte sofort. Zumindest bis Melisand den Mund aufmacht.

»Ich kann verstehen, wieso.« Sie beißt genüsslich von ihrer Waffel ab.

»Du kannst mich mal am ...«

»Leute! Ich hab was herausgefunden.«

Unser Streit hat nun auch Dario aufgeweckt, der sich den Speichel aus dem Mundwinkel wischt und dann auch noch vom Buch.

Wir warten alle, dass er anfängt zu sprechen und ich schnappe mir in der Zwischenzeit eine Waffel, weil ich einfach zu hungrig bin, um noch stolz sein zu können.

Dario holt seine Notizen hervor, streicht die Seiten glatt. Die Decke, die ich über ihn gelegt habe, wickelt er sich um die Schultern.

»Habt ihr jemals was von Götterkindern gehört?«

Morgana und ich wechseln verwirrte Blicke und auch Melisand schüttelt den Kopf.

»Nein«, sage ich.

»Im letzten Drittel des Textes geht es um Götterkinder«, fährt Dario fort. »Anscheinend stammen einige Hexen nicht nur von Walküren, sondern direkt von Göttern ab.«

»Davon haben die Oberhexen nie erzählt«, sagt Morgana mit schwacher Stimme.

»Vielleicht ist das Absicht. Habt ihr euch nie gefragt, warum sie euch Altisländisch nicht beibringen, wenn doch die wichtigsten Texte eurer Geschichte darin verfasst sind? Warum ihr einen Studenten braucht«, er deutet auf sich selbst, »um euch zu helfen, euer Erbe zu übersetzen? Kommt es euch nicht seltsam vor, dass ihr die Sprache nicht lernt?«

Wir verfallen in betretenes Schweigen, was mir sagt, dass auch die anderen nie darüber nachgedacht haben und sich jetzt vermutlich genauso dumm deswegen fühlen wie ich mich.

Es tut weh, zu erfahren, dass Astrid mir noch etwas verschwiegen hat, obwohl es mich nach allem, was ich in den letzten Wochen und vor allem in den letzten vierundzwanzig Stunden erfahren habe, überhaupt nicht mehr überraschen sollte. Die Oberhexen hatten offensichtlich immer ihre eigene Agenda.

»Ich habe noch nicht den ganzen Text übersetzt. Hier fehlen mir auch die Bücher aus meiner Unibib, aber dadurch, dass ich die ersten zwei Drittel schon bearbeitet hatte, konnte ich mir vieles aus dem Zusammenhang erschließen. Götterkinder sind sehr entscheidend für Ragnarök. Sie können es aufhalten oder beschleunigen, je nachdem, von welchem Gott sie abstammen, auf welcher Seite dieser Gott kämpfen wird. Eure Oberhexen wissen anscheinend von den Götterkindern.« Dario stockt und sein Blick zuckt kurz zu Marek hinüber. »Ich habe da eine Theorie und erklärt mich jetzt bitte nicht für verrückt, aber es muss ja einen Grund geben, warum die Prager Hexen Mareks Tod wollten. Und die Beginen Lilys.«

Ich stehe langsam auf. »Worauf willst du hinaus?«

»Dass euer Erbe als Hexen komplexer ist als das der anderen. Dass ihr nicht Kinder der Walküren seid, sondern Kinder der Götter.«

Ich starre ihn fassungslos an, während immer dieselben Worte in meinem Kopf ihre Kreise drehen.

Ich bin anders.

Ich bin gefährlich.

Es gibt nun noch einen Grund mehr, mich für ein Monster, für einen Freak, für unnormal zu halten.

»Die Götter sind schon seit Ewigkeiten in Asgard. Sie können hier keine Kinder gezeugt haben«, widerspreche ich. »Ich kannte meine Eltern und sie waren meine Eltern.«

Automatisch greife ich zu meinen Ohrringen. Die Strahlen, die von den kleinen Sonnen abstehen, stechen mir spitz in die Fingerkuppen. *Meine Sonne,* höre ich meine Mutter liebevoll flüstern. Sie war meine Mutter und niemand sonst. Das weiß ich einfach.

»Götterkinder ist nicht wörtlich zu verstehen«, sagt Dario. »Es ist eher eine Blutlinie, die vor Ewigkeiten von Göttern abstammte. Das Götterblut, das in euren Adern fließt, ist stark verdünnt. Genauso wie es ja auch bei den anderen Hexen ist, die von den Walküren abstammen. Melisand und Morgana sind schließlich auch keine direkten Kinder der Walküren. Nur weit entfernte Nachfahrinnen.«

»Du redest darüber, als wären das Fakten, dabei ist es nur eine Theorie«, hält Marek dagegen, der mit einer Kippe spielt, statt sie sich anzuzünden.

»Träume spielen eine große Rolle bei den Hexen und ihr beide habt nie geträumt. Bis ihr nach Brügge gekommen seid. Dort, wo der Eingang nach Asgard liegt. Findet ihr nicht auch, dass das ein zu großer Zufall ist?«, fährt Dario unbeirrt fort, als hätte er Mareks Einwand gar nicht gehört. »Marek, deine Eltern haben dich aufgegeben und dir nur einen Zettel mit dem Satz hinterlassen, dass niemand von deinen Fähigkeiten erfahren darf. Warum sollten sie das getan haben, wenn du ein ganz gewöhnlicher Hexer bist? Warum bist du nicht in einem normalen Hexenzirkel aufgewachsen? Sie müssen ihre Gründe gehabt haben.«

Mareks Züge werden so hart, als wären sie auf einmal aus Stein. »Meine Eltern haben mich ausgesetzt. Versuch keine Gründe für ihr Verhalten zu finden. Es bringt nichts. Glaub mir.« Der Schmerz in seiner Stimme lässt mein Herz ein bisschen für ihn brechen. Ich dachte, ich wäre noch immer wütend auf ihn, weil er mir die Wahrheit verschwiegen hat. Gerade fühle ich jedoch keine Wut. Nur Mitgefühl.

Dario macht eine beschwichtigende Geste, räuspert sich und wechselt direkt das Thema, weil er zu merken scheint, dass Marek nicht gut darauf reagieren wird. »Elise wollte etwas über Lily sagen, bevor Kali sie ...« Er stockt und sieht entschuldigend zu Morgana hinüber, der wieder eine Träne entkommt. Gequält verzieht Dario das Gesicht. Dass er sich mit seiner neuen Theorie auf Glatteis bewegt, scheint ihm auch so langsam klar zu werden. »Vielleicht wollte sie uns genau das sagen. Dass Lily ein Götterkind ist, das sie loswerden will, damit Ragnarök nichts im Weg steht.«

»Ich habe nicht direkt nach der Ankunft in Brügge geträumt, erst die letzten zwei Nächte«, widerspreche ich, während Elises letzte Worte in meinen Ohren dröhnen.

Sie ist eine Gefahr für uns alle.

Egal, wie sehr ich mich gegen Darios These wehre, an diesen Worten habe ich nie gezweifelt.

»Ich auch«, gibt mir Marek recht.

Wie es aussieht, sind wir beide nicht bereit, Darios Erklärung zu akzeptieren.

»Im Text ist davon die Rede, dass Götterkinder Asgard finden und – was noch viel wichtiger ist – ins Schicksal eingreifen können. Deswegen wollen die Hexen euch vermutlich loswerden.« Unsere Skepsis bremst Dario kein bisschen. »Habt ihr, seit wir in Brügge sind, denn eine besondere Magie gespürt? Eine Sogwirkung? Ein Kribbeln? Irgendwas?«

Marek und ich schweigen einen Moment. Als ich schließlich nicke, tut er das Gleiche. Seit ich hier bin, hatte ich dieses seltsame Gefühl in der Magengrube, das ich nicht einordnen konnte. Vielleicht hätte ich dem mehr Bedeutung beimessen sollen.

Dario steht von seinem Stuhl auf, dieses für ihn typische Glitzern in den Augen.

»Okay, neue Theorie«, kündigt er an. »An dem Tag, bevor ihr angefangen habt zu träumen, wart ihr doch die ganze Zeit zusammen unterwegs, oder?«

Wieder nicken wir.

»Das legt nahe, dass irgendwas, wo ihr vorbeigekommen seid, etwas in euch ausgelöst hat. Etwas geöffnet hat, sozusagen, etwas, was vorher verschlossen war. Die Nähe zu Asgard vielleicht?«

»Worauf willst du hinaus?«, fragt Morgana.

»Wir sollten den Weg, den die beiden vor zwei Tagen gegangen sind, noch mal gemeinsam ablaufen. Ich bin sicher, dass wir so Asgard finden können. Sie müssen nur der Energie folgen, die sie die ganze Zeit eh schon wahrnehmen.«

»Dass Marek und ich hier irgendeine Energie spüren, muss nichts heißen«, sage ich. »Vielleicht spüren einfach alle Hexen so einen Sog in Brügge, eben weil sie auch mit Asgard verbunden sind.«

Ich sehe hoffnungsvoll zu Morgana.

Ich bin eine Nekromantin und in mir schlummert ein Wolf, der beim nächsten Vollmond, in zweieinhalb Wochen, aus mir herausbrechen wird. Das reicht. Das ist alles, womit ich umgehen kann. Es darf nicht mehr dazu kommen.

Doch Morgana und Melisand tun mir nicht den Gefallen, das zu sagen, was ich hören will.

»Ich habe nichts gespürt«, sagt Melisand.

Morgana seufzt, denn sie weiß, dass sie auch mir zuliebe nicht lügen darf, weil Größeres auf dem Spiel steht als meine Wünsche.

»Ich spüre auch nichts«, gibt sie schließlich zu.

Dario klatscht sich triumphierend in die Hände, doch Marek und ich können nicht in seine Euphorie mit einstimmen.

Wir beide haben gelernt, wie schlimm es in dieser Welt ist, anders zu sein.

»Dann packen wir Vorräte ein und ziehen meinen Plan durch?«, fragt Dario in die Runde.

Die anderen nicken und ich tue es auch, denn egal, was das alles in mir auslöst, es ist unsere beste Chance. Vielleicht unsere einzige.

»Ich habe wieder von Asgard gelesen«, erzählt Dario munter,
während wir anderen schweigen. »Dort scheint die Sonne und
es ist warm und die Natur blüht. Stellt euch mal vor, wir finden Asgard heute und dort ist es nicht dunkel.«

Das klingt tatsächlich verlockend.

Seit einer Stunde laufen wir jetzt schon durch Brügge.
Marek stützt Morgana, die ihren rechten Fuß kaum belasten kann. Trotzdem hält sie eine Hand gefechtsbereit erhoben, um Magie zu wirken, sollten der Prager oder Brügger
Zirkel auftauchen. In Melisands rechter Hand leuchtet ein
Kristall, weil sie gerade einen Tarnzauber wirkt, damit uns
die anderen Hexen nicht auf offener Straße entdecken können. Obwohl ich nach wie vor misstrauisch bin, was sie angeht, glaube ich ihr, dass ihre Gefühle für Morgana aufrichtig sind. Das muss vorerst reichen.

»Ich habe noch mal viel nachgedacht über das, was du uns
erzählt hast, Melisand«, füllt Dario die Stille.

»Sie hat vieles gesagt. Was genau meinst du?«, erbarme
ich mich.

»Das mit dem Bannzauber. Dass sie Marek mit Magie an
den Konvent hätten binden können, aber es nicht getan haben. Vermutlich wollten sie, dass genau das passiert, was passiert ist. Dass er noch mehr Menschen verletzt, es noch mehr
Wölfe gibt.«

Unwillkürlich wandert meine Hand zu dem Pflaster an meinem Hals. Mareks Blick zuckt zu mir herüber und sein Kiefer spannt sich so fest an, dass ich schon damit rechne, dass
er sich gleich die Zähne ausbeißt. Schnell lasse ich die Hand
wieder sinken.

»Die Wölfe sind sehr eng mit dem Weltuntergang verbunden«, fährt Dario fort. »Sie leiten Ragnarök ein. In dem Buch gibt es viele Abbildungen von ihnen und Morgana hat sie in ihren Träumen gesehen. Wenn die Hexen Ragnarök wollen, dann würden sie ja nicht verhindern, dass es mehr Wölfe gibt. Ganz im Gegenteil.«

Und ich war eines der Opfer, das sie wohl nicht bedacht haben. Bereut Astrid es? Ich stelle mir diese Frage wohl wissend, dass die Antwort mich nur verletzen wird. Hätte sie all das getan, was sie getan hat, wenn sie gewusst hätte, dass ich verletzt werden würde? Wenn ich auch ein Götterkind sein sollte, dann werden sie meinen Tod genauso sehr wollen wie Mareks.

»*Es ist die einzige Möglichkeit, um unser Scheitern zu verhindern*«, flüstere ich vor mir her.

»Was?«, fragt Marek, der genau dieselbe Abzweigung nimmt wie ich, ohne dass wir uns absprechen müssen. Der Sog wird stärker. Dieser Energie zu folgen ist das Leichteste auf der ganzen Welt. Ich will mir einreden, dass es sich falsch anfühlt. Aber genauso wie Mareks Küsse fühlt sich auch diese Magie sehr richtig an.

»Das hat Astrid zu mir gesagt, bevor wir damals aus dem Konvent geflohen sind. Jetzt verstehe ich es. Dein Tod verhindert nicht Ragnarök, sondern ihr Scheitern.«

»Und wie hängst du damit zusammen?«, fragt Marek.

»Keine Ahnung«, nuschle ich. Ich brauche einen Moment, um die nächsten Worte zu formulieren. »Bist du auch ein Nekromant?« Ich hasse, dass meine Stimme hoffnungsvoll klingt.

»Du meinst, ob ich auch Energie aus Menschen gewinne?«, fragt Marek und ich bin ihm dankbar, dass er meinen Ton nicht kommentiert. Morgana, die in seinen Armen hängt, sieht mich wissend an.

Ich nicke. Dann schüttelt er den Kopf. »Nein. Soweit ich weiß, bin ich kein Nekromant.«

Ich nicke erneut und laufe ein bisschen schneller, damit die anderen nicht mehr mein verräterisches Gesicht sehen können. Glaube ich wirklich, dass ich mich besser fühlen würde, wenn ich dieses Schicksal teilen könnte? Was für ein selbstsüchtiger Gedanke. Ich würde niemandem wünschen, Nekromant zu sein. Schon gar nicht Marek.

Nach einer Viertelstunde, in der selbst Dario geschwiegen hat, bleibe ich abrupt stehen, als mir klar wird, wohin mich mein Gefühl geleitet hat. Marek schließt mit Morgana im Arm zu mir auf und sieht sich genauso erstaunt um wie ich. Wir werfen uns einen Blick zu und sofort habe ich wieder seine Worte im Ohr.

Vor uns erstreckt sich der Parkplatz, auf dem ich ihm vom Tod meiner Eltern erzählt habe und er mir die Geschichte von seinem Pflegebruder.

Damals dachte ich, dass das komische Gefühl nur mit Marek und mir zu tun hat. Nun weiß ich es besser.

»Hier muss es sein, oder?«, haucht er.

»Ich glaube auch«, sage ich.

Der Parkplatz ist fast komplett verlassen. Fünfzig Meter weiter entdecke ich einen kleinen Teich. Über uns spannt sich der alte kaputte Torbogen, doch ...

»Hier ist nirgendwo eine Brücke«, stellt Dario fest. »Wir brauchen eine Brücke. Der Text ist da sehr eindeutig.«

Mehrere endlos erscheinende Augenblicke stehen wir verloren auf dem Platz herum. Ich lege den Kopf in den Nacken und mustere die abgebrochenen Steine des Torbogens, wo dieser abrupt endet. Es hat den Anschein, als wäre dort mal mehr gewesen. Über dem Torbogen erkenne ich ein Fenster. Dort befand sich wohl früher ein Aussichtspunkt. Womöglich war der Torbogen mal ein Teil der Stadtmauer gewesen.

»Vielleicht suchen wir ja falsch«, sage ich mehr zu mir selbst als zu den anderen. »Wir suchen nach Brücken, die noch da sind. Was wenn wir eine Brücke brauchen, die fort ist?«

»Das ergibt keinen Sinn«, sagt Dario oberlehrerhaft. »Man kann nicht nach etwas suchen, was fort ist.«

Warum suchen dann so viele Menschen verzweifelt nach Liebe, wenn sie diese schon vor so langer Zeit verloren haben, frage ich mich, spreche es aber nicht laut aus. Solche Gedanken – die verzweifelten, die, die verraten, dass ich im Inneren noch immer das hilflose kleine Mädchen bin, das über den toten Körpern seiner Eltern kauert – behalte ich für mich.

»Hier existierte früher mehr«, sage ich stattdessen und deute auf die Steine, die an der Seite wie spitze Klippen herausstechen. »Es könnte eine Brücke gewesen sein.«

Die anderen folgen meinem Blick.

»Hm, womöglich hast du recht«, sagt Melisand und ich kann mir nicht verkneifen, die Augenbrauen hochzuziehen. »So was wirst du nicht oft von mir hören, also gewöhn dich nicht dran.«

Das Grinsen, das sich jetzt auf meine Lippen legt, kann ich mir leider auch nicht verkneifen. Und leider sieht Melisand es. Sie beantwortet es wiederum mit einem Hochziehen ihrer Brauen. »Wir sollten es uns angucken«, sagt sie. »Ich kann uns mit Magie dort hinbringen, aber nicht alle und auch nicht, während ich uns weiter unsichtbar mache. Also muss es danach schnell gehen.«

Wenn Melisands Vermutung zutrifft, dass Astrid und Kali uns seit Prag verfolgt, aber nicht konfrontiert haben, weil sie Asgard finden wollen, müssen wir sehr vorsichtig handeln.

»Das kriegen wir hin«, sage ich, bemüht optimistisch, was mir gar nicht liegt.

»Dann los«, sagt Morgana. Melisand und sie nicken sich zu, Kristalle leuchten hell auf und ich verliere die Haftung zum Boden. Dario beginnt hektisch mit den Armen zu rudern, als würde er glauben, dass ihn diese Bewegung fliegen lässt und nicht die Magie zweier Hexen.

Sobald ich lande, stolpere ich und muss mich an der steinernen Wand festhalten, um nicht zu fallen. Wir stehen nun auf dem Torbogen, direkt vor den zackigen Steinen, unter denen nur der Parkplatz zu sehen ist. Nicht die Regenbogenbrücke. Nichts Übernatürliches. Nur harter Asphalt drei Meter unter unseren Füßen.

»Na ja, es war ja nicht zu erwarten, dass es ein Leuchtreklameschild gibt, das uns den Weg nach Asgard weist«, meint Dario, der unsere skeptischen Blicke wohl bemerkt hat.

»Ist Asgard wie ein exklusiver Club, den nicht jeder kennen soll?«, scherzt Marek.

»Richtig«, meint Dario fachmännisch. »Im Text hieß es, dass man Vertrauen braucht, um Asgard zu finden. Hier müssen wir dieses Vertrauen vielleicht unter Beweis stellen.«

Vertrauen – nicht gerade etwas, was mir leichtfällt.

Ich trete ein bisschen näher an den Abgrund vor mir heran. Ein paar kleine Brocken der kaputten Steine lösen sich und stürzen auf den Asphalt.

»Wenn man da runterfällt, bricht man sich nur was und stirbt nicht«, sage ich zu niemand Bestimmtem.

»Wie beruhigend«, meint Marek sarkastisch.

»Ich bin schon verletzt, bei mir macht es keinen Unterschied«, sagt Morgana und will sich von Marek losmachen, doch der hält sie weiterhin fest und auch Melisand tritt ihr in den Weg, um sie vor einer Dummheit abzuhalten.

Ein bisschen zittrig atme ich ein, während Dario Textstellen zitiert, die mir alle nicht eindeutig genug sind. Nirgendwo steht, dass man drei Meter in die Tiefe springen soll, also wäre es ziemlich bescheuert, es zu versuchen.

Nur haben wir keine andere Idee und wir sind wieder für alle Augen sichtbar und befinden uns hier oben auch noch auf dem Präsentierteller. Wir können uns keinen Aufschub leisten.

»Ich mach's«, höre ich mich selbst sagen, obwohl ich mich am liebsten für meinen Leichtsinn geohrfeigt hätte. Ich sehe wieder nach unten. Sterben werde ich wohl nicht, trotzdem bin ich nicht scharf darauf, mir beide Beine zu brechen, wenn's schiefgeht.

Vertrauen – dass ich nicht lache.

Ich ignoriere die Proteste meiner Freunde und trete noch näher an den Abgrund heran. Mehrmals atme ich sehr tief durch.

Schon will ich den ersten Schritt setzen, da spüre ich Wärme an meiner Hand. Ich sehe zur Seite. Marek grinst auf mich herab und verwebt unsere Finger miteinander. Er drückt fest meine Hand – ein Zeichen, dass er sich nicht umstimmen lassen wird. Und eigentlich will ich das auch gar nicht.

Ich will, dass er bleibt, selbst dann – besonders dann – wenn ich es ihm schwer mache.

Er lächelt mich auf eine Weise an, die mir klarzumachen versucht, dass er das alles weiß, also erwidere ich es.

Ich sehe nach vorne und erwidere den Druck seiner Hand.

Das ist das Signal.

Wir setzen einen Schritt nach vorne, wir lassen uns fallen.

Und fliegen.

KAPITEL 21

Ich bin mir sicher, dass ich Mareks Hand so fest umklammere, dass ich meine Nägel in seine Haut bohre, doch er beschwert sich nicht.

Mein Magen macht einen Satz wie in der Achterbahn, kurz nachdem man schnell hinabrast, wenn es sich so anfühlt, als würden alle Organe den Platz wechseln.

Meine Augen presse ich fest zusammen. Ich traue mich nicht, sie zu öffnen. Schließlich habe ich keine Ahnung, was mich erwartet.

Während ich viel zu schnell atme, warte ich auf den schmerzhaften Aufprall. Für einen gefühlt ewigen Moment scheine ich zu schweben, nur Mareks Hand in meiner beweist mir, dass ich überhaupt noch einen Körper besitze. Und dann setzen meine Füße sanft auf einer Oberfläche auf, ohne dass ich stolpere.

»Traust du dich auch nicht, die Augen zu öffnen?«, fragt Marek und bringt mich damit zum Lächeln.

»Ja«, gebe ich zu.

Wir halten einander einfach fest und verharren in diesem Zwischenmoment, in dem wir uns noch nicht unserer neuen Realität gestellt haben.

Solange wir die Augen nicht öffnen, sind wir nicht in Asgard angekommen oder sind auf dem Weg dahin gescheitert.

Marek zieht sehr sanft an meiner Hand, bis ich einen Schritt auf ihn zu mache. Noch immer sehe ich nichts, aber ich spüre ihn sehr nah vor mir und schließlich legt er die Arme um mich, den Kopf auf meinem Kopf ab und hält mich fest.

Ich lasse mich in seine Umarmung sinken. Sein viel zu schneller Puls schlägt im Takt mit meinem.

»Sind wir in Asgard?«

Darios Stimme holt uns aus unserem Zwischenmoment zurück in die Realität und wir öffnen gleichzeitig die Augen. Ich bin froh, dass wir uns einander zugewandt haben, denn so ist es sein Gesicht, das ich als Erstes in dieser neuen Welt sehe.

Er lächelt schwach, ich erwidere es. Er beugt sich vor und drückt mir einen Kuss auf die Stirn. Hinter uns stehen Dario und Melisand, Morgana von beiden gestützt zwischen ihnen.

Während ich meine Umgebung mustere, fällt mir zuerst die Abwesenheit von etwas auf: Licht.

Auch hier steht keine Sonne am Himmel.

»Vielleicht gibt es eine Zeitverschiebung«, setzt Dario an, als könnte er meine Gedanken lesen. »Vielleicht ist gerade Nacht und die Sonne wird noch aufgehen.«

Doch ich kann ihm deutlich anhören, dass er sich selbst nicht glaubt. Er hatte uns allen erzählt, dass in Asgard die Sonne scheinen würde – ein Trugschluss.

»Immerhin ist es nicht so kalt«, meint Morgana.

Damit hat sie recht. In meiner Winterjacke ist mir tatsächlich ein bisschen zu warm. Von tropischem Klima sind wir weit entfernt, aber hier herrschen die Temperaturen, die man Ende März normalerweise hat.

»Irgendwas stimmt nicht«, sagt Dario und eine hohe Falte bildet sich auf seiner Stirn.

»Wir sind in Asgard, oder?«, fragt Morgana.

»Ich glaube, wir sind kurz davor«, antworte ich, obwohl sie

die Frage nicht an mich gerichtet hat. Ich weiß auch nicht, warum ich mir so sicher bin. Ich spüre es, obwohl wir nur auf einer Wiese stehen und nicht viel weiter gucken können als die fünf Meter, nach denen der Schein von Melisands und Morganas Kristallen von der Dunkelheit verschluckt wird.

»Was ist das?« Melisand deutet in die Ferne. Ich kneife die Augen zusammen und mache ein sanftes Schimmern ganz weit hinten am Horizont aus.

»Dort müssen wir hin«, sagt Dario auf einmal wieder euphorisch und nicht mehr ganz so enttäuscht. »Das muss die Regenbogenbrücke sein. Dahinter warten die Götter.«

Wie die Motten starren wir das ferne Licht an, alle atemlos, alle ehrfürchtig und ein bisschen sprachlos. Haben wir es tatsächlich geschafft? Geht unser Plan nach den zahlreichen Rückschlägen wirklich auf? Werden wir die Götter um Hilfe bitten können?

Ich traue mich kaum zu glauben, dass alles gut ausgehen könnte. Zwischen uns und dem Leuchten in der Ferne liegen noch so viele Kilometer. Zwischen hier und dort lassen sich noch so viele Fehler begehen.

»Es wird alles gut«, flüstert Marek mir zu, als hätte er meine Gedanken gehört. Ich lächle ihn kurz an, dann wende ich mich wieder nach vorn, die Augen fest auf das Ziel gerichtet. Endlich ist es zum Greifen nah.

»Dann mal los«, sage ich zu allen. »Wir haben noch einiges an Weg vor uns.«

Wir laufen den ganzen Tag, bis schließlich der Mond am Himmel auftaucht und uns in silbriges Licht taucht. Meine Füße haben Blasen und Morgana stöhnt mit jedem weiteren Schritt schmerzerfüllt auf. Doch sie weigert sich, zuzugeben, dass sie eine Pause braucht.

»Wir sollten eine Pause einlegen«, sage ich deswegen zu den anderen und halte unter einem Baum an, der zwar noch ein bisschen karg ist, doch schon eine Handvoll Blätter trägt. Ich fahre über die Maserung und lächle unwillkürlich. Die Natur ist hier noch nicht erfroren. Vielleicht ist es die Nähe zu den Göttern. Nichtsdestotrotz ist auch in Asgard die Nacht ein bisschen kälter als der Tag und mein Atem wirft Wölkchen in die Luft.

Marek setzt Morgana vor dem Baum ab, damit sie sich anlehnen kann, und ihr entfährt ein erleichterter Seufzer. Melisand kniet sich vor sie und kümmert sich um ihren verletzten Knöchel, der nicht mehr ganz so dick aussieht wie vor einem Tag. Ein Kristall leuchtet und Wärme geht von Melisands Händen aus. Morgana entfährt ein wohliges Stöhnen. Doch dann schüttelt sie entschlossen den Kopf. »Wir müssen unsere Magie aufsparen. Du darfst sie nicht für mich verschwenden.«

»Das tue ich nicht«, sagt Melisand sehr heftig. »An dich ist sie nie verschwendet.«

»Ausnahmsweise muss ich Melli mal recht geben«, meine ich, woraufhin mich Melisand wütend über ihre Schulter anfunkelt. Es ist wirklich viel zu leicht, sie zu ärgern. Ihr Spitzname reicht schon.

»Außerdem ist die Natur hier nicht ganz eingefroren. Hier kommt ihr an Energie, um die Kristalle wieder aufzuladen.«

Melisand steht langsam auf und verschränkt die Arme vor der Brust. »Du sprichst von *ihr*, als wärst du nicht auch eine von uns. Ich habe dich nicht ein einziges Mal zaubern sehen. Nicht mal auf der Flucht vor Kali und Astrid. Was ist passiert?«

Ein riesiger Kloß setzt sich in meinem Hals fest. »Das geht dich nichts an«, entfährt es mir reflexartig.

Natürlich bringt das Melisand nicht dazu, das Thema fallen zu lassen. Ganz im Gegenteil. Sie grinst selbstsicher, weil ich ihr gerade einen meiner Schwachpunkte offenbart habe.

»Als ihr aus dem Konvent geflohen seid, konntest du Magie nicht kontrolliert wirken. Ist das immer noch so? Ist aus der Nekromantin eine noch größere Bedrohung geworden?«

Ihre Worte stechen und Tränen brennen in meinen Augen, die ich hastig wegblinzele. Ich werde Melisand niemals die Genugtuung geben, vor ihr zu weinen.

»Eine Bedrohung für dich vielleicht«, kriege ich an dem Kloß in meinem Hals vorbei.

Melisand grinst, weil sie meine Schwäche erkannt hat. »Dann wäre es besser, wenn du nicht zauberst. Am Ende stirbt noch einer von uns.«

»Melisand«, zischt Morgana warnend.

»Ist schon in Ordnung«, sage ich, weil ich mir keine Blöße geben will. »Sie hat ja recht. Ich habe meine Eltern umgebracht. Mir kann man nicht vertrauen.«

Melisands Grinsen gefriert. Sie hat wohl nicht damit gerechnet, dass ich es so direkt aussprechen würde. Damit verletze ich mich zwar mehr als sie, doch sie darf nicht sehen, was ich wirklich fühle.

»Ich vertraue dir auch nicht, Melli«, sage ich kühl. »Ich weiß nur, dass du Morgana liebst, und ich vertraue darauf, dass du eingesehen hast, dass du niemals wieder eine Chance bei ihr haben wirst, wenn du uns noch mal verrätst.«

Im Schein des Kristalls kann ich erkennen, wie ihre Wangen bei meinen Worten leicht rot werden. Melisand und ich haben mehr gemeinsam, als uns beiden lieb ist. Wir beide schämen uns für unsere Gefühle und bevorzugen es, wenn uns andere für herzlos halten. Doch die Wahrheit ist, dass wir uns tief in unserem Inneren eigentlich nur nach einer Sache sehnen: geliebt zu werden.

»Ich mache mich mal auf die Suche nach was Essbarem«, sage ich und wende mich direkt von den anderen ab. Stundenlang haben wir nur Wiese und ein paar vereinzelte Bäume gesehen. Nach etwas zu essen zu suchen, ist sinnlos, weil es hier nichts gibt, aber ich brauche etwas zu tun, bevor ich durchdrehe.

Eine Weile gehe ich kopflos weiter, ohne einen Gedanken daran, ob ich die anderen wiederfinden werde. In der Bar hatte ich mein Handy noch aufgeladen und leuchte mir jetzt mit meiner Taschenlampe den Weg. Zu meiner Überraschung stelle ich fest, dass ich Netz habe. Ich bin in eine andere Welt gereist und trotzdem funktionieren hier noch die Satelliten. Es ergibt keinen Sinn, so wie vieles in der letzten Zeit.

Ich will schon umdrehen, als ich ein leises Rauschen vernehme. Ich folge ihm, bis ich auch leises Plätschern höre. Irgendwo in der Nähe muss ein Bach oder Fluss sein. Ich laufe noch ein bisschen schneller. Da erkenne ich ein Leuchten und eile den kleinen Hügel hinab.

Es ist nur ein schmaler Bach, aber er glitzert übernatürlich. Ich setze mich ans Ufer und starre einfach hinein. Während ich das Wasser beobachte, beruhige ich mich ein bisschen.

»Hast du dich wieder eingekriegt?«

Ich zucke heftig zusammen.

»Keine Sorge. Der Bach ist nicht tief genug, um dich darin zu ertränken.«

Ich schnaube, aber es klingt verräterisch ähnlich wie ein Lachen.

Melisand läuft zu mir herüber und setzt sich mit zwei Metern Entfernung neben mich.

»Wieso bist du hier?«, frage ich, ohne sie anzusehen.

»Du bist kopflos weggesprintet. Vermutlich, ohne dir den Rückweg zu merken. Ich konnte nicht zulassen, dass du hier irgendwo verloren gehst.«

Ich verdrehe die Augen in ihre Richtung. »Ich wusste gar nicht, dass dir etwas an meiner Sicherheit liegt.«

»Tut es auch nicht«, sagt Melisand sofort. »Aber die Beginen haben versucht dich umzubringen, du könntest ein Götterkind sein. Vielleicht brauchen wir dich noch, um das Ende der Welt aufzuhalten.«

»Autsch. Ich dachte schon, dir läge was an mir. Ich bin untröstlich«, sage ich sarkastisch und greife mir an die Brust.

Melisand verdreht die Augen. »Natürlich bist du untröstlich«, sagt sie genauso sarkastisch. »Außerdem bist du Morgana wichtig, warum auch immer. Ihr würde es was ausmachen, wenn du niemals zurückkommst.«

Wir schweigen kurz, während wir uns mit Blicken abmessen, als könnten unsere Augen sehen, was die eine jeweils hinter ihrer viel zu hohen und dicken Fassade versucht vor der anderen zu verstecken.

»Du liebst sie wirklich, oder?«, frage ich erstaunlich sanft.

»Ja«, antwortet Melisand schlicht, womit sie mich überrascht. Ich hätte damit gerechnet, dass sie versucht sich rauszureden. Oder vielleicht schließe ich da auch nur von mir selbst auf andere.

»Was ist das eigentlich zwischen dir und dem Hexer?«, fragt sie.

»Nichts«, sage ich, weil ich nicht anders kann und beweise damit, dass Melisand mir einiges voraushat.

Sie lächelt mich gönnerhaft an, als würde sie das auch wissen. »Steh dir ruhig selbst im Weg. Das passt ausgezeichnet zu dem Bild, das ich von dir habe«, sagt sie.

Wir starren beide eine Weile in das glitzernde Wasser.

Ich rechne eigentlich nicht damit, dass Melisand das Thema noch einmal aufgreifen wird, doch sie überrascht mich gleich zum zweiten Mal in Folge, als sie sich räuspert. »Ich hatte auch eine lange Zeit Angst vor Gefühlen«, gesteht sie und sieht weiterhin ins Wasser, als spräche sie mit ihm und nicht mit mir. »Ich war schon einmal verliebt. Nicht in eine Hexe, in einen Menschen. Ich habe ihn meiner Oberhexe vorgestellt, wie es von mir verlangt wurde. Doch sie hatte etwas gegen ihn und hat mir befohlen, die Beziehung zu beenden. Sie hat mir nicht einmal einen Grund genannt. Musste sie auch nicht. Oberhexen dürfen tun, was auch immer sie wollen.«

Sie reißt einen Büschel Gras neben ihrem Oberschenkel aus und zerrupft es.

»Ich habe ihren Befehl missachtet und mich trotzdem weiter mit ihm getroffen. Und ich habe ihm auch von meiner wahren Identität erzählt. Er hat mich trotzdem geliebt und ich ihn. Wir waren glücklich. Bis mein Zirkel es erfahren hat.«

Melisand wirkt, als wäre sie plötzlich ganz woanders. Ihr Blick geht in die Ferne, ihre Stimme beginnt zu zittern.

»Er wusste schon zu lange von Hexerei, als dass ein Vergessenszauber noch gewirkt hätte. Geheimhaltung ist aber die oberste Priorität. Also haben meine Oberhexen ihn umgebracht und mich verstoßen.«

Ich spüre den Impuls, nach ihrer Hand zu greifen, doch wir kennen uns nicht gut genug und sie kann mich nicht leiden, also will sie ganz sicher keinen Trost von mir.

»Ich war eine Hexe ohne Zirkel. Verloren. Voller Trauer. Ich dachte, mein Leben wäre vorbei. Bis Kali mich gefunden und aufgenommen hat. Sie hat mich gerettet, auf so viele verschiedene Weisen. Und weil ich erlebt hatte, welche Konsequenzen es hat, sich nicht an die Regeln zu halten, habe ich mich verzweifelt an sie geklammert. Ich habe alles getan, was Kali von mir wollte, weil sie mir ein neues Leben geschenkt hat. Dann habe ich mich in Morgana verliebt und gesehen, wie sie gegen Regeln verstieß, sobald du zurück warst. Dafür habe ich dich gehasst. Ich dachte jedes Mal an Sandro, den Mann, den ich geliebt und verloren hatte, und habe gefürchtet, Morgana würde dasselbe Schicksal drohen, weil du sie ständig in Gefahr gebracht hast. Dann wart ihr fort und ich habe erkannt, dass ich Kali nicht vertrauen konnte. Es war nie falsch, die Regeln zu brechen, die Regeln selbst waren falsch.«

Sie seufzt und sieht mich nun doch an. Ich glaube, ihr Blick war noch nie so offen. »Für wahre Gefühle sollte man Regeln brechen. Für wahre Gefühle lohnt es sich, die Angst zu vergessen. Nach Sandros Tod hatte ich so große Angst davor, mich erneut zu verlieben, heute bin ich froh. Egal, ob Morgana sich entscheidet, mir zu vergeben oder nicht, ich kann niemals bereuen, sie geliebt zu haben.«

»Warum erzählst du mir all das?«

»Weiß ich auch nicht so genau. Eigentlich kannst du mir egal sein.« Sie greift in ihren Rucksack und zieht ein Messer heraus. Dann reicht sie es mir. »Wenn du schon nicht zauberst, solltest du dich irgendwie zur Wehr setzen können. Wir werden dir diese Aufgabe nicht abnehmen. Ich habe Besseres zu tun, als dich zu beschützen.«

Ich nehme den Dolch in die Hand und Melisand steht auf. »Wir sollten zurückgehen. Ich hoffe, du hast inzwischen genug geschmollt.«

Komischerweise bringen mich ihre kratzbürstigen Kommentare zum Lächeln. Ich stecke den Dolch ein.

Melisand wendet sich bereits ab, als ich sie zurückhalte.

»Warte«, sage ich und sie dreht sich genervt zu mir herum, weil ich keine Anstalten gemacht habe, ihr zu folgen. »Morgana wird dir vergeben.«

Kurz sieht sie sehr verletzlich aus. »Bist du dir sicher?«

»Bin ich«, sage ich mit Nachdruck. »Du hast uns geholfen. Du bist auf unserer Seite. Sie kann dir vertrauen. Das ist alles, worauf es für sie ankommt.«

Melisand nickt. »Und ich habe dir all das erzählt, weil ich damals jemanden gebraucht hätte, der mir sagt, dass es zwar gefährlich ist zu lieben, sich aber auch immer lohnt. Egal, wie tragisch es enden mag.« Sie räuspert sich, strafft die Schultern und wird wieder zur Eisprinzessin, die ich nicht mehr hassen kann. »Und jetzt beweg endlich deinen Hintern. Ich würde heute Nacht gern noch bisschen schlafen, statt nur auf dich aufzupassen.«

Als ich aufwache, kleben die Reste meiner Träume zwischen meinen Augen und an meiner Haut. Es waren viele Fetzen, keine zusammenhängende Geschichte, nur ein Hauchen, wie ein Flüstern in der Nacht, so leise wie der Wind, der durch die Blätter streicht.

Während wir alle unsere Sachen zusammenräumen und aufbrechen, schweige ich, weil ich versuche mich an alles zu erinnern, was ich gesehen habe.

Da war eine Höhle. Ich erinnere mich an die zerklüfteten Steine. An die Feuchtigkeit und das Wasser, das von den Decken tropfte. Ein Rauschen war zu hören gewesen, wie von einem weit entfernten Bach. Aber auch Schmerzensschreie.

Ich reibe mir über die Arme.

Danach habe ich Asgard gesehen, das große Schloss, die prächtigen Türme, doch auch dort habe ich Kampfgeschrei und Schmerzenslaute gehört.

Morgana kann heute wieder ein bisschen besser laufen, aber

Melisand bietet ihr die Hand an und sie ergreift sie. Die beiden gehen vor. Ich lasse mich ein bisschen zurückfallen.

»Wovon hast du geträumt?«, fragt Marek, der sich an meinen Gang anpasst.

Wir folgen den anderen.

»Ich bin mir nicht ganz sicher«, murmle ich in mich hinein. In meinen Ohren hallen die Schmerzenslaute nach. »Ich glaube, es hatte mit Ragnarök zu tun.«

Marek nickt. »Ich glaube, meine Träume auch.«

Ich sehne mein schwarzes Loch, in das ich früher jede Nacht stürzen konnte, sehnlichst herbei. Am Tag passiert schon genug und ich kann es nicht gebrauchen, auch noch in der Nacht geplagt zu werden.

»Was hast du gesehen?«, frage ich ihn, obwohl ein Teil von mir es gar nicht wissen will.

»Asgard. Die Kämpfe. Die Riesen. Eine riesige Schlange.«

»Klingt ja wunderbar«, sage ich sarkastisch. »Hast du auch eine Höhle gesehen?«

Marek runzelt die Stirn. »Nein, nur Asgard.«

Mich überkommt eine Gänsehaut.

»Wir sind eben sehr nah am Reich der Götter«, sage ich und deute auf das Schimmern, das nun gar nicht mehr so weit von uns entfernt ist. »Da spüren wir sie vielleicht deutlicher.«

Marek nickt nur und vertieft das Thema zum Glück nicht, wofür ich ihm sehr dankbar bin, weil mir das alles gerade zu viel ist. Gegen die Erkenntnis, dass ich ein Götterkind sein könnte, wehre ich mich mindestens genauso heftig wie gegen den Wolf, der sich mit jedem Tag vehementer gegen mein Innerstes wirft.

Wir laufen gefühlte Ewigkeiten. Seit die Sonne vor über einem Monat verschwunden ist, habe ich jedes Zeitgefühl verloren. Nur meine müden Beine geben mir Aufschluss darüber, wie lange wir schon unterwegs sind.

Mein Handy vibriert in meiner Hosentasche und ich hole es kurz hervor. Die Uhr teilt mir mit, dass nicht einmal die Hälfte des Tages vorbei ist, aber der Bildschirm verrät mir noch was anderes.

Astrids Worte prangen mal wieder wie eine Mahnung auf meinem Sperrbildschirm.

Ich kann dir die Wahrheit sagen.

Ich schnaube verächtlich und stecke das Handy energisch weg. Wenn ich eine Sache in den vergangenen Wochen gelernt habe, dann dass Astrid gerade das nicht kann. Marek wirft mir einen fragenden Seitenblick zu, doch ich schüttle nur den Kopf. Darüber will ich ganz sicher nicht reden.

Nachdem wir eine Weile schweigend gewandert sind, hält Dario die Stille schließlich nicht mehr aus.

»Ich glaube, Asgard beginnt erst so richtig hinter der Brücke. Aber was ist dann das hier? Diese Wiese? Eine Zwischenwelt? Ein Nimbus? Ich bin so gespannt, was uns hinter der Brücke erwartet.« Er deutet auf das Schimmern, das inzwischen nah genug ist, dass ich dessen Form ein bisschen deutlicher erkenne. Es scheint wirklich die Brücke zu sein.

»Und worüber ich auch die ganze Zeit nachdenke: Von welchen Göttern stammen Marek und Lily wohl ab?« Er sagt das so, als bestünde daran, dass wir Götterkinder sind, gar kein Zweifel mehr. »Es müssten meiner Meinung nach Götter sein, die bei Ragnarök eine Rolle spielen, oder? Sonst würden die Hexen sie nicht loswerden wollen. Folglich fällt Baldur weg. Der wird bereits zuvor durch einen Trick von Loki umgebracht. Andererseits ist das einer der Konflikte, der Ragnarök auch mit auslöst.«

Dario verliert sich in seinen Erzählungen über die nordische

Mythologie und irgendwann genieße ich es sogar, weil es beinahe wie ein gutes Hörbuch ist. Ähnliche Dinge hat auch Kali uns beigebracht, aber sie habe ich immer am liebsten ausgeblendet. Wäre Dario mein Geschichtslehrer gewesen, würde ich jetzt wesentlich mehr über das Erbe der Hexen wissen.

»Thor wäre auch eine Option. Oder Odin selbst. Obwohl man ja als Kind von Thor sowieso auch ein Nachfahre von Odin ist, schließlich ist er Thors Vater. Aber das muss ich euch ja nicht erklären. Ihr wisst das sicherlich. Also es müssen Götter sein, die gegen das Ende der Welt kämpfen, deswegen sind die Hexen gegen euch. Die Riesen und die Toten greifen die Götter an, mit Lokis Hilfe, und leiten damit Ragnarök ein. Überhaupt habe ich länger über Loki nachgedacht – eines seiner Kinder ist Fenrir der Wolf und ihr verwandelt euch in Wölfe. Wobei Loki selbst bekannt dafür ist, ein Gestaltwandler zu sein. Also diese Verwandlungen haben vielleicht etwas mit ihm zu tun. Eben ein Versuch, Ragnarök auszulösen ...«

Und so geht es weiter und weiter. Ich finde den Marsch anstrengend, aber Dario scheint beim Laufen weniger Luft zu brauchen als ich, denn er redet ohne Punkt und Komma.

Ich rechne jeden Augenblick damit, dass Melisand sich einmischt und ihn verbessert – schließlich war sie Kalis Liebling. Aber sie bleibt genauso still wie wir und hält Morganas Hand. Manchmal erhasche ich auch einen Blick auf Morganas Profil, die ganz leicht lächelt.

Da weiß ich, dass ich mit meiner Vermutung, dass sie Melisand vergeben wird, recht habe. Wahrscheinlich hat sie ihr schon längst vergeben und heute Nacht werden die beiden nebeneinander einschlafen.

Ich sehe zu Marek hinüber. Vielleicht werde ich auch neben ihm einschlafen. Ich glaube, dass ich bereit bin, auf ihn zuzugehen. Solange wir uns ganz langsam bewegen und keine zu großen Schritte machen.

Marek scheint meine Gedanken gehört zu haben, denn er ergreift wortlos meine Hand. Ich verschränke die Finger mit seinen. Insgeheim rechne ich damit, dass ein Teil von mir sich wieder zurückziehen will, doch das Gefühl bleibt aus. Die Wärme seiner Hand tut gut. Seine Nähe tut gut. Ich kann meine Gefühle vielleicht noch nicht ganz zulassen, aber ein bisschen mehr als gestern und solang es jeden Tag ein bisschen mehr ist als am Vortag, dann bewege ich mich doch wenigstens in die richtige Richtung. Oder? Reicht das? Ist das genug? Bin ich genug für ihn?

Bevor ich in meiner Gedankenspirale versinken kann, werden wir alle ein bisschen langsamer.

Vor uns tut sich ein kleiner Hügel auf, über den wir nicht hinweggucken können. Wir klettern hinauf, wobei ich Mareks Hand loslassen muss, weil ich beide brauche, um mich an herausstehenden Wurzeln festzuhalten. Nur das Keuchen der anderen ist zu hören, während wir uns höher hinaufkämpfen.

Marek erreicht den Gipfel als Erster, fast nicht außer Puste. Stimmt ja, er hat mir erzählt, dass er beinahe Profisportler geworden wäre. Er hilft Morgana hinauf, die von Melisand gestützt wird. Als die drei sich dem zuwenden, was hinter dem Hügel liegt, japsen sie nach Luft.

Dario und ich schließen zu ihnen auf und auch mir stockt der Atem. Tränen glitzern in Darios hellen Augen.

Unter uns liegt die Regenbogenbrücke, wie die ganze Milchstraße in der Dunkelheit. Sie braucht kein Licht, damit sie wirkt wie ein Prisma. Ihr Leuchten kommt aus ihr selbst heraus.

»Wir haben es geschafft«, haucht Dario und wischt sich die Tränen aus seinen Augenwinkeln.

Dahinter tun sich hohe Schlossmauern aus hellem Stein auf, die so hoch reichen, dass wir nicht erkennen können, was dahinter liegt. Doch eine Sache macht mich stutzig.

Es ist still.

Grabesstill.

Ich komme nicht dazu, meine Gedanken mit meinen Freunden zu teilen, denn Dario läuft bereits weiter und die anderen folgen ihm. Wir kämpfen uns den Hügel so mühsam herunter, wie wir uns den Weg hinaufgekämpft haben. Die letzten Meter schlittere ich über das Gras.

Direkt vor der Brücke zögern wir alle, weil uns bewusst ist, was dieser Moment bedeutet. Wir sind unserem Ziel so nah. Trotzdem werde ich das Gefühl nicht los, dass etwas nicht stimmt. Es ist zu still.

Dario setzt als Erster einen Schritt auf die Regenbogenbrücke, die ihn von unten beleuchtet. Langsam läuft er weiter und wir folgen ihm. Obwohl er der einzige Mensch unter uns ist, sind wir nur seinetwegen so weit gekommen.

Wir erreichen das riesige Tor, das ins Schloss führt. Wie groß müssen die Götter sein, dass sie so riesige Tore brauchen? Und wie groß sind dann erst Riesen? Mein Herz schlägt mir im Hals.

Diesmal ergreife ich Mareks Hand. Dario drückt gegen das Tor und sofort springt es auf, als würde es gar nichts wiegen. Wir anderen wechseln einen kritischen Blick, doch Dario läuft einfach wie in Trance weiter, weil dieser Moment wohl die Erfüllung all seiner Träume ist.

Wir treten in die größte Halle, die ich jemals gesehen habe. Die Decken sind höher als in einer Kathedrale. Ich würde gern wissen, wie stark meine Stimme hier hallt, doch ich traue mich nicht, auch nur einen Laut von mir zu geben.

Wir haben Asgard betreten. Die Heimat der Götter.

Wir haben einen Ort betreten, der weder für Hexen noch Menschen vorgesehen ist. Was ist unser kurzes Leben verglichen zur Zeitlosigkeit der Götter?

Auch hier drin ist der Stein, aus dem das Gebäude besteht, sehr hell. Auf dem Boden liegen Teppiche mit den filigransten Mustern, die ich je gesehen habe. Der rote Teppich zu meinen Füßen soll wohl den Lebensbaum mit all seinen Wurzeln darstellen. Hat Magie dieses gewebte Kunstwerk geschaffen?

Darios Schritte vor uns hallen laut von den Wänden. Alles um uns ist groß und beeindruckend und ... leer.

Eine dunkle Vorahnung nistet sich in mir ein.

Wir kommen durch einen Flur in eine noch riesigere Halle. Uns gegenüber durchbrechen oben spitz zulaufende Fenster die Wand. Das Glas schimmert in genauso vielen Farben wie die Brücke, über die wir hierhergekommen sind. Ein riesiger Thron steht an einem Ende des Saals. Doch auch der ist verwaist. Und neben ihm und überall verteilt liegen riesige Brocken Gestein.

In diesem Raum hat ein Kampf stattgefunden. Das erkennt man auf den ersten Blick.

Meinen Kopf lege ich in den Nacken. Auch hier ist die Decke unfassbar hoch. Doch ein riesiger Teil ist herausgebrochen und gibt den Blick auf den dunklen, sternenlosen Himmel frei.

Ich laufe auf die Fenster zu und ziehe Marek hinter mir her. Melisand und Morgana stehen in der Mitte des Raums und rühren sich gar nicht, während Dario genau das Gegenteil tut. Seine Schritte hallen immer hektischer in der Leere um uns.

Sobald wir die Fenster erreichen, stockt mein Atem. Marek drückt meine Hand extrem fest in seiner. Nur seine Nähe sorgt dafür, dass ich nicht den Verstand verliere.

Hinter den Fenstern liegt nicht das prachtvolle Asgard. Sondern nur verbrannte Einöde. Nichts wächst mehr. Feuer hat alles Leben vernichtet.

Ein riesiger Knochen, der wohl mal ein Rippenbogen gewesen ist, ragt an einer Stelle aus der Erde. Ein Stück weiter entfernt meine ich, einen Schädel zu erkennen. Da endet der Schein der Regenbogenbrücke jedoch schon. Die Dunkelheit verschluckt einen Großteil der Szene.

Dafür sollte ich wohl auch dankbar sein, denn die Wahrheit will ich gar nicht sehen.

Dario auch nicht. Er verschwindet aus dem Raum und kehrt kurz darauf zurück. Niemand von uns sagt etwas, doch als ich meine Freunde mustere, steht in ihren Gesichtern dieselbe Erkenntnis geschrieben, die auch in mir reift.

Wir sind allein. Asgard ist verlassen, einsam und dunkel.

Und die Götter sind längst tot.

KAPITEL 22

Wir schweigen mal wieder, weil wir – mal wieder – nicht wissen, was wir zu unserer Situation sagen sollen. Dario ist noch mindestens eine halbe Stunde durch das ganze Schloss gerannt, bis er sich schließlich doch zu uns in die große Halle gesetzt hat, auf die Stufen, die zum Thron hinaufführen. Auch er konnte sich nicht ewig vormachen, dass das, was er mit seinen eigenen Augen sieht, nicht die Realität wäre.

Marek hält noch immer meine Hand. Ich konzentriere mich auf seine Wärme, damit ich die Angst nicht mehr so deutlich spüre, die sich in meinem ganzen Körper ausgebreitet hat.

Morgana sitzt mit einem abwesenden Blick neben Melisand, als wollte sie die Welt um sich gar nicht wahrnehmen, weil sie es einfach nicht mehr ertragen kann.

Melisand ist es, die sich schließlich räuspert. »Habt ihr alle eure Zungen verschluckt?«, fragt sie ein bisschen ungehalten. »Wenn ihr alle zu feige seid, dann sage ich es: Die Götter sind tot. Ragnarök hat bereits stattgefunden. Wir sind am Arsch.«

Komischerweise – und ich kann es mir selbst nicht erklären – entkommt mir ein schrilles Lachen. Ich schlage mir die freie Hand auf den Mund, aber das hilft auch nicht dabei, mein Lachen zu ersticken.

»Hast du jetzt doch den Verstand verloren?«, fragt mich Melisand ungehalten.

»Vermutlich«, kriege ich zwischen ein paar atemlosen Lachern hervor.

»Bedeutet das, dass wir verloren haben?«, fragt Marek mit brechender Stimme.

Das Schweigen, das auf diese Frage folgt, klingt verräterisch nach einer Niederlage.

»Deswegen gibt es die Niederschriften überhaupt«, murmelt Dario vor sich hin, der, seitdem wir das Schloss betreten haben, unseren Blicken ausweicht. »Deswegen gibt es die Edda und den Text, den ihr geklaut habt. Natürlich. Es ist keine Prophezeiung. Es ist nicht die Niederschrift einer mächtigen Traumdeuterin, wie ich gedacht habe. Meine Theorie stimmt nicht. Es ist ein Geschichtstext.«

»Die Götter sind tot«, zwinge ich mich, es endlich auszusprechen. »Sie können uns nicht mehr helfen.«

Und in zwei Wochen droht unserer Welt das gleiche Schicksal wie dieser. Ich werfe einen Blick durch die hohen Fenster. Die verbrannte Einöde verrät, wie es auch auf der Erde aussehen wird. Am Himmel sind keine Sterne. Diese Welt ist gestorben. Und die riesigen Skelette zeigen, wer alles mit ihr gestorben ist.

»Wie können die Hexen so etwas wollen?«, fragt Marek.

»Geschichten vom Ende sind auch immer Geschichten von einem Neuanfang«, erwidert Dario. »Sie wollen aus der Asche auferstehen.«

»Dieser Ort spricht nicht gerade von Wiederauferstehung«, sage ich sarkastisch. Ein bisschen lehne ich mich gegen Marek, weil sich mein ganzer Körper erschöpft anfühlt.

»Also wollt ihr euch jetzt geschlagen geben und warten, bis die Welt untergeht?«, fragt Melisand. Ich bewundere sie dafür, dass in ihrer Stimme noch so viel Energie steckt, dass sie genervt klingen kann. Wir anderen klingen nur müde.

»Was bleibt uns denn anderes übrig?«, gibt Marek zurück, der den Arm um mich legt.

»Das ist die falsche Einstellung«, braust Melisand auf und springt auf die Füße. »Ich habe mich nicht gegen die Hexen gestellt, gegen meinen neuen Zirkel, nur damit ihr das Handtuch werft, wenn es schwierig wird. Wozu habe ich mich mit Kali und Astrid angelegt? Sagt mir nicht, dass ich euch ganz umsonst geholfen habe.«

»Was schlägst du denn vor?«, gebe ich zurück.

»Ach keine Ahnung, aber ich kann hier nicht alles allein machen. Ich habe euch schon in Brügge gerettet. Jetzt seid ihr mal dran.«

Dass ich keine Energie habe, um mich mit Melisand zu streiten, zeigt mir, wie müde ich bin. Müde vom Kämpfen. Müde von all den neuen Erkenntnissen, die immer wieder alles infrage stellen, was ich über die Welt zu wissen geglaubt habe.

»Gebrauchsanleitung für den Weltuntergang«, flüstert Dario in sich hinein.

»Den haben wir anscheinend ganz verloren«, sagt Melisand mit einem Schnauben. Ich will Dario schon verteidigen und erklären, dass er eben unter Schock steht und wir nicht alle so kaltherzige Eisprinzessinnen sein können, da spricht er selbst weiter.

»Wir haben immer noch die Gebrauchsanleitung für den Weltuntergang«, wiederholt Dario jetzt mit festerer Stimme.

»Aber die Götter sind tot. Sie können uns nicht helfen«, sagt Marek sehr sanft, als müsste er seinem Freund diese Nachricht ein weiteres Mal schonend beibringen, obwohl dieser das längst weiß.

»Na und?«

Wir alle starren Dario aus großen Augen an.

»Na und?«, hake ich vorsichtig nach. »Also ich weiß nicht, ob du es mitbekommen hast, aber der Tod der Götter ist eine ziemlich große Sache.«

»Redet nicht mit mir, als wäre ich ein Kind«, fährt Dario mich an. Er wendet sich an Melisand. »Und ohne mich hättet ihr den Text niemals übersetzen können, also tu nicht so, als hätte ich nichts zum Gelingen dieser Mission beigetragen.«

Melisand kann nur überrascht die Augenbrauen hochziehen. Dario hat sie tatsächlich sprachlos gemacht.

Er rauft sich die langen, blonden Haare, die dringend mal wieder einen Haarschnitt vertragen könnten und ihn ein bisschen wie einen verrückten Wissenschaftler aussehen lassen. »Die Götter sind tot und das ist ein Problem, das gebe ich zu.« Er klingt ein bisschen so, als würde er über seine Lieblingsband reden, die sich getrennt hat. »Aber wir wissen immer noch, wie Ragnarök abläuft. Wir haben den Text und Morganas Träume. Wir müssen den Weltuntergang nun eben ohne die Hilfe der Götter aufhalten.«

Wenn er so redet, könnte man fast denken, den Weltuntergang aufzuhalten, wäre keine große Sache. Wie eine Klausur in der Schule.

»Wir sollen den Weltuntergang abwenden? Allein? Ohne Hilfe?«, frage ich nach.

»Ja«, sagt Dario mit Nachdruck. »Wir haben es so weit geschafft, oder nicht? Warum sollten wir nicht auch dieses Hindernis überwinden?«

»Soll ich dich daran erinnern, wie viel auf dem Weg hierher schiefgegangen ist?«, erwidere ich.

Dario winkt einfach nur ab. »Na und. Wir müssen Ragnarök ja nicht mit Leichtigkeit abwenden. Wir müssen es nur irgendwie schaffen und wenn wir es kriechend auf allen vieren und erschöpft und nur mit einer großen Prise Glück hinkriegen sollten, Hauptsache, wir kriegen es hin.«

Seine Überzeugung ist ansteckend. Ich ringe mir ein Lächeln für ihn ab und er erwidert es dankbar. »Was hast du vor?«, frage ich also.

»Womöglich können wir nicht rückgängig machen, was zu Hause passiert ist«, sagt Dario und bei der Vorstellung, dass es in unserer Welt für immer dunkel bleibt, wird mir kalt. »Aber vielleicht gelingt es uns, genau dieses Schicksal abzuwenden.« Er deutet mit der Hand durch die hohen Fenster auf die verbrannte Einöde. »Und dafür müssen wir verhindern, dass die Hexen Ragnarök vorantreiben.«

»Wie genau wollen die Hexen das bewerkstelligen?«, fragt Marek ernst.

»Das Feuerschwert«, antwortet Morgana an Darios Stelle. Ihr Blick stellt wieder auf uns scharf, statt im Nichts verloren zu gehen. Melisand betrachtet sie ein bisschen erleichtert und streicht ihr einmal über die Schulter, so zögerlich, als wüsste sie nicht, ob sie das darf. »Das Feuerschwert hat all das getan, oder?«

Dario nickt heftig. »Der Riese Surtr hat das Feuerschwert am Ende des Kampfes mit den Göttern in die Erde gerammt und so ist sie verbrannt. Es muss noch irgendwo hier sein. Irgendwo in Asgard. Wir könnten es suchen.«

»Und du denkst, dass wir es wirklich finden werden?«, frage ich. Man hört mir meine Angst viel zu deutlich an. Es wäre so viel leichter, einfach aufzugeben, in unsere Welt zurückzukehren und dort tatenlos auf das Ende zu warten. »Was ist, wenn wir scheitern?«

»Wir haben hier schon eine Vorschau auf die Folgen unseres Scheiterns«, sagt Melisand so unsensibel, wie sie nun mal ist. Dann wird ihre Stimme tatsächlich weicher, obwohl sie sich noch immer an mich richtet. »Wir dürfen einfach nicht scheitern.«

Mir entfährt wieder ein nervöses Lachen. »Wenn's weiter nichts ist.«

Melisand verdreht die Augen, doch ich bilde mir ein, dass es inzwischen auch ein bisschen liebevoll gemeint ist. Zumindest ein klitzekleines bisschen.

Morgana sieht uns alle an. »Wir kämpfen also weiter?« Ihre Stimme hat wieder diesen besonderen Traumdeuterinnen-Nachklang, dem ich mich noch nie entziehen konnte, und den anderen scheint es genauso zu gehen.

Ich nicke. »Wir kämpfen weiter.«

Der Stein der Höhle sieht rau aus, aber das ist er nicht, als ich mit den Fingern darüberstreiche. Er ist ganz glatt. So glatt, dass meine Haut abrutscht. Die ganze Zeit tropft es. Tropf, tropf, tropf ... *Immer und immer wieder. Er bricht nie ab. Er klingt wie ein undichter Wasserhahn. Nur viel größer. Als wären die Wassertropfen, die auf den Boden prallen, riesig. Als würden sie den Stein unter sich zerschlagen.*

Hier hat alles begonnen, spüre ich tief in mir. Und hier könnte alles enden.

Für mich zumindest.

Nur langsam tauche ich aus meinem Traum auf. Ich spüre, dass ich gegen die Strömung anschwimmen muss, die mich tiefer hineinziehen will. Was mich weckt, verstehe ich erst, als mein Name immer deutlicher an meine Ohren dringt. Ich spüre Wärme an meinen Handgelenken. Dann öffne ich endlich die Augen.

Und sehe direkt in Mareks.

»Lily«, sagt er mit Nachdruck und rüttelt an meinen Handgelenken.

Erst da verstehe ich, dass ich rittlings auf ihm sitze, mich über ihn beuge und –

Ein Messer an seine Kehle drücke.

Trotzdem rühre ich mich nicht. Ich bin wie festgefroren.

»Ich habe schlecht geträumt«, kriege ich hervor, obwohl sich Sprechen sehr schwer anfühlt.

»Offensichtlich«, sagt Marek sarkastisch, wobei die Klinge noch immer seine Haut berührt. »Willst du das Messer nicht wegnehmen?«

Irgendwas in mir will, dass ich das Gegenteil tue, aber ich zwinge meine Hand, es sinken zu lassen. Mit einem Klirren fällt es auf den Marmor der Halle. Die anderen, die auch in dem Raum schlafen, werden nicht wach. Und obwohl ich vermutlich aufstehen sollte, bleibe ich auf Marek sitzen.

»Tut mir leid«, sage ich. Ich bin verdammt heiser.

Marek gibt meine Handgelenke frei, nun da ich die Waffe weggelegt habe, und lässt sie stattdessen an meine Hüften wandern und hält mich dort fest. Vielleicht will er gar nicht, dass ich aufstehe.

»Du hast mich nicht verletzt«, sagt er.

»Aber anscheinend wollte ich.« In meinem Hals setzt sich ein Kloß fest. Bin ich jetzt, da ich träume, sogar im Schlaf eine Gefahr für andere? Wenn ich nicht mal zaubere. Wenn ich nicht mal bei Bewusstsein bin.

Marek streicht mir beruhigend über die Wange. »Du hast nur schlecht geträumt«, beschwichtigt er mich.

Stimmt das überhaupt? Da war diese Höhle, aber was bedeutet es, dass ich sie jetzt schon zum zweiten Mal sehe?

Meine vergangenen Erfahrungen sagen: nichts Gutes.

»Ich sollte aufstehen«, sage ich laut, weil es mir anscheinend nicht reicht, es zu denken, um es auch wirklich zu tun.

»Musst du nicht«, erwidert Marek mit einem kleinen Grinsen. »Bringt gute Erinnerungen zurück.«

Ich schnaube belustigt. »Flirtest du etwa mit mir?«

»Das mache ich schon seit Wochen. Schade, dass es dir jetzt erst auffällt.«

Ich lache leise, um die anderen nicht zu wecken. Für einen wundervollen Moment fühle ich mich seltsam leicht. Ich habe Marek ständig von mir gestoßen und trotzdem hat er es geschafft, mir im Angesicht des Weltuntergangs auch schöne Augenblicke zu schenken. Das bedeutet etwas, oder?

»Ich weiß, dass ich schwierig bin«, setze ich an. »Ich weiß, dass ich es dir nicht leicht gemacht habe.«

»Ist mir gar nicht aufgefallen«, scherzt er, was mich zum Grinsen bringt.

»Eigentlich will ich gar nicht, dass du dich wegstoßen lässt. Auch wenn ich es versuche«, gebe ich zu.

Marek grinst zurück. »Klingt logisch«, sagt er, obwohl es alles ist, nur eben das nicht.

»Ich brauche einfach ...« Ich suche nach dem richtigen Wort und tatsächlich ist er es, der es für mich findet.

»Zeit«, sagt er.

»Ja.« Ich nicke. »Es fällt mir schwer, mich neuen Menschen zu öffnen. Was nicht heißt, dass ich es nicht tun will. Ich will. Und gleichzeitig sagt mir etwas tief in mir, dass es nicht sicher ist. Ich brauche einfach Zeit.«

Marek streicht mir eine Haarsträhne hinters Ohr. »Gut, dass wir davon so viel haben.«

Wieder lache ich erstickt auf.

»Aber das spielt keine Rolle«, fährt Marek fort. »Nimm dir die Zeit, die du brauchst.«

Ich fange fast an zu weinen. »Ist es okay, wenn wir jetzt wieder schlafen?«

»Ich habe seelenruhig geschlafen, bis ich von einem Messer an der Kehle aufgewacht bin.« Sein Blick wird so weich, dass mein Herz beim Anblick richtig schmerzt. »Aber natürlich.«

»Kannst du mich festhalten?« Bei diesen Worten brennen meine Augen.

»Immer«, sagt Marek nur.

Langsam steige ich von ihm runter, lege mich neben ihn und er umarmt mich und zieht mich an sich, bis mein Rücken an seinem Bauch ruht.

»Schlaf gut, Lily«, flüstert er mir ins Ohr.

»Schlaf gut, Marek«, gebe ich zurück.

Und da wird mir klar, dass ich jemanden gefunden habe, der mir, selbst zwei Wochen, bevor die Welt untergeht, bereit ist, alle Zeit der Welt zu schenken.

KAPITEL 23

Nach zwei Tagen sind unsere Mägen lauter als unsere Worte.

»Unterbrich mich nicht«, schimpft Dario in Richtung seines Bauchs, als dieser mitten in seinem Satz laut knurrt.

Das entlockt Morgana ein ehrliches Lachen.

Wir drei lehnen an einem Baum, oder zumindest an dem, was von dem Baum übrig geblieben ist. Es ist kalt und trotzdem sitzen wir auf trockenem Wüstenboden. Die Einöde erstreckt sich, so weit das Auge reicht.

Aus diesem Grund haben wir auch noch keine neue Nahrungsquellen ausfindig machen können. Hier ist alles tot. Zwar haben wir Vorräte dabei, aber nicht genug, um fünf Menschen richtig satt zu bekommen. Wir wollen es uns einteilen, deswegen gibt es nur eine Ration kaltes Dosenessen am Tag. Auch mit unserer Magie müssen wir sehr sparsam haushalten und dürfen sie nicht für Feuer verbrauchen. Da wir nichts Essbares finden, finden wir auch keine Energiequelle, um die Kristalle aufzuladen.

Ich hätte nicht damit gerechnet, dass unsere Lage noch mal trister werden könnte. Aber der nahende Weltuntergang beweist mir, dass selbst mein Pessimismus noch ausbaufähig ist.

Melisand und Marek stehen ein Stück von uns entfernt und unterhalten sich angeregt. Dario hat selbst, während wir durch die Einöde wandern, im Gehen den Text übersetzt und da er die Bedeutung der Götterkinder immer wieder betont, hat Melisand entschieden, Marek mehr über Magie beizubringen, damit er sich auch wehren kann, sollte es erforderlich werden.

Zum Glück wurde ich nicht aufgefordert, meine Magie zu trainieren. Sie haben alle hingenommen, dass ich nicht mehr zaubern werde. Wenigstens muss ich mich jetzt nicht mehr rechtfertigen. Doch während ich Marek nun dabei beobachte, wie er leichte Magie wirkt, um ja nicht zu viel Energie in den Kristallen zu verwenden, spüre ich einen Hauch von Neid.

Seine Magie ist nicht so unkontrolliert wie meine, obwohl wir beide Wölfe in unserem Inneren herumtragen. Und obwohl wir beide – vermutlich, vielleicht – Götterkinder sind. Ihm scheint das alles viel leichter zu fallen. Sofort fühle ich mich mit meiner Bürde ein bisschen mehr allein.

»Was würdet ihr essen, wenn ihr freie Wahl hättet?«, fragt Dario und holt mich damit aus meinen düsteren Gedanken.

»Ich will nicht drüber nachdenken«, sagt Morgana, die die Arme um ihren Bauch schlingt. »Dann werde ich nur hungriger.«

»Zwei Wochen überlebt man ohne Probleme ohne Essen«, erklärt Dario ganz fachmännisch. »Also die Zeit zum Weltuntergang überleben wir.«

»Aber Spaß machen wird es nicht«, sage ich, was Morgana zum Lachen bringt.

Sie zieht ihren Rucksack zu sich heran und beugt sich dann über mich, um meinen Verband zu checken. Inzwischen fragt sie gar nicht mehr um Erlaubnis, sondern macht einfach. Sie löst das Pflaster und inspiziert die Haut.

»Du brauchst keinen Verband mehr. Die Wunde ist zu.«

Ich nicke nur und kann dem Impuls, mir an den Hals zu fassen, genau zwei Minuten widerstehen. Dann tue ich es doch. Die Haut ist verheilt, aber ich kann die Narben sehr deutlich unter meinen Fingerspitzen erfühlen. An der Stelle ist die Haut leicht erhaben. Ein bisschen erinnert es mich an eine Landschaft und gerade fahre ich die Pässe und Canyons nach, die sich auf mir erstrecken.

»Es sieht gar nicht so schlimm aus«, sagt Dario sofort.

Ich nicke ihm dankbar zu, obwohl ich ihm nicht glaube. Ich bin froh, dass wir hier keine Spiegel haben. Dann muss ich nicht sehen, wie sehr mich die Krallen entstellt haben.

Wir schweigen einen Moment, während wir Melisand und Marek bei ihrem Training beobachten. Dann räuspert sich Morgana.

»Denkt ihr, die anderen Hexen werden den Weg nach Asgard auch finden und das Feuerschwert suchen?« Sie klingt sehr ernst.

»Bei unserem Glück bestimmt«, kann ich mir nicht verkneifen zu sagen.

Dario wirft mir einen strengen Blick zu, dann seufzt er theatralisch. »Sie kennen den Text«, sagt er. »Sie wissen vermutlich mehr über Ragnarök als wir. Sie werden das Feuerschwert auch finden wollen.«

»Noch mehr Druck. Super.« Ich presse den Kiefer ein bisschen fester aufeinander. Vielleicht entkommen mir dann nicht mehr so viele unpassende Kommentare.

»Wie groß das Feuerschwert wohl ist«, überlegt Dario. »Wenn ein Riese es in den Boden gerammt hat.«

»Vielleicht haben wir ausnahmsweise Glück und es ist so groß, dass die Hexen es gar nicht in die Erde rammen können«, scherzt Morgana, was sie selten tut. Das Ende der Welt verändert uns wohl alle.

Dario seufzt schwer neben uns. »Irgendwie ist dieser Ort echt langweilig, wenn ich ihn mit meiner Vorstellung vergleiche«, sagt er mehr zu sich selbst als zu uns. Insgeheim stimme ich ihm zu.

Der Boden ist verbrannt und an manchen Stellen aufgebrochen wie zu trockene Haut. Ein paar wenige Bäume stehen noch, doch sie sind kahl und erinnern mich an besonders knochige Finger. An manchen Stellen bricht vertrocknetes Gestrüpp aus dem Boden. Und das war's auch schon. Da es dunkel ist, kann ich nicht weit sehen, obwohl ich das Gefühl habe, dass sich meine Augen in den letzten Wochen an die Dunkelheit gewöhnt haben. In der Dunkelheit kann ich mehr Schattierungen ausmachen. Inzwischen weiß ich, dass Dunkelheit nicht nur schwarz ist, sondern auch blau und gräulich und an manchen Stellen auch mit einem leichten Braunstich. Oder vielleicht bilde ich mir das auch nur ein, damit meinen Augen nicht mehr so langweilig ist.

»Ich kann nicht aufhören, darüber nachzudenken, von welchen Göttern ihr abstammt«, murmelt Dario weiter vor sich her. Ich habe es aufgegeben, ihn darauf hinzuweisen, dass es nach wie vor nur eine Theorie ist. Es hat ohnehin keinen Zweck. Genauso wie ich glaubt er das, was er glauben will.

»Meinst du, es gibt noch mehr Götterkinder da draußen? Womöglich sogar Kinder von Loki? Jemanden, der den Weltuntergang auslösen und besiegeln kann? Jemand, dessen Erbe es ist, alles zu beenden?«

»Du verbringst echt zu viel Zeit mit Morgana. Du redest schon so geschwollen wie sie von ihren Träumen«, ziehe ich ihn auf, um zu überspielen, dass mir seine Worte eine Gänsehaut bescheren.

»Haha«, macht Morgana, die aber nicht zu mir herübersieht, sondern Melisand nicht aus den Augen lässt, die Marek gerade irgendwas sehr konzentriert erklärt. Dabei sind ihre Augenbrauen zusammengezogen. Dass sie eine strenge Lehrerin ist, überrascht mich nicht im Geringsten.

»Du liebst sie immer noch«, sage ich.

Morgana sieht ertappt zu mir herüber, hebt dann aber herausfordernd das Kinn. »Und?«

Ich lächle sie sanft an. Diese Reise hat sie wirklich verändert. Wohl uns alle. Die Freundschaft zu Morgana ist so tief, dass ich mir sicher bin, jede Seite von ihr zu lieben, die ich von ihr kennenlernen werde. Auch wenn es vielleicht gar nicht mehr so viele sein werden.

»Du und Marek«, gibt sie dann zurück. »Ich habe gesehen, dass ihr Arm in Arm aufgewacht seid.«

Meine Wangen werden heiß. Ich werde tatsächlich rot. Mir ist nicht mehr zu helfen.

»Und?«, gebe ich zurück, aber es gelingt mir nicht so gut wie Morgana.

Dario lacht und schüttelt wie ein tadelnder Vater den Kopf über uns beide. »Ihr und euer Liebesdrama. Dabei könnte es so viel leichter sein.«

»Und was macht dich zum Experten?«, fordere ich nun auch ihn heraus, weil es unfassbar guttut, sich für einen Moment einfach wie drei junge Menschen zu fühlen, die sich über Liebe unterhalten und vor nichts anderem Angst haben müssen als vor einem gebrochenen Herzen.

»Rein gar nichts«, gibt Dario ohne Umschweife zu. »Ich hatte noch nie eine Beziehung oder war so richtig verliebt. Aber ich freue mich darauf, es irgendwann zu erleben. Wenn ich euch so zusehe, wirkt es allerdings ziemlich anstrengend.«

Wir strecken ihm unisono die Zungen raus, was uns schon wieder zum Lachen bringt.

»Gleichzeitig auch irgendwie, als wäre es die Anstrengung wert.«

Ich kann dem Impuls, ihm durch die Haare zu wuscheln, nicht widerstehen, und er lässt es zu und grinst mich sogar breit an.

»Du wirst einen anderen Menschen mal extrem glücklich machen.«

Jetzt wird Dario ein bisschen rot, was sehr gut zu seinen verwuschelten Haaren und wissbegierigen Augen passt.

»Und dann haben wir alle unsere normalen, unbesonderen Leben«, sagt Dario.

»Richtig«, gebe ich ihm recht und drücke kurz seine Schulter. Ich habe es gar nicht gemerkt, irgendwann auf dem Weg von Prag nach Brügge nach Asgard sind wir Freunde geworden und ich habe diesen Mythologie-Nerd sehr fest ins Herz geschlossen.

Dafür, dass ich mich so angestrengt habe, mein Herz vor anderen zu verschließen, muss ich mir eingestehen, dass es mir schlecht gelungen ist.

Ich sehe zu Marek und er scheint es direkt zu spüren, denn er fängt meinen Blick auf und lächelt mich breit an.

Extrem schlecht gelungen.

Als wir ein Plätschern in der Ferne ausmachen, rennen wir alle schneller, ohne uns absprechen zu müssen. Selbst Morgana humpelt uns gestützt von Melisand hinterher.

Wir haben noch ein bisschen Wasser dabei, doch es wird nicht zwei Wochen reichen und leere Mägen überleben wir vielleicht, Dehydrierung nicht. Weil wir schon angefangen haben, Wasser zu rationieren, ist mein Hals trockener als die verbrannte Einöde um uns herum.

Wir schlittern hintereinander den kleinen Hügel hinunter, der zum Bach führt. Er glitzert übernatürlich. Ist es derselbe, an dessen Ufer Melisand und ich vor einigen Tagen unser versöhnliches Gespräch geführt haben?

Es könnte sein. Hier ist das Glitzern allerdings noch ein bisschen stärker. Vielleicht liegt das daran, dass wir nun in Asgard sind und nicht mehr nur in der Zwischenebene, die Asgard und die Erde verbindet.

»Ist es sicher, das zu trinken?«, fragt Marek.

»Uns bleibt keine Wahl«, erwidere ich, fülle meine leere Wasserflasche und nehme einen tiefen Schluck. Meine Freunde beobachten mich aus riesigen Augen und als ich auch eine Minute später nicht tot umgefallen bin, tauchen auch sie ihre Flaschen ins Wasser und stürzen es gierig herunter.

»Wir werden schon mal nicht verdursten«, sagt Dario erleichtert.

»Ihr habt wirklich mehr Glück als Verstand«, bemerkt Melisand. Sie ist dazu übergegangen, unsere Entscheidungen zu kritisieren und sich dabei auszuklammern, als wäre sie nicht längst eine von uns.

Natürlich weise ich sie nicht darauf hin, weil ich nicht zugeben will, dass sie für mich bereits dazugehört.

Nachdem wir alle genug getrunken und unsere Flaschen aufgefüllt haben, laufen wir weiter. Ich hätte nicht gedacht, dass unsere Reise noch mal beschwerlicher werden würde, aber bisher haben wir ja wenigstens noch Orte mit Strom und fließendem Wasser gefunden. Asgard kann uns das nicht bieten und erst als diese Dinge weg sind, merke ich, wie sehr ich sie vermisse.

Mein Handy schalte ich aus, damit der Akku nicht leer geht. Wer weiß, ob ich es noch mal brauchen werde.

Wir folgen nun dem Bachlauf. Dario will den Ursprung des Feuers ausfindig machen, also den Ort, wo das Feuer, das alles zerstört hat, ausgebrochen ist. Immerhin sehen wir auf unserem Weg am Bach entlang noch ein bisschen Leben und nicht nur Zerstörung. Hier wächst wieder ein bisschen Gras. Was Melisand direkt verdorren lässt, um die Kristalle aufzuladen. Am liebsten hätte ich mich darüber beschwert, weil das wenige Grün mir ein wenig Hoffnung gespendet hat. Doch ich weiß, dass wir Magie brauchen, sollten die Hexen uns gefolgt sein, also halte ich meinen Mund.

Die Tage verschwimmen ineinander. Tagsüber laufen wir und nachts schlagen wir irgendwo ein Lager auf. Marek und ich kuscheln uns zusammen, ohne darüber reden zu müssen, und es schenkt mir nicht nur Wärme, sondern auch Trost in dieser sonst so trostlosen Einöde.

Der Bach schimmert intensiver, je weiter wir kommen. Wenn ich nachts die Augen schließe, dringt das Leuchten sogar durch meine Lider und malt kleine Muster in die Schwärze.

Meine Träume wiederholen sich. Immer wieder ist da diese Höhle. Die Kampfschreie und das Schloss von Asgard.

Aber nicht nur.

Immer häufiger sehe ich auch meine Eltern und die Frau mit dem Leberfleck. Die Nacht ihres Todes verfolgt mich in meinen Nächten und ich sehne mir die Zeit herbei, in der ich nicht geträumt habe.

Als der Traum mal wieder besonders lebensecht war, wache ich schweißgebadet auf. Die anderen werden auch langsam wach und ihre müden Gesichter beschreiben sehr gut, was ich gerade fühle.

»Was ist bei euch los?«, frage ich in die Runde, während sich alle den Schlaf aus den Augen reiben.

»Schlecht geträumt«, murmelt Dario.

Morgana und Melisand nicken. Marek zeigt keine Reaktion, außer dass er mich wieder näher an sich heranzieht und seine Nase an meiner Halsbeuge vergräbt und tief einatmet.

»Wovon?«, frage ich, obwohl ich ahne, dass mir die Antworten neue Fragezeichen im Kopf und Gänsehaut auf dem Körper bescheren werden.

Niemand reagiert, also mache ich den Anfang. »Ich habe vom Tod meiner Eltern geträumt.«

Ich kann den anderen ansehen, dass ich damit bei ihnen etwas auslöse, aber erst, als Dario spricht, verstehe ich wieso.

»Ich vom Tod meiner kleinen Schwester.« Er sieht selbst aus wie ein kleiner Junge, als er das sagt. Irgendwie verloren und als bräuchte er eine Umarmung.

Ich ergreife seine Hand und ziehe ihn zu mir, bis ich ihn in die Arme schließen kann. Und so umarmen wir uns zu dritt.

»Ich wusste gar nicht, dass du eine Schwester hattest«, murmelt Marek, dessen Gesicht ich nicht sehen kann, weil er hinter mir sitzt und langsam habe ich das Gefühl, dass er das extra macht.

»Ich rede nicht gern über sie«, gibt Dario zu. »Sie ist gestorben, da war ich noch sehr jung.«

Er wird uns nicht mehr erzählen und das ist auch in Ordnung. Ich streiche ihm sacht über den blonden Haarschopf und fühle mich dadurch auch irgendwie besser.

»Ich habe vom Tod *meiner* Eltern geträumt«, sagt Morgana. »Ich träume selten von ihnen. Aber seit ein paar Tagen ...«

»Geht mir auch so«, gibt Melisand irgendwann auch widerstrebend zu. »Von Sandro.«

Dem Mann, den ihre Oberhexen umgebracht haben.

»Und du?«, frage ich an Marek gerichtet, der mich immer noch sehr fest umklammert hält.

»Von zwei Menschen, die ich noch nie gesehen habe«, flüstert er mir so leise ins Ohr, dass ich mir nicht sicher bin, ob die anderen ihn überhaupt hören können. »Sie werden von Hexen mit unsichtbaren Bändern angegriffen, erwürgt und sterben.

Ich kenne die Gesichter nicht. Es könnte mir egal sein. Aber der Traum ist richtig schmerzhaft. Deswegen glaube ich ...« Er holt einmal sehr tief Luft und lässt mich genug los, dass ich mich zu ihm drehen kann. Tränen schwimmen in seinen Augen. Doch er wäre nicht Marek, wenn er sich nicht zwingen würde, die folgenden Worte auszusprechen, selbst wenn sie wehtun. »Dass es meine Eltern sind.«

Dario und ich umarmen ihn fester und ein paar Tränen tropfen von seinen Wangen. Morgana kommt zu uns herüber und umarmt uns ebenfalls. Dann sieht sie sich abwartend zu Melisand um und gibt ihr einen ungeduldigen Wink. Die verdreht die Augen.

»Wenn es sein muss«, sagt sie, weil sie wohl nicht anders kann. Im nächsten Moment ist sie allerdings bei uns, legt die Arme auch um mich und klammert sich an meiner Jacke fest. Da spüre ich, dass sie uns braucht, egal wie vehement sie es leugnen würde.

Obwohl wir alle von unseren Träumen durch den Wind sind, fühlt sich dieser Moment schön an. Ich bin nicht allein. Niemand von uns ist allein. Das Ende der Welt naht, aber wir haben einander.

Ich habe immer gedacht, es wäre besser, niemanden an mich heranzulassen. Inzwischen habe ich gelernt, dass ich diese Zuneigung fast genauso sehr brauche wie Luft zum Atmen.

»Was läuft jetzt schon wieder für eine kranke Scheiße ab?«, fragt Melisand, als ihr dieser Moment vermutlich zu nah und echt wird, und lässt uns als Erste wieder los. »Wir alle träumen von denjenigen, die wir verloren haben. Das muss etwas bedeuten, oder?«

Langsam lassen auch wir anderen einander los und räumen routiniert unser Schlaflager zusammen. Marek weint nicht mehr, aber sein Gesichtsausdruck ist gequält, deswegen nehme ich kurz seine Hand in meine, drücke sie und stelle mich auf die Zehenspitzen, um ihm einen Kuss auf den Mund zu geben.

Er lächelt mich sanft an und streicht mir meine Haare aus dem Gesicht. Sein Blick fällt auf die Wunde an meinem Hals. Das passiert ihm in den letzten Tagen öfter. Ich weiß, dass er sich noch immer Vorwürfe macht und dass Worte nicht ausreichen, um sie zu vertreiben. Deswegen küsse ich ihn noch mal, um ihm zu zeigen, dass ich ihn nicht verantwortlich mache. Als ich mich von ihm löse, lächelt er wissend – weil er zu verstehen scheint, was ich ihm damit sagen wollte –, aber auch dankbar.

»Ich denke auch, dass es etwas bedeuten muss.« Dario klingt wieder unbeschwerter, aber ich glaube, das liegt daran, dass Melisand ihm mit ihrer Frage eine Aufgabe gegeben hat, die es zu lösen gilt. Und wenn Dario ein Mysterium aufdecken muss, geht es ihm sowieso am besten.

»Ich frage mich, ob es mit dem Bach zu tun hat«, überlegt er laut. »Er ist definitiv kein normaler Bach, da sind wir uns alle einig.«

»Wir trinken also das Wasser aus dem Bach, um nicht zu verdursten, und werden mit Scheißträumen bestraft?«, fragt Melisand und starrt den Bach an, als würde sie ihm am liebsten eine reinhauen.

»Es sind nicht nur Scheißträume«, erwidert Dario, zu dem Flüche und Schimpfworte so gar nicht passen. *Scheiß* hat er ausgesprochen, als wäre es ein Fremdwort, das ihm nur schwer über die Zunge geht. »Dafür sind sie zu spezifisch.«

»Ach ja?«, fragt Melisand, die wohl auch dann herausfordernd klingt, wenn sie es gar nicht so meint. Sie grinst aber liebevoll. Sie kann es nicht vor uns anderen verstecken, sie hat Dario ins Herz geschlossen, ob sie es nun will oder nicht. Bei

Dario geht es aber auch nicht anders. Er strahlt so eine Ernsthaftigkeit und Aufrichtigkeit aus, dass man ihn mögen muss. Man hat keine andere Wahl.

»Es geht um den Tod. Um Menschen, die gestorben sind. Dass wir alle davon träumen, kann kein Zufall sein. Ich glaube auch nicht, dass der Bach uns quälen will. Ich glaube, er hat irgendwas mit dem Tod zu tun.«

Ich wünschte sehr, ich wäre nicht gezwungen, sein Wasser zu trinken. Das klingt alles wirklich gar nicht gut.

Dario scheint das natürlich wieder anders zu sehen. Er ist begeistert von einer neuen Magie, die er entdeckt hat.

»Flüsse sind in vielen Mythologien auch mit dem Jenseits verbunden. Denken wir nur mal an den Styx in der griechischen Mythologie. Die Toten werden von einem Fährmann übergesetzt, um zum Hades, der Unterwelt, zu gelangen. Und auch in der nordischen Mythologie gibt es den Gjöll, er fließt nahe am Eingang der Welt der Toten.«

»So genau will ich das echt nicht wissen«, flüstert mir Marek zu, während Dario sich in seinem Vortrag verliert. Sobald wir fertig damit sind, unsere Sachen zusammenzuräumen, laufen wir weiter.

Schon nach einer Stunde bemerke ich etwas Seltsames. Es wird grüner. Erst sage ich nichts, weil ich mir nicht sicher bin, ob ich mir das nicht einbilde. Doch dann bleiben wir alle vor einem Baum stehen, der Blätter trägt, und wechseln verwirrte Blicke.

»Sind wir zurück in der Ebene zwischen Asgard und Erde?«, fragt Morgana.

»Das hätten wir gemerkt, oder?«, frage ich zurück.

Wir sehen alle automatisch zu Dario, weil er der mit den Antworten ist. Doch der beachtet uns gar nicht. Er ist schon weitergelaufen, springt über den Bach und folgt dem grünen

Weg, der sich vor uns auftut. Wir anderen tun es ihm stumm gleich.

Nach einem einstündigen Marsch hören wir ein Rauschen. Es ist viel lauter als das Rauschen des Bachs. Ich atme tief ein und rieche Salz. Irgendwann schmecke ich es auch auf der Zunge. Und dann erreichen wir einen Strand, wo die Wellen aufbranden.

»Wir sind am Meer«, entfährt es Marek fassungslos.

»Wir mussten das Meer finden«, sagt Dario fachmännisch, als wäre er davon gar nicht überrascht, im Gegensatz zu uns. »Überschwemmungen sind Teil von Ragnarök. Irgendwas muss das Feuer wieder gelöscht haben.«

»Hier kommt die Natur zurück«, sagt Morgana. »Hier blüht es wieder.«

»Das Ende ist auch mit Neuanfang verbunden«, flüstert Dario andächtig, während er in die Wellen starrt.

»Nur, die meisten Menschen werden tot sein und den Neuanfang nie erleben«, sagt Melisand düster.

Leider hat sie recht.

Doch darüber will ich gerade nicht reden. Der letzte Traum sitzt mir noch in den Knochen. Tagelang habe ich nichts außer verbrannter Einöde gesehen.

Und nun stehe ich am Meer, der Wind streicht mir sanft durch die Haare und Salz liegt in der Luft. Am liebsten würde ich mir die Ereignisse vom Körper waschen. Deswegen beginne ich, meine Kleidung abzustreifen.

»Was treibst du da?«, fragt Melisand so schockiert, als gäbe es für sie keine schlimmere Vorstellung, als mich nackt zu sehen.

Als ich nur noch in Unterwäsche vor ihr stehe, grinse ich sie an. »Ich gehe baden. Und, nimm es mir nicht übel, du könntest auch ein Bad vertragen. Wir alle eigentlich.«

Sie funkelt mich wütend an, doch sie weiß, dass ich recht habe. Wir konnten alle seit fast einer Woche nicht duschen und sind jeden Tag stundenlang gewandert. Das wird uns allen guttun.

Marek ist der Erste, der sich ebenfalls seiner Kleidung entledigt. Ich renne in die kalten Fluten, was mir einen Schrei entlockt, aber im nächsten Moment lache ich auch. Es ist kalt. Doch es ist nicht so kalt, dass man direkt Gefahr läuft zu erfrieren. Inzwischen kenne ich den Unterschied recht genau.

Bevor ich an traurige Dinge denken kann, hat Marek mich auch schon eingeholt, schmeißt mich über seine Schulter und trägt mich tiefer rein ins Meer.

»Wehe, du lässt mich fallen«, rufe ich über das Tosen der Wellen hinweg. Ich erhasche noch einen kurzen Blick auf sein diabolisches Grinsen. Dann taucht er auch schon mit mir auf dem Arm unter die Wellen. Eine Sekunde später kommen wir wieder hoch und er drückt mich an sich. Seine Körperwärme hilft gegen die Kälte des Wassers.

Ich küsse ihn und seine Lippen schmecken salzig. Wassertropfen rinnen erst über seinen Körper und dann über meinen und kurz ist die Welt in Ordnung.

Freudenschreie lassen mich aufblicken und dann entdecke ich auch schon die anderen drei. Morgana muss Melisand hinter sich herziehen. Dario schwimmt in langen, gleitenden Bewegungen zu Marek und mir herüber.

»Wir schwimmen im selben Meer wie einst die Götter«, sagt er, als er uns erreicht.

»Es tut mir leid, dass du sie nie kennenlernen konntest«, erwidere ich. »Ich weiß, dass es dir viel bedeutet hätte.«

Dario lächelt. »Ich glaube, ich habe all die Leute kennengelernt, auf die es ankommt.«

Ich löse mich von Marek, um Dario einen Kuss auf die Stirn

zu drücken. Er läuft ein bisschen rot an, was mich zum Lachen bringt.

»Was ist das da drüben?«, ruft Melisand zu uns herüber.

Wir folgen ihrem ausgestreckten Finger mit dem Blick und machen etwas Weißes in der Gischt aus.

»Noch ein Skelett«, murmelt Marek in sich hinein.

Unsere ausgelassene Stimmung erhält einen kleinen Dämpfer. Wir alle starren aufs Meer hinaus, während das Skelett in unsere Richtung getrieben wird. Ich mache Rippenbögen aus und Wirbel, die bestimmt so groß sind wie mein Kopf. Und es sind so viele. Nicht einmal ein Riese hat so viele Wirbel, oder?

»Eine Schlange«, murmelt Dario vor sich hin. »Das ist das Skelett einer Schlange.«

Natürlich weiß Dario, wie das Skelett einer Schlange aussieht. Mich überrascht gar nichts mehr.

»Die Midgardschlange«, sinniert er. »Das könnte sie sein. Genauso wie der Wolf ist sie ein Kind von Loki.«

Ich spüre die Kälte des Wassers nun deutlicher. Ich muss wohl einsehen, dass wir den Weltuntergang nie ganz ausblenden können.

Das Skelett treibt näher auf uns zu und obwohl die Schlange schon lange tot ist, weichen wir alle automatisch vor ihr zurück. Sie kann uns vielleicht nicht mehr angreifen, aber auch tot wirkt dieses Monster sehr bedrohlich.

»Wir haben wohl genug gebadet«, sagt Marek. Wir anderen nicken nur und machen uns auf den Rückweg an den Strand. Vorhin konnte ich nicht schnell genug in die Wellen abtauchen. Jetzt kann ich nicht schnell genug wieder an den Strand.

»Pass auf!«

Als ich Darios Ruf höre, fahre ich zu den beiden herum. Dario schubst Marek leicht zur Seite, sodass der im seichten Wasser hinfällt. Dario gibt einen Schmerzenslaut von sich.

Das Schlangenskelett hatte sie eingeholt und wird nun erst vom Strand aufgehalten, wo das Wasser nicht mehr tief genug steht, sodass es im Sand stecken bleibt. Marek muss Dario stützen, während sie zu uns herüberwanken. Darios Bein blutet.

»Er hat sich am Skelett geschnitten«, erklärt Marek, als ich die beiden entsetzt mustere.

»Ist nicht schlimm«, sagt Dario. »Guck, Lily, es ist nur ein oberflächlicher Schnitt.«

Marek setzt Dario auf dem nassen Sand ab und ich beuge mich direkt über das Bein, um sicherzugehen, dass er nicht gelogen hat. Blut rinnt über seine Haut, doch es ist nicht viel. Er hat recht. Der Schnitt ist nicht tief.

»Ich verbinde das schnell«, sagt Morgana, die wegen meiner Verletzung inzwischen viel Übung damit hat. Mit wenigen Handgriffen ist Darios Bein verarztet. Marek hilft ihm aufzustehen. »Kannst du es belasten?«

Er probiert es, geht ein paar Schritte. »Alles bestens.« Sein kreidebleiches Gesicht widerspricht dem, vermutlich sitzt der Schock ihm noch in den Knochen. »Wir sollten aufbrechen.«

Wir alle ziehen uns an, obwohl unsere Kleidung dringend einen Waschgang vertragen könnte, und machen uns auf den Weg, mal wieder, ohne zu wissen, ob er uns an unser Ziel bringen wird.

Ein paar Stunden später machen wir eine Pause, die Marek und Melisand zum Training nutzen, und da wir von Grün umgeben sind, müssen sie jetzt nicht länger mit der Energie haushalten. Am Ende bringt Marek Melisand sogar zum Schweben und ich klatsche, obwohl es mir einen kleinen Stich versetzt, ihm dabei zuzusehen, wie leicht es ihm fällt, während ich mich seit jener

Nacht im Schwimmbad nicht mehr getraut habe, auch nur den kleinsten Zauber zu wirken. Jedes Mal, wenn ich an Magie denke, denke ich auch an den Mann, den ich verletzt habe.

Im Gegensatz zu den letzten Tagen gesellt sich Dario nicht zu Morgana und mir, sondern beugt sich nur sehr konzentriert über das Buch, um weiter zu übersetzen.

»Hey, du brauchst auch mal eine Pause«, rufe ich Dario zu.

Erst verzögert hebt er den Kopf und sieht mich an, als wäre er so tief im Buch verschwunden, dass er den Weg zurück nicht mehr findet.

»Ich habe keine Zeit. Mir fehlt noch das Ende des Textes.«

Die Dringlichkeit in seiner Stimme irritiert mich, aber danach lasse ich ihn in Ruhe. Womöglich findet sich noch ein entscheidender Hinweis im Text, da störe ich ihn lieber nicht.

Als wir erneut aufbrechen, steckt Dario nur widerwillig das Buch weg. Sein Blick ist gehetzt.

»Dario?«, frage ich vorsichtig und schließe zu ihm auf, weil er mal wieder unsere Gruppe anführt, obwohl doch keiner von uns weiß, in welche Richtung wir eigentlich gehen sollen. Das Meer haben wir inzwischen so weit hinter uns gelassen, dass ich das Rauschen nicht mehr hören kann, aber meine Haare riechen noch nach Salz, als hätte ich einen Teil des Meeres mit mir genommen. »Ist alles in Ordnung bei dir?«

»Natürlich, alles bestens«, sagt er schnell, zu schnell.

»Du kannst mit mir reden.«

Endlich wendet er sich mir zu und in seinen Augen liegt eine Trauer, die mich erschauern lässt.

»Ich weiß, dass ich mit dir reden kann. Danke.«

Seine Worte bringen mich nur dazu, die Stirn zu runzeln.

»Ohne Scheiß, Dario, was ist los mit dir?«

Er lächelt sanft. »Das hier ist besser als die Abenteuer, die ich mir früher gewünscht habe. Vergiss das nie.«

Und bevor ich nachhaken kann, beschleunigt er seine Schritte und hängt mich ab. Über seine Schulter ruft er noch: »Wir müssen den Ursprung der Zerstörung finden. Dort, wo das Feuer am stärksten gewütet hat. Den Krater der Explosion. Das ist sehr wichtig.«

Ich nicke nur, obwohl er gar nicht mehr in meine Richtung schaut und ich mustere seinen Rücken kritisch.

Marek kommt zu mir und nimmt meine Hand. »Warum guckst du so?«

»Könntest du mal mit Dario reden? Ich habe das Gefühl, etwas stimmt nicht und er will's mir nicht sagen.«

Marek küsst mich, dann joggt er an mir vorbei und zu Dario. Freundschaftlich legt er ihm einen Arm über die Schulter. Ich höre zwar nicht, was sie miteinander sprechen, aber diese Geste scheint mir ein guter Anfang zu sein.

Schließlich lassen wir die grüne Region wieder hinter uns, obwohl ich sie direkt vermisse, sobald mein Fuß die trockene Einöde betritt. Wie staubig es hier war, hatte ich verdrängt. Jetzt erinnere ich mich, als mein Mund trocken wird.

Der Mond taucht am Himmel auf. Ohne Sterne, die ihn umgeben, sieht er irgendwie sehr einsam, geradezu traurig aus. Er leuchtet sehr stark auf uns herab. Er wird immer voller und voller, wie eine tickende Uhr, deren Zeiger nicht langsamer werden, egal wie sehr wir sie um ein bisschen Aufschub anflehen.

Ich spüre, dass sich etwas in meinem Inneren regt, doch gerade beschäftigt mich etwas anderes. Dario war eben wirklich komisch.

Er und Marek laufen nach wie vor weit vor uns.

»Kommt es mir nur so vor oder sind wir schneller als sonst?«, fragt Melisand hinter mir. Ich sehe mich kurz um. Sie stützt Morgana noch leicht, obwohl diese wieder gut allein laufen kann. Ich glaube, insgeheim sehnen sich die beiden nach Körperkontakt, sind aber noch nicht bereit, danach zu fragen.

»Ich denke, du hast recht«, gebe ich zu. Melisand grinst. »Wirst du nicht oft von mir hören, gewöhn dich nicht dran«, füge ich hinzu, was sie noch breiter grinsen lässt und mich tatsächlich auch.

Meinen Blick richte ich wieder nach vorne. Dario humpelt leicht. Vielleicht tut ihm das Bein vom Schnitt noch weh.

Ich sprinte zu den beiden. Marek hat einen besorgten Gesichtsausdruck aufgesetzt. Dario wirkt stoisch, gleichzeitig sehr blass.

»Dario, wir können eine Pause machen.«

»Können wir nicht«, erwidert er. Erst weicht er abermals meinem Blick aus, doch als er merkt, dass ich mich nicht abwimmeln lasse, wendet er sich mir zu. »Bitte mach dir niemals Vorwürfe, Lily.«

»Dario, du machst mir Angst«, kriege ich hervor.

Er stolpert über seine eigenen Füße und fällt nur nicht auf den Boden, weil Marek ihn festhält. Sofort will er weiterlaufen, doch er strauchelt wieder. Morgana und Melisand holen zu uns auf. Wir bleiben alle stehen und sehen Dario an.

Er lächelt, traurig und glücklich zugleich.

»Ich bereue nichts«, verkündet er feierlich.

Und dann kollabiert er in Mareks Armen.

KAPITEL 24

»Dario!«

Ich habe keine Ahnung, aus wessen Kehle dieser Schrei dringt. Im nächsten Moment knien wir alle neben ihm. Marek hält Dario in seinen Armen. Seine Augen sind geschlossen, sein Mund hängt offen.

Morgana fühlt seinen Puls und atmet erleichtert auf. »Er lebt.«

»Vielleicht war er einfach erschöpft. Er sieht nicht gerade robust aus.« Melisands Worte klingen hart, doch ihre Stimme ist ganz weich. Ich höre wahre Besorgnis heraus.

»Guck nach seinem Bein«, sagt Marek, der seinen Freund weiterhin fest an sich drückt. Morgana schiebt sofort Darios Hose nach oben und löst den Verband.

Wieder kann ich nicht sagen, wer von uns das erschrockene Zischen ausstößt. Vielleicht sind wir es alle.

Dort, wo ein kleiner, oberflächlicher Schnitt war, ist nun eine riesige blau angelaufene, eiternde Wunde. Seine Blutgefäße sind deutlich zu sehen und ziehen sich in einem Spinnennetz-Muster über sein ganzes Bein.

Mein Herz schlägt mir fast im Hals, während ich auf die blauen Flüsse starre, die sich unter Darios Haut entlangschlängeln. Wie das Skelett der Schlange vorhin im Meer.

»Warum hat er nichts gesagt?«, stößt Morgana aus, holt ihre Kristalle hervor und lässt die Hände über Darios Bein schweben. Die Kristalle leuchten und leuchten und leuchten. Ihr Schein wird dumpfer, aber die Wunde verändert sich nicht. Das Spinnennetz bleibt genau dort, wo es ist. Ein Kristall erlischt, doch Morgana gibt noch nicht auf und benutzt gleich den nächsten und den nächsten und den nächsten. Bis unser ganzer Magievorrat aufgebraucht ist. Geändert hat sich nichts.

»Dario«, flüstere ich beschwörend und gebe ihm eine sehr leichte Ohrfeige. Er bewegt sich, als wollte er nicht geweckt werden. Ich schlage ihn ein bisschen fester. Seine Augenlider flattern. Dieser Moment erinnert mich auf schmerzhafte Weise an die Nacht, in der wir uns zum ersten Mal begegnet sind. Damals war es meine Schuld, dass er leblos auf dem Boden lag und jetzt fühlt es sich ähnlich an, obwohl ich keine Ahnung habe, was hier eigentlich passiert.

»Dario«, sage ich laut und verpasse ihm eine mittelstarke Ohrfeige.

Er schlägt die Augen auf und wir atmen alle gemeinsam auf. Doch die Erleichterung währt nur kurz, denn seine Augen sind rot unterlaufen, Schweiß steht ihm auf der Stirn. Mit jeder verstreichenden Sekunde rinnt die Farbe aus seinem Gesicht.

»Ich dachte, ich hätte mehr Zeit«, sagt Dario entschuldigend, als gäbe es gerade irgendwas, für das er sich bei uns entschuldigen müsste.

»Wovon redest du?« Ich muss mich anstrengen, um nicht zu schreien. Wenn mein Herz noch ein bisschen heftiger schlägt, wird es mir gleich auf der Zunge liegen.

»Hört mir zu. Ich habe nicht viel Zeit. Unterbrecht mich also nicht«, sagt Dario.

»Wovon redest du?«, presst Marek hervor.

»Ich habe doch gesagt, ihr sollt mich nicht unterbrechen.«

Ich kann den anderen ansehen, dass sie ihn auch am liebsten unterbrochen und gefragt hätten, was zur Hölle hier gerade los ist, doch wir reißen uns zusammen.

»Alles, was ich übersetzen konnte, steht auf meinem Notizblock. Lest es in Ruhe. Sucht den Ursprung des Feuers. Ihr müsst das Schwert finden, bevor die Hexen es tun. Folgt dem Bach. Ich glaube, er führt euch an irgendeinen wichtigen Ort. Marek darf auf keinen Fall sterben. Er ist ein Götterkind von Thor.«

»Woher willst du das wissen?«, hauche ich, auch wenn ich ihn nicht unterbrechen sollte. Doch ich konnte mich ohnehin noch nie gut an Regeln halten.

»Das Skelett im Wasser. Es ist ihm quasi gefolgt. Die Midgardschlange hat Thor umgebracht. Marek muss sein Nachfahr sein.«

»Marek hat mir erzählt, dass er von einer Schlange geträumt hat«, erinnere ich mich, was Dario schwach zum Lächeln bringt.

»Dann stimmt wenigstens eine meiner Theorien.« Er wirkt, als könnte ihn nichts glücklicher machen. Sein Blick driftet ab, doch dann zwingt er sich, den Fokus wieder auf uns zu richten. »Die Zähne der Midgardschlange hätten Marek vorhin im Meer fast erwischt, wäre ich nicht dazwischengegangen. Sie wollte ihn mit ihrem Gift umbringen, obwohl sie schon längst tot ist.«

»Die Zähne? Gift?«, stößt Marek hervor, der Dario noch ein bisschen fester und ein bisschen verzweifelter an sich drückt, als könnte er, wenn er nur seinen Körper fest genug hält, auch seinen Geist zwingen, bei uns zu bleiben.

In dem Moment wird mir klar, dass ich längst verstehe, was hier gerade geschieht, obwohl ich mich so vehement gegen die Erkenntnis gewehrt habe.

Es ist ein Abschied. Dario gibt uns alles mit auf den Weg, was ihm wichtig erscheint. Er sagt alles, was er noch loswerden wollte.

Weil er denkt, dass er ...

»Du wirst nicht sterben«, sage ich sofort. »Hör auf, so zu tun.«

Dario lächelt mich auf diese milde Weise an, die mir zu verstehen gibt, dass er die Welt viel besser durchschaut als ich. Vermutlich stimmt das sogar. Höchstwahrscheinlich sogar. Doch in diesem Moment darf das nicht stimmen. In diesem Moment muss er ausnahmsweise mal falschliegen, selbst wenn das so selten vorkommt.

Mein Herz schlägt immer schneller und heftiger, als wollte es Darios anfeuern, nicht aufzugeben.

»Das Gift der Midgardschlange hat Thor umgebracht. Wer bin ich im Vergleich zu diesem Gott?«

»So viel«, sage ich ohne Zögern. »Du musst kein Hexer oder Gott sein, um besonders zu sein, Dario.«

Meine Worte hören sich auch wie ein Abschied an. Und ich hasse es, aber ich kann nicht anders. Er muss diese Worte hören. Ich muss sie sagen.

»Danke dir«, sagt er sanft. »Das mit dem normalen Leben werde ich wohl nicht mehr erleben.«

Ich schüttle vehement den Kopf, während mir Tränen in die Augen treten. Morgana und Melisand widmen sich der Wunde, doch die Magie ist aufgebraucht, da gibt es nichts mehr, was sie noch tun können.

Morgana öffnet mit zittrigen Händen Darios Jacke und sein Hemd.

Meine Tränen versperren mir fast den Blick auf seine Brust, aber leider nur fast, denn ich erkenne viel zu deutlich die dunklen Male auf seiner Haut. Am liebsten würde ich die Augen fest verschließen, damit mich die harte Realität nicht erreichen kann. Ich will mich vor ihr verstecken.

Nur wird das Dario nicht das Leben retten.

Nichts wird ihm das Leben retten.

Und er ist der Einzige von uns, der mutig genug ist, dieser Wahrheit ins Gesicht zu blicken, ohne zu blinzeln.

»Vielleicht gehe ich auch nur ein paar Tage vor euch. Also kein Grund, eine so große Sache draus zu machen.«

»Das war ein sehr schlechter Witz«, sage ich, was ihn schwach zum Lachen bringt.

Gemeinsam mit seiner Gesichtsfarbe scheint auch das Leben aus ihm zu fließen. Er hustet mehrmals.

»Wieso hast du mich weggestoßen?«, kriegt Marek hervor, dem ohne Unterbrechung Tränen über die Wangen rinnen. Es klingt wie ein Vorwurf.

Das bringt Dario wieder zum Lächeln. Aber jedes ist schwächer als das davor. »Weil du wichtiger bist als ich. Vielleicht kannst du das Ende der Welt aufhalten.«

»Du bist auch wichtig«, haucht Marek und drückt seinen Freund noch ein bisschen fester an sich.

Morgana und Melisand haben aufgehört, nach einer Lösung zu suchen. Wir sitzen alle vor ihm auf dem staubigen Boden, werden vom kalten Mondlicht beleuchtet, das so stark ist, als wollte es nicht, dass wir auch nur ein Detail dieses fürchterlichen Moments verpassen. Als hätte ich nach all den Wochen noch einen Beweis gebraucht, wie grausam der Mond wirklich ist.

»Für den Abwasch«, sagt Dario zu mir. »Vergiss das nicht.«

»Niemals«, verspreche ich mit einem riesigen Kloß im Hals.

Ich bekomme kaum noch Luft. Die Tränen, die ich zu unterdrücken versuche, schnüren mir den Hals ab. Und dann atmet Dario das letzte Mal ein, sein Blick wird starr, sein

Herz verstummt und da kann ich die Tränen nicht mehr unterdrücken.

Ich schluchze auf eine Weise, wie ich es zuletzt als kleines Kind getan habe. So heftig, dass es meinen ganzen Körper zum Beben bringt.

Die Welt verschwimmt vor meinen Augen, doch jetzt ist es dafür zu spät, weil ich die Wahrheit schon kenne und sie auch nicht vergessen werde.

Dario ist gestorben.

Und wir konnten ihm nicht helfen.

KAPITEL 25

Mir kommt es so vor, als würden wir mehrere Lebzeiten auf den Knien auf diesem toten Boden verbringen. Doch der Mond steht immer noch hoch über uns am Himmel, deswegen weiß ich, dass nicht so viel Zeit vergangen sein kann.

Ich weine und beobachte, wie meine Tränen wie Regentropfen auf die Wüste unter mir niedergehen. Die Erde ist zu stark ausgetrocknet, um diese Flüssigkeit aufzunehmen. Ich dachte sehr lange, dass es bei mir das Gleiche wäre. Ich hatte Gefühle so lange nicht zugelassen, dass ich davon ausgegangen war, sie nie wieder spüren zu müssen. Nun erkenne ich, dass das nicht stimmt.

Trauer läuft wie eine Flüssigkeit in meinen Körper hinein, wie Regen oder Tränen auf Wüstenboden, und gelangt durch all die Risse, die dort sind, durch all die Stellen, die nie richtig verheilt sind, und bricht sie noch weiter auf, bricht *mich* noch weiter auf.

Ich presse mir eine Hand auf die Brust, weil ich hoffe, dass es den Schmerz lindert, dass ich so mein Herz daran hindern kann, zu brechen. Doch es funktioniert nicht.

Weiter starre ich auf meine Tränen, die den Boden unter mir ein bisschen dunkler färben, nur um den Blick nicht zu heben. Ich will die Trauer der anderen nicht sehen, wenn ich sie schon in ihren Schluchzern hören muss. Ich kann Darios toten Körper nicht ansehen.

Ich kann nicht. Ich kann nicht. Ich kann nicht. Ich kann ...
»Wir müssen ihn beerdigen.« Morganas Stimme klingt weit
weg. »Das hat er verdient.«

Bevor mir mein nächster Schluchzer entfahren kann, presse
ich meine andere Faust gegen meinen Mund. Ich atme ein paar
Mal sehr tief durch, immer und immer wieder, bis ich mich
genug unter Kontrolle habe, dass ich die Hand von meinem
Mund nehmen kann, ohne zu riskieren, gleich wieder in Tränen auszubrechen.

Ich hebe den Blick, obwohl ich es nicht will, aber trotz allem weiß ich, dass ich nicht den Rest meines Lebens damit
verbringen kann, auf den Boden vor mir zu starren.

Mareks Gesicht ist tränenüberströmt und er drückt Dario
noch immer fest an seinen Körper, dabei kann ich ihm ansehen, dass er verstanden hat, dass nichts, was er tut, irgendwas ändern wird.

Ich berühre ihn vorsichtig am Knie, woraufhin er zusammenzuckt. Eigentlich will ich näher an ihn heranrücken, doch
er schüttelt leicht den Kopf, als wollte er mir sagen, dass er
noch nicht bereit ist, meinen Trost anzunehmen. Ich nicke und
lasse ihn los. Das ist seine Entscheidung.

»Der Boden ist zu fest«, sagt Melisand. Ihre Wangen sehen
trocken aus, sie hat nicht geweint, aber ihr ist ein Ausdruck ins
Gesicht geschrieben, der mir Gänsehaut bereitet. Da ist keine
Fassade mehr, keine Eisprinzessin, nur Trauer. »Und unsere
Energie ist aufgebraucht.«

»Wir sollten ihn dort begraben, wo es grün war«, bekommt
Morgana hervor. Ein paar ihrer Locken kleben ihr nass im Gesicht. Ich ergreife ihre Hand und sie verschränkt sie sofort mit
meiner. Ich bin erleichtert, dass sie meinen Trost annimmt.
Dann fühle ich mich nicht mehr so allein.

Nach einem kurzen Zögern halte ich Melisand die andere

Hand hin. Sie betrachtet sie einen Moment, als wüsste sie nicht, was sie mit ihr anfangen soll. Dann erwidert sie die Geste doch.

Danach müssen wir uns nicht mehr absprechen und sagen, was wir tun werden. Es ist uns allen klar. Niemand weist die anderen darauf hin, dass wir mehrere Stunden brauchen werden, um fruchtbaren Boden zu erreichen. Das spielt gerade keine Rolle.

Dario war unser Freund und wir sollten ihm die letzte Ehre erweisen.

Marek steht mit Dario in seinen Armen auf. So schlaff, wie sein Körper aussieht, könnte er auch nur betrunken sein. Doch als ich mir einen seiner Arme über die Schulter lege, weiß ich nicht nur, dass er wirklich tot ist, sondern spüre es auch. Kein lebendiger Körper ist so kalt. Mein erster Impuls ist es, vor dem Tod zurückzuweichen. Ich reiße mich aber zusammen und so machen wir uns auf den Rückweg.

Marek starrt die ganze Zeit stur geradeaus und tut so, als wären wir anderen gar nicht hier. Wir respektieren sein Schweigen.

Meine Muskeln beginnen irgendwann von der Last zu zittern, doch ich gestatte es mir nicht, innezuhalten. Sobald ich Stunden später den ersten Fuß auf grünen Untergrund setze, wird das Tragen leichter. Erst mit Verzögerung wird mir klar, dass Morgana und Melisand die Kristalle aufgeladen haben und mit Magie nachhelfen.

Ohne dass wir uns absprechen, halten wir uns vom Strand fern. Ich vermute, dass auch die anderen dieses Schlangenskelett niemals wiedersehen wollen.

Vor einem Baum, an dessen Ästen schon einige Blätter hängen, bleiben wir letztendlich stehen. Die anderen drei heben mit Magie ein Grab aus, während ich mit dem Dolch, den mir

Melisand gegeben hat, Darios Namen in die Rinde des Baums ritze.

Einen Moment überlege ich, dann entscheide ich mich für drei weitere Worte.

Abenteurer, Held, Freund.

Als Melisand Darios Körper mittels Magie in die Erde betten will, kommt ihr Marek zuvor und nimmt seinen Freund noch ein letztes Mal in den Arm und hebt ihn vorsichtig und geradezu liebevoll ins Grab, als würde er fürchten, er könnte ihm Schmerzen zufügen.

Doch das geht nicht mehr. Und vermutlich ist das der einzige Trost, den ich in diesem Moment finde. Dario wird Angst, Trauer und Schmerz erspart bleiben, während wir anderen uns dem weiterhin stellen müssen.

Jetzt ganz besonders.

Ein letztes Mal blicke ich in sein Gesicht, das von dem blonden Lockenschopf eingerahmt wird.

»Sollten wir noch was sagen?«, flüstert Morgana so ehrfürchtig, als befänden wir uns in einer Kirche.

»Dario hätte gewusst, was wir sagen sollten«, sage ich.

»Er wusste in jeder Situation, was man sagen sollte«, fügt Melisand hinzu und bringt mich damit sogar zum Lachen, obwohl mir dieses Geräusch so schrecklich unpassend vorkommt. Sofort habe ich ein schlechtes Gewissen und lege mir eine Hand auf den Mund.

»Nicht.« Das ist das erste Wort, das Marek sagt, seitdem Dario gestorben ist. Er umgreift meine Hand mit seiner und zieht sie von meinem Mund. »Er würde wollen, dass wir noch lachen können.«

Ich sehe Marek in die Augen. Endlich kann er meinen Blick erwidern und tut nicht mehr so, als wäre er mit seiner Trauer ganz allein auf der Welt. Wir betrachten uns für ein paar Sekunden, dann schließen wir uns auch schon in die Arme. Ich drücke mein Gesicht an seine bebende Brust und er hält meinen Kopf fest, während er weint.

»Danke für alles«, kriegt Morgana schließlich hervor. »Danke dir, dass du so ein guter Freund warst. Für mich. Für uns alle. Jedes Mal, wenn ich ein Buch aufschlage, werde ich an dich denken und wissen, dass du dir alles, was darinsteht, viel besser gemerkt hättest, als ich es könnte.«

Ich lache erstickt, diesmal wird es gedämpft von Mareks Pullover.

»Schöne Worte«, sagt Marek traurig. »Melisand, kannst du …«

Er bricht ab und das erste Mal, seitdem ich Marek kenne, scheitert er daran, einen schweren Satz zu beenden.

Melisand versteht trotzdem, und lässt die Erde auf Darios Körper schweben. Sie ist dabei sehr sanft. Es klingt ein bisschen so, als würde es regnen.

»*Das Feuerschwert wird in Hass geschmiedet*«, lese ich leise Darios Notizen vor, die vom Hochwasser in Brügge an einigen Stellen leicht gewellt sind.

Wir sind noch zur Wüsteneinöde zurückgelaufen, bevor wir uns schließlich entschlossen haben, unser Schlaflager aufzubauen. Der Mond ist inzwischen verschwunden und somit hat der Tag begonnen, aber da es zu jeder Tages- und Nachtzeit dunkel ist, können wir genauso gut jetzt schlafen.

Ich finde jedoch keinen Schlaf. Es fühlt sich falsch an, sich auszuruhen, wenn wir der Lösung unserer Probleme nicht einen Schritt näher gekommen sind.

Und – wenn ich ganz ehrlich bin – will ich vor allem deswegen nicht schlafen, weil ich Angst habe, von Dario zu träumen.

Die anderen machen auch keine Anstalten, sich hinzulegen, also vermute ich, dass es ihnen ähnlich geht. Erst vergangene Nacht haben wir in unseren Träumen den Tod der Menschen gesehen, die wir verloren haben. Was ist, wenn wir nun gezwungen werden, seinen erneut durchleben zu müssen?

»Die Götter haben nicht wirklich mit Hass geschmiedet, oder?«, frage ich in die Runde, einfach, um nicht nichts zu sagen. »Das Feuerschwert besteht schon aus Metall, oder?«

Melisand sieht mich an, als würde sie mir am liebsten sagen, dass ich nicht so dumme Fragen stellen soll. »Schon mal was von einer Metapher gehört?« Richtig versöhnlich klingt sie zwar nicht, aber wäre sie auf einmal nett zu mir gewesen, hätte ich wohl keine Ahnung gehabt, wie ich damit umgehen soll. Das hier ist besser. Das kenne ich schon. Es ist nicht unerwartet. Melisands unpassende Kommentare sind vorhersehbar und das ist genau das, was ich gerade brauche.

»Weiterhelfen tut uns eine Metapher aber auch nicht wirklich«, gebe ich zurück. »Das ist kein Anhaltspunkt, um es zu finden.«

Darauf weiß sie nichts zu erwidern, also schweigt sie.

»Steht da sonst noch etwas Sinnvolles?«, fragt Marek. Er setzt sich neben mich und ich lehne mich gegen ihn.

»Es ist viel die Rede von Götterkindern und ihrem Schicksal. Das Wort *Loki* sehe ich öfter und *eingesperrt*, um Ragnarök aufzuhalten, sicher bin ich mir allerdings nicht. An manchen Stellen sind die Buchstaben vom Wasser verwischt. Und ich kann seine Schrift nicht so gut lesen«, sage ich ehrlich, obwohl es mir vorkommt, als würde ich etwas Schlechtes über einen Toten sagen.

Marek lacht leise und die Vibration des Geräuschs an meinem Rücken zu spüren, tut sehr gut. »Ich konnte seine Einkaufslisten nie lesen und einmal hat er mich gefragt, warum ich Tomaten gekauft habe, wenn er doch Tiramisu machen will.«

Ich lache auch. »Was hast du dazu gesagt?«

»*Ja, was weiß denn ich, was du dafür brauchst. Schreib deutlicher.*«

Auch Melisand und Morgana lächeln auf diese tragisch-traurige Weise, deren Anblick ein bisschen wehtut.

»Was hat er vorhin gemeint?«, fragt Morgana schließlich. »*Für den Abwasch?*«

Jetzt wird auch mein Lächeln tragisch-traurig. »Damit hat er sich auf ein Gespräch bezogen, das wir vor einer Weile geführt haben. Seine Mutter meinte immer zu ihm, sie will ein normales, unbedeutendes Leben. Auch wenn sie von der Menschheit vergessen wird, Hauptsache, sie kann ein Leben führen, in dem sie ihren Kindern vorm Schlafengehen vorliest und den Abwasch macht.«

Morgana fängt wieder an zu weinen, doch sie lässt sich von Melisand in den Arm nehmen und hält sich an ihr fest und da erkenne ich, dass uns Trauer nicht immer zerreißen muss, weil sie uns auch zusammenbringen kann.

»Also tun wir das alles nur, um uns eines Tages wieder beim Abwasch zu langweilen?«, fragt Morgana.

»Richtig.«

Das entlockt ihr ein aufrichtiges Lächeln. »Das gefällt mir.«

»Machen Hexen denn überhaupt Abwasch?«, fragt Marek und drückt mir einen Kuss aufs Haar, woraufhin ich mich noch näher an ihn kuschle.

»Wenn wir zur Strafe nicht zaubern dürfen«, meint Melisand. Sie seufzt schwer. »Aber nach dem ganzen Mist der letzten Wochen würde ich mich sogar auf den Abwasch freuen.«

Morgana knufft sie in die Seite, worüber sich Melisand erst beschwert, doch ich sehe ihr deutlich an, dass sie Morgana am liebsten gebeten hätte, es gleich noch mal zu tun.

»Dario ist auf einem Bauernhof aufgewachsen«, sage ich, ohne zu wissen, warum ich das unbedingt loswerden will.

»Seine Mutter hat uns ständig Essen geschickt«, erzählt Marek. »Riesige Fresspakete. Als hätte sie Angst, dass wir sonst verhungern.«

»Junge Männer in eurem Alter sind ja oft allein nicht lebensfähig«, meint Melisand fachmännisch und so überheblich, dass sie uns alle zum Lachen bringt. »Was war in den Fresspaketen?«, setzt sie hinterher.

»Frische Eier und so reichhaltige Milch, wie man sie nie im Supermarkt bekommt.«

Marek verliert sich in Erzählungen über sein Zusammenleben mit Dario und wir hören ihm alle aufmerksam zu. Stunden scheinen zu vergehen und schließlich legen wir uns alle schlafen, weil wir nun sicher sind, nicht von Darios Tod, sondern von seinem Leben zu träumen.

»Dahinten ist was!«, ruft Morgana.

Wie uns Dario geraten hat, sind wir nun zwei Tage lang dem Bach gefolgt, der immer heller gestrahlt hat. In meinen Träumen bin ich erneut von meinen Eltern heimgesucht worden. Wir haben nicht mehr über unsere Träume geredet, aber die anderen haben nach dem Aufwachen so ausgesehen, wie ich mich fühle, also gehe ich davon aus, dass sie Ähnliches gesehen haben wie ich.

Inzwischen glaube ich auch, dass es mit dem Bach zusammenhängt, denn ein Glitzern durchzieht meine Träume wie ein schimmernder Faden in einem sonst nur grau gewebten Teppich. Dass wir jeden Tag von ihm trinken, macht es bestimmt nicht besser, nur Verdursten ist auch keine Option.

Ich folge Morganas ausgestrecktem Finger mit dem Blick und mache etwas weit in der Ferne aus. Das Glitzern des Bachs ist nicht stark genug, damit sich ein kompletter Umriss von der restlichen Dunkelheit absetzt, reicht aber, um ein Bauwerk auszumachen.

Ganz automatisch werde ich schneller und die anderen tun es mir sofort gleich. Der Bach wird mit jedem weiteren Schritt, den wir tun, breiter, wird immer mehr zu einem Fluss, der nicht mehr nur plätschert, sondern das Wasser richtig erbarmungslos mit sich reißt.

Das Rauschen lässt mich an das Meer denken und genauso automatisch, wie ich meine Schritte beschleunigt habe, verlangsame ich sie jetzt.

»Wir wissen nicht, was uns hier auflauern könnte«, sage ich zu den anderen. Ich kann nicht erneut voller Leichtsinn in eine Situation hineinrennen, ohne an die Konsequenzen zu denken. Dario ist mir in die Fluten gefolgt und deswegen gestorben.

Die anderen werden ebenfalls langsamer. Morgana, Melisand und auch Marek holen Kristalle hervor, die wir nach Darios Beerdigung noch mal alle aufgeladen haben, bevor wir das Grün wieder hinter uns gelassen haben.

Melisand läuft voraus, wir anderen ihr hinterher. Ich würde gern Mareks Hand halten, aber falls wir angegriffen werden sollten, braucht er sie zum Zaubern, also vergrabe ich meine sehr tief im Futter meiner Winterjacke.

Uns trennen noch rund hundert Meter von dem Gebäude, als mir klar wird, dass es gar kein Gebäude ist, sondern eine Höhle.

Eine Höhle, die mir bekannt vorkommt.

Weil ich sie in meinen Träumen gesehen habe.

Ein Teil von mir will die Höhle betreten – ein anderer würde sich am liebsten umdrehen und davonlaufen.

Der Fluss verschwindet kurz vor der Höhle und scheint in sie hineinzulaufen. An der Wand, gegen die der Fluss schlägt, bevor er unterirdisch weiterfließt, wird der Glitzer als Nebelschwaden aufgewirbelt, die so dick aussehen, als könnte man sie mit beiden Händen greifen.

»Dario wüsste bestimmt, was das für ein Ort ist«, sagt Marek und wir anderen schweigen betreten. Leider stimmt das.

»Ich glaube, ich weiß es auch«, meint Melisand nach kurzem Überlegen. Vor dem Eingang zur Höhle bleiben wir stehen und starren in das schwarze Loch hinein, hinter dem zwar ganz leicht das Glitzern des Flusses zu erkennen ist, aber sonst nur Dunkelheit. Der Eingang ist groß genug, dass wir alle gleichzeitig hindurchgehen könnten und so symmetrisch geformt, dass jemand nachgeholfen haben muss. Die Natur schafft solche klaren Proportionen nicht. Ein großer Stein steht dort, als wäre die Höhle immer bereit, verschlossen zu werden.

»Was ist das für ein Ort?«, frage ich viel zu leise.

»Ich glaube, es ist die Höhle, in die Loki von den anderen Göttern gesperrt worden war. Als er sich befreit hat, war das der Anfang der Ragnarök. Damit hat das Unheil begonnen.«

Gänsehaut überzieht meinen ganzen Körper.

Wir stehen am Anfang, obwohl uns in einer Woche das Ende droht.

Und ich sehe diesen Ort in meinen Träumen. Ich mag noch nicht lange träumen, doch sogar ich weiß, dass das nichts Gutes bedeutet.

»Davor zu stehen, macht es auch nicht besser«, sage ich schließlich und gebe mir einen Ruck, als müsste ich mir in diesem Moment selbst beweisen, dass ich kein Feigling mehr bin.

Früher bin ich vor allem davongelaufen. Vor den Hexen, vor meinem Erbe, vor meinen Fähigkeiten, vor meinen Schuldgefühlen, vor meiner Zuneigung, vor Morgana und vor Marek.

In den letzten Wochen habe ich erkannt, dass Wegrennen sinnlos ist. Egal, wie vehement ich mich gegen mein Erbe als Hexe gesträubt habe, nun stehe ich in Asgard, dem Ursprung meiner Fähigkeiten. Es ist der Beweis für Astrids Mahnungen: Wir können dem Schicksal nicht entgehen.

An sie zu denken, tut weh. Zu wissen, dass ich sie noch immer liebe, ihr aber nicht mehr vertrauen kann, tut weh. Aber das heißt nicht, dass jeder Satz, den Astrid jemals zu mir gesagt hat, eine Lüge war.

Die anderen zögern, doch ich mache einen Schritt auf den Höhleneingang zu, atme tief durch und betrete sie.

Es trifft mich wie ein Peitschenhieb und ich atme scharf ein.

Sobald mein Fuß den Höhlenboden berührt, laufen auf einmal so viele Bilder durch meinen Kopf, dass ich sie gar nicht alle greifen kann.

Schmerzensschreie drohen mir das Trommelfell zu zerreißen. Etwas tropft von der Decke auf ein Gesicht. Doch es ist kein Wasser. Die Flüssigkeit ist dicker, zäher und dunkler. Und sie verursacht die Schmerzen.

Der Boden unter meinen Füßen bebt so stark, dass die Wand der Höhle aufbricht, die Ketten sich lösen, die Schmerzensschreie enden.

Ein letztes Mal schreit er, diesmal vor Wut. Er sagt kein Wort, doch ich weiß, dass sein Schrei ein Versprechen auf Rache ist.

»Lily!«

Mareks warme Hände umschlingen meine Arme und reißen mich aus der Vision in die Realität zurück. Ich stehe noch immer am Höhleneingang, hinter dem nur Stille auf uns wartet. Niemand ist hier. Der Mann, dessen Gesicht ich in der Vision nie ganz erkannt habe, ist fort. Schon sehr, sehr lange.

»Ich habe nur etwas gesehen«, erkläre ich, als ich in Mareks besorgtes Gesicht blicke. »Ich habe von diesem Ort geträumt.«

Melisand schüttelt sich. »Ich schwöre euch, wenn wir das alles überstehen, werde ich Urlaub auf den Bahamas machen. Wenn noch einmal jemand sagt, er hatte eine Vorahnung oder hat irgendwas Ominöses in seinen Träumen gesehen, schreie ich.«

Das bringt mich müde zum Grinsen, doch nur für einen Moment, ehe mir klar wird, was ich da gerade gesehen habe. »Ich glaube, es war Loki. Erst, wie er gequält wurde und dann, wie er sich aus der Höhle befreit hat. Ich glaube, du hattest recht, Melisand. Das war die Höhle.«

»Ich habe immer recht«, sagt sie schnippisch und späht besorgt in die Dunkelheit, die hinter dem Eingang liegt. Es ist auffällig, dass sie noch keinen Schritt in die Höhle hineingesetzt hat. »Wir müssen vorsichtig sein. Die Götter haben ihn hier eingesperrt und als Bestrafung kontinuierlich Gift auf ihn herabtropfen lassen. Davon wollen wir nicht erwischt werden.«

Das war die Flüssigkeit, die ich gesehen habe, denke ich, spreche es aber nicht aus. Gerade liegt mir meine Zunge zu schwer im Mund, um ihnen alle Details aus der Vision zu schildern. Obwohl Marek mich daraus befreit hat, klebt sie noch immer an mir. Ich habe sie so klar vor mir, als hätte er sie nie unterbrochen. Ein Teil von mir scheint in der Zeit gereist zu sein, zu diesem Moment mit Loki, und hat den Rest von mir ein bisschen orientierungslos und verwirrt zurückgelassen.

Marek ergreift meine Hand, gibt mir einen kurzen Kuss, der mir tatsächlich hilft, mich wieder mehr in der Gegenwart zu verankern, und dann wagen wir uns weiter vor. Er hält einen Kristall so selbstverständlich erhoben, um uns den Weg zu leuchten, als hätte er sein ganzes Leben nichts anderes gemacht, als hätte er seine Fähigkeiten nie verstecken müssen, als wäre er immer schon ein ganz normaler Hexer gewesen.

»Was ist?«, fragt er, als er meinen Seitenblick bemerkt.

Ich lächle sanft. »Magie steht dir gut«, sage ich. »Darüber habe ich nur nachgedacht.«

Sein Lächeln ist nicht ganz aufrichtig, weil es ihm vermutlich nach wie vor schwerfällt, Magie nicht als etwas wahrzunehmen, das ihm sein Leben nur erschwert hat, aber der Kuss, den er mir danach gibt, ist aufrichtig, und darauf kommt es wohl an.

Wir laufen weiter. Nach einigen Sekunden Verzögerung höre ich die Schritte von Morgana und Melisand hinter uns. Jede unserer Bewegungen hallt von den Decken, die ewig weit von uns entfernt sind. Die Höhle gleicht vielmehr einer Kathedrale, die sich dem Himmel entgegenreckt. Nicht zum ersten Mal frage ich mich, wie groß die Götter und Riesen wohl waren.

Ein bisschen bin ich erleichtert, dass ich niemals eine Antwort auf diese Fragen erhalten werde.

Stalagmiten wachsen aus dem Boden hoch und ragen in die Höhe wie Bäume. Wir müssen uns durch einen ganzen Wald schlängeln. An die Höhlenwände werfen sie verzerrte Schatten, die sich aufzubäumen scheinen, wenn wir mit den Kristallen vorbeilaufen, als wäre es hier drin so windig, dass sie durchgeschüttelt werden.

Sobald wir den Fluss wieder sehen können, stecken die anderen die Kristalle weg.

Die Luft ist feucht und dick und sofort fühlt sich meine Kleidung klamm an.

An dieser Stelle ist der Fluss noch reißender als vor der Höhle, und als wären es Wellen vom Meer, entsteht Gischt, als das Wasser von innen gegen die Höhlenwände brandet. Auch das Glitzern ist viel intensiver und deswegen ist es in diesem Teil der Höhle taghell. Die Wände leuchten, als wären sie mit Tausenden Edelsteinen versehen.

»Das ist wunderschön«, murmle ich. Marek nickt.

»Irgendwas Magisches passiert hier«, sagt Morgana. »Aber es ist schwer zu sagen was.« Sie läuft auf den Fluss zu, als würde er sie rufen. Sie streckt einen Arm aus, doch ich habe keine Ahnung, wonach sie greifen will. »Es hat etwas mit dem Tod zu tun. Deswegen sehen wir ihn alle ständig.«

Der nachhallende Klang ihrer Traumdeuterinnenstimme ist immer ein bisschen gruselig, und an diesem Ort wirkt er noch so viel stärker, dass ich erschaudere.

»Die Toten helfen uns nicht«, sagt Melisand und reißt Morgana damit auch aus ihrer Trance. Langsam lässt sie den ausgestreckten Arm wieder sinken. »Wir wollen die Lebenden retten, nicht die Toten.« Sie stockt. Vermutlich musste sie gerade auch an Dario denken. Sobald er in mein Bewusstsein dringt, treten mir Tränen in die Augen. Melisand räuspert sich entschieden und lenkt meine Aufmerksamkeit zum Glück auf sich. »Ich werde versuchen, seine Sauklaue zu entziffern. Es hatte ja einen Grund, dass er wollte, dass wir dem Fluss folgen.«

Ohne uns abzusprechen, verlassen wir wortlos die Höhle. Keiner möchte unser Nachtlager dort aufschlagen. Selbst als ich wieder draußen stehe, habe ich das Gefühl, dass ein Teil dieses Orts noch an mir haftet, und das so hartnäckig, dass ich glaube, ihn niemals loszuwerden.

Ich meine, ein leises Summen zu hören, als ich zum Höhleneingang hinter mir blicke, doch keiner der anderen sieht sich um, also erwähne ich es nicht.

Wir teilen uns eine Portion Dosenravioli. Inzwischen habe ich mich an den konstanten Hunger gewöhnt. Er ist ein inoffizielles Mitglied unserer Gruppe geworden. Wir reden nicht darüber, dass wir gern mehr essen würden, denn das würde die Leere in meinem Magen nur noch weiter aufreißen.

»Wir werden eine Lösung finden«, sagt tatsächlich ausgerechnet Melisand, als wir alle ein bisschen verloren auf die leere Dose in unserer Mitte starren. Sie holt die Notizen heraus. »Legt euch hin. Wir müssen unsere Kräfte einteilen.«

Wir legen uns auf unsere muffigen Decken, rollen uns nebeneinander ein. Ich kuschle mich an Marek und sehe noch, wie Morgana ihren Kopf auf Melisands Schoß legt, was diese dazu bringt, sehr zufrieden zu lächeln, auf eine Weise, die überhaupt nicht zur drohenden Apokalypse passen will. Aber tatsächlich gönne ich es ihr. Vielleicht haben die beiden gerade einen hellen Moment in all der Dunkelheit gefunden.

Ich schließe die Augen und warte darauf, vom Tod meiner Eltern zu träumen. Das tue ich auch wieder und schrecke wie immer in dem Moment hoch, als ich ihre toten Körper hinter mir erblicke.

Mir ist eiskalt, doch da mir der Schlaf noch wie Spinnweben im Kopf hängt, realisiere ich erst mit Verzögerung, dass die Abwesenheit von Mareks warmem Körper schuld ist, nicht die schmerzhafte Erinnerung.

Hektisch sehe ich mich zu allen Seiten um und mein Magen zieht sich zusammen.

Marek ist fort.

KAPITEL 26

Innerhalb von zwei Sekunden bin ich auf den Beinen.

Gegenüber von mir liegen Melisand und Morgana kuschelnd und schlafend. Von Marek fehlt jede Spur.

Ich schalte mein Handy ein, um mir zu leuchten, und laufe auf die Höhle zu. Ein Instinkt sagt mir, dass er nicht dort ist – die anderen fanden es da drin genauso unheimlich wie ich –, und ich laufe zügig drum herum. Weil die verfluchte Höhle so verdammt groß ist, dauert es eine Weile, bis ich sie umrundet habe. Auf der Rückseite entdecke ich einen dunklen Umriss.

Marek hat mir den Rücken zugewandt und starrt nur in die Dunkelheit vor sich, als könnte er darin mehr erkennen als ich.

»Du hast mir einen Riesenschreck eingejagt«, sage ich.

Er zuckt leicht zusammen. Anscheinend habe ich ihn aus seinen Gedanken gerissen. Langsam dreht er sich zu mir um. Im Schein meiner Handytaschenlampe kann ich erkennen, dass sein Gesicht ganz nass ist, weil er geweint hat. Schnell schalte ich die Taschenlampe aus, um ihm nicht mehr direkt in die verweinten Augen zu leuchten.

Mit wenigen Schritten bin ich bei ihm und schließe ihn in meine Arme.

»Es tut mir leid. Ich wollte dich nicht erschrecken. Ich wollte dich nur nicht wecken.«

»Du darfst mich wecken, wenn du Trost brauchst. Das sollst

330

du sogar tun.« Ich klinge sehr streng. Er lacht erstickt und klammert sich so stark an mir fest, als wäre ich diejenige von uns beiden, die Trost braucht. Und vermutlich stimmt das sogar. Seit dem Tod meiner Eltern gab es eigentlich kaum einen Moment in meinem Leben, in dem ich den Trost einer anderen Person nicht gebraucht hätte.

Er weint und irgendwann weine ich auch und irgendwie tut es gut, dass wir es nicht allein tun. Gerade kommt mir unsere Trauer nicht wie eine Schwäche vor, sondern wie eine Stärke. Weil ich nicht mehr vor meinen Gefühlen davonlaufe, sondern mit Anlauf auf sie zu.

Irgendwann setzen wir uns hin und er zieht mich auf seinen Schoß und ich umklammere ihn mit meinen Armen und meinen Beinen, als wäre ich entschlossen, ihn nie wieder loszulassen. So verharren wir, bis die Tränen versiegt sind und unsere Herzen zur Ruhe kommen. Ich spüre seinen Puls in meinem Brustkorb und ich bin mir sicher, dass er meinen genauso deutlich wahrnimmt.

»Weißt du, dass du die Erste bist, die ich jemals um Hilfe gebeten habe?«, flüstert er in mein Haar direkt an meinem Ohr.

»Wovon redest du?«, hauche ich zurück. Obwohl wir auch in normaler Lautstärke miteinander kommunizieren könnten, fühlt sich dieser Moment wie einer an, mit dem man sanft umgehen sollte. Mit sanften Händen und sanften Stimmen und sanften Gesten.

»Ich habe mich mein Leben lang an diese einzige Nachricht gehalten, die ich jemals von meinen Eltern erhalten habe: *Erzähl niemandem davon.* Also habe ich es nie getan, obwohl ich mich mit meiner Magie immer so allein gefühlt habe. Aber als ich nach unserer ersten Nacht aufgewacht bin und gemerkt habe, dass etwas nicht stimmt, habe ich dir geschrieben. Ohne zu zögern. Ohne darüber nachzudenken, habe ich die Regel gebrochen, an die ich mich mein ganzes Leben lang gehalten habe. Deinetwegen.«

Ich klammere mich noch ein bisschen stärker an ihm fest.

»Und dann konnte ich dir gar nicht helfen«, kommt es mir schwach über die Lippen.

»Sag das nicht.«

»Du bist immer noch ein Wolf. Daran konnte ich nichts ändern.«

»Aber du bist hier. Zu helfen bedeutet doch nicht nur, dass du eine Lösung für das Problem findest. Zu helfen bedeutet doch vor allem das, was du gerade tust.«

»Breitbeinig auf deinem Schoß sitzen?«

Sein Lachen klingt so schön, dass mir gleich ein bisschen wärmer wird. »Mich trösten. Mich halten. Einfach für mich da sein.«

Ich nicke langsam, weil ich keine Ahnung habe, was ich darauf erwidern soll. Und weil ich mir sicher bin, dass, egal, was ich sagen würde, meine Stimme von der Last meiner Emotionen brechen würde.

»Es ist schon lustig irgendwie«, setzt er an und stockt kurz. »Also vielleicht nicht lustig in dem Sinne, wie Stand-up-Comedy lustig ist, aber irgendwie ironisch. Ich war sauer auf meine Eltern, weil sie mich mit allem allein gelassen haben, trotzdem habe ich auf die einzigen Worte gehört, die sie jemals an mich gerichtet haben. Ich habe mich stets gefragt, ob sie wussten, was aus mir werden würde, und mich deswegen nicht wollten.«

Sein Schmerz, den ich so deutlich heraushören kann, treibt mir Tränen in die Augen.

»Das glaube ich nicht«, sage ich ganz automatisch.

Marek zieht kritisch die Augenbrauen hoch. »Sie wussten, dass ich zaubern würde. Auf etwas anderes kann sich der Zettel gar nicht beziehen. Und sie haben mich ganz allein gelassen. Dafür mussten sie einen Grund haben.« Er stockt abrupt, als würde er auch an das Gespräch in der Bar in Brügge denken, als er Dario gesagt hat, dass es nichts bringt, nach den Gründen seiner Eltern zu suchen. Seine Miene verrät mir unmissverständlich, dass er das damals nur gesagt hat, weil er schon viel zu oft vergeblich über ihre Gründe gegrübelt hat.

»Vielleicht ist es ein ganz anderer Grund, als du denkst«, halte ich trotzdem dagegen, dabei habe ich natürlich keine Ahnung, welche Gründe Mareks Eltern hatten. Es kommt mir nur so abwegig vor, dass jemand Marek nicht wollen würde. »Ich kann mir nicht vorstellen, dass sie dich ohne einen guten Grund weggegeben haben.«

Das Lachen, das ihm entfährt, klingt ein bisschen bitter. »Wie kannst du dir da so sicher sein? Du kanntest meine Eltern nicht und ich kannte sie auch nicht. Sie können mich nicht geliebt haben. Sonst hätten sie mich nicht ausgesetzt.«

Wie könnte man dich nicht lieben?, will ich sagen, doch ich halte mich in der letzten Sekunde zurück. Ich bin nicht bereit, diese Worte laut auszusprechen, obwohl ich in diesem Moment viel zu deutlich fühle, wie wahr sie sind.

»Du bist nicht die Einzige von uns beiden, die Probleme hat, ihre eigenen Gefühle zu akzeptieren und Menschen an sich heranzulassen«, fährt Marek fort, als ich stumm bleibe. »Ich wurde damals verlassen und habe noch heute große Angst davor, dass mir das immer wieder passieren wird. Richtiges Klischee, ich weiß. Meine Eltern wollten mich nicht und jetzt denke ich, dass jeder andere Mensch, dem ich begegne, zum selben Schluss kommen wird wie sie: Dass ich es nicht wert bin, zu bleiben.«

Mein Herz tut weh, während es mir in Morsecode die Worte mitzuteilen scheint, für die ich zu feige bin.

Ich liebe dich.

Ich liebe Marek und ihn solche Dinge sagen zu hören, zerbricht etwas in mir. Ich bin mir sicher, dass ich es in meinem Inneren splittern hören kann.

»Ich hatte auch noch nie eine Beziehung und nur selten enge Freundschaften. Und der engste Freund, den ich jemals hatte, ist einfach ...« Er bricht wieder mit seiner Regel, sich niemals vor den schweren Wahrheiten zu verstecken.

»Menschen, die mir wichtig sind, verlassen mich. Auf die eine oder andere Art«, meint er. »Ich weiß, das klingt erbärmlich, aber so fühlt es sich verdammt noch mal an. Und als ich in Brügge gesehen habe, wie dich diese Frau unter Wasser gedrückt hat, habe ich geglaubt, dass du stirbst, und ich habe nicht eine Sekunde gezögert. Ich hatte den Schuss abgefeuert, bevor ich eine bewusste Entscheidung treffen konnte. Auf einmal war sie tot, ich hatte sie umgebracht, und das Einzige, woran ich denken konnte, war, dass ich es jederzeit wieder tun würde, um dich zu beschützen, weil ich dich einfach nicht verlieren kann. Ich kann nicht. Ich kann ...«

Wie so oft in meinem Leben treffe ich keine bewusste Entscheidung, sondern stürze mich kopfüber in mein Verderben – oder in diesem Moment in einen Kuss.

Nachdem etwas in mir zersplittert war, haben mich seine Worte wieder zusammengesetzt.

Meine Mutter hatte damals ein Hobby, das mir als Kind sehr seltsam erschienen ist. Immer, wenn eine Tasse oder ein Teller zerbrochen ist, hat sie ihn nicht weggeworfen oder mit Magie wieder repariert, sondern mit ihren eigenen Händen und einem goldenen Lack. Das ist eine japanische Kunstform, die sich Kintsugi nennt. Aus zerbrochener Keramik wird neue Kunst. Dort, wo einmal die Bruchstelle war, wird sie mit Gold gekittet. Das hat mich an Flüsse erinnert, die durch die Tassen oder Teller fließen wie durch eine Landschaft. Da ich als Kind sehr tollpatschig war, sah irgendwann fast unser ganzes Geschirr so aus.

Und ich bin der festen Überzeugung, dass ich, würde man mich einmal umstülpen und mein Herz und meine Seele freilegen, genauso aussehe wie die Keramik meiner Mutter. Marek hat die Bruchstellen nicht auf magische Weise verschwinden lassen, doch er hat sie mit seiner Wärme und seinen Worten gekittet, die nun immer dort zu sehen sein werden wie eine Flussader aus Gold. Und irgendwie gefällt mir diese Vorstellung.

Ich presse meine Lippen auf seine und küsse ihn fast schon verzweifelt, als würde was sehr Schlimmes geschehen, sollte ich mich jemals wieder von ihm lösen.

Er umklammert mich und zieht mich leicht an den Haaren, damit er mit der Zunge in meinen Mund eindringen kann.

Dieser Moment ist so verletzlich und nah und intim, dass ich mich ihm schutzlos ausgeliefert fühle. Jede Berührung dringt mir unter die Haut, als hätten alle diese ehrlichen Worte eine Schutzschicht abgetragen und nun bin ich ganz empfindlich und emotional und es ist alles auch ein bisschen zu viel und gleichzeitig genau richtig.

Während wir uns küssen, rinnen mir heiße Tränen über die Wangen und laufen in unsere Münder. Ich schmecke Salz auf der Zunge, aber auch Marek und irgendwie bringt mich diese Kombination dazu, ihn noch verzweifelter und noch inniger zu küssen.

Wir drücken uns so nah aneinander, als würde es nicht reichen, dass nichts mehr zwischen uns passt, als würden wir wollen, dass unsere Herzen im selben Brustkorb schlagen.

Trauer und Wut und Verzweiflung und Angst mischen sich in unsere Küsse genauso wie Nähe und Liebe und Zuneigung.

Als ich nach Mareks Gürtelschnalle greife und er nach meiner spüre ich alles auf einmal. Jeden Moment der vergangenen Wochen erlebe ich erneut. All die dunklen, aber auch die hellen Momente.

Ich trauere um Dario. Ich vermisse Astrid, obwohl ich es nicht tun sollte. Ich habe Melisand ins Herz geschlossen. Ich lebe mit der Schuld, vielleicht einen anderen Menschen umgebracht zu haben. Ich spüre noch die Todesangst und die Kälte des Wassers, in dem ich fast ertrunken wäre.

Und ich liebe Marek. Während ich an all die Schrecken der letzten Wochen denke, denke ich auch immer wieder an Marek, der die Dunkelheit aufreißt wie die Sonne, die ich auf eine Weise vermisse, die ich nie für möglich gehalten hätte.

Ich liebe Marek und küsse ihn auf eine Weise, die sich diese Gefühle eingesteht. Ich kriege kaum noch Luft, während er den Kuss vertieft, als würde er mit seinen Lippen flüstern: *ich dich auch.*

Wir hätten uns keinen schlechteren Ort dafür aussuchen können, um miteinander zu schlafen. Morgana und Melisand liegen in Hörweite, wir haben keine Ahnung, was in dieser Höhle auf uns lauern könnte. Wir haben gerade erst unseren Freund verloren.

Aber gerade ist mir egal, was Sinn ergibt und was nicht. Gerade weiß ich nur, dass ich Marek spüren will. So nah wie möglich.

Wir lösen uns atemlos voneinander. Sein warmer Atem streichelt meine heißen Wangen. Wir sehen uns tief in die Augen, er lächelt so liebevoll, dass es in meiner Brust schmerzt. Wortlos greift er nach seinem Rucksack und kramt ein Kondom hervor. Wortlos nehme ich es ihm ab und streife es ihm über.

Auf einmal sind wir nicht mehr heftig oder hektisch, auf einmal sind wir ruhig und sanft.

Als ich mich langsam auf ihn setze, legt er seine Hand an meine Wange. Gleichzeitig entfährt uns ein leises Stöhnen. Und dann bewege ich mich unendlich langsam auf seinem Schoß, während er Küsse auf meinem ganzen Gesicht verteilt. Auf meiner Wange, meiner Nasenspitze, an meinem Kinn. Wieder weine ich ein bisschen und er küsst die Tränen fort. Dann spüre ich seinen Mund an meinem Kinn, an meinem Hals, lasse meinen Kopf in den Nacken fallen und schließe die Augen. Ich kralle mich an seiner Jacke fest, während ich das quälend langsame Tempo halte, weil ich jede Sekunde mit ihm auskosten will.

»Lily«, flüstert er beschwörend und ich sehe ihn wieder an.

Und ich sehe nicht wieder weg, bis ich Stunden später in seinen Armen einschlafe.

Ich wache auf, weil irgendetwas vor mir hell wird. An die Dunkelheit habe ich mich so gut gewöhnt, dass mir Licht sofort auffällt, wenn es mal da ist.

Für einen kurzen, irrwitzigen Augenblick denke ich, dass die Sonne vielleicht wieder aufgeht, dass unser Kampf vorbei ist, weil der Weltuntergang auch ohne unsere Hilfe aufgehalten werden konnte. Doch die Hoffnung währt nur kurz, denn sobald ich die Augen richtig geöffnet habe, realisiere ich, dass es mein Handydisplay ist, der unaufhörlich aufleuchtet.

Marek liegt hinter mir, doch seine Arme ruhen nur noch locker um meinen Körper, deswegen kann ich mich von ihm lösen, ohne ihn zu wecken, und robbe zu meinem Handy herüber.

Astrid hat mich angerufen, verrät mir der Bildschirm und ich will schon genervt das Handy ausschalten, damit sie mich niemals wieder erreichen kann, als sie mir eine SMS schickt, die mich innehalten lässt.

Ich kann dir sagen, was mit Mareks Eltern passiert ist.

Mein Mund wird ganz trocken, als ich diese Worte lese.

Sie hat mir schon einmal Nachrichten geschickt, in denen sie mir die Wahrheit versprochen hat. Die früheren konnte ich ignorieren. Diese nicht mehr. Nicht nach allem, was Marek mir in dieser Nacht erzählt hat. Nachdem ich den Schmerz in seiner Stimme gehört habe, während er darüber sprach, dass ihn seine Eltern nicht wollten und jeder ihn verlassen hat. Egal, wie sehr es mir missfällt, mit Astrid zu reden nach allem, was sie uns angetan hat, will ich Marek doch die Antworten geben können, nach denen er sich verzweifelt sein ganzes Leben lang sehnt.

Kurz entschlossen tippe ich eine Antwort.

Versprichst du mir, ehrlich zu sein?

Astrid antwortet schon eine Minute später.

Ich verspreche es.

Dann rufe ich dich gleich an.

Das musst du nicht. Geh in die Höhle, steig in das Wasser und denk an mich.

Reflexartig sehe ich mich zu allen Seiten um. Die Hexen wissen, wo wir sind.

Als hätte sie meine Gedanken gelesen, kommt direkt noch eine Nachricht hinterher.

Keine Sorge. Ich bin nicht dort. Wir werden euch heute nicht angreifen.

Da ich sie noch vor Augen habe, wie sie uns in Brügge verfolgt hat, tragen diese Worte nicht dazu bei, mich zu beruhigen, nur bleibt mir gerade kaum etwas anderes übrig, als ihr zu vertrauen.

Ich stehe auf und werfe einen letzten Blick auf Marek, der

seelenruhig hinter mir schläft. Seine dunklen Locken hängen ihm in die Stirn und auf seinen Lippen liegt ein sanftes, leichtes Lächeln.

Mit einem Ruck reiße ich mich von ihm los und laufe so entschlossen ich kann zum Höhleneingang, um mir vorzumachen, dass die Vorstellung, gleich Astrid gegenüberzustehen, nichts in mir auslöst.

Wieder betrete ich das Innere und folge dem Glitzern zum Fluss. Bevor ich es mir anders überlegen kann, trete ich ans Wasser und stelle schließlich auch den ersten Fuß hinein. Ich hatte damit gerechnet, dass sich meine Jeans direkt vollsaugen würde und mich die Wellen mit ganzer Wucht treffen würden, doch nichts passiert. Das Wasser scheint an mir abzuperlen und mich kaum zu berühren. Eigentlich war das starke Glitzern Beweis genug, dass dieser Fluss eine alte Magie in sich trägt. Spätestens jetzt ist es aber ohne Zweifel klar.

Ich umarme mich selbst, weil es mich vor Aufregung fröstelt, und dann tue ich das, was Astrid mir aufgetragen hat und was ich seit meiner Flucht aus Prag so gut es ging vermieden habe: Ich denke an sie.

Dass ich meine Augen zugepresst habe, merke ich erst, als ich sie hektisch wieder öffne, sobald ich Astrids Stimme vernehme.

»Lilith.« Sie klingt so sanft, als wäre sie noch immer die Frau, auf die ich mich mein ganzes Leben lang verlassen konnte. Daran darf ich nicht mehr glauben. Es wäre für uns alle gefährlich.

Im ersten Augenblick sind ihre Umrisse noch verschwommen, als müssten meine Augen noch richtig auf sie scharf stellen. Dann blinzle ich und sie steht vor mir. Sie trägt das dicke, rote Brillengestell und das Samtkleid, genau wie an dem Tag, als ich nach einem Jahr in den Konvent zurückgekehrt bin.

Reflexartig strecke ich die Hand nach ihr aus, doch ich greife ins Nichts.

»Ich bin nicht wirklich hier«, sagt sie. Ich rechne damit, dass sich ihre Stimme weit entfernt anhört oder wie ein Echo, aber sie klingt ganz normal. »Das liegt an der Nähe zu Walhalla«, erklärt sie, als hätte ich danach gefragt. »Dieser Fluss – er verbindet das Jenseits mit uns. Hier ist der Kontakt mit den Toten möglich, und auch mit Hexen, die weit weg sind.«

»Was für eine interessante Geschichtsstunde«, murre ich und hasse, dass ich dabei wie ein störrisches Kind klinge. Dass ich die Arme abwehrend vor der Brust verschränke, macht den Eindruck nicht besser. »Nur, deswegen sind wir nicht hier.«

»Das sind wir nicht«, stimmt Astrid mir zu und klingt dabei so ernst, dass sich die Haare auf meinen Armen aufstellen.

»Du hast gesagt, du weißt, was mit Mareks Eltern passiert ist. Woher? Wenn Marek selbst nicht mal weiß, wer seine Eltern sind?«

Astrid zögert und kurz glaube ich, dass sie mich nur unter einem Vorwand hergelockt hat, um mich im nächsten Schritt hinters Licht zu führen und mein Vertrauen zu missbrauchen.

Doch das tut sie nicht.

Einen Moment starrt sie auf ihre Füße, als würde es ihr schwerfallen, meinem Blick zu begegnen. Dann räuspert sie sich, hebt den Kopf und sieht mir direkt in die Augen.

»Ich kannte Mareks Eltern. Nicht besonders gut, aber gut genug. Sie waren Teil einer bestimmten Blutlinie und die würde ich überall wiedererkennen. Diese Energie und Magie, die ihnen allen durch die Adern fließt.«

»Wie erkennst du das?«

Astrid lächelt entschuldigend. »Es gibt Magie, die wir euch nicht beibringen, die nur wir beherrschen. Wir Oberhexen können die Magie anderer Hexen erfühlen, ihre einzigartige Signatur erkennen.«

Sofort fallen mir Darios Worte ein, als wir in diesem Hinterzimmer von der versifften Kneipe saßen und er uns gefragt hat, warum uns die Oberhexen wohl nicht die Sprache lehren, in der unsere Geschichte verfasst ist. Sie haben so viel vor uns geheim gehalten und langsam erkenne ich, worum es dabei ging: Kontrolle.

»Ich habe es bei dem Abendessen erkannt, als du Marek als deinen Partner ausgegeben hast. Am Ende. Er hat mir seine Hand gegeben und als ich seine Haut berührte, wusste ich, wer er war.«

Damals habe ich gedacht, dass Astrid ihr Gesicht verzieht, weil Mareks Hand schwitzig war. Jetzt erkenne ich, dass es um so viel mehr ging.

»Und du hast nichts gesagt?«

»Du durftest die Wahrheit nicht erfahren und er auch nicht. Ihr durftet nicht wissen, was als Nächstes geschehen würde.«

»Dass ihr versuchen würdet, ihn umzubringen«, sage ich hart. »Damit er dem Weltuntergang nicht in die Quere kommt, richtig? Darum geht es doch die ganze Zeit. Weil ihr Ragnarök nicht verhindern wollt, sondern ganz im Gegenteil.«

»Du verstehst das nicht«, verteidigt sich Astrid sofort. »Wir Hexen müssen im Verborgenen leben, wir müssen unsere Magie vor der Menschheit verstecken oder fürchten, verfolgt und schließlich ausgelöscht zu werden.«

»Also löscht ihr lieber die ganze Menschheit aus?«

Astrids Abbild funkelt mich wütend an. Es wirkt, als wäre sie tatsächlich hier. Doch manchmal, wenn ich ganz genau hinsehe, kann ich Wassertropfen erkennen, die durch sie hindurchgehen und mir damit verraten, dass sie es nicht geschafft hat, mich hier einzuholen. Zumindest vorerst.

»Nicht die ganze Menschheit wird sterben«, rechtfertigt sie sich.

»Aber der Großteil.«

»Wir müssen für ein ausgeglichenes Verhältnis sorgen«, erwidert sie kühl. »Damit wir frei und ohne Angst, entdeckt zu werden, leben können.«

»Die Menschen wollen euch sicherlich gar nicht mehr verfolgen, wenn sie erkennen, dass ihr für die Apokalypse verantwortlich seid«, sage ich sarkastisch. »Das nehmen sie euch vermutlich gar nicht übel.«

Irgendwas huscht über Astrids Gesicht, was ich nicht greifen kann, bevor es wieder verschwunden ist. War es wieder dieses Schuldgefühl, das ich auch in Prag entdeckt habe und doch nicht zuordnen konnte?

Vermutlich spielt es keine Rolle, ob sie ein schlechtes Gewissen hat, ob sie mit dem hadert, was sie tut oder nicht. Manche Entscheidungen haben so große und katastrophale Folgen, dass man sie nicht vergeben kann.

»Egal! Ich werde niemals verstehen, wie du all das tun konntest, also brauche ich es auch gar nicht zu versuchen. Darüber zu streiten, führt nirgendwohin. Ich will nur die Wahrheit wissen.«

Astrid nickt knapp, bevor sie fortfährt. »Ich habe Marek in dem Moment als den Göttererben Thors erkannt und wusste, dass wir ihn loswerden müssen, um unser Vorhaben nicht zu gefährden.«

Am liebsten würde ich sie sofort wieder anschreien und ihr sagen, dass ihre Logik keinen Sinn ergibt und dass ich enttäuscht von ihr bin und noch so viele andere wütende Worte, aber ich weiß, dass es nichts bringt, also beiße ich mir nur auf die Zunge.

Ich muss daran denken, dass Dario mit all seinen Theorien

recht hatte und ich ihm das so gern sagen würde. Nur wird das nie wieder möglich sein. Und bei dem Gedanken kühlt meine Wut ab und wird zu Trauer, die sich schwer auf meine Schultern legt.

»Was ist mit seinen Eltern passiert? Warum haben sie Marek ausgesetzt?«, frage ich sachlich, damit meine Gefühle mich nicht übermannen können.

»Niemand wusste, dass sie ein Kind hatten. Ich gehe davon aus, dass sie ihn bekommen haben, während sie auf der Flucht waren und ihn abgegeben haben, um sein Leben zu beschützen. Wenn niemand von ihm wusste, konnte ihm auch nichts geschehen.«

»Auf der Flucht?«, hake ich heiser nach. Ich habe eine Ahnung, wohin diese Geschichte gehen wird, und obwohl ich sie gar nicht hören will, frage ich nach, weil Marek es verdient hat, endlich zu wissen, was wirklich mit seinen Eltern geschehen ist.

»Manche Zirkel haben es sich zur Aufgabe gemacht, die Blutlinien von gewissen Götterkindern ... zu beenden.«

Mir wird heiß und kalt zugleich. »Du meinst, alle Hexen dieser Linie umzubringen, bis es keine Götterkinder mehr gibt.«

»Richtig«, gibt Astrid ohne Umschweife zu. »Die Götterkinder von Thor können Ragnarök in die Quere kommen. Das wollten wir nicht zulassen.«

»Also waren Mareks Eltern vor dir und Kali auf der Flucht?«

Ich wünschte, sie würde den Kopf schütteln, aber natürlich nickt sie nur.

»Hast du Mareks Eltern umgebracht?«

Sie nickt und mir entfährt ein ungläubiges Geräusch. Die Frau, die mich großgezogen hat, die Frau, die ich geliebt habe,

die Frau, die meine Familie war, ist eine Mörderin. Und sie
zuckt nicht einmal mit der Wimper, als sie es zugibt.

Wie soll ich Marek all das erzählen? Wie soll ich ihm erklären, dass meine Patentante seine Eltern ermordet hat? Wie
soll ich ihm beibringen, dass seine Eltern ihn niemals verlassen wollten, sondern nur beschützt haben?

Ich presse mir die Hand auf den Mund, um meinen Schluchzer zu unterdrücken. Mehrmals muss ich sehr tief einatmen,
bevor ich wieder sprechen kann.

»Wieso sagst du mir plötzlich die Wahrheit? Was erhoffst
du dir davon?«

»Gar nichts«, sagt Astrid direkt und es fällt mir sehr
schwer, das zu glauben. »Ich will ehrlich zu dir sein, weil du
mir wichtig bist.«

»Weil du dein schlechtes Gewissen beruhigen willst, wohl
eher«, sage ich bitter.

»Ich liebe dich, Lilith. Das habe ich schon immer. Ich kann
es nicht ertragen, dass wir nicht auf derselben Seite stehen.«
Obwohl ich die Worte einfach an mir abprallen lassen will,
spüre ich sie doch tief in meiner Brust. Ich glaube, dass sie die
Wahrheit sagt. Aber das macht es irgendwie nicht besser, sondern nur noch schlimmer.

»Du willst, dass ich auf deiner Seite stehe und dir wieder
vertraue. Aber das werde ich niemals tun.«

Sie will weiter mit mir darüber diskutieren, doch ich
schüttle entschieden den Kopf, bevor sie den Mund öffnen
kann. Hier geht es nicht um unser kaputtes Verhältnis oder
darum, es zu reparieren. Das ist ohnehin nicht möglich. Ich
bin hier, weil ich endlich nicht mehr im Dunkeln tappen,
sondern alles verstehen will. Astrid hat mir angeboten, mir
nach all der Zeit Antworten zu geben. Und diese Chance
werde ich nutzen.

In meinem Kopf rattert es. Ich bilde mir ein, es hören zu können. Es rauscht in meinen Ohren, während jede neue Information hundert weitere Fragen aufwirft, von denen ich nicht weiß, welche ich zuerst stellen soll – und ob ich die Antworten überhaupt hören will.

Doch ich habe mir vorgenommen, nicht mehr feige zu sein und nicht länger vor Dingen wegzulaufen. Seien es Gefühle oder Wahrheiten.

Also straffe ich die Schultern und sehe Astrid unbeugsam an. »Das ergibt alles keinen Sinn«, setze ich an. »Du hast Marek anfangs beschützt. Ihr habt ihn beim Vollmond in die Zentrale gebracht. Wieso hast du ihn nicht direkt nach dem Abendessen umgebracht, als er noch ein Mensch war und kein Wolf, der schwerer zu kontrollieren ist? Warum hast du abgewartet? An meinen Gefühlen für ihn kann es ja nicht liegen. Danach waren sie dir herzlich egal, als du versucht hast, ihn umzubringen.«

»Du darfst keine Gefühle für ihn haben. Ihr seid dazu bestimmt, Feinde zu sein.«

»Komm mir nicht mit so einer Scheiße. Beantworte meine Fragen!«

Bis eben konnte mir Astrid in die Augen sehen. Jetzt kann sie es nicht mehr. Und diesmal huscht diese bestimmte Empfindung nicht über ihr Gesicht, sondern nistet sich in ihren Zügen ein, als wollte sie dort genauso lange bleiben wie ihre Falten und Leberflecke, als würde sie von nun an zu ihrem Gesicht gehören. Es ist Schuld und ein schlechtes Gewissen. Doch wenn sie keine Reue gezeigt hat, während sie darüber sprach, Hexen nur wegen ihrer Abstammung ermordet zu haben, für welche ihrer Handlungen empfindet sie sie dann?

»Er durfte zu diesem Zeitpunkt noch nicht sterben«, beginnt sie so langsam, als wollte sie nie am Ende dieser Erklärung ankommen. »Weil er als Wolf noch eine Aufgabe zu erfüllen hatte.«

Mir wird eiskalt, obwohl ich noch gar nicht verstehe, was Astrid mir eigentlich sagen will. »Welche Aufgabe?«

»Er musste dich noch kratzen, damit du auch zum Wolf wirst.«

Jetzt ist mir nicht nur eiskalt, sondern auch übel. »Ihr wolltet, dass ich ...« Meine Stimme versagt. »Ihr wolltet, dass er mich angreift?« Ich hasse, wie hauchdünn meine Worte sind.

»Es gab keinen anderen Weg«, sagt Astrid verzweifelt und ihr treten tatsächlich Tränen in die Augen. »Du musstest zum Wolf werden, damit Ragnarök richtig abläuft.«

Wieder rastet ein Zahnrad in meinem Kopf ein. Melisand wurde misstrauisch, weil die Oberhexen Marek nicht mit einem Bannzauber an den Konvent gebunden haben und er deswegen fliehen konnte. Jetzt verstehe ich, warum sie keinen Bannzauber gewirkt haben. Sie wollten, dass er entkommt. Sie wollten, dass ich ihm folge. Vermutlich war auch das Gespräch von Astrid und Kali, das ich in jener Vollmondnacht belauscht habe, nur gespielt, um mich dazu zu bringen, genau das zu tun, was sie von mir wollten. Ihm zu folgen und mich damit in Gefahr zu bringen, weil sie genau wissen, wie leichtsinnig ich sein kann.

Ich war nur eine willenlose Marionette, und habe mich dabei für eine rebellische, unbeugsame Hexe gehalten, die sich nie an die Regeln hält.

Genau diese Eigenschaft haben sie für ihre Zwecke genutzt. Ich fühle mich durchschaut und benutzt und am liebsten hätte ich meinen Frust herausgeschrien, aber das würde auch nichts besser machen. Das wird auch nichts an der Tatsache ändern, dass Astrid *wollte*, dass ich verletzt werde und mich in einen Wolf verwandle.

Ich erinnere mich an den Moment auf dem Dach, als ich Marek in Wolfsgestalt beruhigt hatte. Bis Astrid hinter mir das Baugerüst hinaufgeklettert kam und ihn aufgeschreckt hat. Wie mich danach der Schmerz das Bewusstsein hat verlieren lassen.

Jetzt wird mir klar, dass Astrid alles von langer Hand geplant hatte.

»Wie konntest du nur?«, bringe ich hervor, obwohl ich eigentlich gar nichts sagen wollte, aber diese Frage war stärker als mein Wille, Astrid keine Schwäche zu zeigen.

»Es tut mir wirklich leid«, sagt Astrid und ein Teil von mir ist sich bewusst, dass sie es so meint. Doch der andere, größere Teil weiß auch, dass ihre Entschuldigung keine Rolle spielt, weil sie nichts ändert. Sie hat es in Kauf genommen, mich zu verletzen, weil es für ihren Plan nötig war. Das sagt mehr über unsere Beziehung zueinander aus, als ich jemals wissen wollte.

Ich wünschte, ich hätte nie auf mein Handy geguckt und würde jetzt noch seelenruhig neben Marek schlafen. Dann wäre mir nie bewusst geworden, dass Astrids Liebe für mich sehr große Grenzen besitzt.

»Das habt ihr getan, weil ich auch ein Götterkind bin, richtig?«

Astrid nickt.

»Und ihr werdet mich umbringen wollen, damit ich euch nicht in die Quere komme?«

»Nein, auf keinen Fall«, sagt Astrid mit Nachdruck. »Wir brauchen dich.«

Sofort wird mir noch ein bisschen übler. Ich schmecke die Galle auf meiner Zunge.

»Wie meinst du das? Die Beginen haben versucht, mich umzubringen.«

»Die Beginen verfolgen ein anderes Ziel als wir«, sagt

Astrid. »Sie wollen Ragnarök verhindern.« Sie betont das so, als würde das die Beginen zu Verräterinnen unter den Hexen machen.

»Und deswegen wollen sie mich umbringen?«, frage ich tonlos.

»Deswegen haben sie auch schon deine Eltern umgebracht.«

Damit habe ich meine letzte Bestätigung, dass uns die Frau mit dem Amerika-Leberfleck wirklich in jener Nacht, als meine Eltern gestorben sind, angegriffen hat.

»Sie haben meine Eltern nicht umgebracht. Das habe ich getan«, sage ich, als bräuchte ich in diesem Moment wirklich einen weiteren emotionalen Schlag, dabei fällt es mir jetzt schon schwer, aufrecht stehen zu bleiben.

»Sie wollten sie umbringen«, korrigiert sich Astrid. Sie sieht mich an, als würde sie mich gern in den Arm nehmen und ich bin dankbar dafür, dass sie nur ein Abbild ist und das gar nicht kann, denn in diesem Augenblick fühle ich mich so verzweifelt, dass ich wohl auch Trost von der Frau vor mir angenommen hätte, nur weil ich zu schwach wäre, ihn abzulehnen.

»Warum? Ich verstehe das alles nicht.«

Astrid zögert, als würde sie zwischen den Zeilen lesen und verstehen, dass ich sie eigentlich anbettle, nicht weiterzureden, sondern mich lieber im Dunkeln zu lassen, wo mich weiteres Wissen nicht mehr verletzen kann.

»Du bist eine Erbin Lokis«, sagt sie, während in meinem Kopf alles seltsam ruhig wird. »Wir brauchen dich für Ragnarök. Du bist entscheidend. Du musstest zum Wolf werden, um dein Erbe anzutreten. Deine Verwandlung wird Ragnarök besiegeln.«

Ich kann sie nur anstarren.

Sie atmet tief durch, als wäre der nächste Satz der, auf den alles andere hingeführt hat.

Und sobald sie ihn ausgesprochen hat, wird es so laut in meinem Kopf, dass es mich fast zerreißt.

»Du hast Ragnarök ausgelöst. Deinetwegen wird die Welt untergehen.«

KAPITEL 27

Ausgerechnet jetzt denke ich an Kali.

Ihre Worte laufen wie eine Leuchtreklame vor meinem inneren Auge ab.

Sie kann die Wahrheit sowieso nicht ertragen. Das konnte das Mädchen nie.

Und sie hatte recht. Sie hatte so was von recht. Ich kann die Wahrheit nicht ertragen. Ich wünschte, ich wüsste es nicht.

Doch für solche Wünsche ist es nun zu spät.

»Was?«, kommt es mir inzwischen mit so schwacher Stimme über die Lippen, dass man mich fast gar nicht mehr hört.

»Ich habe deinen Eltern immer gesagt, dass sie beim Prager Zirkel bleiben müssen, aber sie wollten einfach nicht hören«, fährt Astrid unbeirrt fort, als würde sie gar nicht merken, dass ich wie benebelt vor ihr stehe, während die Welt sich viel zu schnell um mich dreht, bis mir schwindelig wird. »Sie wussten, dass sie Teil der Blutlinie sind und sie wollten Ragnarök nicht auslösen. Deswegen haben sie Prag den Rücken gekehrt. Sie wollten ihr Erbe nicht erfüllen und waren so unfassbar leichtsinnig. Sie hätten unseren Schutz gebraucht. Es war klar, dass die Beginen sie verfolgen würden, so wie wir die Nachfahren von Thor verfolgt haben. Doch sie blieben stur und es hat sie das Leben gekostet.«

Astrid spricht über meine Eltern, als wäre ihre Entscheidung, Ragnarök nicht auslösen zu wollen, völlig unverständlich, geradezu töricht. Als könnte Astrid einfach nicht begreifen, wie man etwas dagegen haben könnte.

»Ich hätte dich gern eingeweiht, aber Kali hat gesagt, dass du dazu noch nicht bereit bist. Sie war sich sicher, du würdest uns nicht wissentlich helfen, weil du den Ernst der Lage nicht ganz begreifst. Ihr jungen Hexen habt die Angriffe nicht mitbekommen. Wir können euch so oft erzählen, dass die Menschen uns gefährden, wie wir wollen, wenn ihr ihren Hass nicht erlebt habt, wie wir es getan haben, werdet ihr nie ganz begreifen, wie groß die Gefahr, die uns droht, wirklich ist. Ich traue dir und ich hätte dir gern schon früher all das erzählt, aber wir konnten nicht riskieren, dass du ablehnst.«

»Also habt ihr mich gegen meinen Willen benutzt.« Endlich habe ich meine Stimme wiedergefunden. »Was habt ihr getan?«

Jetzt sieht Astrid beschämt aus. »Ich bin nicht stolz darauf, dass ich dich so hinters Licht geführt habe. Als wir damals essen waren, habe ich dir den Kräutersaft mitgebracht, den du als Kind so gern getrunken hast. Und da war ein Trank drin.« Sie stockt beschämt.

»Was hat der Trank bewirkt?«, frage ich tonlos.

»Dass die nächste Person, die du berührst, sich zum Wolf verwandelt.«

Es ist meine Schuld, dass Marek ein Wolf ist.

Mir wird schlecht.

Weil ich ihm die Nachricht auf der Dating-App geschrieben und später mit ihm geschlafen habe, musste er sich schon zweimal in ein Monster verwandeln. Ich erinnere mich an unseren ersten Kuss damals, doch nun sehe ich nicht mehr, wie schön es war, ich sehe nur noch, wozu ich ihn damit verdammt habe.

Tränen treten mir in die Augen und laufen mir heiß über die Wangen.

Ich habe mich mein ganzes Leben lang für gefährlich gehalten, für jemanden, der Schlimmes tut. Und nun erfahre ich, dass ich den *fucking* Weltuntergang ausgelöst habe, ohne es überhaupt zu merken.

Alle, die mich gefürchtet haben, hatten recht.

Mir ist eiskalt, aber die Galle, die in mir aufsteigt, brennt. Ich kann mich gerade noch rechtzeitig zur Seite drehen, um mich auf den steinigen Boden zu übergeben und nicht in das magische Wasser. Ich würge und würge, bis nichts mehr hochkommt und dann würge ich trocken weiter und das treibt mir noch mehr Tränen in die Augen. Ich krümme mich, doch ich weigere mich, vor Astrid auf die Knie zu fallen.

Sie sagt die ganze Zeit gar nichts. Ihr Abbild verharrt an derselben Stelle und beobachtet mich mit so viel Mitgefühl in den Augen, dass ich sie am liebsten anschreien würde, dass ihr dieser mütterliche Ausdruck längst nicht mehr zusteht. Ich will ihn nie wieder sehen. Ich will sie nie wieder sehen.

Und gleichzeitig würde ich mich am liebsten in ihre schützenden Arme flüchten und weinen, bis keine Tränen mehr übrig sind.

Stattdessen straffe ich meine Schultern und sehe sie an. »Sobald ich zum Zirkel zurückgekehrt war, habt ihr mir die ganze Zeit das Gefühl gegeben, dass ich albern bin, weil ich mich nach Antworten sehne. Dass ich mich nicht so anstellen darf. Dass ihr es schon besser wisst. Dass ich meinen Platz kennen und ich meinen Oberhexen vertrauen soll. Ihr habt mir das Gefühl gegeben, ich wäre ein störrisches Kind. Dabei hatte ich, wie es aussieht, guten Grund, euch nicht zu vertrauen. *Dir* nicht zu vertrauen.«

Astrid weint und ich hasse, dass mir dieser Anblick weh-tut, anstatt mich mit Genugtuung zu erfüllen.

»Ich wollte dich nie verraten. Aber die Zukunft der He-xen steht über meinen persönlichen Gefühlen und Wünschen. So war es schon immer und so muss es, besonders als Ober-hexe, immer sein. Mein oberstes Gebot ist es, alle Hexen zu beschützen.«

»Das ist verdammter Bullshit. Ihr tut so, als wolltet ihr an-dere retten, dabei verdammt ihr so viele Menschen zum Tod. Es gibt nichts Schlimmeres als so pseudomoralische Arschlöcher wie Kali und dich, die schreckliche Dinge tun und dann nicht mal dazu stehen können, sondern sich dabei noch einreden, die Helden zu sein. Du machst mich krank.«

Wenn ich Astrid anschreie, fühle ich meine eigenen Emoti-onen weniger. Dann ist meine Stimme lauter als die Stimmen in meinem Kopf, die mich meinen Verstand zu kosten drohen.

»Ihr predigt, wie wichtig der Zusammenhalt zwischen den Hexen ist, dass wir alle zusammenhalten müssen. Aber Kali hat Elise absichtlich umgebracht, oder? Sie war nicht nur Kol-lateralschaden. Sie hat sie umgebracht, weil die Beginen Rag-narök aufhalten wollen und ihr das nicht ertragen könnt. Von wegen Hexenleben sind so unfassbar wichtig! Anscheinend nicht wichtig genug.«

Erst jetzt erkenne ich, dass Elise uns damals vermutlich die Wahrheit sagen wollte, bevor Kalis Pfeil sie durchbohrt hat. Sie wusste, wer ich bin und wusste, dass es die einzige Lösung ist, mich loszuwerden.

»Lilith, du verstehst es nicht. Wir ...«

»Nein, ich will es nicht hören! Du hast genug gesagt! Ver-schwinde!«

»Aber ich will, dass du es verstehst und auf unserer Seite bist und ...«

»Ich werde niemals auf eurer Seite sein! Ich werde gegen das kämpfen, was ihr ausgelöst habt!«

Astrid sieht mich an wie ein Kind, das noch nicht verstanden hat, wie die Welt funktioniert. In ihren Augen steht nur Bedauern. »Du kannst es nicht aufhalten«, sagt sie und es macht mich wütend, wie ruhig und gefasst sie ist. »Es ist dein Schicksal, das Ende der Welt zu bringen und gegen dein Schicksal kannst du dich nicht wehren.«

»Ich werde mich wehren«, sage ich ganz automatisch. »Das Schicksal kann mich mal.«

»Nach allem, was passiert ist, glaubst du immer noch nicht an die Macht des Schicksals?«, fragt Astrid. »Nachdem der Mann, den du in einen Wolf verwandelt hast, nicht irgendein Mensch war, sondern ausgerechnet der letzte Nachfahre der Thorlinie? Wie kannst du da noch an Zufälle und nicht ans Schicksal glauben?«

Schlucken fällt mir schwer, weil mein Mund auf einmal so trocken ist.

»Du kannst dich nicht gegen dein Schicksal wehren, Lilith. Es ist stärker als du.«

Ich will nicht, dass sie recht hat. Ich darf nicht glauben, dass das stimmt, weil ich dann aufgebe. Und wenn ich aufgebe, dann hat Astrid gewonnen.

»Gegen dich kann ich mich wehren«, sage ich kalt und mit so viel Überzeugung, wie ich zusammenkratzen kann, obwohl ich mich gerade unendlich schwach fühle. »Vielleicht bin ich stärker als du.«

Astrid lächelt mich genauso an wie früher, dabei ist doch alles anders und nichts wie zuvor. »Du bist stärker als ich, wenn du es zulässt. Darauf setzen wir.«

Es kommt mir so vor, als könnte ich die Schnüre an meinen Armen und Beinen spüren, die sie und Kali in der Hand haben, um mich wie ihre Marionette zu missbrauchen. Werde ich, egal, wie sehr ich mich wehre und wie sehr ich dagegen ankämpfe, doch immer nur den beiden in die Hände spielen und alles nur noch schlimmer machen?

Ich habe Angst, auch nur einen Schritt zu tun, denn ich befürchte, er führt die ganze Menschheit näher an den Rand einer Klippe, über die ich sie letztendlich alle stoßen werde – ob ich es nun möchte oder nicht.

Was ich will, scheint nie wirklich eine Rolle gespielt zu haben. Andere haben entschieden und wer es letztendlich war – Kali oder Astrid oder das Schicksal –, spielt vermutlich gar keine Rolle, weil das Endergebnis das gleiche ist.

Ich zerstöre alles und kann nichts reparieren. Es hat doch einen Grund, warum ich nicht mehr gezaubert habe, seitdem ich diesen Mann verletzt habe. Es hat doch einen Grund, warum ich dem ganzen Zirkel vor einem Jahr den Rücken zugewandt hatte. Es hat doch einen Grund, warum ich mich dagegen gewehrt habe, andere zu nah an mich heranzulassen.

Ich bin eine Gefahr, weil ich die Nachfahrin des Gottes bin, der den Weltuntergang gebracht hat. Mein Schicksal war besiegelt, sobald ich auf die Welt kam, und vielleicht sollte ich das endlich einsehen. Vielleicht tue ich damit wenigstens allen anderen einen Gefallen.

»Ich will, dass du jetzt gehst und mich in Ruhe lässt.« Meine Stimme bebt, aber ich stolpere über kein Wort.

Astrids Abbild flackert nicht mal. Sie steht vor mir, als würde sie niemals weichen wollen, egal, was ich auch zu ihr sagen mag.

»Ich will, dass du jetzt gehst und mich in Ruhe lässt.«

Ihre Miene sagt, dass mir das ohnehin nichts bringen wird, denn letztendlich wird sie mich überall finden.

Ich stocke, als mir klar wird, dass ich eine Frage schon hätte stellen müssen, sobald Astrid hier aufgetaucht ist.

»Wie hast du mich gefunden?«, hauche ich. »Wie hast du mich jedes Mal gefunden?«

Astrid sieht mich schon wieder so verflucht bedauernd an, doch das ändert auch nichts mehr. Ihr Bedauern macht nichts besser.

Erst denke ich, sie wird es mir nicht verraten oder eine Ausrede erfinden, aber sie entscheidet sich wenigstens, ehrlich zu mir zu sein. »Wir mussten dich im Auge behalten. Wir mussten Asgard auch finden und wir wussten, nur den Götterkindern würde es gelingen. Also haben wir euch nicht direkt angegriffen, sondern sind euch in sicherer Entfernung ...«

»Wie habt ihr mich gefunden?«, stoße ich aus. Ich weiß genau, dass all diese anderen Worte nur eine Ausflucht waren, um mir die Frage nicht beantworten zu müssen.

Astrid seufzt tief. »Deine Ohrringe. Ich habe sie mit einem Zauber belegt.«

Ich weine, obwohl ich das eigentlich gar nicht wollte. Sie hat die Ohrringe meiner Mutter verzaubert, das Letzte, was mir von ihr geblieben ist. Sie hat das Andenken an ihre beste Freundin, die sie angeblich so geliebt hat, beschmutzt, genauso wie mein Vertrauen.

Mit zitternden Händen öffne ich die Verschlüsse meiner Ohrringe, deren Zacken sich unangenehm in meine Haut bohren.

Meine Sonne, höre ich meine Mutter noch ein letztes Mal flüstern, als die Ohrringe in meiner offenen Handfläche liegen. Tränen verschleiern mir den Blick auf die Sonnen, die sie mir damals geschenkt hat.

»Nicht«, flüstert Astrid.

»Verschwinde!«, schreie ich und werfe die Ohrringe nach

ihr. Sie fliegen durch ihr Abbild hindurch, statt gegen Astrids Brust zu prallen, wie ich es mir vorgestellt hatte, und landen mit einem leisen Klatschen im Fluss, der sie mit sich reißt und davonträgt. Schon drei Sekunden später weiß ich, dass ich sie nicht zurückbekommen könnte, selbst wenn ich es wollte.

Astrid sieht mich noch einmal mit feuchten Augen an, dann nickt sie langsam und ihr Abbild beginnt sich aufzulösen. »Es tut mir leid«, sagt sie noch und dann ist sie auch schon verschwunden und ich ganz allein in der Höhle, in der Loki gefangen war, bevor er sich befreit und den Weltuntergang ausgelöst hat.

Wie passend, denke ich bitter. Denn auch für mich fühlen sich die Höhlenwände um mich herum wie ein Gefängnis an.

Die nächsten Stunden verbringe ich in der Höhle neben dem reißenden Fluss und lese Darios Notizen. Immer und immer und immer wieder, bis seine Worte in meinem Kopf nachhallen.

Ich lese alles, was es über Loki und seine Kinder zu wissen gibt und je mehr ich lese, desto verzweifelter werde ich, weil ich keinen Ausweg finde. Immer wieder ist nur die Rede davon, dass Loki diese Höhle niemals hätte verlassen dürfen. Dass es Ragnarök hätte aufhalten können, wäre er nie entkommen. Aber das hilft mir auch nicht weiter.

Du kannst dich nicht gegen dein Schicksal wehren, Lilith. Es ist stärker als du.

Obwohl Astrid verschwunden und auch nicht wiedergekommen ist, hat sie ihre Stimme doch bei mir gelassen, und sie lässt mir keine Ruhe. Es gibt kein Entkommen vor der Wahrheit.

Egal, wie sehr ich mich auch wehren werde, ich werde am

Ende alles nur noch schlimmer machen, das ist der Schluss, zu dem ich nach Stunden komme. Dass ich jetzt in Lokis Höhle sitze, ist der beste Beweis dafür. Ich bin hier gelandet, dort, wo damals die erste Ragnarök ihren Anfang nahm, ohne dass ich es darauf angelegt habe.

Ich habe es ja auch nicht darauf angelegt, meine Eltern zu töten und trotzdem habe ich es getan.

Erst als ich Schritte höre, blicke ich von den Notizen auf. Marek kommt auf mich zu. Schlaf klebt ihm noch zwischen den Wimpern und er lächelt mich liebevoll an, bis er meinen gehetzten Ausdruck wahrnimmt. Dann fällt ihm das Lächeln aus dem Gesicht.

»Was ist los?«

Ich weiß gar nicht, wo ich anfangen soll, diese Frage zu beantworten. »Ich habe mit Astrid geredet«, setze ich heiser an. »Sie hat mir die Wahrheit über deine Eltern erzählt.«

Marek hält auf halbem Weg zu mir inne, als wären diese Worte ein Bannzauber, der ihn daran hindert, weiterzugehen.

»Sie wollten dich niemals aufgeben. Sie haben es getan, weil es Hexenzirkel gibt, die die Blutlinien der Götterkinder ausrotten wollen. Nur solange niemand von deiner Existenz wusste, warst du sicher. Und ...« Meine Finger verkrampfen sich um die Notizen und zerknüllen sie. »Astrid hat sie umgebracht.«

Marek schüttelt den Kopf, aber ich glaube gar nicht, dass es bedeutet, dass er mir nicht glaubt. Die Geste zeigt nur seine Überforderung, seine Machtlosigkeit.

»Wie ... ich meine ... was ... Sie wollten mich.«

Ich nicke.

Marek beginnt zu weinen und will zu mir kommen, doch ich weiche automatisch einen Schritt vor ihm zurück. Wie soll ich ihm gerade Trost spenden? Wie soll ich seine Nähe zulassen, wenn er noch gar nicht weiß, wer ich bin? Wenn er noch gar nicht die Wahrheit kennt, die mich zermalmt, als wäre die Höhle längst über meinem Kopf zusammengestürzt?

»Ich kann nicht«, entfährt es mir und mein Atem kommt viel zu schnell. »Du willst das nicht. Ich bin ...« Mein Atem zerhackt meine Worte in viel zu kleine Stücke, bis man mich gar nicht mehr verstehen kann. Und dann geht mein Atem so schnell, dass ich nicht einmal mehr richtig atme. Keine Luft kann mehr in meine Lungen dringen, weil ich ihr dafür keine Zeit lasse. Ich ersticke an der Wahrheit.

Dass Marek die Höhle verlassen hat, um Morgana und Melisand zu holen, realisiere ich erst, als alle drei bei mir sind und sich warme Arme um mich schließen. Ich wehre mich gegen sie alle. Ich schlage und trete um mich, während ich hyperventiliere und mir meine Tränen die Sicht versperren, sodass ich gar nicht sehen kann, wen ich mit meinen Händen und Füßen treffe. Doch sie geben nicht nach und irgendwann pressen sie meine Arme so fest an meinen Körper, dass ich gar nicht mehr ausholen kann. Der Druck, den sie auf mich ausüben, zwingt mich dazu, langsamer zu atmen, und verhindert, dass ich ersticke.

Hätten sie das nur nicht getan, denke ich. Eigentlich wäre mein Tod doch *die* Lösung für das Problem. So gehen wir sicher, dass ich die Welt nicht in den Abgrund treibe. Wenn ich tot bin, kann ich auch keinen Schaden mehr anrichten.

»Ihr müsst mich umbringen«, sind die ersten Worte, die ich hervorbringe.

Morgana stößt einen unterdrückten Laut aus, der vielleicht ein Weinen ist, aber ich bin mir nicht ganz sicher und ich kann auch immer noch nicht klar genug sehen, um es zu erkennen.

»Das ist der einzige Weg.«

»Wovon redest du?«, fragt Melisand, die natürlich die Einzige ist, die einigermaßen ruhig und beherrscht bleibt, und ich hasse sie so sehr dafür, dass sie in diesem Moment alles ist, was ich nicht sein kann.

Ich hole tief Luft, als wäre es der letzte Atemzug, den ich jemals nehmen werde, und dann erzähle ich ihnen alles, was Astrid mir gesagt hat. Ich lasse kein Detail aus, obwohl es so verdammt wehtut, all diese Dinge noch einmal zu hören, selbst wenn es diesmal aus meinem eigenen Mund ist und nicht aus dem einer anderen Person.

Als ich endlich fertig bin, wische ich mir energisch die Tränen aus dem Gesicht. So grob, dass meine Haut dann ein bisschen brennt und mein rechtes Auge pocht, weil ich so fest draufgedrückt habe. Aber nun sehe ich sie alle wieder. Morgana weint, Melisand sieht bestürzt aus und Marek starrt mich einfach nur an. Er ist unmöglich zu lesen.

Auf ihn richte ich meinen Blick. Mit bebenden Fingern ziehe ich das Messer heraus, das Melisand mir gegeben hat, und richte es auf meine Brust.

»Du musst es beenden«, sage ich ihm, obwohl mir bewusst ist, wie grausam das ist, wie weh ich ihm damit tue. Aber ich kann nicht anders. Das ist wohl mein Schicksal: Mehr Leid bringen, als ich wollte, und doch unfähig zu sein, es zu verhindern. Vor meinem inneren Auge sehe ich wieder den Mann, den ich durch die Luft geschleudert und gebrochen zurückgelassen habe. Er ist der beste Beweis dafür.

»Wovon redest du?« Er ist so bleich geworden, als würde er den Tod mal anprobieren, um zu gucken, ob er ihm auch steht.

»Ich habe dir in dieser Tankstelle versprechen müssen, es zu tun«, sage ich hart und unbeugsam. »Ich musste dir versprechen, dich umzubringen, sollten wir keine andere Lösung finden. Als du dachtest, dein Tod könnte den Weltuntergang abwenden. Es ist nur fair, dass du es jetzt auch tust.«

Marek schüttelt immer heftiger und heftiger den Kopf.

»Jetzt ist es mein Leben, das dem Leben aller im Weg steht«, beharre ich, während meine Finger um den Griff der Waffe immer stärker beben, weil sie eigentlich gar nicht wollen, dass Marek meiner Aufforderung nachkommt.

»Ich muss sterben.«

»Das wissen wir nicht«, sagt Morgana mit belegter Stimme.

»Ich mache es nur noch schlimmer, versteht ihr das nicht?« Mit dem *es* meine ich nicht nur den Weltuntergang, sondern einfach alles. Ich meine damit so viel, dass ich es nicht in Worte fassen kann und es deswegen nur mit zwei Buchstaben versuche, die diese riesige Bedeutung aber gar nicht tragen können, weil sie dafür zu klein sind.

»Du musst mich umbringen«, sage ich zu Marek, dessen ganzer Körper so heftig bebt wie meine Finger.

»Ich kann nicht«, bringt er irgendwie hervor.

»Du musst. Es ist nur fair.« Ich laufe auf ihn zu und ich kann ihm ansehen, dass er zurückweichen will, aber er tut es nicht. Sein Atem trifft auf meine Wangen, so nah ist er mir. Das Messer trennt uns. Es steht zwischen uns. Und selbst wenn ich es sinken lassen würde, würde es uns immer noch auf Abstand halten. Das weiß ich jetzt. Die Wahrheit wird uns immer trennen, auch wenn Marek das nicht einsehen will.

»Ich kann nicht am Leben bleiben«, schluchze ich. »Das müsst ihr doch verstehen.«

Marek nimmt mir das Messer ab, es geht klirrend zu Boden und ich schlage mit meinen Fäusten auf seine Brust. Er versucht gar nicht erst, mich aufzuhalten, lässt es einfach geschehen. Daraufhin schlage ich nur noch fester zu.

»Wir müssen eine andere Lösung finden«, sagt Marek, seine Stimme klingt seltsam verzerrt durch die Schläge, die auf seiner Brust landen.

»Es gibt keine«, schreie ich. Es hallt so laut von den Wänden der Höhle wider, dass meine Ohren schmerzen. »Ich werde alles nur noch schlimmer machen. Ich ...«

Auf einmal halte ich inne. So schnell, wie ich auf Marek losgegangen bin, so schnell werde ich auch wieder still. Mein Blick wandert durch die Höhle. Die Höhle, in der Loki gefangen war. Als er sie verlassen hat, war Ragnarök besiegelt. Das darf nicht wieder passieren.

»Dann muss ich eben hierbleiben«, sage ich tonlos.

»Was meinst du?«, fragt Melisand.

»Ich bin Lokis Nachfahrin«, sage ich, obwohl ich es viel lieber geleugnet hätte. »Ihr müsst mich in diese Höhle sperren und dürft mich niemals befreien.«

KAPITEL 28

»Lily«, setzt Marek an. »Du bist noch durch den Wind. Das Gespräch hat dich aufgewühlt. Das verstehe ich, aber ...«

»Ich meine das ernst«, unterbreche ich ihn. »Ich werde hierbleiben. Ich darf niemanden mehr gefährden.« Ich erinnere mich an Darios Notizen. Wäre Loki in der Höhle geblieben, wäre Ragnarök nie passiert.

»Lily«, beginnt nun auch Morgana und greift nach meinen Händen, die sie fest in ihren hält. »Ich weiß, dass diese Information die Bestätigung all deiner Ängste ist. Ich weiß, dass du dich immer für gefährlich gehalten hast. Aber deine Abstammung definiert dich nicht.«

Morgana kennt mich so gut. Sie ist so eng mit mir verbunden, dass ich niemandem erklären könnte, wer ich bin, ohne dass ihr Name fallen würde.

»Du glaubst auch an das Schicksal«, erwidere ich. »Und an dessen Bedeutung.«

»Das tue ich, aber ...«

»Es ist stärker als wir.« Ich lasse ihre Hände los. »Ich erinnere mich an diese eine Nacht vor Jahren, als du schweißgebadet neben mir aus einem Traum aufgewacht bist. Du hast mich danach angesehen, als wäre ich der Ursprung allen Übels auf der Welt. Willst du mir ernsthaft weismachen, dieser Traum hatte nichts mit dem Weltuntergang zu tun? Mit meinem Schicksal als Lokis Nachfahrin?«

Morgana starrt mich entsetzt an. »Ich habe dich nicht angesehen, als wärst du der Ursprung ...«

»Hast du, und es ist in Ordnung«, versichere ich ihr, obwohl ich nicht weiß, ob das stimmt.

»Träume und Prophezeiungen zeigen nicht immer die Zukunft. Nur eine mögliche Version davon, eine von tausend anderen«, beharrt Morgana. »Auch die Niederschrift von Ragnarök selbst zeigt uns, dass Prophezeiungen mehr Schaden anrichten, als sie helfen. Odin hat in einer Vision gesehen, dass der Wolf Fenrir ihn tötet, hat ihn deswegen eingesperrt und ihn erst dadurch zu seinem Feind gemacht und seinen eigenen Tod besiegelt. Man sollte nicht immer auf meine Träume hören. Das sage ich doch die ganze Zeit!« Ihre Stimme bebt vor Verzweiflung.

»Du hast meine Frage nicht beantwortet. Hast du mich damals im Zusammenhang mit dem Weltuntergang gesehen?«

Morgana schweigt. Sie bleibt mir eine Antwort schuldig und hat sie mir mit ihrem Schweigen doch gegeben.

»Du bist eine wahre Freundin«, sage ich. »Du hast gesehen, dass ich den Weltuntergang bringe und es trotzdem niemandem erzählt. Du hast mich trotzdem geliebt.«

»Natürlich«, sagt Morgana unter Tränen. »Ich habe es nie geglaubt. Und ich glaube es auch jetzt nicht. Du kannst dein eigenes Schicksal finden.«

Ich schließe sie ganz fest in meine Arme, während ich durch Morgana verstehe, was bedingungslose Liebe ist. Wer hat so eine Freundschaft wohl verdient? Ich ganz sicher nicht und trotzdem hat Morgana sie mir gegeben.

»Danke für alles«, murmle ich in ihre dicken, roten Locken, die sich so vertraut an meinem Gesicht anfühlen, während mich ihre Spitzen kitzeln und streicheln.

»Das klingt wie ein Abschied«, schnieft sie.

Diesmal gebe ich ihr eine Antwort mit meinem Schweigen. Langsam löse ich mich von ihr. »Sei nicht albern«, sagt Morgana. »Immer willst du alles mit dir selbst ausmachen, aber als du das das letzte Mal getan hast und niemanden um Hilfe gebeten hast, ist das passiert.« Sie deutet auf die Narbe an meinem Hals. »Du kommst mit uns.«

»Nein.«

»Lily!«

»Meine Entscheidung ist gefallen.«

Marek kann einfach nicht aufhören, den Kopf zu schütteln. »Lily, das ist alles Bullshit, okay? Das sind Dinge, die du dir einredest. Du musst das loslassen, okay? Reiß dich zusammen!«

Ich gehe gar nicht auf seine Aussage ein. »Wir sind dazu bestimmt, Feinde zu sein. Weißt du?« Astrids Worte geistern mir durch den Kopf.

»An so etwas glaube ich nicht«, sagt er hart. Als er auf mich zutritt, schließt mich sein Geruch in einen schönen Kokon, in dem ich am liebsten auf ewig bleiben würde. Hier, in seinen Armen, könnte ich mich vor der ganzen Welt verstecken. Aber ich darf nicht. Also schiebe ich ihn von mir weg, bevor er mich wirklich an sich drücken kann, denn ich weiß, je länger ich die Nähe zu ihm zulasse, desto schwerer wird es, ihn gehen zu lassen.

»Ich bin ein Kind Lokis und du ein Kind Thors. Du kannst das Ende verhindern. Ich bringe es nur.«

»Das ist alles Bullshit«, beharrt Marek. »Komm mit uns. Wir haben noch eine Chance, die Welt zu retten. Aber wir brauchen dich.«

»Wozu?«, erwidere ich hart. »Ich kann meine Zauberkraft nicht kontrollieren. Also kann ich euch nicht mit Magie helfen. Altisländisch verstehe ich auch nicht. Was habe ich in letzter Zeit schon gemacht, außer Scheißsituationen noch ein bisschen schlimmer zu machen?«

»Diesen ganzen Mist redest du dir nur selbst ein.« Jetzt wird Marek laut. »Ich weiß, dass dir die Hexen diesen elenden Selbsthass beigebracht haben. Aber lass ihn los, hörst du? Lass ihn gehen. Er definiert dich nicht.«

Wenn ich ihn loslasse, bleibt gar nichts mehr von mir übrig, denke ich, aber spreche es nicht aus. Ich will nicht, dass die anderen wissen, wie dunkel es in meinem Inneren wirklich aussieht.

»Ich habe dich im Schlaf mit einem Messer angegriffen«, sage ich. »Was ist, wenn das Lokis Erbe ist, das mich dazu bringen will, dir wehzutun?«

»Du hast schlecht geträumt. Das bedeutet nichts.« Marek fixiert mich mit seinem wütenden Blick und dann schreit er mir Worte entgegen, die andere Menschen sonst sanft in Ohrmuscheln flüstern. »Ich liebe dich, Lily.«

Irgendwie passt es zu uns, dass er mir die Worte voller Zorn vor die Füße wirft. Doch obwohl ich seine Gefühle erwidere, werde ich es ihm nicht sagen. Weil er mich dann nicht zurücklassen wird.

»Die Frau, die mich großgezogen hat, hat deine Eltern umgebracht. Selbst, wenn die Welt nicht untergehen würde, hätten wir keine Zukunft.«

Etwas in Marek bricht. Auf eine Weise, die ich nicht wieder zusammensetzen kann. Ich sehe es sehr deutlich in seinen wunderschönen grünen Augen.

»Du willst also hierbleiben?«, fragt er. »Uns verlassen? Uns im Stich lassen?«

Er sagt *uns,* aber ich weiß, dass er von sich spricht. Erst letzte Nacht hat er mir gestanden, dass er glaubt, ihn würden immer alle verlassen. Damit, dass ich in der Höhle bleibe, beweise ich ihm nur seine schlimmste Angst. Es bricht mir das Herz, dass ich ihm wehtue. Aber ich muss hierbleiben. Ich sehe keine andere Lösung.

Ich gehe nicht auf seine Aussage ein, weil ich befürchte, ihm doch noch zu sagen, dass ich ihn liebe, wenn ich ihn nur lang genug anschaue, und wende mich Melisand zu, die die ganze Zeit nur wortlos zugesehen hat.

Doch sie wirkt nicht so kühl, wie sie es sonst immer tut. Als ich ihrem Blick begegne, lächelt sie traurig und da weiß ich, dass wir Freundinnen geworden sind, obwohl wir uns doch beide geschworen haben, das niemals zu sein.

»Melisand, pass auf die beiden auf.« Das erste Mal verwende ich ihren richtigen Namen und das ist wohl auch der Grund, warum Melisand den Ernst der Lage erkennt, nur nickt und nicht einmal versucht, mit mir zu diskutieren. Ich bin ihr sehr dankbar dafür.

»Wir sollten gehen«, sagt sie dann zu den anderen beiden. »Wir müssen das Feuerschwert vor den Hexen finden. Uns bleibt nur noch eine knappe Woche.«

Morgana schüttelt heftig den Kopf, bis Melisand liebevoll eine Hand an ihre Wange legt. »Wir müssen das Ende aufhalten. Egal, was es kostet, okay?«

Morgana weint heftig, doch während Melisand ihre Hand nimmt, weiß ich, dass es ihr gut gehen wird. Sie hat jemanden gefunden, der sich wirklich und ehrlich um sie sorgt und immer für sie da sein wird.

Marek kann mich nicht mehr direkt ansehen und damit kann ich tatsächlich besser umgehen als mit Konfrontation.

Auf der einen Seite will ich, dass sie endlich gehen, damit ich nicht schwach werde, auf der anderen Seite will ich, dass sie niemals nachgeben und mir beweisen, dass ich falschliege. Dass ich keine Bedrohung bin, keine Gefahr.

Aber schließlich laufen sie zum Höhleneingang zurück.

»Du kannst deine Meinung immer ändern«, sagt Morgana. »Vielleicht brauchst du es, dich hier zurückzuziehen. Aber du wirst einsehen, dass du der Welt mehr zu bieten hast, als du gedacht hast.«

Ich lächle sie nur milde an, weil ich nicht weiß, was ich darauf erwidern soll, was sich nicht wie eine Lüge angefühlt hätte.

Einige Meter vom Eingang entfernt bleibe ich stehen und sehe den anderen nach, wie sie nach draußen gehen. Marek steht vor der Öffnung, mit dem Rücken zu mir, bringt es aber doch nicht über sich, den letzten Schritt von mir fort zu machen, mich wirklich hier zurückzulassen.

»Du wolltest auch, dass ich dein Leben beende, wenn es Ragnarök verhindern kann«, erinnere ich ihn. »Wieso verstehst du mich nicht?«

Er dreht sich noch einmal zu mir um und ignoriert meine Frage, als hätte er sie gar nicht gehört. »Ich weiß, dass du mich auch liebst. Du musst es gar nicht sagen.«

Meine Unterlippe bebt so heftig, dass ich meine Zähne hineinbohren muss, damit sie endlich damit aufhört.

Noch ein letztes Mal sehe ich ihm in die Augen, dann wendet er sich ab und geht.

Kapitel 29

Die Einsamkeit ist so schlimm, dass ich von innen heraus erfriere.

Kapitel 30

Die Einsamkeit ist vielleicht auch mein Freund. Heute fühle ich gar nichts mehr.

Kapitel 31

Die Tage verschwimmen, während mir nichts anderes übrig bleibt, als zu schlafen und an die Decke zu starren. Die Höhle habe ich bereits erkundet, sie hat viele verwinkelte Ecken, die letztendlich genauso aussehen wie der Rest. Die Wände sind so feucht, dass sie sich gar nicht mehr rau anfühlen. Meine Hände rutschen ab, wenn ich sie berühre. Über Äonen hat das glitzernde Wasser sie geglättet wie Schmirgelpapier.

Die Einsamkeit hat eine ähnliche Wirkung auf mein Inneres. Ich fühle mich wie ausgehöhlt, als hätte mich die Einsamkeit von innen bearbeitet, bis ich abstumpfe und weniger spüren muss.

Ständig starre ich in das glitzernde Wasser, das ich trinken muss, um nicht zu sterben, das mir aber jedes Mal noch realere und schmerzhaftere Träume beschert. Bisher habe ich meine Träume auf meinem Laptopbildschirm geguckt, nun werden sie auf einer riesigen Kinoleinwand mit 3D-Effekt ausgestrahlt. Wenn ich mal wieder den Tod meiner Eltern gesehen habe, meine ich nach dem Aufwachen den Geschmack der frischen Waldluft im Mund zu haben und das Benzin der Autos zu riechen.

Ich starre zum hundertsten Mal in das glitzernde Wasser, als mich der Impuls überkommt, hineinzusteigen. Nicht, weil ich dringend ein Bad gebrauchen könnte – was stimmt –, sondern weil mich etwas anzieht, gegen das ich mich nicht wehren kann.

Wie an dem Tag, als ich mit Astrid gesprochen habe, setze ich einen Fuß ins Wasser, ohne dass ich es an meiner Haut spüre. Tiefer und tiefer wate ich in den Fluss hinein. Irgendwann spüre ich ihn leicht an mir ziehen und nach zwei weiteren Metern muss ich mich gegen ihn stemmen, um nicht von ihm mitgerissen zu werden wie meine Ohrringe, die ich in ihm versenkt habe.

Das Glitzern hüllt mich so dicht ein, dass ich nicht mehr sehen kann, wo das Ufer ist. Da ist nur heller Nebel, der meine Haut klamm macht und sich in meinen Haaren festsetzt und sie an meinem Nacken kleben lässt. Meine Kleidung saugt sich mit Wasser voll und wird schwerer.

Will der Fluss, dass ich untergehe und mich ihm hingebe? Würde es noch einen Unterschied machen, wenn ich ihn einfach gewähren lasse?

Ich trete noch einen weiteren Schritt und das Wasser reicht mir bis zum Schlüsselbein. Der Boden unter mir ist genauso von der Zeit geglättet worden wie die Höhlenwände und es fällt mir schwer, den Halt nicht zu verlieren. Beim nächsten Schritt rutsche ich aus, doch ich versuche mich gar nicht gegen meinen Fall zu wehren und tauche mit dem Kopf unter.

Das Rauschen dringt nur noch dumpf an meine Ohren. Obwohl ich untergetaucht bin, kann ich sehr klar sehen, weil das Wasser so rein ist.

Wenn er hier wäre, könnte Dario mir bestimmt erklären, warum nicht ein Partikel den Fluss verschmutzt.

Beim Gedanken an ihn steigen mir Tränen in die Augen, was sich seltsam anfühlt, weil sowieso schon Wasser gegen meine Iriden drückt. Ich will hierbleiben, weil es so dunkel und ruhig ist. Obwohl es gar nicht so lange her ist, dass ich fast ertränkt wurde, habe ich in diesem Moment keine Angst davor. Dieser Ort ist friedlich, nicht gewaltvoll. Warum ich mich gerade so fühle, könnte mir vermutlich auch Dario erklären.

Auf einmal spüre ich Hände an meinen Armen und von einer Sekunde auf die andere fühle ich mich nicht mehr ruhig. Panik greift genauso plötzlich nach mir wie diese fremden Hände. Sofort erinnere ich mich wieder daran, wie es war, runtergedrückt zu werden, während sich mein ganzer Körper dagegen wehrt und am Leben bleiben will. Dieser Instinkt will gerade einsetzen, als ich realisiere, dass die Hände mich nicht runterdrücken wollen. Ganz im Gegenteil. Sie ziehen mich hoch.

Mit einem tiefen Atemzug tauche ich auf, blinzle die Tropfen aus meinen Augen fort und schreie, als ich sehe, wer vor mir steht.

Blonde Locken, wache Augen und ein schiefes Lächeln.

Dario.

Ich fange an zu schluchzen.

»Hey, es ist okay«, sagt er beruhigend und zieht mich an seine Brust, wo ich mich verzweifelt an seinem Pulli festklammere. Er streicht mir beruhigend über den Kopf, als wäre es ganz normal, dass er mich trösten kann, während ich seinen Tod betrauere.

Wir bleiben eine Weile so stehen. Vielleicht sind es auch Stunden. Doch Dario rührt sich nicht, er lässt mich nicht los. Er hält mich, bis keine Tränen mehr nachkommen und ich mich wieder aufrichten kann, um ihn anzusehen.

Erst, als ich das tue, erkenne ich, dass das Wasser uns nicht mehr bis zum Schlüsselbein reicht, sondern nur bis zum Knie, und ich auf einmal trocken bin. Der Nebel ist nicht mehr so dicht, das Ufer entdecke ich trotzdem nicht.

»Wo sind wir hier?«, frage ich nun doch mit zittriger Stimme, der man viel zu deutlich anhören kann, wie stark ich geweint habe.

»Der Fluss liegt sehr nah an Walhalla. Dem Reich der Toten. Wir können uns in der Zwischenwelt begegnen, weil mein Geist noch nicht so lange tot ist. Irgendwann wirst du mich hier nicht mehr erreichen können.«

Die Erwähnung seines Todes reicht schon, um mir erneut Tränen in die Augen steigen zu lassen.

»Es tut mir so leid, Dario. Ich hätte nie ins Meer gehen sollen.«

»Ich habe dir doch gesagt, du sollst dir keine Vorwürfe machen, Lily. Hör bitte auf mich«, sagt er mit seinem typischen strengen Oberlehrertonfall, der so gut in einen Klassenraum mit aufmüpfigen Kindern gepasst hätte. Er hätte ihnen so viel beibringen können, wäre sein Leben nicht so abrupt zu Ende gewesen.

»Dein Leben hätte nicht so enden sollen«, hauche ich.

»Ich hätte es auch bevorzugt, wenn es nicht so gewesen wäre«, sagt Dario auf diese Weise, die verspricht, dass er allem auf den Grund gehen will. Er zwinkert mir zu.

»Es tut mir leid, dass du dich niemals verlieben wirst«, kriege ich mühsam an dem Kloß in meinem Hals vorbei.

»Mir auch«, gibt er reumütig zu. »Dafür habe ich erlebt, was wahre Freundschaft ist. Das ist doch gar nicht so schlecht, oder?«

»Das stimmt.« Ich schniefe. Vermutlich sollte ich akzeptieren, dass ich nicht einen Satz sagen werde, ohne dabei mindestens eine Träne zu verdrücken.

Ich mustere Dario, der genau das trägt, was er anhatte, als er gestorben ist. Aber seine Haut ist nicht fahl und seine Augen haben ihren Glanz nicht verloren. Er sieht aus, wie er aussehen sollte. Und ich bin froh, ihn noch mal so zu Gesicht zu bekommen, damit ich mich genau an diese Version von ihm erinnern kann. Nicht an seinen toten Körper, den wir begraben haben.

»Was machst du hier, Lily?«, fragt er mich, nachdem wir uns einen Moment lang nur betrachtet haben.

»Ich weiß auch nicht so genau, wie ich hier gelandet bin.«

Er schüttelt den Kopf. »Das meine ich nicht. Warum bist du in dieser Höhle geblieben, statt mit den anderen weiterzuziehen?«

Ich umschlinge meinen Körper automatisch mit meinen Armen, um seine kritischen Fragen nicht so nah an mich heranzulassen. »Ich bin eine Loki-Erbin. Ich habe Ragnarök ausgelöst.«

»Nicht wissentlich.«

»Das mag sein. Das ändert aber nichts am Endergebnis.«

Dario lächelt milde, auf seine Welt-verstehende Art.

»Und eine Loki-Erbin zu sein, ist nur schlecht?«, fragt er wie ein Lehrer, der seinen Schülern die richtigen Fragen stellt, damit sie von allein auf die Lösung kommen.

»Soweit ich das bisher beurteilen kann, ja«, sage ich sarkastisch. »Was willst du mir damit sagen?«

Dario nimmt meine Hand in seine und ich kann nicht fassen, wie deutlich ich seine Nähe spüre. Es ist, als wäre er tatsächlich noch am Leben. Vielleicht sind wir auch gar nicht in Walhalla, denke ich mir. Vielleicht verliere ich vor lauter Einsamkeit den Verstand und bilde mir das alles nur ein.

»Loki hat viele falsche Entscheidungen getroffen. Darüber lässt sich nicht streiten. Den Weltuntergang auslösen – nicht gerade die feine Art.« Er grinst mich an und wird direkt darauf sehr ernst. »Niemand ist zu hundert Prozent ein schlechter Mensch – beziehungsweise ein schlechter Gott. Er war komplex, hatte gute und schlechte Seiten. Er hat die anderen Götter gern hinters Licht geführt, um ihnen zu beweisen, wie viel schlauer er war. Aber er hat ihnen auch geholfen. Er war schlau und ein mächtiger Gestaltwandler und hat seine Fähigkeiten nicht immer für das Gute genutzt. Was nicht heißt, dass er das nicht hätte tun können. Es war seine Entscheidung, was er mit seinen Gaben macht. Niemand hat ihn gezwungen, Ragnarök auszulösen. Er hat es eben getan. Doch genauso gut hätte er sich für das Gegenteil entscheiden können.«

»Du willst mir also erklären, dass mein Schicksal noch nicht entschieden ist?«, frage ich skeptisch.

»Natürlich ist es noch nicht entschieden. Du kannst einen anderen Weg wählen. Du bist Lokis Nachfahrin. Du bist mächtig. Und das muss nicht etwas Schlechtes sein, auch wenn du dir das einredest. Loki war ein Gestaltwandler. Das kann auch ein Vorteil sein.«

Ich schüttle den Kopf, ohne zu wissen, was ich damit eigentlich ausdrücken will. Ich weiß nur, dass ich Angst vor mir selbst habe, vor all den Dingen, die ich anrichten könnte und schon angerichtet habe. Ich sehe all diejenigen vor mir, die ich verletzt habe. Meine Eltern. Morgana. Dario. Den Mann beim Schwimmbad, von dem ich nie wissen werde, ob ich ihn umgebracht habe.

»Ich habe schon so viele Fehler gemacht«, sage ich mit schwacher Stimme, ohne Dario anzusehen.

»Und dein größter war es, dich hier einzusperren und aufzugeben, obwohl deine Freunde dich dringend brauchen.«

»Ich werde alles nur noch schlimmer machen.«

Auf einmal packt mich Dario am Nacken und zwingt mich so, ihn anzusehen. »Hör auf, dir das einzureden. Du kannst die richtigen Entscheidungen treffen. Du kannst dich entscheiden, gut zu sein. Niemand ist dazu in der Lage, dir das abzunehmen. Nicht einmal das Schicksal.«

Bei seinen Worten kommt mir Morganas Gleichnis in den Sinn, das sie mir in der verlassenen Schwimmhalle erzählt hat. In uns gewinnt der Wolf, den wir füttern.

Ich zittere am ganzen Körper, während ich über Darios Worte nachdenke. »Ich habe Angst«, gebe ich zu. »Ich will nicht wieder jemanden verletzen. Du kannst mir einreden, was du willst. An der Tatsache, dass ich meine Eltern getötet habe, wird sich nie etwas ändern.«

Der Druck von Darios Hand in meinem Nacken verstärkt sich, bis seine Stirn an meiner ruht. So nah sieht er viel jünger aus. Dieser Moment erinnert mich schmerzlich an meine Mutter.

Dario lächelt leicht. »Vergib dir endlich. Sie hätten es schon längst getan.«

Mir entfährt ein atemloses Keuchen. Er muss meine Gedanken gelesen haben. Ich habe ihm nie von der Geste erzählt, die meine Mutter immer mit mir geteilt hat. Und auch nicht davon, dass ich weiß, dass sie mir für ihren Tod vergeben würden und ich mir deswegen niemals vergeben darf.

»Lass es los, Lily.« Dario redet weiter beschwörend auf mich ein. »Du warst ein Kind und hattest Angst. Du wusstest nicht, was du tust. Vergib es dir endlich.« Ich will ihm widersprechen, aber er lässt mich gar nicht zu Wort kommen. »Es wird nicht wieder passieren, weil du nicht mehr dieses Kind bist. Du bist erwachsen. Du bestimmst dein Schicksal.« Während er spricht, lehnt er mich langsam zurück aufs Wasser, bis ich darauf treibe. Er hält mich weiter fest.

»Hör nicht auf zu kämpfen, Lily. Ich kann unseren Freunden nicht mehr helfen. Du schon.«

Ich weine wieder und er weint auch, während wir uns tief in die Augen sehen.

»Ich glaube an dich.«

Ich will ihm noch sagen, wie sehr ich ihn vermisse und dass ich ihn für den Rest meines Lebens vermissen werde, wie lange es auch dauern mag. Er sieht mich an, als wüsste er das alles schon.

Und dann taucht er mich unter Wasser und verschwimmt vor meinen Augen.

KAPITEL 32

Ich schnappe nach Luft, sobald ich durch die Wasseroberfläche stoße. Dario ist fort. Das Wasser reicht mir bis zum Schlüsselbein und der Glitzer umgibt mich wie Nebelschwaden. Auf zittrigen Beinen schleppe ich mich zurück zum Ufer und lasse mich dort erschöpft auf den Rücken fallen.

Ich starre an die Höhlendecke, während ich allmählich zu Atem komme. Komischerweise stoße ich kein Schluchzen aus, als ich realisiere, was gerade passiert ist, sondern ein Lachen, das hell von den Wänden widerhallt, was es so klingen lässt, als wäre ich gar nicht allein.

Ich schlinge beide Arme um meinen Körper, weil es sich dann ein bisschen länger so anfühlt, als würde Dario mich noch halten. Vermutlich werde ich niemals wissen, ob real war, was ich gerade erlebt habe, aber das spielt keine Rolle.

Während ich lache, weine ich auch.

Ich sollte mir vergeben, denke ich, während mir Tränen die Wangen runterrinnen, in meine Haare und dann auf den Boden.

Ich sollte mich nicht mehr verstecken.

Von einer Sekunde auf die andere verstumme ich. Mein Lachen hallt einen Moment nach, bis es auch verschwindet und nur das Rauschen des Flusses zurückbleibt. Ich habe meine Freunde im Stich gelassen, getrieben von meinem Selbsthass und all den Dingen, die ich über mich selbst zu wissen glaube.

Angst hält mich mit all ihren tausend Händen fest und drückt mich vehementer auf den Boden, als ich darüber nachdenke, aufzustehen und die Höhle hinter mir zu lassen. Was ist, wenn ich alles nur noch schlimmer mache und meine Freunde verletze? Doch ich realisiere, dass ich das mit meinem Verhalten längst getan habe. Mareks enttäuschter Gesichtsausdruck schwebt über mir in der Luft und ich werde ihn auch nicht los, als ich hektisch blinzle. Und was soll ich eigentlich noch schlimmer machen? Die Welt soll in wenigen Tagen untergehen. Da ist es schwer, noch etwas schlimmer zu machen.

Ich ermahne mich, das Schicksal nicht herauszufordern und springe auf die Füße. Von der Begegnung mit Dario und allem, was er in meinem Inneren aufgewirbelt hat, ist mir richtig schwindelig, doch ich halte nicht inne und steuere auf den Fluss zu. Wenn ich Astrid so kontaktieren konnte, dann sicherlich auch andere Hexen, die in Asgard sind.

Wieder stehe ich im seichten Wasser, das mich gar nicht berührt, schließe die Augen und denke sehr angestrengt an Morgana.

Ich glaube schon, dass es nicht geklappt hat, weil ich zu sehr durch den Wind bin, als Morganas sanfte Stimme an meine Ohren dringt.

»Lily?«

Ich öffne die Augen und erblicke ihren roten Lockenschopf, was mich sofort mit Wärme füllt.

»Warum bist du nass?«, fragt sie.

Dass meine Kleidung komplett getränkt ist, war mir gar nicht aufgefallen – es muss am Adrenalin liegen. Wahrscheinlich ist das auch der Grund für das leichte Zittern, das von meinem Körper Besitz ergriffen hat.

»Das ist nicht wichtig«, sage ich und merke, dass das gar

nicht stimmt. Es ist wichtig, weil ich Dario gesehen habe, obwohl ich dachte, niemals wieder seine Stimme hören zu können. Aber wenn ich Morgana jetzt davon erzähle, breche ich nur in Tränen aus, also vertage ich es. »Wo seid ihr? Ich komme zu euch.«

Morgana sieht aus, als würde bereits die nächste Frage auf ihrer Zunge brennen. Zum Beispiel, wie es möglich ist, dass ich jetzt als Projektion vor ihr in der Luft schwebe. Doch sobald ich den letzten Satz ausgesprochen habe, hellt sich ihr Gesicht auf.

»Wirklich?«

»Wirklich.«

»Ich wusste, dass du noch zur Besinnung kommst.«

Das glaube ich ihr tatsächlich. Es gibt Freunde, die verstehen einen besser, als man sich selbst jemals verstehen könnte.

»Wo seid ihr?«, wiederhole ich.

»Wir haben den Ursprung des Feuers gefunden«, erklärt Morgana und die Freude schwindet aus ihren Zügen. »Das Schwert war nicht dort.«

Ich schlucke schwer. »Denkt ihr, die anderen Hexen waren vor euch da?«

»Schwer zu sagen«, erwidert sie. »Vielleicht war es einfach nicht dort. Wir sind zurück auf dem Weg zum Schloss und zur Regenbogenbrücke. Das Gebäude ist riesig. Vielleicht finden wir dort etwas.«

Obwohl ich nicke, wird Morgana insgeheim meine Skepsis teilen.

»Ich komme dorthin«, sage ich und straffe meine Schultern, um mir vorzugaukeln, dass ich die Hoffnung noch nicht verloren habe.

»Sehr gut«, sagt Morgana. »Marek wird sich freuen.«

Ein Kloß verstopft mir den Hals und die nächsten Worte kriege ich nur mühsam an ihm vorbeigewürgt. »Bist du dir da sicher?«

»Ja«, sagt Morgana sofort und zögert erst danach. »Auch wenn er das nicht zeigen würde.«

Was ist, wenn ich ihm den Schmerz meiner Abwesenheit nicht mehr durch meine Anwesenheit nehmen kann?

Darüber darf ich jetzt nicht nachdenken, deswegen schüttle ich mich entschlossen.

»Wir sehen uns in ein paar Tagen«, sage ich. »Ich beeile mich.«

Morgana würde mir wohl am liebsten sagen, dass ich mir die Zeit nehmen soll, die ich brauche, doch in Anbetracht der Tatsache, dass wir davon nicht mehr viel übrig haben, nickt sie nur. »Beeil dich.«

Eine Sekunde später löst sie sich im Glitzern des Flusses auf. Sobald sie fort ist, verabschiedet sich das Adrenalin aus meinem Blut und mir wird auf einmal kalt und auch ein bisschen übel. Stumme Tränen rinnen mir übers Gesicht, doch ich gönne mir keine Pause. Ich habe schon zu viel Zeit vergeudet, die uns unaufhörlich durch die Finger rinnt.

Ich schnappe mir meinen Rucksack und laufe auf den Ausgang der Höhle zu. Er war die ganze Zeit offen, was so gar nicht zu der Endgültigkeit gepasst hat, mit der ich meine Entscheidung, hier zu bleiben, ursprünglich getroffen hatte. Vielleicht hat auch die Höhle gewusst, dass ich meine Meinung ändern würde.

Ich atme tief durch und starre einen Moment in die Dunkelheit vor dem Eingang. Meine Zweifel werden lauter.

Besiegle ich den Untergang der ganzen Welt, wenn ich jetzt einen Schritt nach vorne setze? Werde ich mir im Nachhinein wünschen, es niemals getan zu haben?

Du wirst es nicht bereuen können, denke ich. *Niemand wird jemals wieder etwas bereuen können, wenn ich die falsche Entscheidung treffe. Wir werden alle tot sein.*

Die Last meines Schicksals liegt schwer auf meinen Schultern und droht mich in die Erde hineinzubohren, so tief, bis ich nie wieder den Weg hinaus finde. Ich atme noch bewusster, während mein ganzer Körper zittert wie Espenlaub.

Dario hat mir gesagt, ich kann mein Schicksal selbst in die Hand nehmen. Meine Geschichte ist noch nicht zu Ende geschrieben.

Wie kann jemand, der dazu bestimmt ist, die Welt untergehen zu lassen, sie retten? Diese Frage dröhnt zwischen meinen Ohren.

Ein Lächeln tritt mir ins Gesicht, als ich mir vorstelle, was Dario darauf antworten würde.

Einfach, sagt er in meinem Kopf. *Indem sich dieser jemand dazu entscheidet.*

»Einfach«, spreche ich laut aus, um mich dazu zu bringen, endlich weiterzugehen. »Es ist einfach.«

Und dann setze ich auch schon einen Schritt raus aus der Höhle. Genau wie bei meinem ersten Betreten prasseln Bilder auf mich ein wie ein Wasserfall, als wüsste die Höhle, dass es das letzte Mal ist, dass ich sie verlasse, und würde versuchen, mich hier zu halten.

Schmerzensschreie zerreißen mein Trommelfell. Gift tropft auf ein Gesicht, das ich nie ganz ausmachen kann. Ich sehe kantige Gesichtszüge und bernsteinfarbene Augen – wie meine. Die Schreie verstummen so abrupt, wie sie erklungen sind. Der Mann steht auf, immer noch mit einem abgewandten Gesicht, als wollte er nicht, dass ich einen richtigen Blick auf ihn werfen kann. Doch ich spüre, dass er meine Anwesenheit in der Höhle bemerkt. Es fühlt sich nicht mehr an wie eine Vision, obwohl ich weiß, dass es eine ist. Er ist hier bei mir.

»Sicher, dass du keinen Fehler machst?«, säuselt er mit einer Stimme, die mich in mein Verderben locken könnte, ohne dass ich mich dagegen wehren würde. Ich würde mich wahrscheinlich sogar noch dafür bedanken, so schön klingt sie.

Ich muss mich schütteln, um mich zu konzentrieren. Die Überreste der betörenden Stimme kleben zwischen meinen Ohren wie ein Traum, der direkt nach dem Aufwachen noch an mir haftet.

»Nein«, sage ich. »Aber tatenlos zuzusehen, kann nie die Lösung sein.«

Der Mann dreht sich langsam, bis ich sein Profil ausmache, die spitze Nase, das durchtriebene Lächeln, das sich an mich richtet.

Bevor er antworten kann, setze ich noch einen Schritt nach vorne aus der Höhle hinaus. Die Vision lasse ich hinter mir zwischen den glatten Wänden zurück.

Ich atme heftig, während mir klar wird, dass ich gerade die Präsenz eines Gottes gespürt habe. Meines Vorfahren. Ich bin Walhalla sehr nah. Vielleicht konnte mich sein Geist so erreichen wie zuvor Darios.

Er wollte mich einschüchtern. Komischerweise bringt mich das zum Lächeln. Sein Ziel war es, mich dazu zu bringen, in der Höhle zu bleiben. Das bedeutet, dass es das Richtige ist, das Gegenteil zu tun.

Diese Gedanken geben mir Rückenwind, während ich meinen Weg antrete. Zurück zum Schloss. Zurück zu meinen Freunden.

Zurück zu Marek.

Der Rückweg zur Regenbogenbrücke fühlt sich viel länger an als der Hinweg, weil ich ihn nun allein bestreite. Ich trinke aus dem magischen Bach, erblicke den ganzen Tag nur Einöde und meine einzige Gesellschaft sind die nervigen Stimmen in meinem Hinterkopf.

Jede Nacht geht der Mond mit so viel Strahlkraft auf, dass es mir die Haare auf meinen Armen aufstellt. Er ist fast voll. Es fehlt nicht mehr viel. Und diese Tatsache spüre ich sehr tief in meinem Inneren. Den ganzen Monat wurde der Wolf in mir von Ketten festgehalten, doch nun befreit er sich Stück für Stück ein wenig mehr. Ich spüre, wie er an mir reißt und zerrt und in mir brüllt. Er ist bereit. Und ich bin es nicht.

Selbst wenn ich die Augen schließe, scheint der Mond noch durch meine Lider, färbt alle meine Träume ein, taucht sie in kaltes Licht, das mich frösteln lässt. Ich sehe immer noch den Tod meiner Eltern, wache weinend und allein auf und kann nur meine eigenen Arme um meinen Körper schließen.

Meine Ängste und mein Selbsthass sind noch dort. Ich höre die kritischen Stimmen nach wie vor.

Ich bin gefährlich.

Ich kann nur mehr Schaden anrichten.

Trotzdem wird mein Gang nicht langsamer, meine Schritte nicht weniger bestimmt. Meine Angst ist noch da, aber ich schulde ihr nicht blinde Loyalität.

In der Nacht vorm Vollmond tue ich kein Auge zu. Schlaflos liege ich auf der Wiese und als ich einsehe, dass die Unruhe in meinem Inneren nicht abnehmen wird, laufe ich im Schein des Monds weiter.

Morgen Nacht geht die Welt unter, muss ich immer wieder denken. Vielleicht bleibt mir und der ganzen Menschheit nur noch dieser eine Tag. Ich laufe automatisch noch ein bisschen schneller.

Als ich das Schloss endlich in der Ferne ausmache, ist der Mond verschwunden, aber er hat mir, kurz bevor er an der Horizontlinie verschwunden ist, deutlich gemacht, dass er bald zurückkommen wird und sich auf unser Wiedersehen freut. Der Wolf in meinem Inneren hat folgsam geknurrt. In wenigen Stunden wird er in mir erwachen und ich habe ihm nichts entgegenzusetzen.

Wenn dies wirklich mein letzter Tag auf dieser Welt ist, bin ich froh, dass ich ihn nicht allein verbringen werde.

Endlich erreiche ich das Schloss mit müden Beinen, leerem Magen und Furcht in den Knochen. Furcht vor grünen Augen, die mich vielleicht nie wieder so sanft ansehen werden, wie ich es mir wünsche.

»Hallo?«, rufe ich in die hohen Hallen hinein. »Jemand da?«

Schritte hallen von den Wänden wider, dann rast ein roter Haarschopf um die Ecke und Morganas Körper prallt mit voller Wucht gegen meinen. Fast falle ich rückwärts, doch ich kann mich gerade noch auf den Beinen halten und schlinge beide Arme um sie.

Wir sagen nichts, wir halten uns nur und ich schließe die Augen, weil es so verdammt guttut, bei ihr zu sein.

»Sieh einer an«, säuselt Melisand, deren Schritte sich langsamer nähern. »Ist wohl doch noch jemand zur Besinnung gekommen.«

Morgana und ich lassen uns los. Melisand und ich zögern einen Moment, dann nehmen wir uns auch in den Arm.

»Dass ich das mal zu sehen bekomme«, sagt Morgana, der ich anhören kann, dass sie berührt ist.

»Gewöhn dich nicht dran«, sagt Melisand automatisch, als sie mich loslässt.

»Wir werden uns an gar nichts mehr gewöhnen müssen.«

Mein Kopf fährt herum, als ich Mareks Stimme vernehme.

Er steht in einer offenen Tür, lehnt im Rahmen und hat die Arme vor der Brust verschränkt. Sein Gesichtsausdruck ist so hart, als wäre er aus Stein gemeißelt.

»Es tut mir leid«, sage ich und erwidere seinen Blick, in dem die sonst so typische Wärme fehlt. Es tut weh. Aber darüber darf ich mich nun wirklich nicht beschweren.

»Das spielt auch keine Rolle mehr«, sagt Marek mit einer kühlen Stimme, die ausgezeichnet zu seiner Miene passt. »Wir haben nichts gefunden. Was nur eine Sache bedeuten kann.«

»Dass die anderen Hexen das Schwert vor uns gefunden haben?«, frage ich atemlos.

»Das wissen wir nicht«, sagt Morgana heftig.

»Wo soll es sonst sein?«, fragt Marek ungehalten. »Es war nicht im Krater der Explosion und es ist nicht hier. Wenn ein Riese es geschwungen hat, dürfte es eine Größe haben, die man nur schwer übersehen kann.«

Ich bin der Grund, dass er seine Mauern hochgezogen hat. Mein Herz schmerzt. Alles an seiner Haltung sagt mir, dass er meine Nähe nicht will, trotzdem mache ich ein paar Schritte auf ihn zu, bis uns nur noch ein Meter trennt.

Jetzt kann er mir nicht mehr in die Augen sehen. Kann er meinen Geruch genauso deutlich riechen wie ich seinen?

»Ich hatte Angst«, erkläre ich ungefragt. »Ich hatte Angst, alles nur noch schlimmer zu machen.«

»Das hast du sowieso getan«, knallt er mir mit lauter Stimme vor die Füße. »Du bist in der Höhle geblieben, statt uns zu helfen. Und jetzt haben wir nur noch einen Tag, bis die Welt untergeht.«

Auf seine Worte folgt geladene Stille. Ich kann die Einschlaglöcher spüren, wo sie mich getroffen haben. Mareks Brustkorb hebt und senkt sich heftig.

»Das war eine Scheißaktion«, sagt er ein bisschen weniger heftig als zuvor.

»Ich weiß.«

»Das war richtig beschissen.«

»Ich weiß.«

»Und unnötig.«

»Ich weiß.«

»Gut.«

Marek ist nicht in der Lage, mir in die Augen zu sehen, doch ihm entfährt ein tiefer Seufzer. »Es ist nicht deine Schuld, dass wir nichts gefunden haben. Das nehme ich zurück.«

»Es tut mir leid, dass ich dich verletzt habe«, sage ich sanft.

Er schnaubt und rauft sich die Haare. Was er darauf erwidern soll, scheint er nicht zu wissen, deswegen sagt er etwas anderes. »Heute Nacht verwandeln wir uns. Wir werden nicht einmal wir selbst sein, wenn die Welt endet.«

Ich ergreife langsam seine Hand und er erwidert den Druck sofort. Noch einmal geht ein rasselnder Atemzug durch seinen Körper, dann zieht er mich an der Hand an sich heran, bis ich gegen seine Brust stolpere. Er legt seinen Kopf auf meinem ab, wie er es schon so oft getan hat, und ich presse meinen Kopf auf die Stelle direkt über seinem Herz, das so verzweifelt schlägt, als könnte es Marek am Leben halten, wenn es sich nur genug Mühe gibt.

»Aber gerade sind wir noch wir selbst«, flüstere ich. Beim Gedanken an die bevorstehende Verwandlung wird mir schlecht.

»Ja, sind wir«, sagt Marek heiser und eine Sekunde später presst er seine Lippen auf meine. Ich weine, während ich ihn küsse. Ich dachte, wir hätten unseren letzten Kuss bereits geteilt. Ich bin froh, in diesem Punkt falschgelegen zu haben.

Wir werden zwar heute noch unseren letzten Kuss teilen, trotzdem tut es gut zu wissen, dass er noch vor uns liegt.

»Ich bin nach wie vor sauer, dass du mich verlassen hast«, haucht er an meinen Lippen. »Aber gerade will ich einfach bei dir sein.«

»Und ich bei dir.«

Er weint auch und küsst mich noch einmal.

»Und wer will bei mir sein?«, fragt Melisand ein bisschen sarkastisch, was mich ein Lachen ausstoßen lässt.

Ich sehe zu ihr und Morgana herüber. Die lächelt Melisand beinahe schüchtern an.

»Ich will bei dir sein«, flüstert sie so leise, dass man sie kaum hören kann. Melisand sieht sie trotzdem an, als hätte sie die schönsten Worte ausgesprochen, die jemals gesagt wurden.

»Ja?« So schüchtern habe ich Melisand noch nie erlebt.

»Ja«, sagt Morgana, stellt sich leicht auf die Zehenspitzen und küsst Melisand.

Als die beiden sich voneinander lösen, sieht Melisand so aus, als hätte sie ganz vergessen, dass ihr Leben mit großer Wahrscheinlichkeit in wenigen Stunden endet. Sie sieht einfach glücklich aus.

Als sie meinem Blick begegnet, wird ihre Miene härter. »Du darfst mich nur so sehen, weil du dein Wissen über meine weiche Seite mit ins Grab nehmen wirst.«

»Ihr redet alle so, als wäre die Welt bereits untergegangen«, sage ich.

»Noch nicht. Aber wir können nichts mehr tun«, meint Marek, der mich noch ein bisschen fester an sich drückt, als könnte er damit auch die Zeit dazu bringen, langsamer zu verstreichen.

»Ich weiß nicht, ob das stimmt«, erwidere ich. Ich spüre drei skeptische Augenpaare auf mir. »Dario ist anderer Meinung.«

Die anderen holen hörbar Luft.

»Wovon redest du?«, haucht Marek.

Ich streiche ihm sanft über die Wange, während ich genauso sanft lächle. »Ich habe ihn gesehen. Und er hat noch nicht aufgegeben. Also sollten wir das auch nicht tun.«

Nachdem ich meinen Freunden von meiner Begegnung mit Dario erzählt habe, sind sie sprachlos. Wir sitzen im riesigen Saal auf den Stufen, die zum Thron hinaufführen. Marek hat einen Arm um meine Mitte geschlungen und ich gehe davon aus, dass er mich nicht loslassen wird, bis es zu Ende ist. Auf die eine oder andere Weise.

»Er wollte, dass wir kämpfen«, sage ich abschließend.

»Wie?«, fragt Morgana heiser.

»Das weiß ich auch nicht«, sage ich und muss lachen, ohne zu wissen, was ich witzig finde. »Wir haben einen Thorerben, das muss doch für etwas gut sein.«

Das bringt Marek dazu, gequält das Gesicht zu verziehen. Er räuspert sich, bevor er spricht, und geht gar nicht erst auf meine Aussage ein. »Denkt ihr, die Hexen tauchen hier auf?«

Dass keiner sich traut, ihm zu antworten, zeigt deutlich, was wir alle denken.

»Sie wollten, dass ich zum Wolf werde«, sage ich. »Sie wollten, dass ich mich heute verwandle.«

Marek drückt mich so fest an sich, als könnte er durch seine Nähe verhindern, was uns beiden droht.

»Also werden sie zu uns kommen«, stellt Melisand fest. »Heute Nacht.«

»Vermutlich«, murmle ich. »Ich habe meine Ohrringe nicht mehr. Aber wenn sie ohnehin schon in Asgard sind, brauchen sie die wahrscheinlich gar nicht mehr, um mich zu finden.«

Wir sehen uns alle automatisch zu allen Seiten um. Vielleicht wissen sie bereits, wo wir sind, und warten nur, bis der Mond aufgeht.

»Wir sollten uns vorbereiten«, sagt Melisand. »Wir können uns hier verbarrikadieren. Und wir sollten ...« Sie stockt und muss sich räuspern, bevor sie weitersprechen kann. »Und wir sollten uns überlegen, wie wir verhindern, dass ihr uns angreift, sobald ihr zu Wölfen werdet.«

»Du meinst, du willst uns anketten?«, fragt Marek. »Das hat ja beim letzten Mal so ausgezeichnet geklappt.«

»Vergiss nicht, die Hexen wollten, dass du dich losreißt. Das will ich ganz sicher nicht. Glaub mir«, sagt Melisand auf eine Weise, die mich leicht zum Lächeln bringt.

»Okay. Dann lass uns das Schloss nach allem durchsuchen, was uns helfen kann«, sage ich und stehe entschlossen auf, um mir vorzugaukeln, dass ich es auch bin. »Wir werden nicht abwarten, bis sie uns angreifen. Wir werden vorbereitet sein.«

Die anderen stehen ebenfalls auf und nicken mir zu.

Vielleicht haben wir noch eine Chance.

Egal, wie klein sie auch sein mag.

Je weiter der Tag voranschreitet, desto angespannter werde ich. Zum Himmel zu schauen, traue ich mich gar nicht mehr. Nicht dass es etwas an meinem Schicksal ändern würde. Der Vollmond wird mich unterwerfen, ob ich ihn betrachte oder nicht.

Wir haben uns im Thronsaal verbarrikadiert und die riesigen Möbel vor die Eingänge geschoben. Melisand hat sich ungefähr hundert Mal darüber beschwert, wie anstrengend das ohne Magie ist, aber natürlich auch keine Anstalten gemacht, Magie zu wirken, weil sie genauso gut weiß wie wir alle, dass wir die Energie in den Kristallen nicht verschwenden dürfen. Wenn die Hexen uns angreifen, wollen wir ihnen nicht hilflos ausgeliefert sein.

Meine Muskeln sind gespannt wie Bogensehnen und mein Kiefer mahlt so angestrengt, dass ich schon befürchte, mir gleich die Zähne auszubeißen. Der Wolf in mir heult und es dröhnt in meinen Ohren, doch meine Hände auf sie zu pressen, hilft nicht, weil der Lärm aus meinem Inneren kommt.

Ich fühle mich wie ein Pulverfass, das jede Sekunde hochgeht. Morgana hat Ketten gefunden, mit denen sie Marek und mich fesseln kann, doch wann immer ich das Metall ansehe, merke ich, dass ich mich nicht gefangen nehmen lassen will. Der Wolf wehrt sich. Und er wird immer stärker. Inzwischen fällt es mir schwer, seine Gedanken von den meinen zu unterscheiden.

Marek schiebt einen riesigen Tisch zur Seite und erwischt mich dabei leicht mit der Schulter. Er berührt mich kaum.

Trotzdem entfährt mir viel zu laut: »Pass doch auf!«

Mit wütendem Blick fährt er zu mir herum. »Dann steh nicht im Weg.«

»Ich stehe nicht im Weg!«, zische ich.

Wir bauen uns voreinander auf und funkeln uns wütend an.

»Leute, beruhigt euch«, sagt Melisand beschwörend. Sie will locker klingen, doch ich sehe, dass sie sich uns nur vorsichtig nähert.

»Misch dich nicht ein«, blaffe ich.

»Du trägst natürlich nichts bei außer unqualifizierten Kommentaren«, meint Marek.

»Entschuldigung?«, frage ich fassungslos.

»Du zauberst nicht. Also die Verteidigung müssen wir schon

mal ohne dich übernehmen. Du stehst nur rum, während ich die ganze Arbeit mache. Eigentlich hattest du mir ja mal versprochen, mir zu helfen. Und sieh, wo wir gelandet sind. Stunden vorm Weltuntergang. Da merkt man ja, wie viel deine Hilfe wert ist.«

Ich komme noch einen drohenden Schritt näher, während ich meine Hände zu Fäusten balle. Der Griff ist so fest, dass ich mir meine Nägel in die Handflächen bohre, doch ich kann auch nicht lockerlassen, dafür bin ich zu wütend.

»Sagt der, der mich von Anfang an belogen hat. Der uns die Wahrheit über seine Identität vermutlich nie verraten hätte, hätte er eine andere Wahl gehabt.«

»Leute, bitte beruhigt euch«, ruft Morgana zu uns herüber. »Wir haben keine Zeit mehr. Die Hexen könnten jede Sekunde hier auftauchen und auch der Mond ...«

Wir ignorieren sie, als hätte sie gar nichts gesagt. In diesem Moment ist Morgana mir egal. In diesem Moment zählt nur dieser arrogante, herablassende Blick, mit dem mich Marek bedenkt, der in mir den Wunsch weckt, ihm die Augen auszukratzen.

»Warum hätte ich es tun sollen? Einer Nekromantin kann man nicht vertrauen. Das hast du doch immer wieder bewiesen!«

Auf einmal geht alles ganz schnell. Ich handle, ohne darüber nachzudenken. Ich springe auf Marek zu. Im Hintergrund höre ich, dass Melisand und Morgana schreien, doch ich verstehe nicht, was sie sagen. In meinen Ohren dröhnt es zu laut. Der Wolf in mir heult und schreit. Das ist alles, was ich wahrnehme.

Bis ich einen Tropfen Blut an Mareks Hals sehe.

In dem Moment kehre ich zu mir selbst zurück. Ohne es richtig zu merken, habe ich meinen Dolch gezückt und ihn

Marek an den Hals gedrückt. Rot zeichnet sich auf seiner hellen Haut ab. Meine Finger beginnen zu zittern.

Was ist nur los mit mir? Was passiert hier?

Auch Mareks Blick klärt sich und als er mir im nächsten Moment in die Augen sieht, sind seine wieder ganz sanft und warm.

»Oh mein Gott«, stoße ich aus und lasse den Dolch los. Er fällt mit einem Klirren auf den Marmorboden. »Es tut mir leid. Ich weiß nicht ...«

Marek lässt mich nicht aussprechen, sondern zieht mich nur an sich. Ich spüre sein viel zu heftig pochendes Herz, das gegen meine Brust trommelt.

»Warum habe ich all diese Dinge gesagt? Ich wollte nicht ...«, stammle ich. Der Nebel zwischen meinen Ohren lichtet sich ein bisschen. Der Wolf ist noch da, aber er übertönt nicht länger meine eigenen Gedanken.

»Es ist nicht deine Schuld«, sagt Marek sanft. Sein Kopf liegt auf meinem, er streichelt durch mein Haar und hält mich fest. »Der Wolf ...«

Ich klammere mich verzweifelt an ihm fest. »Ich will dich nicht angreifen.«

Doch während ich es sage, erinnere ich mich, dass ich ihm nicht zum ersten Mal den Dolch an die Kehle gehalten habe. Einmal habe ich es im Traum getan. Was wäre passiert, wenn ich in jener Nacht nicht rechtzeitig aufgewacht wäre?

»Ich will dir nicht wehtun«, bringe ich mühsam hervor. Mein ganzer Körper bebt.

»Die Wölfe gewinnen immer mehr die Kontrolle«, sagt Marek so ruhig, als würde es ihn gar nicht betreffen. Er wirkt gefasst. Sein Herzschlag verrät mir, dass er sich nur zusammenreißt, um mich zu beruhigen. Er hat auch Angst.

»Und eure Vorfahren waren Feinde«, merkt Melisand an.

Sie und Morgana nähern sich uns nur langsam, als wären wir schon die gefährlichen Tiere, in die wir uns bald verwandeln werden. »Euer Erbe könnte stärker werden.«

Ich vergrabe mein Gesicht an Mareks Brust, weil ich die Wahrheit nicht sehen möchte.

»Aber wir können uns wehren, oder?«, frage ich verzweifelt. Die anderen schweigen. Vermutlich, weil sie alle wissen, dass ich nur eine beruhigende Antwort hören will und keine ehrliche.

»Wir müssen euch anketten«, sagt Melisand und ich kann ihr anhören, wie sehr sie das bedauert. »Es ist die einzige ...«

Weiter kommt sie nicht, denn mir entfährt ein Schmerzensschrei. Etwas durchzuckt mich und lässt mich nach hinten kippen. Marek streckt die Hände nach mir aus, als wollte er mich fangen, doch dann fällt auch er auf die Knie.

»Fuck!«, höre ich Melisand. Dann verschwimmen Worte zu einem Rauschen, als wären Buchstaben nur Tropfen in einem reißenden Fluss, der zu schnell an mir vorbeizieht.

Ich blicke durch das riesige Loch in der Decke der Halle zum Himmel hinauf. Das Mondlicht trifft meine Haut und ich stoße einen undefinierbaren Laut aus. Etwas will von mir Besitz ergreifen. Ich versuche mich zu wehren und genau das ist es, was mir solche Schmerzen bereitet.

Wolken umgeben den Vollmond wie einen Schleier und verwischen seine Konturen leicht, als hätte ein Künstler beim Malen zu viel Wasser benutzt. Doch das dämpft seine Kraft nicht. Ich spüre sie in jeder Pore meines Körpers.

Als ich zu Marek herübersehe, erkenne ich, wie seine Augen silbrig anlaufen. Noch einen Moment halten wir Blickkontakt, dann krümmen wir uns beide.

Der Mond zerrt an mir, der Wolf in meinem Inneren bäumt sich auf – und ist auf einmal frei.

Ein Knurren entringt sich meiner Kehle und lässt meinen ganzen Körper vibrieren wie der Bass von einem guten Song. Ich kauere auf allen vieren, während ich wachse. Haare sprießen aus meiner Haut hervor, überziehen meine Finger, die zu Krallen werden. Ich fühle mich, als wäre ich ein Kleidungsstück, das umgestülpt wird. Einmal von innen nach außen, bis die Nähte zum Vorschein kommen.

Der Wolf ist nicht mehr in mir gefangen. Ganz im Gegenteil. Er hat sich befreit und mich eingesperrt. Ich bin es nun, die in einem Gefängnis sitzt, die schreien und um sich treten kann, doch es ändert nichts an meinem Schicksal. Mein Körper ist gewachsen, während mein Bewusstsein auf einen winzigen Fleck zusammengeschrumpft ist. Dieser winzige Fleck ist der einzige Ort, den mir der Wolf gestattet.

Ich hebe den Kopf, doch nicht ich bewege mich. Nicht wirklich. Wie ferngesteuert setze ich ein Bein nach vorn, meine Krallen hinterlassen Spuren auf dem Marmor. Das kratzende Geräusch hallt von den Wänden wider.

Ich blicke nach vorn und einem anderen Wolf entgegen. Wir starren uns an. Eine Sekunde. Zwei Sekunden. Drei.

Und in der vierten springen wir beide nach vorn und gehen aufeinander los.

KAPITEL 33

Die Wut, die mich dazu gebracht hat, Marek einen Dolch an den Hals zu halten, hat sich verhundertfacht, als unsere Körper gegeneinanderprallen. Krallen bohren sich in mein Fleisch und ich bohre meine Krallen in sein Fleisch. Die Wölfe knurren und beißen. Es sind zwei Naturgewalten, die sich mit voller Wucht gegeneinanderwerfen, ohne Rücksicht auf Verluste.

Ich spüre den Schmerz. Ich spüre, wie das heiße Blut über meine Haut rinnt. Doch ich kann es nicht aufhalten. Ich habe keine Kontrolle, denn gerade bin ich nichts weiter als ein willenloser Zuschauer, während Marek und ich versuchen uns gegenseitig umzubringen.

Für eine Sekunde lösen wir uns voneinander. Die Wölfe umkreisen sich, schätzen sich ab. Sein Knurren ist bedrohlich, doch meines ist es auch. Das Licht des Mondes färbt sein Fell noch silbriger. Außer an den Stellen, wo das Blut es tränkt und es aussehen lässt wie verrostetes Metall.

Jeder Schritt, den der Wolf setzt, landet mit so viel Wucht auf dem Marmor, dass ich schon fast damit rechne, dass er unter meinen Pfoten birst. Ich will nicht über diesen fremden Körper nachdenken, als wäre es noch immer mein eigener, doch ich kann mich nicht ganz dagegen wehren. Ich hasse, was aus mir geworden ist. Doch ich hasse es nicht nur. Alles an dieser Erfahrung sollte fremd sein, aber das ist nicht die ganze Wahrheit.

Unsere Blicke sind ineinander verhakt. Nicht ein Hauch Grün ist in Mareks Iriden zurückgeblieben.

Ich bilde mir ein, dass das Monster kurz für mich innehält, ehe es im nächsten Moment erneut auf den anderen Wolf zuspringt. Alles geht ganz schnell und ich spüre so viele Verletzungen auf einmal, dass ich gar nicht mehr so genau feststellen kann, wo er mich mit seinen Krallen und Zähnen erwischt hat.

Auf einmal legen sich unsichtbare Fesseln um meinen Hals. Ich werde zurückgerissen und mein Kopf fährt herum. Melisand und Morgana halten ihre leuchtenden Kristalle in den Händen und versuchen Marek und mich auseinanderzubringen. Die Wölfe knurren, wehren sich gegen die unsichtbaren Fesseln und können sich weit genug losreißen, um sich wieder aufeinanderzustürzen.

Ich will Mareks Namen schreien, doch ich habe keine Stimme mehr. Ich denke, die Geräusche unseres Kampfes werden mir einen Schauer über den Rücken jagen, doch ich habe keinen Körper mehr. Ich will vor Verzweiflung weinen, doch ich habe keine Augen mehr.

Hilflos kämpfe ich gegen die Macht des Vollmonds, doch ich bin zu schwach. Ich habe ihm nichts entgegenzusetzen. Und so kann ich nur dabei zusehen, wie ich meine Zähne in Mareks Nacken bohre. Ich kann nur spüren, wie mich seine Krallen an der Seite erwischen, während der Kampf auf Leben und Tod unerbittlich weitergeht.

In meine viel zu empfindliche Nase dringt Rauchgeruch. Die Wölfe unterbrechen ihren Kampf nur lang genug, um zur Seite zu sehen, während es in der Halle heißer und heißer wird. Neben dem Thron züngelt eine Flamme auf. Das Feuer beginnt, sich auszubreiten. Es bleibt keine Zeit, mich zu fragen, wo es auf einmal herkommt und warum es sich nicht auf den ganzen Saal ausbreitet, denn da werde ich auch schon wieder von Marek zur Seite geworfen.

Er hat mich überrascht, doch als ich mich gegen ihn stemme, merke ich, wie mächtig dieses Monster ist, das mir die Kontrolle über meinen Körper gestohlen hat. In der nächsten Sekunde komme ich unter dem anderen Wolf hervor und baue mich über ihm auf. Ich beiße in seinen Hals. Der nächste Laut, der Marek entfährt, klingt nicht mehr nach einem mächtigen Wolf, sondern nach einem verschreckten Welpen.

Mein Wolf thront über seinem, hat ihn in seinen Krallen gefangen und ist bereit, ihm in die Hauptschlagader zu beißen.

Nein, nein, nein! Ich will es schreien, doch die Worte bleiben in meinem Kopf stecken und können ihm nicht entkommen. Ich darf Marek nicht umbringen. Verzweiflung packt mich und droht mich zu zerreißen.

Morgana und Melisand nutzen Magie, doch ich spüre ihre unsichtbaren Fesseln kaum noch. Mein Wolf ist zu stark. Ich bin eine Erbin Lokis, die dazu bestimmt ist, diese Form anzunehmen. Sie fühlt sich fremd und zugleich vertraut und natürlich an, obwohl ich das doch gar nicht will. Gegen die Wahrheit kann ich mich allerdings nicht wehren: Ich bin stark, weil noch Tropfen seines Bluts durch meine Adern fließen.

Mein Wolf bleckt die Zähne. Er spiegelt sich in Mareks silbrigen Iriden. Ich erschrecke, wie Furcht einflößend ich mit kalten Augen und Blut an der Schnauze aussehe.

Ich bin eine Erbin Lokis, geht es mir durch den Kopf und der Wolf hält erneut für mich inne und diesmal bin ich mir sicher, dass ich es mir nicht nur einbilde. Mein letztes Gespräch mit Dario dröhnt laut in meinen Ohren.

Es war seine Entscheidung, was er mit seinen Gaben macht. Niemand hat ihn gezwungen, Ragnarök auszulösen. Er hat es eben getan. Doch genauso gut hätte er sich für das Gegenteil entscheiden können.

Mein Wolf löst leicht den Druck, den er mit seinen Krallen auf Marek ausübt, als mich auch noch eine andere Erkenntnis mit voller Wucht trifft.

Loki war ein Gestaltwandler. Das kann auch ein Vorteil sein.

Darios Stimme ist so klar, als würde er in diesem Moment direkt neben mir stehen. Ich blicke mich kurz um, als müsste ich sichergehen, dass er nicht hier ist. Und da realisiere ich, dass *ich* meinen Kopf bewegt habe, und nicht der Wolf.

Loki war ein Gestaltwandler, denke ich mit Nachdruck. Und ich bin seine Nachfahrin.

Er konnte sich verwandeln, in was auch immer er wollte. Er konnte es steuern.

Der Wolf lässt Marek noch nicht vollständig los, doch er greift ihn auch nicht an. Durch die Augen des Monsters kann ich Mareks Halsschlagader pulsieren sehen. Für einen Moment scheint die Welt stillzustehen. Der Mond übt nach wie vor seine Macht auf mich aus, trotzdem werde ich ganz ruhig.

Der Wolf Fenrir war Lokis Kind. Der Wolf und ich sind miteinander verbunden. Er ist nicht mein Feind, obwohl ich das so lange geglaubt habe.

Meine Schnauze fährt hinunter, auf Mareks Hauptschlagader, auf sein besiegeltes Schicksal zu. Doch meine Zähne erreichen ihn nie. Nur Millimeter davon entfernt halten sie inne. Mein Atem streicht über sein Fell. Er zittert unter meinen Krallen. Er atmet weiter, obwohl das der Mond gar nicht möchte. Er will sein Blut vergießen.

Doch ich will es nicht.

Der Wolf versucht zuzubeißen. Ich lasse ihn nicht gewähren. Denn ich bin eine Erbin Lokis. Ich habe meine Stärke immer gefürchtet, aber nun ist es der Wolf, der vor ihr zurückweicht.

Ich atme sehr tief durch und als ich die Luft entweichen lasse, weiß ich, dass ich es bin, die das steuert.

Der Mond scheint nur für mich, um auf einmal noch voller und stärker zu werden. Ich kann mich trotzdem gegen ihn wehren.

Ich bin Lokis Erbin, denke ich mit Nachdruck. *Ich bin Lokis Erbin* und das muss nicht nur das Ende bedeuten, sondern auch einen Anfang.

Ich sehe Mareks Wolf an und erkenne, dass ich ihn liebe, egal, in welchem Körper ich stecke. Meinem Wolf entfährt ein fast schon liebevolles Grollen und dann reibe ich meine Schnauze an seiner. Meine Krallen fahren zurück und ich lasse Marek los.

Der Mond will mich auf den Boden drücken, mich unterwerfen, doch ich spüre ihn kaum noch. Auf einmal ist es ganz leicht, die Kontrolle zu behalten, und vielleicht war es das auch schon immer. Loki war ein Gestaltwandler, also bin ich das zum Teil auch. Solange ich mich gegen mein Erbe gewehrt habe, konnte ich es nicht zu meinem Vorteil nutzen. Jetzt kann ich es.

Ich atme noch einmal sehr bewusst ein und aus, dann dränge ich den Wolf zurück, Stück für Stück für Stück, bis das Fell verschwindet, die Krallen zu Fingern werden und ich schrumpfe, bis ich als nackter Mensch auf dem Marmor knie, der vom Feuer, das immer noch neben dem Thron züngelt, ohne sich auszubreiten, leicht aufgewärmt wurde.

Heftig atme ich ein und aus und dann entfährt mir ein erleichtertes Lachen, während ich meine Finger bewege.

Dario hatte recht. Ich habe mein Schicksal selbst in der Hand, solange ich daran glaube, dass meine Entscheidungen von Bedeutung sind.

Langsam richte ich mich auf, wobei mein ganzer Körper

schmerzt. Dort, wo Marek mich erwischt hat, verkrustet das Blut auf meiner Haut. Doch ich kann aufrecht stehen.

Mareks Wolf hat sich inzwischen aufgerappelt, Blut rinnt aus seinen Wunden. Er ist stärker verletzt als ich. Misstrauisch beäugt er mich. Er ist kein Erbe Lokis, also gehe ich nicht davon aus, dass er sich wieder zurückverwandeln kann, aber schon beim letzten Vollmond hätte ich es fast geschafft, ihn zu berühren. Wären die Hexen nie aufgetaucht, hätte er mich vielleicht nie angegriffen.

Zu hundert Prozent werde ich das jedoch niemals wissen, also ist mir bewusst, dass ich ein großes Risiko eingehe, als ich einen vorsichtigen Schritt auf ihn zu mache.

»Lily«, flüstert Morgana, irgendwo hinter mir, doch ich blicke mich nicht zu ihr um und hebe nur beschwörend die Hand, um ihr zu signalisieren, dass sie keinen Laut von sich geben soll. Danach schweigt sie.

Ich lasse Marek nicht aus den Augen. Er weicht kurz vor mir zurück. Beruhigend hebe ich die Hände und bewege mich noch langsamer. Er legt die Ohren an, doch er knurrt nicht und greift mich auch nicht an.

»Marek, ich weiß, dass du mich hören kannst«, beginne ich, während ich noch einen Schritt nach vorn setze. Dieser Moment fühlt sich sehr vertraut an. Die Narben an meinem Hals spannen, als wollten sie mich daran erinnern, was das letzte Mal passiert ist, als ich mich so leichtsinnig verhalten habe. Trotzdem bleibe ich nicht stehen.

»Wir müssen nicht kämpfen«, fahre ich fort. »Wir können diese Entscheidung treffen. Unser Schicksal ist noch nicht besiegelt.« Um ihn zu überzeugen, muss ich diese Worte sagen, als würde ich sie selbst glauben.

»Wir können aufhören zu kämpfen.«

Die Flammen spiegeln sich in Mareks silbrigen Augen. In

seinen Iriden kann ich sehen, wie es schwächer und schwächer wird und fast erlischt. Ich verstehe noch immer nicht, woher es kommt, aber damit kann ich mich erst befassen, wenn ich sicher bin, dass ich Marek beruhigt habe.

Er steht bewegungslos vor mir. Er lässt zu, dass ich näher komme. Hoffnung beginnt sich warm in meiner Brust auszubreiten. Wenn ich die Wolfsgestalt ablegen konnte, wenn ich Marek davon abhalten kann, uns anzugreifen, wenn er die Chance bekommt, sein Erbe zu nutzen, wie ich gerade meins genutzt habe, können wir vielleicht das Ende der Welt doch noch aufhalten. Vielleicht geht doch noch alles gut aus.

Ich spanne mich leicht an, bevor ich einen weiteren Schritt mache. Nur noch wenige Zentimeter trennen meine Fingerspitzen von Mareks Schnauze. Ich muss mich nur trauen, ihn zu berühren.

Und ich muss mich noch etwas anderes trauen.

»Marek, ich ...« Ich stocke, schlucke und räuspere mich, bevor ich erneut ansetze. »Ich weiß, du weißt es längt. Aber ich will es dir trotzdem sagen.« Sehr tief hole ich Luft. So tief habe ich, glaube ich, in meinem ganzen Leben noch nicht eingeatmet. »Marek, ich lie...«

Doch meine Worte werden nie meinen Mund verlassen, weil sie schon in der nächsten Sekunde von meinem eigenen Schrei übertönt werden.

Marek jault auf, Blut spritzt in alle Richtungen und dann sackt er leblos in sich zusammen. Die hoffnungsvolle Wärme in meiner Brust erstarrt zu Eis.

Ein letztes Mal sieht er mir in die Augen, dann schließt er sie und mein Herz hört auf zu schlagen, weil es fürchtet, dass seins dasselbe getan hat.

KAPITEL 34

Alles geht unfassbar schnell. In einer Sekunde stehe ich noch vor Marek, in der nächsten liegt er auf dem Boden, während sein Blut den Marmor rot färbt.

Ich kann ihn nur hilflos anstarren, bis ich den Pfeil entdecke, der aus seiner Seite ragt.

Mein Kopf fährt sofort herum und ich entdecke Kali mit ihren in der Luft schwebenden Pfeilen, von denen einer sein Ziel getroffen hat. Sie steht hinter dem Eingang zur Halle, den wir verbarrikadiert haben, doch zwischen den Möbeln ist genug Platz, dass ich ihr Gesicht und ihren halben Körper sehen kann. Unsere Blicke treffen sich. Ihrer will mir wohl sagen, dass sie gewonnen und ich verloren habe. Wie festgefroren stehe ich nackt und verloren an der Stelle, bis ich auf einmal unsichtbare Bänder spüre, die an mir zerren. Sofort wehre ich mich, weil ich denke, dass sie von Kali kommen müssen. Aber es ist Morgana, die mich zu sich ziehen will. Melisand und sie haben sich hinter einen großen, umgekippten Tisch geduckt, damit die anderen Hexen sie nicht angreifen können. Mit zwei Schritten stolpere ich zu ihnen herüber und falle auf die Knie.

Vorm Eingang zur Halle höre ich mehrere Stimmen. Die Hexen haben uns gefunden. Ob sie das Feuerschwert bei sich haben? Haben sie das Feuer am Thron gelegt, um uns damit aus der Halle zu treiben? Was sollen wir nur tun? Haben wie eine Chance?

»Hier.« Morganas Stimme übertönt die panischen Fragen in meinem Kopf. Sie drückt mir eine Jeans und ein Shirt in die Hand, die ich mir schnell überziehe. Sobald ich nicht mehr komplett nackt bin, fühle ich mich nicht mehr ganz so ungeschützt. Aber das ist auch nur eine Illusion. Der Stoff ist nicht dick genug, um einen von Kalis Pfeilen abzuhalten.

Ich sehe zur Seite, während Tränen mein Sichtfeld verwischen. Marek liegt reglos in Wolfform auf der Seite, während Blut sich um ihn ausbreitet wie ein Teppich.

»Wir müssen ihn in Deckung bringen«, sage ich, obwohl ich keine Ahnung habe, ob er überhaupt noch lebt. Da ist so viel Blut. Viel zu viel Blut.

Gerade ist mir egal, dass er ein Thorerbe ist und die Menschheit hätte retten können. Gerade denke ich nur an Marek, den Mann, den ich liebe, von dem ich nicht weiß, ob er noch lebt.

Morgana lässt einen Kristall aufleuchten und zieht Marek in unsere Richtung. Als ich sehe, dass seine Ohren zucken, entfährt mir ein erleichterter Seufzer. Er lebt. Doch die Erleichterung währt nicht lange, weil Morganas Kristall immer schwächer leuchtet und schließlich erlischt.

Morgana konnte Marek nicht ganz bis zu uns ziehen, aber sie hat ihn wenigstens hinter einem riesigen Geröllbrocken in Deckung gebracht, wo Kalis nächster Pfeil ihn nicht erwischen kann.

Ich will Marek nicht aus den Augen lassen. Es fühlt sich an, als würde er sterben, wenn ich nicht mit meinen Blicken sichergehe, dass er noch atmet. Doch ich zwinge mich, mich zu Morgana und Melisand umzuwenden, damit wir uns absprechen können, bevor die Hexen unsere Barrikade durchbrechen und die Halle stürmen. Mein Mut sinkt, als die beiden ihre Kristalle hochalten, die alle nicht mehr leuchten.

»Wir wollten die Magie sparen«, sagt Morgana. »Aber als ihr aufeinander losgegangen seid, haben wir versucht, zu helfen.«

Ich lege beruhigend meine blutige Hand auf ihre. »Ich hätte dasselbe getan.«

»Wir haben keine Magie mehr. Wir können uns nicht wehren«, sagt Melisand und lässt ihren Hinterkopf gegen das Holz des umgekippten Tischs sinken. Eine Sekunde später schreien wir alle auf, als sich nicht weit von ihrem Kopf entfernt einer von Kalis Pfeilen durchs Holz bohrt. Zwei Zentimeter weiter rechts und Melisand wäre jetzt tot.

»Fuck«, entfährt es Morgana, als sie Melisand an sich zieht. Ich habe sie noch nie fluchen gehört, aber dieser Moment ist wohl genau der richtige, um damit anzufangen.

Während sich Pfeil um Pfeil ins Holz bohrt und Rumpeln vorm Eingang der Halle zu hören ist, weil sich die Hexen den Weg freisprengen, wird es heißer in der Halle. Ich riskiere einen Blick am Tisch vorbei. Die Flammen am Thron werden größer. Ich runzle die Stirn, als mir klar wird, dass sie sich nur in einer klaren Linie ausbreiten und an den Rändern nicht ausbrechen.

»Machen das die Hexen?«, frage ich.

»Keine Ahnung«, sagt Melisand gehetzt, die einfach nicht aufhören kann, die Spitze des Pfeils anzustarren, die sie fast erwischt hätte. »Wir sitzen fest.«

Sie umklammert Morganas Hand und die meine. Ich schaue zu Marek herüber. Ich glaube, er atmet noch, aber ich weiß nicht, ob ich nur sehe, dass sich sein Brustkorb hebt und senkt, weil ich es eben will.

Ich muss an seine Worte denken.

Wir werden nicht einmal wir selbst sein, wenn die Welt endet.

Er darf nicht in der Gestalt eines Wolfs sterben, der ihm

seinen Körper gestohlen hat. Es darf nicht so zu Ende gehen. Es muss einen Weg geben. Irgendwie müssen wir diese Nacht überleben. Irgendwie müssen wir es schaffen, dass die ganze Welt überlebt. Auch wenn der Thorerbe, der uns dabei helfen sollte, außer Gefecht gesetzt ist.

Ein besonders lautes Krachen vor der Tür lässt uns drei zusammenzucken. Es fehlt nicht mehr viel und die Hexen stürmen den Saal.

»Wir können ihnen nichts entgegensetzen«, sage ich und zucke beim nächsten Krachen erneut zusammen.

Wir werden unser Leben verlieren, bevor die Welt endet, realisiere ich. Wir werden sogar die wenigen Stunden verlieren, die uns noch geblieben sind.

Das Feuer lodert immer heißer. Inzwischen rinnt mir Schweiß über den Körper, obwohl ich nur ein Shirt und eine Hose trage und barfuß bin.

»Wir können es nicht«, flüstert Morgana neben mir. »Du schon.«

Ich verstehe die Bedeutung ihrer Worte nicht, bis auch Melisand bestätigend nickt. Als es mir aufgeht, lasse ich Morganas Hand reflexartig los und schüttle heftig den Kopf.

»Ich werde euch verletzen.«

»Das werden die anderen Hexen auch tun«, sagt Melisand ungehalten. »So haben wir wenigstens eine Chance.«

Ich schüttle den Kopf, doch Morgana packt mich mit beiden Händen an den Wangen, damit ich gezwungen bin, sie anzusehen.

»Du bist nicht gefährlich«, sagt sie beschwörend. »Deine Kräfte unterliegen deiner Kontrolle. Du hast gerade bewiesen, wozu du fähig sein kannst. Ich habe keine Angst vor dir. Du wirst mir nicht wehtun. Das weiß ich.«

Mein Herz schlägt viel zu schnell, während ich Morgana

wieder vor mir sehe, wie sie leblos im Übungsraum des Konvents liegt, weil ich ihr die Energie gestohlen habe. Diesmal erlaubt sie es mir, aber das macht es nicht weniger Furcht einflößend.

»An meine Träume, die mir gezeigt haben, dass du das Ende der Welt bringst, habe ich nie geglaubt. Nie. Ich liebe dich, Lilith. Ich vertraue dir mit meinem Leben. Bitte glaub endlich an dich. Ich tue es schon, seit ich dich kenne.«

Sie weint. Ich weine. Für einen kurzen Moment sind wir wieder kleine Mädchen. Ich bin wieder die traurige Waise, die immer Trost in der anderen traurigen Waise gesucht – und ihn auch immer gefunden hat.

»Ich vertraue dir vielleicht nicht so blind wie Morgana«, sagt Melisand und ihr pragmatischer Tonfall bringt mich zurück in die Gegenwart. »Aber ich weiß, dass die Alternativen noch schlimmer sind. Also tu's einfach, bevor ich es mir anders überlege. Mach Kali fertig.«

Ich sehe ihr in die Augen und entdecke dort nur Entschlossenheit.

»Ich bin zwar kein beschissener Kristall, aber ich kann gerade nicht anders helfen«, sagt Melisand. »Ich will nicht hilflos sterben.« Am Ende des Satzes bricht ihre Stimme und das bringt mich dazu, schließlich doch zu nicken.

Mein ganzer Körper zittert.

Ich erinnere mich schmerzlich an das letzte Mal, als ich gezaubert habe. Den Mann, den ich verletzt habe, werde ich nie vergessen. Angst, dass sich das alles wiederholen wird, durchströmt mich.

Ich wollte niemals wieder Magie nutzen und schon gar nicht auf diese Art.

Aber sie haben recht. Uns bleibt keine andere Wahl.

Noch ein letztes Mal höre ich Holz vorm Eingang der Halle

splittern. Die Hexen haben die Barrikade durchbrochen. Unsere Zeit ist abgelaufen.

Meine rechte Hand strecke ich nach Morgana und Melisand aus und das erste Mal in meinem Leben nutze ich diese Fähigkeit bewusst, statt nur aus Versehen.

Der Rausch wärmt mich sofort von innen. Ich spüre meinen zweiten Herzschlag, der mich dazu bringen will, ihnen alle Energie auf einmal zu entziehen, doch ich atme durch und zwinge mich, den Strom der Kraft zu zügeln.

Morgana und Melisand klammern sich aneinander fest, aber sie sitzen noch aufrecht. Sie haben mir vertraut. Sie legen ihre Leben bereitwillig in meine Hände. Ich darf sie nicht enttäuschen.

Die Hexen haben Marek fast erreicht. Sie lassen den Geröllbrocken, hinter dem er liegt, hochschweben, damit Kalis Pfeile ihn wieder erreichen können. Da hebe ich meine linke Hand und alle Pfeile zerfallen zu Staub. Sie rieseln auf den Boden wie die Asche an der Spitze von Mareks Zigaretten.

Drei Hexen, die hinter Kali in die Halle gestürmt sind, fahren zu mir herum und unsichtbare Fesseln wollen nach mir greifen, doch ich lasse die Kristalle in ihren Händen zerplatzen. Die Splitter regnen auf uns herab. Einer zerschneidet meine Wange.

Das Feuer um den Thron wird gleißender. Ich versuche, es zu löschen, doch nichts passiert.

Dann baut sich Kali vor mir auf und alles andere, was in diesem Raum passiert, verliert an Bedeutung. Dass das Feuer auflodert. Dass Astrid eintritt und mich mit einem tränenverhangenen Blick mustert. Dass mehr und mehr Hexen in die Halle strömen und wir gnadenlos in der Unterzahl sind.

Ich blende alles außer Kali aus, die den anderen Hexen mit

einem Wink der Hand zu verstehen gibt, dass dieser Kampf nur sie und mich betrifft und niemand einschreiten darf.

Auf diesen Moment wartet sie wohl schon seit Jahren und wenn ich ganz ehrlich mit mir selbst bin, dann muss ich zugeben, dass es mir genauso geht.

Nun stehen wir uns endlich gegenüber und schätzen uns ab. Ein selbstgefälliges Grinsen tritt auf Kalis Gesicht. Meine Hände beben vor Wut. In ihren leuchten Kristalle auf, doch bevor ich auch diese zerstören kann, schleudert sie mir einen Feuerball entgegen. In letzter Sekunde kann ich mich hinter einen großen Stein ducken. Ich rieche verbrannte Haare.

Noch nie habe ich sie diese Magie wirken sehen. Sie ist zu gefährlich, um sie zu Übungszwecken im Konvent zu nutzen. Nur sind wir nicht mehr im Trainingsraum. Das hier ist bitterer Ernst und wir wissen beide, dass es nicht um Sieg und Niederlage geht, sondern um Leben und Tod.

»Kali!«, schreit Astrid. »Tu ihr nichts an.«

»Mir bleibt keine andere Wahl, Astrid.«

Ich werfe kurz einen Blick zu Morgana und Melisand hinüber, die nach wie vor aufrecht sitzen. Sie lächeln mich aufmunternd an. Sie vertrauen mir. Dieses Vertrauen werde ich nicht missbrauchen. Dann sehe ich zu Marek, der bewegungslos auf dem Boden liegt. Auch ihn werde ich nicht enttäuschen.

Ich komme aus meiner Deckung hervor und stelle mich Kali. Sie lächelt mich an, als würde sie diesen Moment sehr genießen. Ich glaube, sie denkt wirklich, sie tut das alles zum Wohle der Hexen. Dabei merkt sie gar nicht, dass sie es vor allem aus Rache tut. Menschen haben ihr ihre Schwester genommen und jetzt soll die ganze Menschheit dafür bezahlen. Genauso wie jede Hexe, die sich ihr in den Weg stellt.

»Wir haben immer eine Wahl«, sage ich zu Kali. »Ich habe auch lange gebraucht, um das zu verstehen.«

Kali schnaubt verächtlich. Ich versuche, sie abzulenken, um die Situation zu erfassen. Einige Kristalle habe ich noch nicht zerstört. Die Hexen haben also noch Energie, um uns Schaden zuzufügen. Doch das Feuerschwert entdecke ich nirgendwo. Haben sie es nicht gefunden? Haben wir noch eine Chance, die Welt zu retten?

Kali feuert einen Feuerball ab, den ich umleite und auf sie zurückschleudere. Sie kann sich gerade noch rechtzeitig zur Seite werfen und er schlägt in den Thron ein, auf dem einst Odin, der König unter den Göttern, saß.

Das Feuer in der Halle ist inzwischen so heiß, dass mir der Schweiß in Sturzbächen über den Körper rinnt.

Eine junge Hexe versucht es zu löschen, doch sie scheitert genauso wie ich.

»Hör auf damit«, fährt Kali sie an, als sie sich wieder aufrappelt, um sich mir entgegenzustellen.

Irritiert hört die Hexe auf und wechselt verwirrte Blicke mit den anderen.

»Kali, sie ist mein Patenkind«, sagt Astrid. Nur einen kurzen Blick habe ich auf sie riskiert, weil ich Angst davor habe, was es in mir auslöst, sie länger zu betrachten. Nun kann ich mich nicht mehr gegen den Impuls wehren, mich ihr zuzuwenden. Trauer steht ihr in die Augen geschrieben, die mich sanft mustern. So viel Bedauern liegt hinter ihren dicken Brillengläsern. So viel Schuld.

Habe ich Astrid noch nicht komplett an Kali verloren? Zweifelt sie an dem, was sie tut? Oder geht es ihr nur um mich? Wäre sie bereit, die ganze Menschheit zu opfern, nur mich nicht?

Bevor ich weiter darüber nachdenken kann, packen mich unsichtbare Fesseln am Fuß und reißen ihn ruckartig nach vorne. Ich falle nach hinten und schlage so heftig mit dem

Hinterkopf auf dem Marmorboden auf, dass es zwischen meinen Ohren klingelt und ich einen Moment benommen liegen bleibe, während ich Schwierigkeiten habe, nach Luft zu ringen.

Die Fesseln ziehen mich auf Kali zu. Da komme ich endlich zu mir und schicke einen starken Luftstoß in ihre Richtung, der sie von den Füßen fegt. Auch sie schlägt mit einem lauten Krachen und einem erstickten Laut auf dem Boden auf.

Das Feuer lodert auf einmal noch höher. Eine Hexe schreit ängstlich auf. Rauch erfüllt inzwischen den ganzen Raum und wird immer dichter. Meine Augen beginnen zu tränen, während ich mich aufrapple.

Ich sehe zu Morgana und Melisand herüber, die allmählich in sich zusammensacken. Dann sehe ich zu Marek, der immer noch als Wolf in seinem eigenen Blut liegt.

Schnell richte ich meine Hand auf zwei Kristalle in den Händen einer Hexe, die genug vom Feuer abgelenkt ist, dass sie nicht schnell genug reagieren kann, und lasse sie zu den beiden hinüberschweben.

»Kümmert euch um ihn«, rufe ich meinen Freundinnen zu.

Kali hat sich inzwischen auf die Füße gekämpft und funkelt mich mit neuer Entschlossenheit an. Doch die besitze ich auch.

Ich lasse die Verbindung zu Morgana und Melisand los. Nur aus den Augenwinkeln nehme ich wahr, dass sie zu Marek hinüberrennen. Ich habe keine Magie mehr. Doch bevor Kali mir den nächsten Feuerball entgegenschleudern kann, richte ich meine Hand auf ihre Brust.

Sobald ich ihr ihre Energie raube, beginnt sie zu schwanken und nach nur wenigen Sekunden fällt sie auf die Knie. Der Rausch, den ich auf einmal spüre, blendet mich wie zu helles Licht. Der zweite Herzschlag erfüllt meinen ganzen Körper, bis ich meinen eigenen gar nicht mehr hören kann.

Mit starken Schritten laufe ich auf Kali zu, die sich gerade noch so auf den Knien halten kann. Ich fühle mich so stark wie noch nie in meinem Leben. Sie vor mir knien zu sehen füllt mich mit einer Genugtuung, die mir ein Grinsen entlockt.

Um uns lodert das Feuer, ich höre Schreie, doch all das ist egal, denn Kali kann nicht mehr auf mich herabblicken. Sie kann mir nicht länger das Gefühl geben, weniger wert zu sein. Ich halte die Kontrolle über ihr Leben in meinen Händen. Es ist berauschend.

Direkt vor ihr komme ich zum Stehen.

Doch in ihren Augen finde ich keine Furcht. Sie sieht mich an, als wäre sie die Siegerin. Als hätte sie immer recht gehabt. Als hätte sie immer gewusst, wer ich wirklich bin.

Ihre Lebensenergie erfüllt mich mit Wärme, das Feuer brennt heißer und trotzdem stellen sich mir die Härchen auf den Armen auf, als würde ich frieren.

Das Feuer spiegelt sich in ihren Augen. Das Feuer, das in einer geraden Linie brennt und nicht aus seiner Form ausbricht.

Auf einmal sehe ich Darios Notizen in seiner krakeligen Schrift vor mir.

Das Feuerschwert wird in Hass geschmiedet.

Ich mustere das Feuer, das umso höher lodert, je mehr Energie ich Kali aus ihrem Körper stehle. Keine der Hexen macht Anstalten, mich aufzuhalten. Sie alle starren mich an. Furcht glimmt in ihren Augen.

Wieder erwidere ich Kalis Blick, die herausfordernd das Kinn reckt, obwohl sie schon am ganzen Leib zittert. Und da wird es mir klar: Ich tue genau das, was sie von mir will. Ich bin die Marionette an ihren Fäden. Das Feuerschwert ist kein Gegenstand, der gefunden werden kann.

Das Feuerschwert wird in Hass geschmiedet.

Das ist keine Metapher. Es ist wörtlich gemeint. Das Feuerschwert entsteht erst durch unsere Handlungen, durch unsere Entscheidungen. Es wird wirklich in Hass geschmiedet.

In meinem Hass.

Abrupt lasse ich die Verbindung zwischen Kali und mir los und mit einem Seufzen kippt sie nach vorne. Wir atmen beide schwer. Ich lasse meine Hände sinken und sofort werden die Flammen kleiner.

Ich stelle mir vor, wie stolz Dario in diesem Moment auf mich gewesen wäre, da ich es auch ohne seine Hilfe herausgefunden habe. Die Trauer um ihn kühlt den Rausch, der mir den Kopf vernebelt, ein bisschen ab. Der zweite Herzschlag bleibt, aber er schlägt langsamer und leiser.

»Selbst dafür bist du zu schwach«, keucht Kali, während sie sich vom Boden abstützt, um mir in die Augen sehen zu können. »Selbst das schaffst du nicht. Und ich hätte gedacht, wenigstens mein Leben kannst du beenden, wie du es immer hättest tun sollen.«

Ihr Blick ist hasserfüllt, als er mich trifft, und auf einmal höre ich, wie es in meinem Inneren Klick macht. Sie wusste von Anfang an, dass wir uns am Ende an diesem Punkt gegenüberstehen würden. Alles, was in den letzten zehn Jahren passiert ist, hat hierhergeführt. Sie wollte, dass ich sie hasse. Damit ich ihr das Leben nehme – ob nun als Hexe oder als Wolf. Das hat sie schon gewusst, als ich zehn Jahre alt war und nach dem Verlust meiner Eltern Teil des Pragers Zirkels wurde. Jedes gehässige Wort, das sie je an mich gerichtet hat, hallt in meinem Kopf nach. Jeder böse Blick. Unsere Kämpfe im Trainingsraum. Wie ich Morganas Energie gestohlen habe.

»Du willst, dass ich dich umbringe«, sage ich atemlos und merke, wie alle Spannung aus meinem Körper weicht, obwohl noch immer unendlich starke Macht durch meine Adern pulsiert.

»Du bist langsam«, sagt Kali. »Aber wenigstens lernst du irgendwann.«

Wollte sie, dass ich mich in meinem eigenen Zirkel wie eine Ausgestoßene fühle? Wollte sie meinen Selbsthass und meine Angst und meinen Frust schüren wie ein Feuer, bis es so hoch lodert, dass es auch sie verbrennt?

Morgana hatte recht. *Es ist immer der Wolf stärker, den wir füttern.* Und Kali wollte offensichtlich, dass ich den hasserfüllten ernähre, damit er größer und stärker wird. Damit ich am Ende dazu in der Lage wäre, ihr das Leben zu nehmen und damit das Ende der Welt zu besiegeln.

»Du würdest dein eigenes Leben geben, um Ragnarök voranzutreiben?«, frage ich fassungslos.

»Ein kleines Opfer, um die Sicherheit der Hexen vor den Menschen zu garantieren.«

Erst jetzt erkenne ich, wie tief Kalis Hass wirklich reicht. Es ist ein Schacht, dessen Ende ich nicht mehr ausmachen kann. Es ist ein Ort, wo kein Licht mehr scheint.

Doch es ist nicht ihr Hass, der das Ende der Welt bringt. Sondern meiner. Also werde ich ihn ihr verweigern.

Ich werde sie nicht hassen.

»Ich werde dir nicht wehtun«, sage ich mit zitternder Stimme.

Das Feuer zieht sich immer weiter zurück, genauso wie der Rauch. Er sticht mir nicht mehr in den Augen und ich kann wieder besser atmen.

»Du musst«, schreit Kali verzweifelt, während sie das Feuer betrachtet, das genau das Gegenteil von dem tut, was sie wollte. »Wir brauchen das Feuerschwert.«

»In dieser Nacht wird die Welt nicht enden.«

Ich denke an alles, was meine Freunde mich in den vergangenen Wochen gelehrt haben. Ich denke an Melisand, die auch nach ihrem grausamen Verlust nie aufgehört hat, daran zu glauben, dass Liebe es wert ist, gefühlt zu werden. Ich denke an Morgana, die mich geliebt hat, obwohl ihre Träume sie gewarnt haben, wie gefährlich ich bin. Ich denke an Dario, der mir klargemacht hat, dass es meine Entscheidung ist, ob ich meine Gaben für das Gute oder das Böse nutze. Und ich denke an Marek, der mich liebt, obwohl ich doch alles getan habe, um ihn davon zu überzeugen, dass das keine gute Idee ist.

Und mit jedem dieser Gedanken füttere ich den richtigen Wolf in mir. Den Wolf, der lieben und beschützen und vergeben kann. Mehrmals atme ich tief ein und aus und ich bilde mir ein, dass ich damit das Feuer lösche. Nun züngelt es nur noch schwach am Thron.

Wie kann jemand, der dazu bestimmt ist, die Welt untergehen zu lassen, sie retten?

Diese Frage stelle ich mir erneut und muss wieder lächeln, als ich an die Antwort denke.

Einfach. Indem sich dieser jemand dazu entscheidet.

»Du verstehst es nicht!«, schreit Kali mich an, während ihr klar wird, dass ihr ihr Sieg durch die Finger rinnt wie Sand. »Du warst nicht dabei, als die Menschen den Konvent mit Molotowcocktails gestürmt haben. Du hast nicht die Leichen gesehen. Du musstest sie danach nicht jagen und umbringen. Du kennst wahren Krieg nicht. Du bist ein kleines Kind, das nicht verstehen will, was auf dem Spiel steht.«

»Ich verstehe genug«, sage ich schlicht. »Ich verstehe, dass Hass nie die Lösung ist.«

»Sei nicht naiv!«, brüllt Kali. »Was denkst du, was mit den Hexen passiert, wenn du Ragnarök nicht zu Ende führst? Magie ist kein Geheimnis mehr. In Brügge haben sie uns zaubern sehen. Sie werden uns wieder jagen.«

»Und dann wäre das allein deine Schuld«, fahre ich sie an. »Außerdem wissen wir das nicht.«

»Ich weiß es«, sagt sie. »Ich bin dazu verdammt, klarzusehen, während um mich alle blind sind.«

Ich erkenne, dass es nichts bringt, mit Kali zu diskutieren. Wir werden niemals derselben Meinung sein und ich bin sehr dankbar dafür. Sie hat versucht, mich mit ihren Ansichten zu vergiften. Sie hat gewollt, dass ich mich ausgeschlossen und einsam fühle. Sie wollte, dass ich sie hasse. Genug, um ihr Leben zu beenden.

Doch ich bin nicht die gefährliche Nekromantin, zu der sie mich formen wollte. Meine Freunde haben so lange versucht, mich davon zu überzeugen, doch ausgerechnet Kali lehrt mich diese wichtige Lektion. Wie ironisch.

»Lily«, ruft Morgana zu mir herüber und ich drehe mich zu ihnen um. Sie und Melisand knien über Marek. Er atmet noch. Doch er ist noch immer bewusstlos und im Körper des Wolfs gefangen.

Endlich entlasse ich die Magie, die ich viel zu lang in mir gefangen gehalten habe, und flute damit Mareks schwachen Körper. Kali wollte seinen Tod, nun ist es ausgerechnet ihre Energie, die sein Leben rettet.

»Nein!«, schreit sie.

Doch ich lasse nicht locker, bis ich die komplette Energie abgegeben habe, bis der zweite Herzschlag verstummt. Bis ich mich nicht mehr mächtig fühle, sondern nur wie ich selbst.

»Sein Herz schlägt stärker«, sagt Morgana mit Tränen in den Augen. »Er blutet nicht mehr.«

Ich dachte, ich kann nur zerstören. Doch zum ersten Mal in meinem Leben konnte meine Magie auch beschützen und heilen. Auch mir treten Tränen in die Augen. Marek wird leben, nur das zählt.

»Ich wollte seinen Tod«, ruft Kali mir zu, in einem letzten verzweifelten Versuch, mich doch noch genug zu provozieren, dass ich ihr den Gefallen tue und ihr Leben beende. »Ich wollte seinen Tod, weil er ein Nachfahre Thors ist. Aber noch viel mehr wollte ich seinen Tod, um dir wehzutun. Wenn er durch meine Hand gestorben wäre, hättest du Rache geübt.«

»Hätte ich nicht«, sage ich kühl.

»Ach ja?«, fragt Kali herausfordernd. »Bist du dir da so sicher?«

Ich sehe den Pfeil und den Kristall, die sie unter ihrer Jacke versteckt hatte, zu spät. Bevor ich reagieren kann, fliegt er geradeaus, zerschneidet die Luft – und trifft schließlich sein Ziel.

Kapitel 35

Ich schreie. Mareks Name hallt von den Wänden wider und in meinem Kopf nach.

Mit schreckgeweiteten Augen starre ich Astrid an, die auf einmal vor ihm steht.

Mehrere Sekunden ticken vorbei. Wir sehen uns einfach an. Sie schwankt wie ein Grashalm im Wind. Noch einmal lächelt sie mich warm an. Dann kippt sie zur Seite und landet mit einem dumpfen Geräusch auf dem Marmor.

Mit zwei Schritten bin ich bei ihr. In diesem Moment spielt es keine Rolle, dass sie mich belogen hat. Der Pfeil, der aus ihrer Brust ragt, drängt jegliche Enttäuschung der letzten Wochen in den Hintergrund. Ich knie mich auf den Boden und nehme sie in den Arm. Dass ihr Blut meine Kleidung tränkt, ist mir egal, während ich sie stütze und sie sich mit beiden Händen an mir festklammert.

»Warum ... was ...« Ich kriege keinen richtigen Satz hervor, während ich der Frau in die Augen sehe, die mich großgezogen hat. Die Farbe weicht ihr so schnell aus dem Gesicht wie das Blut aus ihrem Körper.

»Ich wollte nicht, dass du ihn verlierst«, kriegt sie hervor und als sie hustet, färben sich ihre Lippen rot.

»Es tut mir leid, dass ich dich belogen habe«, sagt sie. »Es tut mir leid, dass ich Marek angegriffen habe. Ich hätte immer auf deiner Seite sein sollen.«

Tränen trüben meine Sicht, doch ich blinzle heftig, weil ich Astrid richtig sehen will.

»Ich bin so stolz auf dich«, sagt sie. »Als ich gesehen habe, wie du deinen Hass besiegst – da wusste ich, dass du weiser bist als Kali und ich.«

»Wir brauchen Hilfe!«, schreie ich, doch die anderen Hexen rühren sich nicht vom Fleck, als wüssten sie etwas, was ich noch nicht begreife.

»Es tut mir leid, dass ich alles falsch gemacht habe. Ich hoffe, du kannst mir eines Tages vergeben.« Astrid legt die Arme noch fester um mich und drückt mich an sich. Diese Umarmung ist mir so vertraut, dass ich gar nicht anders kann, als sie zu erwidern. Obwohl Astrid nicht mehr nach Astrid riecht, sondern nur noch der metallene Geruch von Blut in meiner Nase hängt. Ich halte mich an ihr fest, wie ich es schon als kleines Kind getan habe. Ich flüchte mich in ihre Arme, weil es der einzige Ort auf der Welt war, an dem ich mich wirklich sicher gefühlt habe.

Plötzlich werden ihre Arme schlaff und das erste Mal bricht Astrid die unausgesprochene Regel, an die sie sich stets gehalten hat. Sie lässt mich zuerst los.

Seit meiner Kindheit hat sie mich immer so lange festgehalten, bis ich mich von ihr gelöst habe. Ich muss sie gar nicht ansehen, um zu wissen, was es bedeutet, dass sie dieses Versprechen nach all den Jahren bricht.

Vorsichtig lege ich die leblose Astrid auf den Marmorboden. Ihre Augen sind offen, sie starren ins Leere. Mit zittrigen Händen schiebe ich ihr dickes Brillengestell zur Seite und schließe ihre Lider. Meine Unterlippe beginnt zu beben, als mir klar wird, dass ich ihr nicht gesagt habe, dass ich ihr vergebe, und sie es nun niemals hören wird.

Für einen sehr langen Moment scheint die Zeit stillzustehen, während ich sie betrachte. Ihre Gesichtszüge sehen so friedlich aus, obwohl ein Pfeil aus ihrer Brust ragt und Blut ihre Kleidung tränkt. Ich ziehe den Pfeil heraus und werfe ihn weit von mir, als könnte ich mit dieser Geste ungeschehen machen, was gerade passiert ist. Doch Astrid fängt nicht wieder an zu atmen. Sie bleibt reglos auf dem Marmorboden liegen.

Tränen verschleiern meinen Blick und ich blinzele gegen sie an. Ich darf nicht zulassen, dass meine Trauer mich blind macht. Denn der Kampf ist noch nicht vorbei.

Doch in dem Moment, wo ich das denke, wird mir die unnatürliche Stille in der Halle bewusst. Niemand hat versucht mich anzugreifen, während ich auf dem Boden gehockt und Astrid gehalten habe. Auch jetzt macht keiner Anstalten, mich mit einem Feuerball zu bewerfen.

Langsam hebe ich den Blick. Die Hexen stehen im Raum verteilt und sehen zu Astrid herüber. Ich sehe Schock in ihren Gesichtern. Ich sehe Trauer. Ich sehe Wut und Verwirrung. Viele haben ihre rechte Hand auf ihr Herz gelegt.

Niemand rührt sich, als hätten wir alle kollektiv den Atem angehalten. Alle bis auf eine.

»Ich habe Astrid umgebracht«, ruft Kali mir zu. Nach diesem langen Moment des respektvollen Schweigens klingt ihre Stimme unangenehm schrill. »Willst du keine Rache?«

Ich atme mehrmals sehr tief ein und aus, während ich Astrid betrachte, statt in Kalis Richtung zu sehen. Am liebsten würde ich mich nie wieder mit ihr auseinandersetzen, aber ich weiß, dass ich es muss.

Meine Beine zittern, als ich aufstehe, doch sie tragen mich, bis ich vor Kali innehalte. Ich sehe auf sie herab. Obwohl sie zu mir aufschauen muss, wirkt sie noch immer wie eine Siegerin. Eigentlich ist es traurig. Alle anderen haben verstanden, dass sie verloren hat, nur sie nicht.

»Du wirst meinen Hass niemals bekommen«, sage ich mit müder Stimme. »Den Gefallen werde ich dir nicht tun.«

»Gefallen?«, höhnt sie. »Du hasst mich. Gib es zu. Es geht gar nicht anders.«

»Es geht anders«, widerspreche ich. »Astrid war deine Freundin.« Meine Stimme bebt, als ich ihren Namen ausspreche, als hätte er auf einmal zu viel Gewicht, das meine Zunge gar nicht tragen kann. »Wie konntest du nur?«

»Sie war nicht das Ziel«, rechtfertigt Kali. »Sie hat sich in die Schusslinie geworfen. Jede Hexe, die sich gegen uns wendet, ist es nicht wert, betrauert zu werden. Am Ende hat sie uns allen gezeigt, wer sie wirklich ist: Eine elende Verräterin, die genau das bekommen hat, was sie verdient.«

Kali realisiert zu spät, dass sie genau das Falsche gesagt hat. Wenn es auch nur eine Hexe in dieser Halle gab, die noch gezweifelt hat, auf welcher Seite sie steht, hat sie mit diesen Worten bewiesen, dass es nicht auf Kalis sein wird.

Die Stimmung in der Halle verändert sich schlagartig. Und das spürt auch Kali. Ihre Augen werden zu Schlitzen. »Greift sie an! Ich, als eure Oberhexe, gebiete euch, die abtrünnigen Hexen anzugreifen.«

Unwillkürlich halte ich den Atem an. Nicht eine Hexe rührt sich. Sie alle sehen zu Astrid. Ich bin nicht mehr die Einzige, die weint. Und irgendwie fühlt es sich gut an, zu wissen, dass ich mit meiner Trauer nicht allein bin.

Kali schreit und tobt. Sie verhöhnt uns mit ihren Worten. Nennt uns alle unwürdige Verräter. Wir seien eine Schande. Wir hätten doch alle keine Ahnung, was wir gerade tun. Dass wir ihre Führung brauchen, um nicht unterzugehen. Niemand beachtet sie. Sie schreit lauter und lauter, ihre Stimme schon heiser. Sich nicht ernst genommen zu fühlen, ist wohl das Schlimmste, was Kali passieren kann. Sie hatte den Prager

Zirkel immer fest in der Hand. Nun hat sie den Respekt aller verloren.

Im Gegensatz zu Astrid. Die Hexen versammeln sich um ihren Körper, verneigen sich voller Zuneigung vor ihr und singen leise Klagelieder. Obwohl sie flüstern und Kali schreit, höre ich ihre liebevollen Worte so viel deutlicher als Kalis hasserfüllte.

Auch Astrid hat viele falsche Entscheidungen getroffen. Sie hat mich belogen und hintergangen und benutzt. Doch ich weiß, dass das nicht die Dinge sind, an die ich mich erinnern werde, wenn ich an sie denke. Ihre Loyalität und ihre Liebe sind das, was von ihr bleibt.

Die Klagegesänge werden immer lauter, bis sie die ganze Halle erfüllen und durch die Löcher in der Decke zum Nachthimmel emporsteigen. Die Hexen halten sich an den Händen und wiegen sich leicht von Seite zu Seite.

Das Feuer am Thron züngelt noch einmal kurz und dann erlischt es so endgültig, als wäre es niemals hier gewesen. Ich mustere den Ruß, der die hellen Wände dunkel gefärbt hat. Ich blinzle und er scheint vom Stein zu schmelzen, bis dieser wieder glänzt. Das bringt mich ganz leicht zum Lächeln, weil ich hoffen kann, dass auch Kalis Hass in mir keine Spuren hinterlassen wird.

Mit jedem Schritt, den ich in Richtung Morgana, Melisand und Marek setze, wird diese Hoffnung ein bisschen größer und greifbarer. Ich setze mich zu ihnen. Wir schweigen, da wir alle wissen, dass Worte in diesem Moment nichts ändern können. Sie werden Astrid nicht zum Leben erwecken. Doch Morgana spendet mir anders Trost. Liebevoll legt sie mir die Hände an die Wangen und streichelt meine Haut mit einer Sanftheit, die mich direkt zum Weinen bringt. Bisher habe ich immer geblinzelt, weil ich nicht wollte, dass meine Trauer mir den Blick versperrt. Jetzt gestatte ich der Trauer endlich, mich komplett auszufüllen. Ich spüre, wie sie in mir ansteigt wie ein Wasserpegel. Zwischen meinen Rippen baut sich Druck auf, dass ich fast damit rechne, dass sie brechen werden.

Doch das tun sie nicht. Und auch ich breche nicht.

Morgana schlingt beide Arme um meinen Körper und zieht mich an sich. Ich kann nichts sehen, weil sich ein Wasserfilm über meine Augen gelegt habt. Aber ich weiß, dass es Melisands Hand ist, die mir beruhigend über den Rücken streicht, während Morgana mich so festhält, dass meine Rippen gar nicht die Möglichkeit bekommen, zu bersten. Ich taste vorsichtig, bis meine Finger Mareks Fell finden. Seine Wärme zu spüren, beruhigt mich ein bisschen.

Genau so verweilen wir mehrere Ewigkeiten nebeneinander. Irgendwann regt sich der Wolf, doch niemand von uns weicht zurück. Wir wissen instinktiv, dass wir uns nicht mehr vor ihm fürchten müssen.

Ich blinzle ein paarmal. Er sieht mich aus seinen silbrigen Augen an, in denen keine Wut mehr liegt, nur noch Zuneigung. Und dann bettet er seinen schweren Kopf in meinen Schoß. Ich kraule ihn sanft hinterm Ohr, bis er einschläft.

Irgendwann lassen mich Morgana und Melisand los und ich setze mich zwischen sie und lehne meinen Kopf an Morganas Schulter und irgendwann auch an Melisands, die sogar auf einen bissigen Kommentar verzichtet. Ein bisschen bin ich darüber enttäuscht, weil ich mich beinahe daran gewöhnt habe. Aber ich bin mir sicher, dass ich in Zukunft noch viele davon zu hören bekommen werde und das bringt mich zum Lächeln.

Stunden verstreichen, in denen wir nur zusammensitzen und warten, ohne so wirklich zu wissen, worauf. Wir wollen einfach beieinander sein. Das ist alles, was wir sicher wissen. Und irgendwie ist das genug.

Die anderen Hexen fesseln Kali und irgendwann kommt auch jemand auf die gnädige Idee, sie zu knebeln, damit wir ihre Rufe nicht länger ertragen müssen. Für Astrid bereiten sie eine Beerdigung vor. Immer wieder spüre ich die Blicke der anderen Hexen auf mir. Doch wenn ich sie erwidere, begegne ich nicht mehr der Furcht und der Abneigung von früher. Ich finde Dinge in den Augen der anderen Hexen, die ich dort niemals gesucht hätte. Respekt. Anerkennung. Zugehörigkeit.

Aber auch sie schweigen. Schließlich bedeuten sie uns mit einer Geste, ihnen aus dem Schloss zu folgen. Wir laufen über die Regenbogenbrücke, die uns von unten beleuchtet, während Astrid vorausschwebt. Obwohl sie gestorben ist, führt sie uns in diesem Moment an und irgendwie finde ich das sehr passend.

Ich erinnere mich daran zurück, wie es war, das erste Mal über diese Brücke zu laufen. Wir wussten noch nicht, dass die Götter gestorben waren. Dario war noch am Leben. Als ich mich an seine Euphorie erinnere, entkommt mir wieder ein lauter Schluchzer. Marek stupst mich mit seiner Wolfsschnauze an. Obwohl er es mir in diesem Moment nicht sagen kann, erklären mir seine Augen, dass er genau weiß, an wen ich gedacht habe. Morgana nimmt meine Hand. Sie weiß es auch.

Wir begeben uns zurück auf die sich endlos erstreckende Wiese in der Zwischenwelt. Dort haben die Hexen ein Grab für Astrid ausgehoben, in das sie sie jetzt sehr sanft gleiten lassen. Marek trottet neben mir her und weicht mir nicht von der Seite. Als wir vor dem Grab zum Stehen kommen, kraule ich ihn hinter den Ohren, was ihm wohlige Laute entlockt.

Ich bin nicht dazu in der Lage, auch nur ein Wort zu sagen, während wir Astrid beerdigen, aber das scheint auch niemand von mir zu erwarten. Wir alle schweigen, als die Hexen die rechte Hand auf ihr Herz legen, und ich tue es ihnen nach. Es pocht viel zu schnell unter meiner Handfläche, als würde es mir meine Trauer als Morsecode mitteilen.

Noch ein letztes Mal mustere ich Astrid. Das rote Brillengestell sitzt leicht schief und ich beuge mich vor, um es zu richten. Liebevoll streichele ich ihr ein letztes Mal über die Haare.

Danke für alles, denke ich. *Danke, dass du ein elternloses Kind geliebt hast.*

Ich trete zurück. Die Hexen sehen mich abwartend an und ich verstehe erst mit einem Moment Verzögerung, dass sie auf meine Erlaubnis warten. Noch einmal atme ich tief durch und dann nicke ich.

Als Astrid unter der Erde verschwindet, weine ich und Melisand und Morgana nehmen mich in ihre Mitte und umarmen mich so fest, bis meine Tränen irgendwann versiegen.

Die Hexen lassen uns allein auf dem Hügel zurück. Ohne uns abzusprechen, starren wir alle vier zur Horizontlinie in der Ferne, als würden wir auf etwas warten.

Worauf wir warten, wird uns erst klar, als ein schmaler, heller Strich am Horizont erscheint.

Sofort umfasse ich Morganas Hand und drücke sie viel zu fest in meiner. Der Mond tritt den Rückzug vom Himmel an, bis er ganz verschwunden ist. In der Sekunde, wo sein Schein den Boden unter uns nicht mehr in kaltes Licht taucht, verwandelt sich Marek zurück in einen Menschen. Melisand reicht ihm Kleidung, er schlüpft schnell hinein und kommt dann ein bisschen wackelig zum Stehen. Er lächelt mich an und in meiner Brust, in der ich noch immer diesen unangenehmen Druck spüre, wird es für einen erlösenden Augenblick ganz warm. Voller Erleichterung küsse ich ihn und bin mir sicher, auch seine Erleichterung auf seiner Zunge zu schmecken.

»Ihr könnt auch später noch knutschen«, liefert Melisand

endlich einen ihrer bissigen Kommentare, auf die ich so sehnsüchtig gewartet habe. »Ich bin mir sicher, dass ihr das nicht verpassen wollt.« Sie will wohl genervt klingen, doch in ihrer Stimme liegt Ehrfurcht.

Wir lassen voneinander ab und sehen staunend nach vorn.

Der schmale Streifen am Horizont wird dicker und breitet sich auf dem Himmel aus, als würde jemand die Dunkelheit in der Mitte zerreißen.

»Es dämmert«, sagt Morgana weinend, reibt sich aber schnell die Tränen aus den Augen, um nicht eine Sekunde zu verpassen.

Die Sonne geht auf. Nach zwei Monaten Dunkelheit spüre ich das erste Mal wieder ihre Strahlen auf meiner Haut. Wir wollen nicht wegsehen, aber irgendwann müssen wir es tun, weil die Sonne uns blendet. Unsere Augen sind Helligkeit nicht mehr gewöhnt.

»Denkt ihr, die Welt wird sich erholen?«, fragt Morgana, während sie heftig blinzelt.

»Das werden wir sehen«, antwortet Melisand.

»Werden wir uns erholen?«, fragt Morgana.

»Das werden wir sehen«, antwortet Melisand erneut, diesmal mit einem deutlich hörbaren Lächeln in der Stimme.

»Für den Abwasch«, flüstert Marek bedächtig und eine Träne löst sich aus meinem Augenwinkel.

Jedes Mal, wenn ich in Zukunft den Abwasch mache, werde ich an Dario denken, und deswegen wird mir diese Tätigkeit nie wieder eintönig und langweilig erscheinen, da bin ich mir sicher.

»Für den Abwasch«, erwidern Melisand und Morgana.

Seit ich mit Kali gesprochen habe, habe ich kein Wort mehr über die Lippen bekommen. Doch ich weiß, was der nächste Satz sein wird, den ich ausspreche.

Ich wende mich Marek zu und streiche ihm eine von der Sonne beschienene Locke aus dem Gesicht. Während ich ihn betrachte, merke ich, dass ich dazu bereit bin, alte Ängste abzulegen. Ich weiß nicht, was aus uns wird. Ich weiß nicht, was aus der ganzen Welt wird. Aber eine Sache weiß ich sehr genau.

»Ich liebe dich«, sage ich.

Marek lächelt so sanft, dass es mir eine Gänsehaut bereitet. »Ich weiß«, kann er sich nicht verkneifen zu sagen und es entlockt mir ein Lachen, das einen Teil der Trauer, die sich in meiner Brust festgesetzt hat, löst.

Wir sehen uns noch einmal tief in die Augen, dann wenden wir uns wieder der Sonne zu. Ich nehme seine Hand und drücke Morganas, die ich nie losgelassen habe. Melisand wirft mir ein Grinsen zu, bevor sie ihren Kopf auf Morganas Schulter ablegt.

Ich lächle leicht, als ich an Astrid denke.

Sie hatte recht.

Ich brauche einen Zirkel.

Und ich habe ihn bereits gefunden.

DANKSAGUNG

Noch nie hat mich ein Buch beim Schreiben so überrascht. Es hat sehr viel Spaß gemacht, auf diese Reise zu gehen.

Erst mal will ich meiner Agentin Rosi danken, deren Input ich sehr schätze. Nach unseren Gesprächen habe ich immer einen klareren Kopf.

Dann will ich auch noch meiner Lektorin Stefanie danken, bei der es mir genauso geht. Als ich mit dem Magiesystem ein bisschen überfordert war, hat das Telefonat mit dir mir die Übersicht gegeben, die mir bis dahin noch gefehlt hat.

Mein größter Dank gilt diesmal wirklich meinen Testleserinnen, die die Geschichte immer wieder in Etappen gelesen haben und mir schon, während ich noch geschrieben habe, Feedback gegeben haben. Das hat mir soooo sehr geholfen! Diese Geschichte hat mich immer wieder ein bisschen verwirrt und ihr habt es für mich entwirrt. Danke an Marie, Jenny, Laura, Lena, Marlene, Francesca, Thorina und Saskia. Danke für eure Unterstützung und für die aufmunternden Worte, wenn ich mal wieder gezweifelt habe!

Und diesmal will ich diese Danksagung vor allem dafür nutzen, eine Lobeshymne auf meine Freunde zu singen.

Denn dieses Buch ist eine Liebeserklärung an die Freundschaft im Allgemeinen und an meine Freunde im Speziellen. Weil wir uns sagen, dass wir uns lieben, weil wir uns Kosenamen geben, uns in den Arm nehmen, füreinander da sind, miteinander kochen, stundenlang reden, die schönsten Dinge unternehmen, einfach nur auf der Couch liegen können und uns die Liebe geben, die wir brauchen.

Über euch sollten Songs geschrieben werden – oder eben Bücher.

Schaper, Fam
If the Moon Triumphs
ISBN 978-3-522-50887-2
Fam Schaper wird vertreten von der Agentur Brauer
Umschlaggestaltung: Emily Bähr
unter Verwendung von Bildern von Shutterstock.com und
Freepik.com: Maya Navits/ Phatthanit/ merrymuuu/ Muhammad Umair
Karim (Shutterstock) + rawpixel.com, BiZkettE1 (Freepik)
Reproduktion: DIGIZWO Kessler + Kienzle GbR, Stuttgart
Druck und Bindung: CPI books GmbH

© 2025 Loomlight
in der Thienemann-Esslinger Verlag GmbH,
Blumenstraße 36, 70182 Stuttgart
Bei Fragen zum Produkt: service@thienemann.de
1. Auflage 2025
www.thienemann.de

CONTENT NOTE

Tod naher Angehöriger
Blut
Explizite Szenen
Rauchen
Mord
Gespräche über Suizid